ELVEA
Bücher & eBooks

Autorin

Barbara Schlüter ist seit **33** Jahren selbständige Kommunikationstrainerin, Coach und Managementberaterin. Als wissenschaftliche Assistentin (damals Barbara Kroemer) am Historischen Seminar der Universität Hannover bot sie als Erste Veranstaltungen zum Thema ›Frauen in der Geschichte‹ an. Mit ihrem Sachbuch ›Rhetorik für Frauen‹ (1987) hat sie Pionierarbeit auf diesem Gebiet geleistet.
Sie lebt nach einigen Jahren im Rheinland seit 2001 wieder in ihrer Heimatstadt Hannover und auf La Palma.
Ihre historische Romanreihe um 1890 ›Vergiftete Liebe‹, ›Verheimlichte Liebe‹, ›Gerächter Zorn‹ mit Detektivin Elsa besteht aus jeweils in sich abgeschlossenen Folgen. Außerdem ist Elsa aktiv in der Hannover Erzählung (1889) Wenn der Kaiser kommt, ist Feiertag in ›Ausgerechnet zum Feiertag – historische Mord(s)geschichten‹ und in ›Ein eiskaltes Händchen‹ (Hannover 1888/89) in: Joachim Anlauf, Peter Gerdes (Hrsg) Tod unterm Schwanz, Anthologie zur Criminale 2020 in Hannover, Gmeiner Verlag.
www.dr.b-schlueter.de

Barbara Schlüter

Verheimlichte Liebe

Gesellschaftsroman um 1890

ELVEA
Bücher & eBooks

www.elveaverlag.de
Kontakt: elvea@outlook.de

Auflage: Schardt-Verlag 2014

Autorin: Barbara Schlüter

Bildquelle/Titelbild: Andreas-Andrew Bornemann
Hannover Bahnhof
www.postkarten-archiv.de

Covergestaltung/Grafik: ELVEA

Layout: Uwe Köhl

Projektleitung
www.bookunit.de

ISBN: 978-3-946751-81-6

La Palma

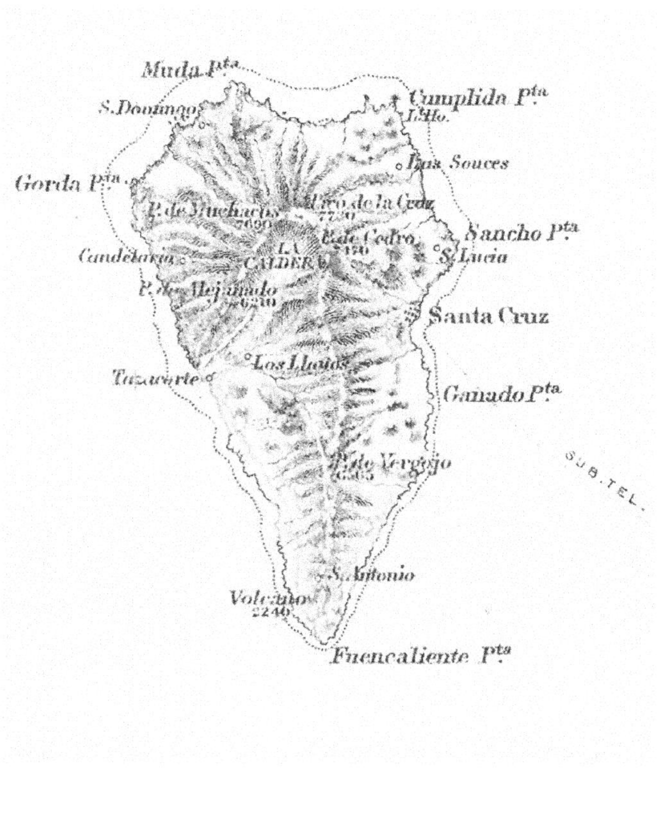

Muda Pta
S. Domingo
Cumplida Pta
Las Souces
Gorda Pta
Sancho Pta
S. Lucia
Candelaria
Santa Cruz
Tazacorte
Ganado Pta
SUB. TEL.
S. Antonio
2240
Fuencaliente Pta

Kein Feuer, keine Kohle kann brennen so heiß,
als heimliche Liebe,
von der niemand nichts weiß!

Inhaltsverzeichnis

Im Sommer 1890 – ein Paukenschlag	9
Ein erstes Kennenlernen oder: Aus eins mach zwei	22
Aufbruch nach Norderney	33
Erste Eindrücke von Norderney	43
Sommer in Hannover	49
Am Damenstrand	53
Ein Familientreffen	61
Inselferien	66
Eine schicksalhafte Begegnung	73
Der Sedantag	81
Ein Rendezvous auf der Marienhöhe	89
Aufbruchstimmung – die Sommerfrische geht zu Ende	93
Bei Wilhelm Jacob	99
Heimliche Aktivitäten	104
Ein Dinner in der Königstraße	108
Reisevorbereitungen	116
Ein Detektiv wird beschattet	122
Kleider machen Leute	132
Isidora und ihr Verehrer	137
Im Zug nach Hamburg	141
Die Schiffsreise bis Teneriffa	144
Ankunft auf La Palma	160

Die Inselüberquerung:Von Santa Cruz nach Los Llanos	166
Los Llanos	174
Familiengeschichten	181
Ruhige Tage in Los Llanos	188
Hahnenkämpfe	195
Das Fest der Jungfrau de los Remedios	198
Die Rückfahrt	203
Zurück in Deutschland	211
Finale mit Paukenschlägen	214
Epilog Im Café Kröpcke	226
Historisches und Erdachtes	229
Danke!	230
Handelnde Personen	231

Im Sommer 1890 - ein Paukenschlag

Maximilian von Elßtorff stand im Arbeitszimmer von Donna Isabella am Wandtelefon. Während er auf seine Verbindung wartete, konstatierte er beiläufig, dass auch bei der Ausstattung dieses Zimmers die Besitzerin des teuersten Edelbordells Hannovers genauso viel Geschmack bewiesen hatte wie bei der raffinierten und kostspieligen Einrichtung des gesamten Etablissements.

»Ich möchte mit Marga Lheiß sprechen, aber schnell«, bellte er ins Telefon, als sich einer der Angestellten seines Architekturbureaus, welches sich ebenso wie seine große Wohnung in der Königstraße befand, meldete. Seine Finger trommelten einen nervösen Marsch an die Wand, während er auf die Stimme der Haushälterin wartete. »Marga, endlich! Wir bekommen Besuch, lassen Sie das beste Gästezimmer richten. Bereiten Sie meine Frau, meinen Sohn und Elsa auf einen besonderen Gast vor. Wir kommen in etwa eineinhalb Stunden. Sorgen Sie dafür, dass reichlich Riechsalz und Cognac bereitstehen! Auch Ihnen steht eine Überraschung bevor!«

»Wird gemacht, gnädiger Herr.« Hinter seiner knappen Ankündigung in der Art des ehemaligen Offiziers erkannte Marga sofort seine große Angespanntheit. Und da sie ihn bereits seit zwanzig Jahren kannte, hütete sie sich nachzufragen, obwohl sie vor Neugierde brannte.

Auch Maximilians Gedanken verweilten einen kurzen Moment bei seiner Haushälterin, die außer ihm und seinem verstorbenen Logenbruder Sartorius als Einzige um das Geheimnis wusste, welches er nun bald zu lüften gezwungen war.

Seine Gedanken überschlugen sich. Die schöne Helena, die er hier besuchen wollte, hatte das Etablissement verlassen, da ein Herr ihr eine eigene Wohnung eingerichtet hatte und sie aushielt – er würde sie wohl nie wiedersehen! Stattdessen begegnete er zu seiner völligen Verblüffung unerwartet Emilie Sartorius, der verwaisten Tochter eines Logenbruders aus Königsberg. Er konnte sie unmöglich als Gesellschafterin bei der Besitzerin des Edelbordells lassen. So gab er sich als Freimaurer und alter Freund von Sartorius zu erkennen und erklärte sich bereit, die junge Frau zunächst in seiner Familie aufzunehmen.

Ein Klopfen riss ihn aus seinen Gedanken, da trat auch schon Donna Isabella ein.

»Während Emilie ihre wenigen Habseligkeiten packt, können wir ja noch ein paar Worte unter vier Augen wechseln, Herr von Elßtorff. Da gab es ja heute für Sie und für mich eine große Überraschung.«

Maximilian von Elßtorff nickte nur stumm.

Ganz Geschäftsfrau, fuhr Donna Isabella fort: »Nun, es gibt einige entzückende Neuzugänge hier, die Sie jederzeit gern verwöhnen werden.«

Von Elßtorffs Reaktion erschien ihr wenig enthusiastisch, daher vertiefte sie das Angebot nicht und wechselte das Thema. »Auch ich habe Helena ungern verloren, aber eine solche Chance bietet sich meinen Mädchen nicht oft, da wollte ich ihr nicht im Wege stehen.«

Obwohl Maximilian den endgültigen Verlust Helenas noch längst nicht völlig begriffen hatte, durchzuckte ihn sofort der Gedanke, dass die Bordellbesitzerin aus ihrem Verlust gewiss Gewinn gezogen hatte. Dieser Mann, der konsequenter gehandelt hatte als er selbst, dürfte ein hübsches Sümmchen als Auslösung hingeblättert haben. Er riss sich zusammen.

»Momentan, Donna Isabella, gilt es sich um Fräulein Sartorius zu kümmern. Den kurzen Aufenthalt von ihr in diesem Haus werden wir beide, ebenso wie Emilie, für immer mit dem Mantel des Vergessens und absoluten Schweigens bedecken. Gott sei Dank ist ja kein Schaden entstanden – sollten Sie Auslagen gehabt haben, erstatte ich Ihnen diese sogleich.«

Nach einem kaum wahrnehmbaren Zögern erwiderte Donna Isabella: »Nicht nötig, Herr von Elßtorff, bleiben Sie meinem Haus gewogen. Es ist nobel, dass Sie sich um Emilie kümmern, der das Schicksal ja in letzter Zeit einiges abverlangt hat.«

Man verabschiedete sich, und Maximilian nahm sich im selben Moment vor, dieses Edelbordell nie wieder zu betreten.

Sein Diener und Kutscher hatte bereits den Zweispänner vorgefahren.

»Auf ein Wort, Franz.« Maximilian wusste, dass er sich auf Franz, der ihm als sein Bursche in der Schlacht von Langensalza 1866 das Leben gerettet hatte, stets blind verlassen konnte. »Beim Anblick der jungen Dame, die gleich mit uns fahren wird, verziehst du keine Miene. Zeit für Erklärungen bleibt nicht, das kommt später.«

Es kostete Franz allerdings seine ganze Selbstbeherrschung, nicht erstaunt aufzuschreien, als Emilie heraustrat. Aber es gelang ihm, sein Gesicht zunächst abzuwenden, sich zu fassen, dann eine gleichmütige

Miene aufzusetzen und zwei Hutschachteln, einen großen Koffer und eine Reisetasche zu verstauen.

Er konnte nicht wissen, dass sein Herr mangels anderer Ideen beschlossen hatte, Emilies Einführung in die Familie wie einen militärischen Überraschungsangriff ablaufen zu lassen.

Dies musste er auch unaufschiebbar in die Tat umsetzen, da bereits am nächsten Morgen eine äußerst dringende Geschäftsreise anstand.

Auf der Fahrt von Kleefeld, vor den Toren Hannovers gelegen, in die Königstraße kam ein Gespräch nur stockend in Gang.

»Dein Vater und ich hielten in letzter Zeit kaum noch Kontakt, so wusste ich nichts von seinen Problemen. Wir lernten uns bei einer Reise zu den Kanarischen Inseln näher kennen und schätzen. Paul war ja sehr an Geschichte und auch am Weinbau interessiert.«

Emilie nickte. »Ja, er gab mal zum Besten, dass der britische Hofpoet pro Jahr ein Fass kanarischen Weines erhielt – er wusste so vieles, ich kann immer noch nicht glauben, dass er tot ist.« Nun konnte sie die Tränen nicht mehr unterdrücken. Maximilian reichte ihr sein Taschentuch. Nach einer Weile sprach sie weiter: »Mutter starb bereits vor vier Jahren, danach wurde Vater nie wieder der Alte. Erst nach und nach reimte ich mir zusammen, dass er mit ihr eine Menge Geschäftliches besprochen hatte, sie offenbar viel von Wein verstand und erheblich zu seinen Erfolgen beitrug. Er ertrank letztes Jahr beim Baden in der Ostsee, wahrscheinlich ein Herzschlag, denn er war ein guter Schwimmer.« Ihren leisen Verdacht, der Vater könne bewusst den Tod gesucht haben, verschwieg sie, da schon der Gedanke daran zu schmerzlich war.

Maximilian tätschelte ungeschickt ihre Schulter, um sie zu trösten, und sagte: »Sie Ärmste, wie schrecklich, einen Menschen so plötzlich zu verlieren, mein herzliches Beileid.«

Erneut trocknete sie ihre Tränen und fuhr nach einer Pause fort: »Nach seinem Tod stellte sich allmählich der vollständige Bankrott seines Weinhandels heraus. Abgesehen von einigen wenigen Schmuckstücken meiner Mutter ließ er mich völlig mittellos zurück. Um der Schande in Königsberg zu entkommen und Geld zu verdienen, bewarb ich mich auf die Stelle als Gesellschafterin, nicht ahnend, in welchem Haus ich landen würde. Allerdings behandelte Donna Isabella mich korrekt und zuvorkommend.«

»Das beruhigt mich sehr. Dennoch werden wir so tun, Emilie, als ob wir Sie vom Bahnhof abgeholt hätten – Sie haben mir, als dem Logenbruder Ihres Vaters, überraschend ein Telegramm geschickt. Auf Franz können wir uns verlassen. Dieses Vorgehen erspart uns umständliche Erklärungen.«

»Ja, Herr von Elßtorff, das leuchtet mir ein.« Emilie war froh, dass sie nicht errötete.

Da fängt diese ganze Angelegenheit gleich mit einer Lüge an, ging ihr durch den Kopf, allerdings handelt es sich um eine Notlüge, die uns beide vor Peinlichkeiten bewahrt.

Nach einem langen Räuspern raffte sich Maximilian schließlich zu einer weiteren, jedoch rätselhaften Anmerkung auf: »Unsere zufällige Begegnung sehe ich als eine Art Wink des Schicksals – es gibt noch einen zusätzlichen wichtigen Grund, dich in meine Familie aufzunehmen, aber das wirst du gleich erleben.«

Sein Gesichtsausdruck wirkte so angespannt, dass die völlig erstaunte Emilie nicht wagte, nachzuhaken. Schon gar nicht, wieso er sie plötzlich geduzt hatte.

In der Königstraße herrschte indes nervöse Erwartung. Alle fragten sich, was es mit der rätselhaften Ankündigung des Hausherrn auf sich haben könnte.

Im Salon in der Belle Etage saßen bereits Sophie von Elßtorff, ihr Sohn Heinrich, der in Berlin Medizin studierte, aber den Sommer bedingt durch eine Krankheit daheim verbrachte, und seine Ziehschwester Elsa.

»Schwesterlein, hör auf, hin und her zu rennen wie ein Tiger im Käfig. Papa wird bald kommen und das Rätsel, welches hinter seiner dubiosen Ankündigung steckt, auflösen.«

Sophie nippte an einem Kamillentee, den ihr die Haushälterin zur Beruhigung hatte zubereiten lassen. Marga Lheiß stand am Fenster, spürte, wie ihre Aufregung immer stärker wurde, und spähte nach der Kutsche.

Ungeduldig trommelte Elsa mit den Fingern auf der französischen Anrichte. »Hast du gewiss alles ganz genau wiedergegeben, was Onkel Maximilian gesagt hat, Marga?«

»Wortgetreu, Fräulein Privatdetektiv, darauf kannst du dich verlassen.«

»Detektivarbeit brauche ich vorerst nicht mehr. Der Todesfall im Königlichen Schauspielhaus hat mir gereicht«, wehrte Elsa ab. »Die systematische Herangehensweise eines Sherlock Holmes liest sich faszinierend, aber die Realität eines Verbrechens führt eher zu schlaflosen Nächten. Jedenfalls bin ich froh, dass unsere Freundin Roberta keine weiteren Anschläge auf ihr Leben befürchten muss.«

Blass geworden, setzte auch sie sich jetzt hin.

Schon reichte ihr Marga einen Kamillentee. Denn sie wusste genau, dass Elsa immer noch darunter litt, bei dem Giftselbstmord des Täters zugegen gewesen zu sein.

Erneut bezog die Haushälterin ihren Spähposten. Wieso will mich der gnädige Herr dabei haben? Und weshalb wird es auch für mich eine Überraschung? Ob es mit unserer damaligen Reise zu tun hat?

In diesem Moment kam die Kutsche angefahren. Bevor sie in die Toreinfahrt einbog, erhaschte Marga einen flüchtigen Blick auf ein junges blondes Frauenzimmer. Sie rieb sich die Augen, ihr Magen verkrampfte sich. Das konnte doch nicht sein …

Kurz darauf war vom Flur her ein erstickter Schrei zu vernehmen, der eindeutig dem Dienstmädchen Trine zuzuordnen war.

Da öffnete sich die Tür des Salons, Maximilian trat ein und sagte: »Das ist Emilie Sartorius aus Königsberg, die verwaiste Tochter eines Logenbruders von mir.«

Sophie und Heinrich schrien bei deren Anblick laut auf. Marga fasste sich ans Herz: »Also doch …!«

Elsa erhob sich unter Mühen aus ihrem Sessel. Jegliche Farbe war aus ihrem Gesicht gewichen, während sie ihr absolutes Ebenbild fassungslos anstarrte. Ihr Gegenüber trug das blonde Haar genau wie sie selbst, hochfrisiert, was die geraden, dunklen Brauen über aquamarinblauen Augen betonte.

Emilie blickte Elsa an wie eine Erscheinung, stieß einen gurgelnden Laut aus und fiel ohnmächtig in Maximilians Arme.

Zum ersten Mal in ihrem Leben benutzte Marga für sich zuerst das Riechsalz, eilte dann auf Emilie zu, um es ihr unter die Nase zu halten. Aus den Augenwinkeln nahm sie wahr, dass Heinrich, der kurzzeitig zur Salzsäule erstarrt war, seiner Mutter einen Cognac in die Hand drückte und bereits weitere Gläser einschenkte.

Emilie erwachte aus ihrer Ohnmacht und wurde behutsam von Maximilian und Marga zu einem Sessel geführt.

»Bitte, Marga, setz dich hin, bevor du auch noch umkippst«, schnarrte Maximilian und gab ihr einen Cognac.

»Papa, die beiden ähneln sich wie ein Ei dem andern – was hat das zu bedeuten?«, fragte Heinrich.

Sein Vater räusperte sich umständlich. »Es tut mir leid, dass ich alle so überfalle, aber es blieb keine Zeit, euch lange vorzubereiten. Emilie ist die Tochter eines mir nahestehenden Freimaurer-Bruders der Königsberger Loge, der leider kürzlich verstarb.«

»Mein aufrichtiges Beileid, Fräulein Sartorius, dennoch Papa, was erklärt die frappierende Ähnlichkeit?«

Elsas Gedankengänge überschlugen sich derweil, dann jedoch sortierte sie sich wie ihr Vorbild Sherlock Holmes.

»Da wir ja bereits sicher sitzen, möchte ich zunächst wissen, Emilie, wann bist du geboren?« Wie erstarrt blickten alle zu Emilie.

»Ich bin am 7. Oktober 1871 geboren«, lautete deren Antwort.

Heinrich rief: »Elsa ist auch am 7. Oktober 1871 geboren!« Trotz des in ihm tobenden Gefühlsaufruhrs bewunderte er seine Ziehschwester, die selbst in dieser Situation mal wieder schnell zum Kern der Sache vorstieß: »Hast du ein Muttermal links hinter dem Ohr?«

Völlig erstaunt neigte Emilie bestätigend den Kopf.

»Allmächtiger«, seufzte Maximilian leise, »wenn doch wenigstens Paul Sartorius noch lebte, um mich zu unterstützen.«

Elsa und Emilie sahen einander mit großen Augen an. Sophie und Heinrichs Blicke wanderten zwischen den zweien hin und her. Mit tränenüberströmtem Gesicht ging Marga auf die beiden zu, die sich wie auf Kommando gleichzeitig erhoben. Sofort schlang Marga die Arme um sie und flüsterte: »Ich danke dem Herrgott, dass ich euch noch mal zusammen an mein Herz drücken darf.«

Basses Erstaunen legte sich auf alle Gesichter – bis auf das Maximilians …

Sophie straffte schließlich die Schultern. »Du scheinst einige Geheimnisse zu lüften zu haben, mein Gemahl. Ich bin äußerst gespannt auf deine Erklärungen!«

»Ich werde alles erzählen, was ich weiß«, verkündete Maximilian, stand auf und bot seiner Frau den Arm. »Marga, lass bitte im Speisezimmer einen Imbiss servieren, wir brauchen zwischendurch eine Stärkung.«

»Bereits geschehen, gnädiger Herr.«

»Du bist eine unglaubliche Perle«, murmelte Sophie, die sich von der Lebensklugheit wie der Diskretion der Haushälterin schon des Öfteren hatte überzeugen können.

Elsa reichte Emilie die Hand. »Komm, meine liebe Geburtstagsschwester«, sagte sie munterer, als ihr zumute war, »das wird ein denkwürdiger Tag!«

Im Speisezimmer befanden sich erfrischende Getränke, und auf einer Anrichte standen verschiedene kleine Speisen.

»Für den ersten Hunger«, vermeldete Marga. »Für weitere Wünsche brauchen wir nur zu klingeln.«

»Also, Maximilian, bevor du erzählst, müssen wir unbedingt eine Tatsache wissen: Sind die beiden nun wahrhaftig Zwillinge oder nicht?« Sophie blickte ihren Mann ernst an.

»Ja, sie sind Zwillinge.«

Man hätte im Raum eine Stecknadel fallen hören können. Elsa schossen die Tränen in die Augen. Heinrich legte tröstend seinen Arm um ihre Schulter. Dann ging Elsa auf Emilie zu und sagte tief gerührt: »Darf ich dich umarmen?«

Inzwischen zückten Sophie und Marga ihre Taschentücher, und auch den Männern traten beim Anblick der Zwillinge, die sich in den Armen lagen, Tränen in die Augen.

»Maximilian, wie konntest du mir verschweigen, dass es Zwillinge sind? Und wie konntet ihr die kleinen Mädchen trennen?« Fassungslos sah Sophie ihren Gatten an.

»Ich habe oft darüber nachgedacht, ob es richtig war. Aber wenn Kinder verwaisen, werden schließlich auch oft Geschwister getrennt, falls man sie so am besten versorgen kann.« Er seufzte. »Ich brauche eine Kleinigkeit zu essen, mir ist ganz flau im Magen. Und ihr solltet gleichfalls eine kleine Stärkung nehmen. Dann berichte ich, wie alles gekommen ist.«

Bald hatte sich jeder mit einem Häppchen gestärkt, richtigen Appetit verspürte niemand, und Sophie drängte ihren Mann, endlich zu erzählen.

»Ein großes Freimaurertreffen fand vor ungefähr fünfzehn Jahren in Berlin statt. Als mein Logenbruder Sartorius erfuhr, dass ich mich nach Reisewegen zu den Kanarischen Inseln erkundigte, wollte er sofort mit. Seine Begeisterung war kaum zu bremsen. Er war Kaufmann und handelte unter anderem mit guten Weinen. Und die Produkte von den Eilanden der Glückseligen und von Madeira erfreuen ja nicht erst seit gestern den Gaumen. Malvasia-Wein, wie das schon klingt! Ich erzählte Paul – im Laufe der gemeinsamen Tour gingen wir zum Du über – von dem ominösen Brief, der von La Palma gekommen war. Dass ich dir, Sophie, versprochen hatte, die Reise zu unternehmen. Das Ganze hing zusammen mit einer gewissen Ernestine, deiner besten Freundin, Sophie.«

Seine Frau hielt es nicht mehr aus und erzählte weiter: »Ernestine rettete mir in München, wo wir gemeinsam ein Pensionat besuchten, das Leben, als ich ausrutschte und in die Isar fiel. Danach wurden wir enge Freundinnen und schworen uns, bis an das Lebensende einander in jeder Notsituation beizustehen. Der Brief stammte von der Patentante von Ernestine, die sich auf dieses Versprechen berief.«

Dieser Brief, den Sophie in- und auswendig kannte, wurde geholt. Dennoch bat sie: »Bitte lies du vor, Marga, ich bin zu aufgeregt.«

Elsa und Emilie, die über ihre Schulter blickten, versuchten mitzulesen.

»Verehrte Gräfin von Elßtorff, wie Sie wahrscheinlich wissen, bin ich, die unterzeichnete Hanna Martín-Sander, die Patentante von Ihrer besten Freundin Ernestine aus der Pensionatszeit. Ernestine verschwand auf rätselhafte Weise vor vier Monaten und gilt als verschollen. Ich bin sehr schwer erkrankt, und es scheint ungewiss, ob ich am Leben bleibe. Mein Mann, der Agrar-Ökonom Rafael Martín-Perez, starb vor drei Jahren, so besitze ich hier keine zuverlässige Vertrauensperson. Meine große Sorge gilt dem kleinen Mädchen …«

»Halt«, rief Emilie, »hier steht *den* kleinen Mädchen, das ist ganz eindeutig ein N!«

Sophie erhob sich, um ebenfalls zu schauen. »Tatsächlich, das könnte auch ein N sein!«

Heinrich bat: »Lies weiter, Marga.«

»… Es gibt niemanden an Ort und Stelle, der sich kümmert, falls mir etwas passiert. Ernestine sagte immer, im Notfall könnten wir felsenfest auf Sie bauen. Holen Sie Kleinchen nach Deutschland, es braucht für sie einen passenden Rahmen.

Mehr kann ich nicht schreiben, das musste ich Ernestine auf die Bibel schwören. Gott schütze Sie! Los Llanos im September 1873. Abrazos fuertes, Ihre ewig dankbare Hanna Martín-Sander.«

»Der Tintenfleck vor Kleinchen war bestimmt ein *die*«, murmelte Marga.

Elsa murmelte zustimmend.

»Von einer Ernestine hast du oft gesprochen, liebe Tante. Und dass ihr ungewisses Schicksal dich bedrückt.«

In Sophies Augen stiegen Tränen, und sie nickte stumm.

»Jedenfalls bin ich dann mit Marga und Paul Sartorius zu der abenteuerlichen Reise aufgebrochen.«

»Was, Marga war auch dabei?« Elsa blickte konsterniert zu Heinrich.

»Ich weiß nichts von alledem, Elsa.«

»Also bitte, ich bin kein großer Erzähler, unterbrecht mich keinesfalls noch öfter. Ich verliere jedes Mal den Faden.«

»Maximilian, sei ein bisschen nett«, mischte sich seine Frau ein. »Überleg mal, um was es geht. Wir bringen dich schon wieder ins richtige erzählerische Fahrwasser. Also, wo seid ihr losgefahren?«

»In Bremerhaven. Das war streckenweise eine stürmische Fahrt. In Teneriffa stiegen wir in Puerto de la Cruz aus, ein sehr interessanter

Ort. Es leben dort viele Engländer und Holländer, die Handel treiben und sich im Orotava-Tal in teilweise herrschaftlichen Besitzungen niedergelassen haben. Von Teneriffa aus nahmen wir Kurs auf La Palma, daselbst legten wir im Hafen von Santa Cruz an und erholten uns einige Tage. Dann ging es per Maultier über einen Pass. Je höher wir kamen, desto kühler wurde es. Während uns weiter unten noch Palmen erfreut hatten, begannen hier die kanarischen Kiefern die Herrschaft zu übernehmen. So erreichten wir auf unglaublichen Pfaden ein verschlafenes Städtchen namens Los Llanos.«

Sophie knuffte unauffällig ihren Mann, der völlig richtig verstand, dass er zum Wesentlichen kommen sollte.

»Dort empfing uns Hanna Martín-Sander, die Patentante, offenbar von einer schweren Krankheit gezeichnet. Sie lebte seit 1867 in der Calle Fernández Taño, einer Parallelstraße zur Calle Rey, in einem großen einstöckigen, weißverputzten Stadthaus mit Ziegeldach, an welches sich ein riesiges Grundstück anschloss. Daselbst hatte ihr verstorbener Gatte, ein spanischer Agrarspezialist, unterschiedliche Experimente mit allen möglichen Pflanzen durchgeführt.

Ja, und da existierten zu unserer großen Überraschung statt eines Mädchens plötzlich zwei: die entzückenden kleinen blonden Zwillinge Elsa und Emilie. Sommersprossig und putzmunter, plapperten sie Spanisch und Deutsch durcheinander. Offenbar ließ man ihnen viel Freiheit, sie tobten auf dem reichlich Platz bietenden Gartengelände herum, spielten mit Hunden und Katzen. Die Patentante Hanna sprach häufig von der verschollenen Ernestine, die vor drei Jahren aus Deutschland zu ihr gekommen war. Damals war gerade ihr Ehemann Rafael Martín-Perez plötzlich verstorben, und sie war sehr froh, dass Ernestine gekommen war, um ihr Gesellschaft zu leisten. Drei Jahre später verschwand sie bei einem Aufenthalt in der Hauptstadt Santa Cruz spurlos. Alle Nachforschungen waren ergebnislos geblieben. Quälende Sorgen bereitete Hanna die Ungewissheit über Ernestines Schicksal. Ein Foto von ihr stand auf einer Anrichte.

Wie auch immer, wir sahen uns mit der Tatsache konfrontiert, dass wir statt einem nun zwei Mädchen mit nach Deutschland nehmen sollten. Paul und ich führten zunächst ein Gespräch unter vier Augen. Ich fühlte mich äußerst ratlos. Denn du, Sophie«, wandte er sich an seine Frau, »warst damals von äußerst zarter Gesundheit. Und die Mädchen fand ich entzückend, aber sie schienen rechte Wildfänge zu sein. Zwei von der Sorte, so fürchtete ich, könnten dich überbelasten. Und da kam Paul der Gedanke, selbst eines der Mädchen aufzunehmen. Seine Frau und er hatten bis dato vergeblich auf Nachwuchs gehofft, und er glaubte fest, dass sie mit einem dieser reizenden Mädel glückliche Eltern werden würden.«

Emilie, die die ganze Zeit Hand in Hand mit Elsa gesessen und zugehört hatte, erhob sich mit Tränen in den Augen. »Ich kann es alles noch nicht wahrhaftig begreifen. Nie zweifelte ich daran, dass Jette und Paul Sartorius meine richtigen Eltern sind.«

»Du wirst in gewissem Sinn auch immer ihr Kind bleiben, Emilie«, erwiderte Sophie mit einem warmherzigen Lächeln.

Nachdenklich setzte sich Emilie wieder hin. Elsa betrachtete sie und konnte sich gut vorstellen, welcher Aufruhr in ihr herrschen mochte. Ihre Blicke wanderten von ihrer Schwester zu den von Elßtorffs.

»Ja, und was auch passieren mag, meine Eltern werden sie für mich stets bleiben.« Energisch putzte Emilie sich die Nase.

»Seltsam«, sagte Elsa, »im Gegensatz zu dir glaubte ich ja, dass ich ein Waisenkind bin. Darauf führte ich immer das vage Gefühl zurück, dass mir etwas fehlt. Aber was ich vermisste, warst du, eine kleine Erinnerung muss noch in mir vorhanden gewesen sein.«

Emilie sah Elsa lange an. Dann nickte sie: »Ich glaube, ich weiß, was du meinst.«

»Vor unserem Künstlerhaus in der Sophienstraße liegen zwei mächtige Löwen, Skulpturen natürlich. Einen davon streichelte ich als Kind immer, wenn wir daran vorbeikamen. Du, Onkel Maximilian fragtest mich mal, wieso ich stets nur den einen tätschelte. Und ich erwiderte, dass der zweite zu einem anderen kleinen Mädchen gehört. Das weiß ich deshalb noch so genau, weil du mich daraufhin fest an der Hand nahmst, ganz bleich aussahst und mich rasch weiterzogst. Jetzt vermute ich, dass du an meine Zwillingsschwester denken musstest.«

Maximilian nickte mit beklommener Miene. »Ja, auch ich erinnere mich genau daran.«

Nachdenkliches Schweigen herrschte.

»Jedenfalls habt ihr da Schicksal gespielt und in unser Leben tief eingegriffen«, äußerte Elsa in vorwurfsvollem Ton. Die beiden Schwestern sahen einander an.

»Ich kann es immer noch nicht fassen, wenn ich dich ansehe, Elsa! Es ist, wie in einen Spiegel zu sehen – und doch auch wieder nicht.«

»Mir geht es genauso, Emilie.«

Sie wandten sich wieder Maximilian zu und zupften sich gleichzeitig, während sie ihn anblickten, am rechten Ohrläppchen.

Heinrich beobachtete die beiden fasziniert.

Maximilian räusperte sich.

»Ich kann mir und Paul Sartorius diesen Vorwurf nicht ersparen. Aber wir hielten es eben damals für die beste Lösung.« Er fuhr sich über die Stirn und holte tief Luft. Seine Erklärung kam ihm selbst lahm vor.

»Wenn ihr gestattet, möchte ich gern fortfahren, um zumindest für heute meine Geschichte so weit abzuschließen.

Solange wir noch in Los Llanos waren, kümmerte sich Marga rührend um die Patentante. Diese zeigte sich sehr erleichtert, dass für die Mädchen gut gesorgt werden würde. Nur äußerst ungern trennte sie sich von den beiden, sah aber keine andere Möglichkeit. Immerhin besaß sie eine vertraute Freundin, die allseits beliebte Lehrerin Josefina. Diese sprach sehr gut Deutsch, sie hatte auch Ernestine Spanischunterricht gegeben. Als unverheiratete Frau, die zudem auf ihr Lehrerinnensalär angewiesen war, konnte sie sich aber nicht gut um die Mädchen kümmern. Außerdem war es der ausdrückliche Wunsch von Hanna Sander, dass die Mädchen möglichst standesgemäß in Deutschland aufwachsen sollten, und zwar im evangelischen Glauben.

Ich war ja für sie der Mann von Ernestines bester Freundin und damit ihr Ansprechpartner, und sie fasste rasch Vertrauen. Es schien ihr sogar ein wenig besser zu gehen, als alles soweit geklärt war. Marga und ich waren froh, dass Josefina uns in die Hand versprach, sie werde sich gut um Hanna kümmern. Dann kam die Stunde des Abschieds. Und die lange Rückreise. Die beiden Mädchen freundeten sich im Nu mit Marga an.«

Zum ersten Mal ergriff diese das Wort: »Ich war nicht dafür, die munteren Gören zu trennen, sie wuchsen mir schnell ans Herz. Und sie hingen aneinander, obwohl sie ja so klein waren. Aber aus Vernunftgründen schloss ich mich, wenn auch ungern, den Entscheidungen der Herren an. Denn ich wusste ja, dass ihr«, sie blickte ernst zu Elsa und Emilie, »zwar getrennt wurdet, jedoch in sehr gute Hände kamt. Das können weder damals noch heutzutage viele Waisen kaum von sich behaupten – und gerade die Mädchen werden oft wie Dienstmägde behandelt.«

Maximilian unterbrach nach einer Weile die gedankenvolle Stille. »Paul schickte seiner Frau von Sevilla aus ein Telegramm, in der er sie über eine mögliche Adoption informierte, sie war mit Freude einverstanden. In Bremerhaven trennten sich unsere Wege.«

»Blieben Sie denn mit meinem Papa in Kontakt?«

»Nur sporadisch, bei Logenveranstaltungen. Ich glaube, wir vermieden beide, an der Angelegenheit zu rühren. Und auch von La Palma kam nie wieder eine Nachricht. Die Postwege gelten allerdings als äußerst unzuverlässig. So kann ich nur vermuten, dass Hanna Martín-Sander verstorben ist.«

»Wie geht es jetzt weiter?«, warf Heinrich ein.

»Nun, Emilie bleibt selbstverständlich bei uns.« Sophie, die es erst kürzlich gelernt hatte, eigene Entscheidungen zu treffen, blickte fest entschlossen in die Runde. Nachdem sie aus ihrer Kur in Salzuflen zurückgekommen war, hatte sie nicht lange übersehen können, dass ihr Gatte kaum noch das Bett mit ihr teilte und häufig auswärtige Termine wahrnahm. Das war ungewöhnlich, zumal sie bis dato kaum Grund hatte, an der Treue ihres Mannes zu zweifeln. Die verunsicherte Sophie beschloss nach einem streng vertraulichen Gespräch unter vier Augen mit Marga abzuwarten. Zugleich begann sie jedoch, ihre eigenen Interessen stärker zu berücksichtigen und sich weniger mit ihrem Gatten abzustimmen.

Maximilian erhob sich sofort, küsste seiner Gemahlin die Hand und murmelte: »Liebste Sophie, du hilfst mir, einen ungern getroffenen Beschluss, soweit dies überhaupt geht, wiedergutzumachen.«

Seine Frau strich ihm wie verzeihend über das Haar. Da stand auch schon Emilie vor Sophie, hauchte ebenfalls einen Kuss auf deren Hand und flüsterte tränenüberströmt einen Dank. Die Dame des Hauses erhob sich und nahm sie in den Arm: »Du darfst Tante zu mir sagen!« Elsa trat zu den beiden, wurde ebenfalls ans Herz gedrückt. »Ab heute gibt es in der Familie zwei große Mädchen.«

Maximilian schloss sich mit erleichtertem Gemüt an und reichte, weniger gefühlvoll, aber herzlich gemäß seines Standes als Familienoberhaupt, Emilie die Hand: »Ab sofort bin ich dein Onkel, der wie wir alle gut für dich sorgen wird.«

»Vielen Dank, Oheim«, knickste seine neue Ziehtochter.

»Wir alle haben, besonders Elsa nach ihrem abenteuerlichen Detektiveinsatz, eine Sommerfrische dringend nötig. Obwohl ich in der Kur in Salzuflen doch einige Kräfte sammeln konnte, brauche ich nach diesem Schock eine erholsame Pause. Mein Vorschlag ist, dass wir alle zusammen nach Norderney fahren. Auch du Maximilian«, wandte Sophie sich an ihren Gatten, »wirkst etwas abgespannt auf mich. Ich hoffe, du kannst dich dieses Mal länger anschließen als sonst. Schließlich mussten wir uns bereits wegen meiner Kur wochenlang entbehren.«

Wenn er ob seines Seitensprunges ein schlechtes Gewissen hat, wie Marga in unserem geheimen Gespräch meinte, so wird er dem zustimmen, schoss es Sophie blitzschnell durch den Kopf.

»Eine gute Idee«, erklärte Maximilian auch sofort. »Ich treffe die nötigen Vorkehrungen und folge euch für mindestens zwei Wochen in die Sommerfrische auf unser schönes Norderney.«

Sophie wusste nicht so recht, ob sie sich freuen sollte oder nicht, entschloss sich dann aber, dies als gutes Omen für den Fortgang ihrer Ehe zu sehen.

Nach all den Aufregungen schmeckten die hervorragenden Speisen nun doch. Es wurde kein langer Abend mehr, alle fühlten sich von den Gemütsbewegungen ungemein erschöpft.

»Wir werden noch viele bewegende Gespräche führen«, meinte Heinrich, als man sich mit Wünschen für eine gute Nacht verabschiedete. »Rom wurde auch nicht an einem Tag erbaut.«

»Wer weiß, welche abenteuerlichen Geheimnisse es noch zu lüften gilt«, sinnierte Elsa.

Keiner der Beteiligten ahnte, wie außerordentlich sich dies in den folgenden Wochen und Monaten bewahrheiten sollte.

Ein erstes Kennenlernen oder: Aus eins mach zwei

Zum Frühstück versammelte sich am nächsten Morgen pünktlich – worauf der Hausherr als ehemaliger Offizier Wert legte – die ganze Familie.

Wirklich munter sah an diesem Vormittag aber niemand aus. Das neue Mitglied der Familie hatte Ringe unter den Augen, und auch Elsa hatte eine äußerst schlechte Nacht hinter sich, zu viele Gedanken und Gefühle waren in ihr durcheinander geschwirrt. Schließlich war sie aufgestanden, um sich einige Notizen zu machen.

»Sag bitte, Onkel Maximilian, wieso heiße ich, oder eigentlich wir, nur Martin? Im Pensionat gab es eine Spanierin, ihre Großeltern waren deutsch, die führte einen Doppelnamen.«

Maximilian räusperte sich. »Ihr tragt in der Tat einen doppelten Nachnamen, wie es in Spanien üblich ist.«

»Wie also lautet der?«

»Euer Familienname ist Martín-Sander, das spanische Martín von eurem Vater, Sander von eurer Mutter.«

»Wieso heiße ich dann treudeutsch Martin?«, hakte Elsa nach.

Innerlich aufseufzend machte sich Maximilian klar, dass er noch etliche Gespräche dieser Art vor sich hatte. Wie gut, dachte er, dass die Reisevorbereitungen nach Norderney zunächst für Ablenkung sorgen. Auf der Insel mögen dann die Frauen untereinander sich mit dem Ganzen befassen. Ihm war das Rundherum viel zu gefühlvoll!

»Weil der Standesbeamte mit den wenigen Papieren, die ich hatte, fast alle auf Spanisch, völlig überfordert war. Ihr wisst ja, dass es leicht zu unterschiedlichen Schreibweisen kommt. Jedenfalls dachte ich, ein unauffälliger deutscher Nachname sei ebenso gut.«

Elsa durchquerte rastlos das Speisezimmer. »Verstehe! Mir ist ja nun klar, warum du mir nie viel über den Aufenthalt auf La Palma erzählen wolltest. Denn du musstest ja die Entscheidung, uns Zwillinge zu trennen, allein mit dir ausmachen. Aber ich möchte endlich, endlich mehr von meinen wirklichen Eltern wissen.« Sie blickte zu Sophie: »Du warst wie eine gute Mutter zu mir, ich wusste jedoch immer, dass du es nicht bist, und dass Heinrich nicht mein Bruder ist, obwohl ich es so empfinde.«

Sie brach ab, hielt sich die Hände vor die Augen, ein heftiges Zittern lief durch ihren Körper. Der besorgte Heinrich fasste sie behutsam um die Schulter. »Du bist und bleibst meine Schwester, große Kleine!«

Diese zwischen ihnen gebräuchliche liebevolle Redewendung ließ Elsa nochmals tief aufseufzen, dann straffte sie sich und fuhr mit kräftigerer Stimme fort: »Als ich zum ersten Mal die bekannten Zeilen von Goethe las: ›vom Vater hab ich die Statur, vom Mütterlein die Frohnatur‹, weinte ich bittere Tränen. Es macht mich einsam, keinen Anhaltspunkt zu haben, von wem ich abstamme. So viel wie möglich möchte ich über meine Familie erfahren. Nichts besitze ich, was mir eine Vorstellung vermittelt, kein Foto, keinen Brief, rein gar nichts. Wem sehe ich ähnlich, von wem haben wir, Emilie, die ungewöhnlichen dunklen Augenbrauen geerbt, von wem die hohe Gestalt, unsere Talente, von wem die Untugenden? Wer waren unsere Großeltern?«

Emilie verfolgte den Gefühlsausbruch ihrer Zwillingsschwester mit großen Augen. »Das ist mir alles zu viel. Immer hielt ich Jette und Paul Sartorius für meine leiblichen Eltern. Gänzlich klar schien, von wem ich was im Aussehen und was von meinen Talenten geerbt hatte – und nun schwebe ich in der Luft, fast noch mehr als du, Elsa. Du hast von Kindesbeinen darüber gegrübelt, ich falle völlig ins Leere.« Schwankend erhob sie sich – der aufmerksame Heinrich sprang schnell hinzu, um sie zu stützen. Sofort hielt ihr Sophie das Riechsalz, welches sie stets in einem kleinen Pompadour bei sich trug, unter die Nase. Während Emilie wieder zu sich kam, drückte Elsa ihre Hand und streichelte ihr übers Haar.

Heinrichs Blicke wanderten immer wieder irritiert zwischen Elsa und Emilie hin und her. Da gab es seine Schwester plötzlich in doppelter Ausfertigung. Aber mit Emilie, die ihm äußerlich so vertraut schien, war er nicht in liebevoller Gemeinschaft aufgewachsen. Dies Ganze ist sehr verwirrend, dachte er. Da werden uns noch einige Überraschungen bevorstehen. Und wie wird unsere Familie reagieren, wie unsere Freunde? Ein Zwillingspaar an sich ist ja schon aufsehenerregend, aber wenn plötzlich ein erwachsener Zwilling auftaucht, das wird Anlass für Gerede und Spekulationen geben. Auf die entsprechenden Kommentare der spitzzüngigen Tante Edelgarde können wir uns jetzt schon gefasst machen! Ob Mama und Papa klar ist, dass sich Elsas Verdoppelung wie ein Lauffeuer herumsprechen wird?

In diesem Moment räusperte sich Maximilian. »Ihr wisst, dass meine heutige Geschäftsreise existentiell wichtig und unaufschiebbar für mich ist, da es um ein großes Bauvorhaben geht. Unser Familienzuwachs wird sich schnell herumsprechen. Wenn ich zurück bin, werde ich meine Mutter und die wichtigsten Familienmitglieder und Freunde informieren. Geht offensiv mit der Situation um! Am besten machst du, Elsa, nachher mit Emilie einen kleinen Stadtbummel. Zeig deiner Schwester ein wenig von unserer schönen, ehemaligen Residenzstadt! Und nun entschuldigt mich, die Eisenbahn wartet bekanntermaßen nicht.«

Er hauchte seiner Frau, die ihn zustimmend anlächelte, einen Abschiedskuss auf die Wange. »Bis morgen Abend, meine Lieben.« Damit war er von der Bildfläche entschwunden. Und er gestand sich selbst ein, dass es ihm ganz recht war, erst mal aus dem Feuer zu sein …

Nachdenklich blickte Sophie ihrem Gatten nach. »Es wird Fragen geben. Wir brauchen eine kurze Erklärung zu Emilies plötzlichem Auftauchen hier.«

Alle schauten gedankenvoll vor sich hin.

»Am besten ist immer die Wahrheit«, meinte schließlich Heinrich nach längerem Schweigen. »Emilie wurde von einem Logenbruder von Papa adoptiert und ist nun als Waise zu ihrer Zwillingsschwester gekommen und in unsere Familie aufgenommen worden.«

Elsa nickte. »Das hast du gut auf den Punkt gebracht, Heinrich.«

»Was ja sonst eher deine Stärke ist Schwesterlein«, frotzelte er, um die Stimmung etwas aufzuheitern.

In der Tat entlockte dies Elsa ein kleines Lächeln.

Auch Sophie zeigte sich zufrieden. »Das gefällt mir gut, mein Sohn. Je weniger wir erklären und rechtfertigen, umso besser. Und heute Nachmittag werden wir vier den Stier bei den Hörnern packen. Wir gehen ins Café Kröpcke und zeigen uns dem staunenden Hannover.«

»Das Kröpcke wird dir gefallen, Emilie, es gibt dort zum Beispiel eine wunderbare heiße Schokolade!«

Emilie nickte ihrer Schwester genießerisch zu. »Ja, die mag ich auch so gern.« Die beiden sahen sich an – wie schön, solche kleinen Gemeinsamkeiten zu entdecken.

»Was haltet ihr davon, wenn Franz euch drei nach seiner Rückkehr ein wenig durch die Stadt kutschiert, damit Emilie zumindest die Georgstraße mit unserem schönen Königlichen Schauspielhaus zu Gesicht bekommt, außerdem den Bahnhof, die Marktkirche, die im Bau befindliche Markthalle, das Leineschloss und einen Teil unseres wunderbaren Stadtwaldes, der Eilenriede …«

Marga Lheiß trat in diesem Moment ein und ergänzte: »Wenn es recht ist, gnädige Frau, könnten die jungen Herrschaften auch gleich

Earl Grey von Tee-Seegers mitbringen. Fräulein Emilie muss ja auch nach und nach unsere guten Geschäfte kennenlernen.«

»Das machen wir, Marga. Emilie wird bald der Kopf schwirren von all den neuen Eindrücken. Gern möchte ich meiner Schwester die vielen schönen Seiten Hannovers zeigen, wobei Onkel Maximilian ihr sicherlich noch mal genau alle unsere schöne Architektur von Laves, Tramm und unserem Meister der neuen Gotik, dem Baumeister Conrad Wilhelm Hase, erklären wird.«

»Gnädige Frau«, wandte sich Marga nun an Sophie, »bereits in zwei Wochen soll es nach Norderney gehen, da ist noch einiges zu besprechen.«

»Du liebe Güte«, platzte Elsa heraus, »bei den Aufregungen der letzten Wochen habe ich mich noch keinen Deut um meine Feriengarderobe gekümmert! Und einige Ballkleider für die abendlichen Veranstaltungen brauchen wir auch. Das wird knapp, wenn noch einiges gerichtet oder neu gemacht werden muss.«

»Das werden wir schon hinbekommen, Marga wird helfen, und unsere Schneiderin Frau Oppermann ist ja auch noch da.« Sophie bemerkte gleichzeitig mit Elsa, wie Emilie sich auf die Lippen biss. In dem wenigen Gepäck, mit dem sie gekommen war, konnte sich nicht allzu viel an standesgemäßer Kleidung befinden.

In der Tat erinnerte sich Emilie daran, wie sie fast alle ihre aufwändigen Abendroben und Ballkleider in Königsberg für einen Bruchteil des Wertes versetzt hatte. Sie hatte gemeint, diese Garderobe doch nie wieder zu benötigen, während ihr jedes Bargeld willkommen war. Da unterbrach Elsa ihre traurigen Gedanken.

»Ich muss noch all die wunderbaren Kleider durchsehen, die Roberta mir geschenkt hat, da sie für ihre Reise nach Amerika ja fast vollständig auf Reformkleidung setzt. Wir werden sehen, was dir davon gefällt, und schwesterlich teilen, Emilie!«

Sie bemerkte sehr wohl die leichte, verlegene Röte am Hals der Schwester und erklärte daher eilig: »Meine liebe Freundin Roberta Stein ist Schauspielerin und ist nach Amerika gefahren, um ihren kranken Vater zu besuchen.«

Sofort bekam sie Unterstützung von Sophie: »Auch ich schätze Roberta sehr, sie war einige Wochen mit mir in Salzuflen zur Kur. Ausgerechnet in diesem Bauernbad entdeckten wir eine Schneiderin, die ebenso hübsche wie bequeme Reformkleider anfertigt, unter denen man kein Stahlkorsett tragen muss. Wenn ihr wollt, werde ich noch ein paar leichte Sommerkleider für euch entwerfen, und Marga wird sie nähen. Eine Nähmaschine habe ich schon gekauft.«

Es ist erstaunlich, wie selbständig Tante Sophie in letzter Zeit Entschlüsse fasst und in die Tat umsetzt, konstatierte Elsa nicht zum ersten Mal.

»Allerdings würde ich euch dann in die Ferienvorbereitungen mit einbeziehen müssen, sonst bleibt uns nicht genügend Zeit. Und das muss auch vorerst unser absolutes Geheimnis bleiben.«

Emilie hatte sich schon über die locker fließende Morgentoilette der Hausherrin gewundert, die offensichtlich nicht über einem auf 48 Zentimeter Taillenweite geschnürtem Korsett saß. Verschwörerisch lächelte Sophie sie an. »Es soll vorerst niemand wissen, dass ich selbst Kleider entwerfen möchte. Die Reformkleidung ist eine viel bequemere Mode als das Mieder. Mein Hausarzt warnte mich schon länger vor den gravierenden gesundheitlichen Folgen des Schnürens, und ich werde die herrschende Mode nach und nach nur noch in Ausnahmefällen tragen. Seitdem ich mich in meiner Kleidung und in meinem Schuhwerk vernünftig bewegen kann, fühle ich mich wie neugeboren. Keine Atemnot mehr, keine Magenkrämpfe, keine Schnürfurchen, und ich kann Spaziergänge machen, ohne sofort zu ermüden.«

»Das kann ich nur bestätigen«, rief Elsa, die sich vor Sophies erfolgreicher Kur große Sorgen um deren schlechte Konstitution gemacht hatte. »Ich schlage vor, wir Frauen stellen uns gleich mal vor die Kleiderschränke. Diese höchst wichtige Angelegenheit duldet keinen Aufschub. Und die Kutschfahrt könnten wir heute Nachmittag mit dem Kaffeehausbesuch verbinden.«

Und so geschah es. Heinrich, der immer noch leicht ermüdete, war froh, sich in seine Räume zurückziehen zu können.

Sophie nahm Elsa beiseite. »Ich möchte etwas mit dir besprechen, mein Kind.«

Sofort spürte Elsa, dass ihre Tante sich mit einem Entschluss schwer tat. Daher wählte sie die vertrauliche Anrede aus Kindheitstagen, als sie nicht verstanden hatte, wieso Heinrich Maman und sie selbst Tante sagen sollte. »Tante-Maman, um was geht es denn?«

»Ich würde gern nach Norderney außer meiner Zofe noch Marga mitnehmen. Es geht mir weniger darum, ihre Dienste in Anspruch zu nehmen. Personal gibt es in den Bremer Häusern genug. Mir wäre wichtig, dass sie, die immer so treu zu uns steht, auch mal etwas Erholung findet. Und wenn das Gespräch auf La Palma kommt, könnte sie erzählen. Was hältst du davon?«

»Liebe Tante-Maman, das ist eine wunderbare Idee! Marga ist doch für uns alle eine Art von Vertrauensperson geworden – und nun weiß ich auch noch, dass sie damals die Reise nach La Palma mitgemacht hat. Dann wären wir erst mal mit Heinrich und Isidora und Marga zwei Wochen auf der Insel, und Emilie könnte uns alle näher kennenlernen. Und wenn dann Onkel Maximilian mit seiner Mutter nachkommt, erweitert sich der Kreis.«

»Dann werden wir es so handhaben – ich freue mich, dass du meine Überlegungen teilst, meine liebe Elsa.« Damit nahm Sophie ihre Ziehtochter herzlich in die Arme. »Was hältst du davon, wenn ich auch gleich noch deine Freundin Isidora Kaulbach einlade? Isidora ist eine verständige Person, auch war sie ja bei der Aufklärung des Todesfalles mit beteiligt.«

Stürmisch wurde sie von Elsa unterbrochen, die jubelte: »Du bist die Allerbeste, Tante Sophie! Isidora mit ihrem ausgleichenden Wesen wird uns sicherlich eine angenehme Gefährtin sein.«

»Das denke ich auch. Ich werde mit ihren Eltern sprechen.« Mit dem bekannten Maler Friedrich Kaulbach und seiner Frau bestand bereits eine längere Freundschaft, zumal Kaulbach vor über zehn Jahren ein wunderbares Porträt von Sophie angefertigt hatte.

Währenddessen nutzte Emilie die Gelegenheit, mit Marga allein zu sein, um eine Frage loszuwerden, die ihr auf der Zunge brannte. »Was hat es mit Elsa und dem Todesfall auf sich, worüber gestern kurz gesprochen wurde?«

»Eine schreckliche Geschichte, mein Kind. Bei einer Premiere im Königlichen Schauspielhaus am Freitag, den 13. Juni, geschah ein mysteriöser Todesfall. Nur durch Elsas Aufmerksamkeit kam heraus, dass es sich um einen Mordanschlag handelte. Und es gelang Elsa tatsächlich, den Mörder zu entlarven und zu stellen. Allerdings musste sie auch miterleben, wie dieser Selbstmord beging. Das alles hat Elsa mehr mitgenommen, als sie zugibt. Also sprich sie vorläufig besser nicht darauf an, sondern frag mich, wenn du etwas wissen möchtest.«

Fassungslos starrte Emilie Marga an. »Elsas hat einen Mord aufgeklärt? Wie kam sie dazu?«

»Sie machte sich Sorgen um eine Freundin, befürchtete, es könnte zu einem weiteren Anschlag kommen. Außerdem liest Elsa leidenschaftlich gern Detektivgeschichten und kann gut kombinieren.« Emilie blickte ziemlich entgeistert, so dass Marga sich zu einer Erklärung veranlasst sah. »Dadurch, dass sie praktisch mit Heinrich aufgewachsen ist, hat Elsa einiges gelernt, was für eine höhere Tochter sicherlich nicht typisch ist. Wahrscheinlich seid ihr recht unterschiedlich aufgewachsen«, fügte sie nachdenklich hinzu, »ihr werdet Zeit brauchen, euch kennenzulernen.«

Nach einer fast zweistündigen Fahrt in der offenen Kutsche zeigte sich Emilie begeistert von ihren ersten Eindrücken von Hannover. Man war an der im Bau befindlichen Markthalle in prächtiger Eisenarchitektur, an der Wasserkunst entlang am Leineschloss vorbeigefahren. Franz hatte es sich als stolzer Hannoveraner nicht nehmen lassen, noch die Allee nach Herrenhausen zum Schloss und dem prächtigen, von Königin Sophie und Leibniz so geliebten Barockgarten zu fahren, auch wenn die Anlage nicht mehr in allerbestem Zustand war. Nun setzte Franz die Herrschaften auf der Georgstraße ab – man wollte nach der Einkehr ins Café Kröpcke zu Fuß nach Hause gehen. Es fand sich ein schattiges Plätzchen im Freien mit Blick auf das Königliche Schauspielhaus, einem Bau von Laves, wie Heinrich sofort erklärte. Während man auf Veilchen- und Zitroneneis wartete, sah Elsa den Rechtsanwalt Dr. Victor Rehnhoff kommen, den sie durch ihre Nachforschungen zu dem mysteriösen Todesfall im Königlichen Schauspielhaus näher kennengelernt hatte. In eine sommerliche Leinenjacke gekleidet, machte er eine gute Figur, und Elsa, die sich anfangs des Öfteren wegen seiner konventionellen Ansichten mit ihm gekabbelt hatte, spürte, wie ihr das Herz bis zum Hals schlug. Auch Heinrich, mit dem neun Jahre älteren Victor befreundet, erblickte ihn jetzt. Amüsiert beobachtete er, wie das erfreute Lächeln auf dessen Miene gefror und er nun offenen Mundes seine Augen zwischen den Schwestern hin und her wandern ließ. Tja, alter Junge, dachte Heinrich, um es dir vollends schwerzumachen, hat Elsa heute auch noch ein neues Sommerkleid an, so dass du noch nicht einmal durch das Kleid einen Anhaltspunkt hast.

»Gnädige Frau«, stammelte Victor, sich nun endlich an Sophie wendend, »entschuldigen Sie, dass ich Sie nicht gleich begrüßt habe, aber Sie sehen mich fassungslos und verwirrt!«

»Mein lieber Herr Dr. Rehnhoff, möchten Sie sich zu uns gesellen?« Sophie zeigte auf einen freien Stuhl und bedeutete Heinrich mit einem schnellen Blick, die Situation zu klären.

»Mein lieber Victor, die wundersame Verdoppelung von Elsa beruht auf ihrer Zwillingsschwester Emilie, deren Adoptiveltern verstorben sind, weshalb sie nun zu uns gekommen ist.«

»Ich wusste gar nichts von einer Zwillingsschwester«, brachte der sonst so logisch denkende Anwalt schließlich heraus.

»Mein Gatte musste damals auf La Palma eine schwierige Entscheidung treffen«, entgegnete Sophie, »und so wurden die Mädchen getrennt. Emilie weilt seit gestern hier und wird genau wie Elsa zu unserer Familie gehören.«

Beide Schwestern nickten gleichzeitig und zupften sich am Ohrläppchen. Verzweifelt blickte Victor von einer zu anderen. Welche war nun Elsa?

Da kam ihm Heinrich zu Hilfe, der Elsa, die neben ihm saß, sanft auf den Unterarm tippte und sagte: »Ja, Elsa, die Überraschung müssen wir alle noch verarbeiten.«

»Dem schließe ich mich an«, murmelte Victor, »dabei hatte ich gedacht, nach den Aufregungen von Fräulein Elsas erfolgreicher Detektivarbeit, die ja sogar durch die Zeitungen ging, würden wir alle völlig unbeschwerte Sommertage verbringen.«

»Das werden wir auch tun, Herr Dr. Rehnhoff, wir werden demnächst nach Norderney fahren, dort können Emilie und wir uns näher kennenlernen und gleichzeitig etwas für unsere Erholung tun.«

Emilie wandte sich irritiert zu ihrer Schwester. »Erfolgreiche Detektivarbeit – und du in der Zeitung? Marga hat mich zwar kurz ins Bild gesetzt, aber das hat sie nicht erzählt.«

Sophie, die wusste, dass auch Heinrichs Gefühle in dieser Angelegenheit gelitten hatten, reagierte schnell: »Meine liebe Emilie, das werden wir dir später genauer erzählen. Jetzt wollen wir alle unser Eis und diesen Sommernachmittag genießen, nicht wahr, Herr Dr. Rehnhoff?«

Der reagierte wie gewünscht. »Ja, gnädige Frau, ein wunderbarer Tag.« Nun wandte er sich an Emilie: »Ich hoffe, dass Sie sich in unserem schönen Hannover wohlfühlen werden, gnädiges Fräulein.«

»Es ist ganz anders als meine Heimat Königsberg, aber nach meinen ersten Eindrücken ist es eine wunderbare Stadt«, entgegnete diese, wobei sie den Blick züchtig senkte.

Sie wirkt konventioneller als ich, erkannte Elsa, ob Victor das wohl besser gefällt? Ihr wurde blümerant im Magen. Was kommt da noch alles auf mich, auf uns zu? Eifersucht? Ihre Gedanken begannen durcheinander zu wirbeln, so dass sie der vor sich hin plätschernden Konversation kaum noch folgte.

Inzwischen entschuldigte sich Victor Rehnhoff mit dringenden Terminen in seiner Kanzlei. »Meine Mutter bat mich sehr, sie einige Tage während ihres Norderney-Aufenthaltes zu besuchen. Es wäre mir eine besondere Freude, Sie alle dort zu treffen!«

Dabei erschien es Elsa, als ob er sie etwas länger anblickte als alle anderen.

Auf dem Weg zu seiner Mutter die Georgstraße entlangschlendernd, erledigte Victor gleich einige Besorgungen.

Bei der Continental Bodega Company, wo man sowohl Frühstücks- und Dessertweine wie auch Gesundheits- und Kräftigungsweine, außerdem alle Arten von ›American Drinks‹ kaufen konnte, erstand er nach Proben vom Fass einen weißen Portwein. Dann stieg er im Hause des Bankiers Alexander, Georgstraße 11, in die erste Etage, um mit Herrn Rabe, der nach fünfzehnjährigem Aufenthalt in Havanna von dort beständig neue direkte Sendungen erhielt, ein wenig zu plaudern und ein Original-Kistchen Zigarren zu erstehen. Im Blumenladen der Gebrüder Brauns neben der Hannoverschen Bank ließ er ein kleines Bouquet für seine Mutter binden und studierte dabei ein Plakat, auf dem für Haar-, Kleider- und Fächer-Garnituren, Blumenkissen, Körbchen und Jardinièren in allen Genres geworben wurde.

Bei all dem war er jedoch nicht bei der Sache – er konnte nicht anders, er musste beständig Elsa und Emilie vergleichen. Etwas sanfter, konventioneller, nicht ganz so temperamentvoll wie Elsa erschien ihm die Zwillingsschwester. Wahrscheinlich weil sie in einem bürgerlichen Haushalt aufgewachsen ist, sinnierte er. Bei den von Elßtorffs mischt sich die Weltläufigkeit eines uralten Adelsgeschlechtes mit einer gewissen Liberalität und dem Fortschrittsglauben des Hausherrn. Und Elsa strahlt eine bestimmte selbstverständliche Eleganz und Sicherheit aus, wenn sie einen Raum betritt. Kein Kellner wäre je auf die Idee gekommen, ihr mit einer vorgedruckten Karte nahezulegen, das Lokal zu verlassen, wie das kürzlich einer jungen Schauspielerin im Café Kröpcke passiert war. Nein, bei Elsa würde niemand argwöhnen, sie sei auf Herrenbekanntschaften aus. Allerdings entsprach sie keineswegs dem Ideal einer höheren Tochter, dazu war sie zu eigenwillig und zu vielseitig gebildet. Ihre Interessen für Detektivgeschichten und Medizin, ihre Ermittlungen in dem mysteriösen Todesfall im Schauspielhaus, das alles hatte ihn gleichzeitig fasziniert und irritiert. Dabei fiel ihm ein, dass ihm die Rolle des Gymnasiasten Cord Breuer, Sohn des roten Breuer, dem sozialdemokratischen Volksschullehrer in Linden, bei den Ermittlungen immer noch dubios vorkam. Nun hatte dieser lange Lulatsch, der sich beim Baumeister von Elßtorff etwas dazuverdiente, von diesem auch noch als Dank ein Veloziped geschenkt bekommen, mit dem er die Strecke von Linden zur Königstraße schneller zurücklegen konnte. Zwischen ihm und Elsa bestand eine seltsame Freundschaft, und der junge Kerl himmelte sie auch noch an, was diese aber offenbar nicht bemerkte.

Seine Gedanken wanderten zurück zu Emilie. Mit ihr könnte ein Mann wahrscheinlich eine herkömmliche Ehe führen, so, wie sie seiner Mutter vorschwebte. Ein Umgang miteinander in klar vorgezeichneten

Bahnen, wo die Frau völlig in der Familie aufgeht und der Mann seinen beruflichen Verpflichtungen, aber auch seinen Interessen nachgeht. Ein Leben mit Elsa hingegen würde sicher mit einigen Überraschungen gewürzt sein, zumal sie sich sicherlich auch für einige seiner juristischen Fälle interessieren würde.

Inzwischen war er bei der Wohnung seiner Mutter in der Osterstraße angekommen. Bei einer Tasse Tee erzählte er ihr vom Auftauchen der Zwillingsschwester.

»Sie sind sich so ähnlich, dass du zunächst nicht wusstest, welche Elsa ist? Wie irritierend!«

Nachdenklich betrachtete sie ihren Sohn, der ihr etwas durcheinander erschien. Seit längerem vermutete sie, dass er eine Neigung zu Elsa gefasst haben könnte, was sie mit gemischten Gefühlen sah.

»Welche von den beiden gefällt dir denn besser?«, klopfte sie auf den Busch und bemerkte sofort an seiner etwas verwirrten Miene, dass sie mit mütterlicher Intuition einen Volltreffer gelandet hatte.

»Das kann ich so noch gar nicht sagen«, druckste Victor herum und zog unglücklich die Schultern hoch. »Du wirst jedenfalls alle auf Norderney treffen, sie fahren in zwei Wochen.«

»Gut, mein Sohn, dann werde ich mir ein genaueres Bild machen können. Fräulein Elsa habe ich ja mal gesehen, sie ist keine klassische Schönheit, aber eine sehr elegante, vornehme Erscheinung. Aber wie steht es um ihre Mitgift? Hat sie eine vernünftige Aussteuer? Eine gute Partie käme wie gerufen, denn noch stehst du mit deiner Kanzlei am Anfang. Ohne nennenswerte Mitgift müsstest du zunächst mit einer recht bescheidenen, eben gerade noch standesgemäßen Haushaltsführung vorliebnehmen.

Dass Elsa durch die Aufklärung des Mordanschlages im Königlichen Schauspielhaus Stadtgespräch war – nun ja. Du kennst ja meine Meinung dazu: Das Weib ist nicht geschaffen, dass es sich Ruhm auf dem Forum oder auf dem Gebiete der Gelehrsamkeit erwerbe, sondern als Priesterin des Hauses.«

»Also wirklich, Mutter, das ist gar zu altmodisch.«

»Keineswegs, mein Sohn! Und was weißt du wirklich über ihre Herkunft? Was ist mit dieser Zwillingsschwester, die hier plötzlich auftaucht? Alles sehr ominös. Das wird viel Klatsch und Tratsch geben. So mancher wird gar vermuten, dass Herr von Elßtorff ein Kuckucksei, was sage ich, zwei in sein Nest gelegt hat.«

»Aber Mama, von Elßtorff ist Freimaurer und ein absoluter Ehrenmann, so etwas würde er nie tun.«

»Ich glaube das beileibe nicht, mein Sohn, ich will dich nur vorwarnen. Wer weiß, was da noch alles ans Licht kommt. Sei klug, und warte ab, bis wir klarer sehen.«

Dies schien Victor, der keineswegs den Eindruck hatte, klar zu sehen oder gar zu fühlen, ein guter Rat zu sein.

Aufbruch nach Norderney

Durch die Linienwagenverbindung von Norden nach Norddeich war es nun schon seit etlichen Jahren möglich, bis nach Norderney durchgehende Fahrkarten zu lösen. In Norden wechselte man allerdings noch in Pferdeomnibusse, die bis zum Anleger in Norddeich fuhren. Die Bahnstrecke sollte demnächst ganz bis Norddeich durchgehen. Eine Übernachtung in Norden war auch durch die neuen Schnellzugverbindungen nicht mehr nötig. Die 45 Tage gültigen Sommer-Fahrkarten hatte Heinrich ebenso in seiner Obhut wie die Liste mit den Gepäckstücken, die Franz mit Hilfe eines Dienstmannes verlud.

Wie stets fand er die Menge an Koffern, Reisetaschen und Hutschachteln völlig übertrieben. Verschiedene Reiseeffekten samt einem Plaid waren mittels eines Riemens zusammengebunden. Heinrichs Reisetasche aus Juchtenleder, die er auch stets für seine Fahrten nach Berlin benutzte, befand sich auf dem Gepäckkarren. Mit dem Freigepäck von 25 Kilogramm pro Person waren die Frauen keineswegs ausgekommen, und so wurden schon einige Koffer vorausgeschickt. Allerdings hatten die Damen auf Norderney einen gewissen Aufwand zu treiben. Die Insel nahm mittlerweile nicht mehr nur unter sämtlichen deutschen Seebädern eine der ersten Stellen ein, sondern hatte durchaus europäischen Rang. Schon beim morgendlichen Kurkonzert und ebenso bei den Abendveranstaltungen trug man Gesellschaftskleidung, bis zu viermal täglich zogen sich die Damen um, da mussten dann schon etliche Kleider mitgenommen werden, um im wahrsten Sinne des Wortes standesgemäß Staat zu machen. Folglich reisten Sophie, Isidora und die Zwillinge mit je einem Schrankkoffer. Emilie hatte den von Sophie kürzlich für ihre Kur in Salzuflen gekauften voluminösen Koffer zur Verfügung gestellt bekommen und war großzügig mit angemessener Garderobe ausgestattet worden.

»Ich komme mir vor wie Aschenputtel, das Prinzessin wird«, hatte sie in einem der wenigen ruhigen Momente vor der Abreise Heinrich anvertraut, »nur ohne Prinz. Und den Umgang mit dem Adel bin ich gar nicht gewohnt. Es ist ein seltsames Gefühl für mich, bei euch zu sein, die ihr ja zu einem sehr alten Geschlecht gehört.«

Lächelnd hatte Heinrich erwidert: »Adel und Abstammung sagen nicht viel, wenn sie nicht mit anspruchsvollen Zielen und Pflichten gelebt werden. So hat es uns Papa beigebracht. Und er lebt ja außerdem eher das Leben eines bürgerlichen Geschäftsmannes. Wenn er auch unser Wappen mit der silbernen Lilie und dem Helm mit den Birkhahnfedern durchaus in seinen Visitenkarten und Briefpapieren führt. Warte es ab, diese Familie ist keineswegs typisch oder gar überkandidelt adelig, sondern ganz normal. Und der Prinz für dich wird schon noch kommen!« Woraufhin sich Emilie schnell abgewandt und etwas von Erledigungen gemurmelt hatte. Amüsiert erinnerte sich Heinrich, dass sie rot geworden war.

Franz holte ihn in die Realität zurück, indem er ihm durch Handzeichen bedeutete, die Gepäck-Liste weiter zu führen. Heinrich blickte auf seinen immerhin recht großen Koffer. Als Mann von Welt, konstatierte er lächelnd, muss man für Norderney immerhin Cut, Frack und einiges an sportlich-sommerlicher Herrenbekleidung mitnehmen.

Ein Kondukteur riss die Wagentür auf und verkündete die Abfahrt in zehn Minuten. Im Vorwärts-Coupé der ersten Klasse richteten sich die Damen inzwischen häuslich ein, sollte die Fahrt über Emden nach Norden doch immerhin sechs Stunden dauern. Isidora, die mit 28 Jahren bereits als alte Jungfer galt, träumte von einer Karriere als Schriftstellerin und hatte ihre Notizhefte für die Sommerfrische eingepackt.

Wie stets hatte Sophie ihre kleine Reisetasche dabei. Das gute Stück stammte aus dem Besitz ihrer Mutter. Die Tasche besaß einen kräftigen Ledergriff und einen stabilen Rahmen, die Seitenteile hingegen waren bestickt und entsprechend empfindlich. Umgeben von grünen Girlanden war auf rotem Grund eine graue Dampflok gestickt, die eine mächtige Dampfwolke ausstieß. Sophie liebte dieses Erbstück aus der Biedermeierzeit.

Die Köchin hatte es sich nicht nehmen lassen, zwei Körbe mit Leckereien zu packen, damit die Herrschaft unterwegs weder hungern noch dursten musste. Für Heinrich waren einige Jagdbutterbrote dabei, die drei Finger dick sein mussten. Von selbstgemachter Limonade über Sherry zur Magenstärkung – schließlich bekam die rumplige Eisenbahnfahrt nicht jedem gut – bis über mundgerecht tranchierte gebratene Hühnchenteile, gekochte Eier, rustikale Schinkenbrote, Obst und allerlei Süßigkeiten war für jeden Geschmack etwas dabei.

Schließlich saßen alle in der Bahn, Marga und die Zofe von Sophie in einem Abteil der dritten Klasse. Der laute Pfiff des Schaffners gab das Signal, und die Lokomotive zog Richtung Norden davon.

Elsa wirkte zwar immer noch blass, aber das Reisefieber und die Vorfreude auf die Insel hatten ihr rote Wangen beschert. »Ach Emilie, ich freue mich so darauf, dir die Insel zu zeigen. So viele glückliche Kindheitssommer haben Heinrich und ich dort verbracht. Heinrich brauchte damals das heilsame Klima dort, es gibt dort auch Heime für skrofulöse Kinder aus den Städten. Wir verbrachten öfter die Sommer auf der Insel als auf dem Rittergut Rosenberg bei seiner Großmama. Die wirst du ja auch bald kennenlernen. Ich bin auch schon gespannt, was sich wieder alles auf der Insel getan hat. Die Gästezahlen steigen von Jahr zu Jahr. Es waren schon in der letzten Saison fast fünfzehntausend, und dieses Jahr sollen es noch mehr werden.«

»Und dabei hat Norderney nur ungefähr 3.500 Einwohner«, steuerte Heinrich bei. »Der Fremdenverkehr verändert die Insel schon sehr. Einige Hotels wie das Schuchardt, das Bellevue, der Kaiserhof und das Strandrestaurant Giftbude installierten privat eigene Kraftwerke für elektrische Beleuchtung.«

»Giftbude?«, fragte Emilie erstaunt. »Das ist ja ein eigenartiger Name.«

»Stimmt, mein Kind, Giftbuden gibt es auf mehreren Nordseeinseln. Die Giftbude steht neben der Georgshöhe und gehört zum Herrenbadestrand. Das ist ein Strandrestaurant, wo es was ›gift‹. Am Damenbadestrand wird in der Victoriahalle für das leibliche Wohl gesorgt.« Sophie bemerkte selbst erstaunt, dass sie Emilie, wie sie es auch ab und zu mit Elsa tat, als ihr Kind angeredet hatte.

Die Unterhaltung ging noch eine Weile hin und her. Schließlich kehrte Ruhe ein. Isidora arbeitete weiter an ihrer Detektivgeschichte, für die sich inzwischen zu ihrer großen Freude ein Verlag interessierte.

Heinrich griff sich ein medizinisches Fachbuch, das er sich mitgenommen hatte, um etwas zu pauken, wenn er schon ein Semester versäumt hatte. Auch er freute sich auf die erholsamen Wochen, hatte doch die aufwendige Behandlung eines Trippers, den er sich in einem drittklassigen Bordell in Berlin eingefangen hatte, an seinen Kräften gezehrt. Bis auf Maximilian wusste niemand davon. Alle hatten ihn wegen heftiger Magengeschwüre bedauert.

Elsa fielen vom dem eintönigen Singen der Räder die Augen zu. »Wir fahren weit, wir fahren weit«, summte es in ihren Ohren, und sie fiel in einen typischen Reiseschlaf.

In Norden standen schon die Wagen der Dampfschiffsreederei bereit, die mit der Aufschrift ›Für Reisende mit durchgehenden Billets‹ nicht zu verkennen waren.

»Das klappt ja alles wie am Schnürchen«, bemerkte Isidora staunend.

Die Fahrt von Norden nach Norddeich, lediglich sechseinhalb Kilometer, ging auf guter Chaussee flott voran.

In Norddeich angekommen, erwartete sie schon an der Landungsbrücke der neu erbaute, elegante Dampfer ›Norddeich‹ mit Kapitän Grünhoff. »Seht, da drüben liegt auch eines der Frisia-Schiffe, die werden in der Meyer-Werft in Papenburg für den Fährverkehr zu den ostfriesischen Inseln gebaut«, erklärte Heinrich.

Da das Gepäck automatisch weiterverladen wurde, konnte Heinrich seiner Mutter nun galant den Arm reichen, um über breite, mit Geländern versehene Brücken sicher den Dampfer zu besteigen.

Die Damen belegten Plätze in der Mitte des Schiffes. Sonnenschirme wurden gezückt, um den Teint vor Sonnenstrahlen zu schützen.

»Hier schaukelt es am wenigsten«, bemerkte Elsa. »Auf dem Hinterdeck ist zwar ein Sonnenzelt aufgespannt, aber hier wirst du dich wohler fühlen, Tante Sophie. Auf die Fahrt können wir uns freuen, sie dauert ja nur eine Dreiviertelstunde, verläuft meist ganz ruhig, so dass keine Seekrankheit zu befürchten ist.« Das alles war hauptsächlich für Sophie gesprochen, die als Einzige der von Elßtorffschen Reisegesellschaft sehr anfällig für die Seekrankheit war. Diese spähte dezent in die Runde, wer wohl die Mitreisenden waren. Nach Norderney fuhr schließlich die Crème de la Crème – und wenn sie auch auf ihren erfolgreichen Kuraufenthalt in Salzuflen schwor, so war dies doch ein Bauernbad, in dem es garantiert keine Prinzessinnen und Prinzen zu sehen gab! Neben ihr saßen Isidora und Emilie, die, nachdem sie im Zug bereits den roten Baedecker durchgeblättert hatte, sich nun Woerl's brandneuen Führer durch Nordseebad und Insel Norderney vornahm.

Da legte der Dampfer auch schon dreimal tutend ab. Etwa einen Kilometer von Norddeich entfernt, drehte er in eine tiefe Fahrrinne, die von Gas gefüllten Tonnen und den Wipfelspitzen von Birkenbäumchen gekennzeichnet war. »Die werden Priggen genannt«, erklärte Heinrich, »wir fahren jetzt durchs das Buyser Deep an mehreren Sandbänken vorbei, vielleicht sehen wir sogar einige Seehunde, später werden wir ostwärts abschwenken und dann in weitem Bogen den Südstrand von Norderney erreichen.«

Wie stets folgten die ebenso laut kreischenden wie elegant segelnden Möwen der Fahrt des Dampfers. Ein frischer Wind fuhr über das Schiff, so dass selbst Sophie einsah, dass hier kein schützendes Sonnenschirmchen gehalten werden konnte, um den weißen Teint zu schützen.

So schloss sie die Augen und streckte das Gesicht in den Wind. Das hätte sie früher nie gemacht, sie wäre nach unten gegangen, um nur ja keine Sommersprossen zu bekommen, stellte Elsa fest. Sie hat sich nach der Kur wirklich verändert.

Elsa genoss die Fahrt in vollen Zügen, wanderte nach vorn zum Bugspriet, um sich den Wind um die Ohren wehen zu lassen. Mit Vorbedacht hatte sie ein Kopftuch bei sich, das sie sich schnell um den Kopf schlang. Vorn im Schiff stand bereits ein bärtiger Herr mit Guttaperchamantel und Schottenmütze, der den Wellen entgegensah, als sei er Odysseus persönlich, ganz Pose und Gehabe des furchtlosen Seefahrers. Beim Richtungswechsel des Dampfers flogen tatsächlich mal einige Spritzer Gischt herauf, was er mit gleichgültiger Miene quittierte und erneut an seiner Havanna zog. Wahrscheinlich ein Gesellschaftslöwe, der auch auf dem Schiff zeigen muss, dass das Spiel der Wellen ihn nicht schreckt, und dass er vor Seekrankheit gewiss gefeit ist, vermutete Elsa. Der Wind briste auf, und sie genoss das Berg- und Tal-Spiel der Wellen, die den Dampfer nun doch in einige Schaukelbewegung brachten, die hier vorn am meisten zu spüren war. Elsa, die absolut seefest war, spürte wie stets auf See Hunger und biss herzhaft in ein Brot mit Kaviar und Zwiebeln, welches hier draußen besonders gut mundete. Sie konnte nicht wissen, dass dieser Anblick den bereits von leichter Übelkeit geplagten Herrn endgültig in die Flucht trieb. Erst später bemerkte sie, dass sie das Bugspriet nun für sich allein hatte.

Vermutlich doch kein Seelöwe, sondern ein Angeber, der sich nach ganz hinten aufs Verdeck zurückgezogen hat, vermutete Elsa amüsiert. Bald stieg aus dem Wasser eine in immer schärferen Umrissen erkennbare, langgestreckte Dünenkette hervor. Das Meer, welches sich schnell wieder beruhigt hatte, schillerte harmlos vor sich hin. »Hier, Schwesterchen, ein Augenglas.« Heinrich, der ihren Lieblingsplatz kannte, war begleitet von Emilie nach vorn gekommen. Die weißgelben Dünen, zum Teil mit Grün bewachsen, der leuchtendweiße Schaum der Brandung, ein Kirchturm, einige weiße Gebäude – die Insel kam näher und bot einen berührenden Anblick. Elsa fühlte tiefe Vorfreude auf das Inselleben in sich aufsteigen und zitierte ihr Lieblingsgedicht von Ernst Hallier:

»Still die Düne, schaumumkränzt
In der vielbewegten See,
Klare, grüne Flut begrenzt
Zarten Ring, so weiß wie Schnee.

Langer, schmaler Streifen Sand
Hebt vom Ring sich sanft hervor;
Grünbedeckt, mit falben Rand,
Steigen Hügel draus empor.«

»Was für ein schönes Gedicht«, meine Emilie leise und umfasste die Schwester an der Schulter. So umschlungen standen sie, sahen die Insel näher kommen und genossen ihre Gemeinsamkeit.

»Die anderen warten«, ließ sich Heinrich vernehmen, und so versammelte sich die kleine Reisegesellschaft wieder mittschiffs.

Elegant und scheinbar mühelos legte der Dampfer an.

»Die Landungsbrücke in Eisenkonstruktion wurde 1871 erbaut und ist 88 Meter lang und 2,50 Meter breit, dadurch entfällt das lästige Ausbooten«, gab Heinrich wieder den Cicerone. »Das war davor oft eine wackelige Angelegenheit, weil zunächst in Schalluppen und dann noch in Pferdewagen, die aussahen wie riesige Backtröge, umgestiegen werden musste. Heutzutage ist doch alles sehr commod, und sieh nur, Elsa«, er deutete nach vorn, »jetzt ist sogar auch die Wartehalle an den Landungsbrücken fertig.«

Amüsiert beobachtete Elsa, wie ihre Schwester ihm andachtsvoll und interessiert zuhörte.

Anstelle der früheren ›Kälberwagen‹ standen Kutschen, Landauer, Droschken und Pferdebusse bereit, um die Gäste zu ihren Logierhäusern zu bringen. Auf den Dächern der Wagen wurde das Gepäck fachgerecht verstaut, wobei so mancher schwere Schrankkoffer von einem unterdrückten, saftigen Fluch begleitet wurde.

Wie stets wartete auf die von Elßtorffs schon der Kutscher Jonny mit den Pferden Hans und Liese. Emilie war bereits von Heinrich informiert worden, dass dessen völlig schiefe Nase nicht etwa auf einen Boxkampf, sondern auf den nervösen Ausschlag eines Pferdehufes beim Beschlagen zurückzuführen war.

»He«, begrüßte sie der waschechte Norderneyer und zog die Mütze – die Hand wurde auf der Insel nicht gegeben.

Beim Anblick von Emilie kratzte er sich ausgiebig am Kopf, um als Resultat dieser denkunterstützenden Tätigkeit schließlich Elsa, die er erstaunlicherweise direkt richtig zuordnete, leise zu fragen: »Deern, wo haste plötzlich die Zweite her?«

Heinrich, der als Junge gemeinsam mit Elsa viele Male Jonny und dessen Sohn bei Fahrten über die Insel, aber auch bei Stallarbeit hatte begleiten dürfen, Letzteres natürlich ohne Sophies Kenntnis, zischte ihm zu: »Vertellen wir dir später«, woraufhin Jonny sich mit Hilfe seines

Sohnes, der im gleichen Alter wie Heinrich war, scheinbar gleichmütig daran machte, das umfangreiche Gepäck zu verstauen.

Ein 1.292 Meter langer Damm führte vom Anleger bis zum Ortseingang an der Marienstraße. Sie fuhren an einem schmucken, rechterhand liegenden weißen Gebäude vorbei.

»Das ist der wohl einzige Bahnhof, der niemals Gleisanschluss hatte«, bemerkte Heinrich.

Die Bremer Häuser, ein U-förmiger Komplex, der sich die Kaiserstraße entlang streckte und dann im rechten Winkel in die Bismarck- und die Moltkestraße weitergezogen war, bildeten ein gutes Beispiel der neuen Bäderarchitektur. Komplett in Weiß gehalten, zweistöckig, mit säulengeschmückten Veranden, erstrahlten sie in der Abendsonne. 1873 errichtet, boten die Bremer Häuser mit einem Hotel und fünfzehn Logierhäusern insgesamt 210 Gästezimmer.

»Du liebe Güte«, rief Emilie aus, als sie über die Kaiserstraße an den vielen prächtigen und aufwändigen Fassaden vorbeifuhren, »das sieht ja wirklich aus wie Klein-Berlin.«

Die von Elßtorffs bezogen wie stets ein Logierhaus direkt an der Kaiserstraße mit glasüberdachter Veranda und Meerblick.

»Hier werden wir es uns gutgehen lassen, zusammensitzen, dem Meer und den Möwen lauschen und auch so manchen gemeinsamen Imbiss einnehmen. Norderney ist zwar ein mondänes Bad geworden, aber ab und zu möchte ich mich auch fühlen wie in der einfachen Sommerfrische.« Sophies Vorfreude wirkte regelrecht ansteckend.

Heinrich nickte begeistert. »Ja, mit frischem Granat und Räucherfisch und Delikatessen von Bakker! Dort gibt es alles, was der Magen nur begehren kann, fein garnierte Schüsseln, Salate, tafelfertigen Aufschnitt von delikaten Fleischwaren, Selters, Sauerbrunnen und Cognac von Hennessy. Darauf freue ich mich – und auf ein schönes Bier. Wobei das Franziskaner-Bräu vom Fasse auf Eis in der Viktoria-Halle auch nicht zu verachten ist.«

Freundlich lächelte Isidora ihn an. »Wie schön, Heinrich, dass du nach den langen Wochen der Magendiät nun wieder Appetit hast und zulangen kannst. Die gute Seeluft macht auch hungrig, da werden wir uns alle bestens erholen.«

»Damit werden wir schon heute anfangen«, beschloss Sophie. »Wir machen uns nur ein wenig frisch, Marga und meine Zofe können beginnen auszupacken. Nach dem vielen Sitzen möchte ich mich unbedingt bewegen, wir treffen uns in einer Stunde und werden über die Promenade schlendern. Danach können wir hier ein rustikales Abendessen einnehmen, was ich im ausgezeichneten Restaurant des

Hotels für uns vorbestellen werde. Hier gibt es nicht nur Münchner und Pilsener Biere, sondern auch sehr gepflegte Rhein- und Moselweine.«

»Aber wird es dann nicht schon zu dunkel?«, wandte Emilie ein.

»Nein, kein bisschen, wir brauchen auch keine Laterne, denn im Weltbad Norderney ist die Promenade natürlich erleuchtet«, witzelte Heinrich, »die Bogenlampen der elektrischen Beleuchtungsanlage reichen vom Weststrand bis zum Nordstrand, wir werden das nachher auch von unserer Hotelveranda aus sehen können – also bis später.«

Elsa nutzte die Zeit, um ihrer Schwester und Isidora ein wenig vom Hotel zu zeigen. Zu dem von den Elßtorffs gemieteten Logierhaus gehörten großzügige und vom Feinsten ausgestattete Zimmer und Einrichtungen – für die Herrschaft wie für die Bedienung war hier bestens gesorgt. Während nach vorn glasgedeckte Veranden zum Sitzen einluden, gab es nach hinten einen großen schattigen Garten mit üppig wuchernden Heckenrosen. »Mit dem Motiv dieser Rosen wird auch das typisch friesische Teeservice bemalt«, erklärte Elsa.

Lawn-Tennis und Spielplätze komplettierten das Angebot für die anspruchsvollen Gäste. Beeindruckt war Emilie auch von den vornehmen Speisesälen.

Dann zogen die Mädchen die weißen, völlig gleichen Musselinkleider an, die noch für sie angefertigt worden waren und in denen sie sich wie ein Ei dem anderen glichen. »Wenn schon, denn schon«, hatte natürlich Elsa gemeint, »dann fallen wir eben gleich richtig auf.«

Genau so war es.

Zunächst aber fanden es alle faszinierend, als bald nach Sonnenuntergang die Lichterreihe der elektrischen Lampen aufflammte, die entlang der ganzen langen Strandpromenade aufgestellt waren. Vor allem die theaterbegeisterte Isidora geriet ins Schwärmen.

»Ich komme mir vor wie in einem Zauberland, wie in einer heroischen Theaterkulisse! Seht nur, wie der Lichtschimmer auf der Brandung spielt, die sich dadurch geisterhaft von dem dunklen Horizont abhebt. Ein Hintergrund für Richard Wagner oder Shakespeare – das ist hier die Frage.« Dem Reiz des Anblicks konnten sie sich jedoch nicht lange widmen, denn schon bald traf Sophie Bekannte, es galt, die Honneurs zu machen und vorzustellen. Heinrich unterstützte sie nach Kräften.

»Elsas Zwillingsschwester Emilie, sie wuchs in Königsberg auf und lebt nun bei uns, da ihre Adoptiveltern gestorben sind.« So oder ähnlich lauteten die knappen Kommentare von Sophie und Heinrich. »Ja, sie sind Waisen, die Mutter eine Deutsche, der Vater ein Spanier.« Beide trugen ihre Auskünfte in einem Ton vor, durch den erst mal keine Nachfragen erfolgten.

Das spricht sich noch heute Abend rum wie ein Lauffeuer, vermutete Heinrich zu Recht.

Vor allem Emilie war von der Eleganz der flanierenden Sommergäste beeindruckt, unter denen Elsa auch den furchtlosen Seefahrer vom Bugspriet auszumachen glaubte.

Erstaunt verlangsamte Elsa den Schritt und knuffte Isidora in die Seite, als sie den bekannten hannoverschen Schauspieler und Frauenliebling Oscar Leitner und an dessen Seite die Solotänzerin des Königlichen Schauspielhauses, Amalie Wöhler, auf sich zukommen sah. Oscar Leitner und Elsas Freundin Roberta hatte eine lange, kollegiale Freundschaft verbunden. Wobei Elsa den Verdacht gehabt hatte, dass Oscar im Frühjahr darüber hinaus eine Ehe mit ihrer Freundin erwogen hatte. Aber daraus war nichts geworden.

Nachdem auch dem Schauspieler und seiner Begleiterin die Zwillingsschwester vorgestellt worden war, erklärte Oscar mit seiner volltönenden, tragenden Stimme, so dass es die rundherum Promenierenden auch mitbekamen: »Ich habe die Ehre, Ihnen meine Verlobte, die Erste Solotänzerin Amalie Wöhler, vorzustellen.« Beide nahmen die allgemeinen Gratulationen erfreut entgegen.

Wie heißt es so passend, des Meeres und der Liebe Wellen, schoss es Elsa durch den Kopf, der hat sich ja wirklich schnell getröstet!

Isidora nutzte die Gelegenheit und fragte: »Werden Sie uns denn mit Vorführungen im Conversationshaus erfreuen?«

»Nur mein Verlobter wird einige Aufführungen geben«, erklärte Amalie Wöhler.

Oscar Leitner nickte. »Es ist immer wieder schön, im Sommer hier vor so illustrem und internationalem Publikum aufzutreten. Bald wird Norderney ja auch ein angemessen Kurtheater sein Eigen nennen können, die Pläne dafür sind bereits in vollem Gange.«

Wie stets zeigte sich Isidora über kulturelle Belange gut informiert. »Ich habe Unterschiedliches gehört. Die einen sagen, die Architektur sei von unserem Königlichen Hoftheater inspiriert, natürlich viel kleiner, die anderen sagen, das Vorbild sei die Semperoper in Dresden. Wissen Sie Genaueres?«

»Nein, gnädiges Fräulein, leider nicht«, entgegnete Leitner bedauernd. »Es würde mich außerordentlich freuen, wenn ich Sie alle zu der einen oder anderen Vorstellung begrüßen dürfte. Ich werde mir erlauben, da Fräulein Elsa ja meine Kollegin Roberta Stein sozusagen gerettet hat, Ihnen einige Karten vorbeischicken zu lassen. Wo logieren die Herrschaften?«

Als gute Beobachterin registrierte Elsa sofort, dass Amalie bei der Nennung von Robertas Namen leicht zusammenzuckte. Die ist immer noch eifersüchtig, da war sie sich sicher.

Man promenierte keineswegs mehr bis elf Uhr abends, sondern ging nun in die Bremer Häuser zurück, genoss den Abendimbiss, nach dem sich alle frühzeitig in ihre Zimmer zurückzogen.

Als Emilie völlig müde und erschöpft in einem großzügigen Zimmer zum Meer in ihr weiches Bett sank, ging ihr noch durch den Kopf: Eine einfache Sommerfrische ist das gewiss nicht, das ist alles viel vornehmer, als ich es von früher kenne. Zugleich fühle ich, wie es alle gut mit mir meinen, und das gibt mir ein beruhigendes Gefühl. Und Heinrich scheint ein kluger Kopf zu sein, der vieles weiß. Dann versank sie zu der kräftigen Melodie des auflaufenden Meeres in einen tiefen Schlummer.

Ihre Zwillingsschwester entgegen beschäftigte sich zu ihrem eigenen Ärger mit Victor Rehnhoff, den sie vor der Abfahrt nach Norderney nur einmal zufällig getroffen hatte. Und da war er so steif und distanziert gewesen, wie am Anfang unserer Bekanntschaft – es ist, als ob er das Rad zurückdrehen wollte, dachte sie. Ob es einen Zusammenhang mit dem Auftauchen von Emilie gibt? Und wenn ja – gefällt ihm Emilie besser als ich? Oder ist die etwas nebulöse Herkunft einer Waisen vom fernen La Palma, noch dazu ohne interessante Mitgift, die durch das Auftauchen einer Zwillingsschwester noch mysteriöser erscheint, für einen aufstrebenden Juristen ein Grund, sich zurückzuziehen? Wenn das so ist, werden Emilie und ich hier für Gesprächsstoff sorgen, aber in gehobenen Kreisen nicht wirklich akzeptiert werden. So habe ich es ja auch in meinem Pensionatsjahr erlebt, in dem ich die Außenseiterin blieb. Mit diesen beklemmenden Gedanken fiel Elsa in einen sehr unruhigen Schlaf.

Erste Eindrücke von Norderney

Für den ersten Vormittag hatte Sophie einen gemütlichen Start in den Urlaub beschlossen. »Wir werden in Morgentoilette gemütlich frühstücken. Oder möchtet ihr gleich um acht Uhr zum Frühkonzert?«

Das wollte niemand. Folglich traf man sich am ersten Morgen im Speisezimmer.

»Marga und meine Zofe habe ich auf Erkundungsspaziergang geschickt, Lena war ja schon öfter mit uns hier.«

Das Hotel hatte ein wunderbares Frühstück im Speiseraum des Logierhauses angerichtet.

»Wir lassen es ruhig angehen, nachher machen wir uns stadtfein und erledigen die ersten Besorgungen. Bis morgen sind wir dann häuslich für mindestens vier Wochen eingerichtet.« Damit ergriff Sophie eine Zeitung. Wie von jetzt an jeden Tag, so studierte sie auch heute die amtliche Liste der angekommenen Badegäste und Fremden in der Norderneyer Bade-Zeitung und Anzeiger. Diesen hatte das Hotel schon bereit gelegt. So hielt sie sich stets auf dem neuesten Stand, wer aus Adel und Industrie auf der Insel weilte. So machten es auch die meisten anderen Gäste. In den vergangenen Jahren hatte sie dadurch des Öfteren Ausschau nach alten Bekannten aus ihrer Heimatstadt München halten können.

»Frau Frey aus München mit zwei Fräulein Töchtern, die kenne ich nicht«, murmelte sie halblaut, »außerdem aus München Reginald von Richnow und ferner eine Ira Jaffé, Schauspielerin.«

»Über die habe ich mal was gehört«, steuerte Heinrich bei. »Sie soll ebenso erfolgreich wie exzentrisch sein. Kommt, glaube ich, aus einer adeligen Familie, aus der sie sozusagen verstoßen wurde. Vielleicht bekommen wir sie ja mal zu sehen.«

Hoffentlich entwickelt er keinen Hang für Schauspielerinnen, ging es Elsa besorgt durch den Kopf. Sie schluckte aber eine entsprechende Anmerkung herunter, denn der Todesfall im Königlichen Schauspielhaus war auch für Heinrich schmerzlich gewesen.

Da fuhr dieser auch schon fort: »Sie hat eine Vorliebe für dramatische und tragische Rollen und liebt es, mit pathetischem Tremolo zu sprechen. Lästermäuler haben ihr daher den Spitznamen ›sterbender Schwan‹ gegeben.«

Sofort beruhigte sich Elsa – das hörte sich nicht nach einem blinden Faible an.

»Nun ja, Schauspielerinnen können sich die eine oder andere kleine Freiheit mehr erlauben als andere Frauen. Aber sie müssen, das wissen wir ja von unserer lieben Roberta, auch sehr auf ihren Ruf bedacht sein. Sonst werden sie schnell zur Demimonde gezählt.« Isidora, eine begeisterte Besucherin des Schauspielhauses, kannte sich in Künstlerkreisen, auch durch ihren Vater, den Maler Friedrich Kaulbach, gut aus.

»Schade, dass ich Fräulein Stein nicht mehr kennengelernt habe«, merkte Emilie an. Elsa und Sophie nickten.

»Baronin Mary Sina de Hodos mit Nichte Mary von Rainer-Harbach, Gesellschafterin Josefa Wimmer und Bedienung aus Klagenfurth in Kärnten«, las Sophie weiter, »da wird bestimmt ein Ehemann für die Nichte gesucht. Dafür ist schließlich kein Weg zu weit. Und ein Rittergutsbesitzer aus Niechice, da weiß ich noch nicht mal, wie man das spricht – Heinrich, wo liegt das denn?«

»Ich glaube, in Polen, Mama, aber ganz sicher bin ich mir nicht. Emilie, richte dich darauf ein, hier eine teilweise hyperblasierte Menschheit anzutreffen, die sich aus fast allen Teilen der Welt zusammenfindet, um ihrem ruinierten Nervenkostüm aufzuhelfen. Wenn es wichtig ist, Mama, können wir Niechice in der Lesehalle von Buchhändler Braams am Strand nachsehen.«

»Das ist hinter der Victoria-Halle, sozusagen an der Ecke von Damenpfad und Kaiserstraße«, erklärte Elsa ihrer Schwester. »Das Gebäude ist im hübschen Schweizerstil errichtet und innen mit See- und Flaggenkarten geschmückt. Wie die Einführung des Fernsprechdienstes vor zwei Jahren ist dies vor allem von den Herren sehr begrüßt worden, die so auch im Urlaub ihren wichtigen Geschäften nachgehen können.«

»Elsa, du spottest schon wieder«, kam prompt die nicht ernst gemeinte, sanfte Rüge von Isidora, die sich allerdings ein zustimmendes Nicken nicht verkneifen konnte.

»Es gibt über zweihundert Tageszeitungen und Wochenblätter aus aller Herren Länder. Konversationslexika, genealogische Taschenbücher und so weiter stehen den Besuchern zur Verfügung. Neben der Lesehalle liegt die Strandbibliothek, da kannst du dir einen ansprechenden Roman ausleihen und dessen realitätsferne Phantasiegebilde bei Meeresrauschen in der lauschigen Einsamkeit eines Strandkorbes genießen«, ergänzte Heinrich.

»Das geeignetste Machwerk dazu ist natürlich der Roman ›Auf Norderney‹ von Emmy von Rothenfels, drei Bände, Schwesterchen.

Die Hauptrolle spielen zwei bildschöne und geistreiche Offiziere in Zivil, die selbstverständlich unverheiratet sind.«

Heinrich, der wusste, wie sehr Elsa die kitschigen Romane hasste, die von äußerst romantischen Vorstellungen unverheirateter junger Damen und vor selbstloser Frauenliebe nur so trieften, war sich bei Emilies Romangeschmack nicht so sicher. Deren Anmerkung über den Prinzen hatte er noch deutlich in Erinnerung.

»Apropos, Strandkörbe müssen wir natürlich auch mieten, am besten gleich für die nächsten vier Wochen. Wir werden außerdem eine Partoutkarte für die gesamte Dauer unseres Aufenthaltes nehmen«, verkündete Sophie. »Für lediglich vier Mark können wir die Lesehalle, die Strandbibliothek und die im Bazar befindliche königlichen Badebibliothek nutzen. Lasst uns einen Bummel Richtung Conversationshaus machen, dann können wir durch die Heinrichstraße am prachtvollen Neubau der Post und an der Kurapotheke vorbeigehen. Wir werden einiges, was wir in den nächsten Wochen benötigen, dabei erledigen. Kurkarten und sämtliche Badebillets erhalten wir im Bureau der königlichen Badeinspection. Damit sind wir berechtigt, die Seebadeanstalt, das Lesezimmer im Konversationshaus, die Konzerte und die Tanzgesellschaften zu besuchen.«

Die Damen erregten einiges Aufsehen. Lediglich Isidora war der Mode entsprechend geschnürt, während Sophie, die Zwillinge und Marga eine, wenn auch gemäßigte, Version von hellen Reformkleidern trugen. Dazu kam noch die Beachtung, die die Zwillinge stets hervorriefen. Wir sind hier bald bekannt wie ein bunter Hund, vermutete Elsa, und sie wusste nicht so recht, ob sie dieses Aufsehen angenehm fand.

Da sagte auch schon eine Dame mit lauter Stimme: »So gewandet, in dieser Art von sackartigen Reformkleidern, sagt mein Mann, würde er mit mir keinen Schritt vor die Tür setzen!«

Sophie, die insgeheim mit solchen Lästereien gerechnet hatte, parierte sofort: »Meinem Mann ist die Gesundheit seiner Frau wichtiger als dummes Gerede.«

Ebenso erstaunt wie bewundernd sah Elsa ihre Tante an. Eine solch schlagfertige Bemerkung, dazu noch in aller Öffentlichkeit, hatte sie ihr nicht zugetraut. Auch Heinrich fand seine Mutter erstaunlich und zischte: »Gut gemacht, Mama. Die Kombattantin ist knallrot vor Wut.«

»Wir dürfen uns hier von Anfang an nichts gefallen lassen«, entgegnete Sophie und blickte den Zwillingen ernsthaft in die Augen. »Schließlich sind wir hier die Fortschrittlichen!«

Erhobenen Hauptes schritten sie weiter.

Im Bazar befand sich auch eine Dependance der hannoverschen Buchhandlung von Schmorl und von Seefeld mit Leihbibliothek. Dort erstand Sophie, die hier ein Kundenkonto unterhielt, die Fluttabelle von Braams. »Ein treffliches und zuverlässiges Heft, das jedes Jahr zu Beginn der Saison erscheint und sämtliche Fahrpläne nebst Tabellen der besten Badezeit enthält«, erklärte sie Emilie.

Diese staunte nicht schlecht, welche Auswahl der Bazar und die weiteren Verkaufsstände anzubieten hatten. Neben aus Muscheln gefertigten Andenken gab es arktische Eisbärenfelle, Bernstein- und Meerschaumwaren, chinesische und japanische Produkte, echte türkische Teppiche und Stickereien, Erzeugnisse der hochnordischen Eiderdaunen-Industrie, schwedische Holzschnitzereien und vieles mehr. »Solche Muschelkästchen gab es auch an der Ostsee«, bemerkte Emilie. Unwillkürlich musste sie an ihren ertrunkenen Vater denken, und ihr stiegen die Tränen in die Augen. Während die Schwestern den Bernsteinschmuck bewunderten, suchte Heinrich, der Emilies feuchte Augen sehr wohl bemerkt hatte, zwei Muschelkästchen gleichen Formates aus, die fast identisch dekoriert waren. In jeder Hand eines hinter dem Rücken verborgen, ging er auf die Schwestern zu und überreichte dann schwungvoll jeder ein Exemplar. »Ihr beiden seid wie diese Schatullen: auf den ersten Blick gleich, auf den zweiten Blick sehr ähnlich. Was sich in der Schatulle jeweils befindet, entzieht sich dem Auge des Betrachters!«

»Heinrich, du bist ein Schlingel«, rief Elsa, »aber ein ganz lieber.«

Beide Schwestern gingen spontan auf ihn zu, so dass er gleichzeitig rechts und links ein Dankesküsschen auf die Wange gehaucht bekam. Mein erstes Küsschen von Emilie, schoss es Heinrich durch den Kopf. Zugleich bemerkte er die neidischen Blicke einiger Herren.

In diesem Moment erregte ein ungewöhnliches Paar Elsas Aufmerksamkeit. Der Herr trug einen auffällig dichten Backen- und Schnurrbart, die Dame an seiner Seite war für den Vormittag äußerst extravagant gekleidet. Auch ohne die Schottenmütze erkannte Elsa sofort den Herrn vom Bugspriet, den der Anblick ihres Kaviarbrotes vermutlich in die Flucht geschlagen hatte.

»Das ist Ira Jaffé«, zischte Heinrich den Damen zu.

Deren Begleiter, Reginald von Richnow, wiederum stutzte beim Anblick der beiden jungen Damen.

In diesem Moment knuffte ihn seine Geliebte Ira. »Zwei arme Waisen mit einem spanischen Vater. Nichts für dich, mein Lieber!«, zischte sie ihm leise zu. Dabei drehte sie sich so, dass ihre vollen Brüste scheinbar unbeabsichtigt seinen Oberarm streiften. »Lass uns zum

Conversationshaus gehen und eine Erfrischung nehmen«, forderte sie ihren Begleiter mit saalfüllender Stimme auf, so dass sich spätestens jetzt alle Köpfe nach ihr umdrehten.

Während die beiden davonrauschten, flüsterte Isidora: »Die braucht auch Aufmerksamkeit um jeden Preis! Und er … der volle Backenbart und der Schnurrbart, ein großer und irgendwie attraktiver Mann. Es hat so ein gewisses …, je ne sais quoi, aber zugleich finde ich ihn eher unangenehm als anziehend.« Elsa nickte sofort, während Emilie dem auffallenden Paar fasziniert hinterher blickte.

Dem Mann, dem das Interesse der Damen galt, hatte gerade die Berührung seiner Geliebten einen angenehmen Schauer über den Rücken gejagt, wozu auch das Glitzern, das in ihren Augen lag, beitrug.

Zwei Leidenschaften bestimmten sein Leben: Ira und das Spielen. Und es war schwer zu sagen, welche davon stärker war. Äußerst kostspielig waren jedenfalls beide.

Während das Paar an gepflegten Grünflächen vorbei dem Conversationshaus zustrebte, lächelte die Schauspielerin zufrieden. Sie beherrschte diesen leidenschaftlichen Mann mit allen Mitteln – nichts war ihr zu ausgefallen oder zu befremdlich, um ihn immer wieder an sich zu fesseln. Wenn sie hin und wieder auf Tournee ging oder seine steinreiche Tante ihn mit Familienangelegenheiten beanspruchte, so entfachte diese Zeit, wo er sie entbehren musste, seine Leidenschaft ebenso wie seine Eifersucht.

Sie mit anderen Frauen zu betrügen, triumphierte sie, hatte er aufgegeben. Keine war so raffiniert wie sie. Und die Gefahr, sich im Bordell einen Tripper oder gar die Syphilis zu holen, war viel zu groß! Seine Spielleidenschaft fiel in Anbetracht des riesigen Vermögens, das er in hoffentlich nicht allzu langer Zeit erben würde, nicht weiter ins Gewicht. Zwar ertrug seine Tante die Spielschulden, die ja immerhin Ehrenschulden waren, mit zunehmend weniger Contenance, aber Reginald war ihr einziger lebender Verwandter, und sie konnte den Namen der Familie nicht dadurch beschmutzen lassen, dass ihr einziger Neffe sich beim Spielen, beim Jeuen verschuldete.

Ewig würde es nicht mehr dauern, nach kurzer Trauerzeit um seine geliebte Tante würde er sie heiraten, war sie sich sicher. Selbstverständlich würde sie dann die Schauspielerei aufgeben – von der einen oder anderen Privatvorstellung abgesehen, die sie Reginald unter vier Augen geben würde. Da sollte ihre vornehme adelige Familie, die sie als unerfahrenes, junges Mädchen für einen Fehltritt grausam fallen ließ, doch darum betteln, sie wieder in den Schoß der Familie aufnehmen zu dürfen. Ira würde dann von Rang und Vermögen weit über ihnen stehen. Und ihr würde gewiss etwas einfallen, wie sie dann ihre liebe Verwandtschaft tief demütigen könnte. Bei dieser Vorstellung glitt ein äußerst zufriedenes, höhnisches Lächeln über ihre Züge.

Von diesen Gedanken ahnte Reginald von Richnow nichts. Voller Vorfreude dachte er an die nicht abreißende Kette von gesellschaftlichen Veranstaltungen, Konzerten, Réunions, Bällen, die seiner auch in dieser Hinsicht unersättlichen Begleiterin besondere Freude machen würden. Und er selbst würde, nicht zuletzt dank seiner perfekten Beherrschung mehrerer Sprachen, jede Menge Gelegenheit haben, um hohe Einsätze zu spielen.

Nach einigen Tagen war man in der Routine des Kurbetriebes angekommen. Der Vormittag diente dem Bade, die Herren am Herrenstrand, die Damen am Damenstrand, der genau hinter der Kaiserstraße lag. Hier wurde der rote Ballon gehisst, der den Herren den Zugang verwehrte.

Mittags verteilten sich die Gäste in die unterschiedlichsten Speisesäle der Insel, danach genoss man vor dem Conversationshaus wandelnd das Kurkonzert der aus vierzig Musikern bestehenden Kapelle, die von Grosskopf dirigiert wurde. Nachmittags gegen fünf Uhr traf sich alles am Strand. Es wurde Croquet und Lawn-Tennis gespielt.

Sophie hatte bei ihrer Kur in Salzuflen die Solbäder kennen- und schätzen gelernt. Daher wollte sie in Absprache mit ihrem Hausarzt, der wegen ihrer Gelenke dieses Jahr keine Meeresbäder empfohlen hatte, warme Seebäder im neuen Badehaus nehmen. Bei früheren Aufenthalten war ihr der Weg zum ebenfalls in der Nähe des Conversationshauses liegenden alten Badehaus noch viel zu beschwerlich gewesen. Statt der hautengen Knopfstiefelletten trug sie nun Reformschuhe und ging, begleitet von ihrer Zofe, sogar zu Fuß. Heinrich, der ebenfalls noch einige Bäder nehmen sollte, ging mit. Noch zwei Wochen, bis zur Ankunft Maximilians sollte er einige Kräuterbäder nehmen, um dann endlich erstmals im Meer zu baden.

Bald stellte Sophie fest, dass die Zwillinge einiges Aufsehen erregten und über deren Herkunft getuschelt wurde. Wie gut, dass in Norderney so viele ungewöhnliche und berühmte Menschen die Sommerfrische verbringen, da gibt es schnell etwas Interessanteres als meine Mädchen, ging ihr durch den Kopf – wie schnell ist mir Emilie auch ans Herz gewachsen.

Sommer in Hannover

Während ihre Familien in der Sommerfrische weilten, genossen nicht wenige der Herren deren Absenz – wer wollte beurteilen, ob sie ihre Geschäfte nicht ruhen lassen wollten oder konnten?

Beim gemeinsamen Mittagessen der Strohwitwer in Kastens Hotel ließ man sich mehr Zeit als sonst – niemand erwartete sie zu Hause pünktlich zum Abendessen. Und so erlebten Junggesellen wie Ehemänner die Sommerwochen auch in einer anderen Stimmung. Die Unterhaltungen schienen lebhafter, man tauschte sich über die unterschiedlichen Erholungsorte aus und darüber, wann man selbst fahren wollte.

So erfuhr auch Victor Rehnhoff nebenbei, dass Maximilian von Elßtorff bereits am nächsten Samstag früh nach Norderney aufbrach. Sofort beschloss er, seinen eigenen Abreisetermin noch um zwei Tage zu verschieben, keinesfalls wollte er gemeinsam mit von Elßtorff reisen, in Gespräche verwickelt werden und vor allem nicht zusammen mit ihm auf der Insel ankommen. Das konnte einen Anschein erwecken, den es strikt zu vermeiden galt.

Noch immer wirkten die warnenden Worte seiner Mutter bezüglich Elsa und deren Zwillingsschwester nach. Vor allem aber hatten sich seine widersprüchlichen Gefühle für die Schwestern keineswegs geklärt. Viel Arbeit, sonst seine beste Medizin, half nicht, sein junger Freund Heinrich war auch nicht da, und allein hielt er es nicht aus. Da kam die verrückte Idee eines Anwaltskollegen, gemeinsam das Veloziped fahren zu lernen, gerade recht. Dass er dabei ausgerechnet mehrfach Cord Breuer begegnete, der ebenfalls mit dem Rad unterwegs war, freute ihn nicht. Wie kam der Bengel überhaupt zu so einem teuren Rad?

Bei den Übungsrunden mit viel Bewegung und frischer Luft nutzte Victor die langen Sommerabende. Das Fahren machte ihm immer mehr Freude, und abends war er so müde, dass er wie ein Stein ins Bett fiel und schlief. Wieso er ausgerechnet auf die Idee kam, ob Elsa das Fahren auch Spaß machen würde, wusste er selbst nicht.

Cord indessen war sich völlig sicher, dass Elsa nach ihrer Rückkehr viel Freude an einem Veloziped haben würde.

Noch immer konnte er sein Glück nicht wirklich fassen, stolzer Besitzer eines solchen Gefährts zu sein. »Als Dank dafür, dass du auf Elsa bei ihrer verrückten Detektivarbeit aufgepasst hast«, war Maximilians verlegener Kommentar gewesen, als der Beschenkte mit hochrotem Kopf gemeint hatte, dass er das keineswegs annehmen könne. »Das ist doch nur was für vermögende Herren, ein neuer Spleen, Herr von Elßtorff«, hatte er gestammelt. Der Architekt verkniff sich ein Grinsen und erwiderte: »Das wird sich in den nächsten Jahren ändern, Cord. Und für dich wird es eine prima Möglichkeit sein, schneller von Linden hier herzukommen und Botengänge zu erledigen.« Da hatte Cord, der völlig verliebt das schwarzglänzende, leicht nach Kettenöl riechende Gefährt ansah, sich nur noch überschwänglich bedankt. »Bis Sie alle aus der Sommerfrische zurückkommen, kann ich fahren!«

»So gefällt es mir, Cord, ich bin gespannt.«

»Das ist hochgradig ungerecht!«, war Elsas Kommentar zu Cords Bericht gewesen. »Was bekomme ich denn geschenkt?« An den nun folgenden Disput erinnerte sich Cord ganz genau.

Immer noch überwältigt von dem wunderbaren Velo, einem Naumann's Germania, dessen Lenker er unauffällig streichelte, konnte er nicht anders, als Elsa zuzustimmen. Denn er wusste nur allzu gut, dass ein solches Veloziped 230 Mark, wenn nicht mehr kostete – eine unvorstellbare Summe!

»Es tut mir leid, Elsa, ich wäre nie darauf gekommen, dass Herr von Elßtorff mir so ein wertvolles Geschenk macht. Und es zeigt ja auch, wie wichtig du ihm bist«, hatte er etwas lahm hinzugefügt.

Darauf etwas zu sagen, fand Elsa unter ihrer Würde. »Ich habe eine Idee, wie du diese Ungerechtigkeit ausbügeln könntest«, entgegnete sie in harmlosem Ton.

»Nämlich wie?«

»Wenn wir von Norderney zurück sind, dann kannst du bestimmt schon gut fahren – und dann bringst du es mir bei!«

Das verschlug selbst Cord, der ja von Elsa allerhand Verrücktheiten gewohnt war, die Sprache.

»Aber Elsa, Damen fahren doch kein Rad!«, protestierte er. »Das würden die von Elßtorffs dir nie erlauben.«

»Ach, wer weiß – außerdem ist es sicherlich nur eine Frage der Zeit, bis sich auch mehr Frauen über die dummen Bedenken einiger Männer hinwegsetzen. Es gibt bei Rissmann schon ein wunderbares Modell für Damen – ein Sicherheitsrad mit tiefgezogenem Rahmen und Kettenschutz, damit die Röcke nicht hängen bleiben. Und in

Berlin und Dresden gründeten sich schon Damen-Radfahrclubs!« Triumphierend sah Elsa ihren jüngeren Freund an.

»Und was willst du anziehen auf dem Velo?« So schnell hatte Cord sich nicht geschlagen gegeben. »Mit den langen schweren Röcken ist ja ein Unfall vorprogrammiert – und auf ein Herrenrad kannst du damit kaum aufsteigen.«

»Das lass mal meine Sorge sein«, entgegnete Elsa. »Da fällt mir schon was ein.«

Das konnte Cord sich lebhaft vorstellen, und er hatte weiteren Widerstand eingestellt. Es würden ja noch etliche Wochen vergehen, bis Elsa aus Norderney zurückkam. »Na, wir werden sehen«, lautete sein gebrummelter Kommentar.

Während die von Elßtorffs auf Norderney weilten, verfolgte Cord die teilweise heftig geführten Debatten über Rad fahrende Frauen. Einige Mediziner bezeichneten Radfahren für Frauen als schädlich. In Schreckensbildern beschrieben sie aufreizende Folgen des Sattels auf den weiblichen Unterleib. Cords bruchstückhafte theoretische Kenntnisse der Anatomie des weiblichen Geschlechts stammten aus unterschiedlichen Quellen. So aus dem Buch ›Die Frau als Hausärztin‹, dessen große Nützlichkeit seine Mutter immer wieder betonte. Durch seinen älteren Vetter Johann hingegen gelangten pikante Fotografien vor seine Augen, die die nackte Wahrheit zeigten. Da gab es exotische Aufnahmen unbekleideter Negerinnen ebenso wie schamrasierte Modelle, mit denen antike Figuren nachgestellt wurden. Aber auch anstößige und unsittliche Großaufnahmen zeigten, auf was es ankam. Was sich innerhalb der Scham befand und welchen Beitrag dies auch zur Lust des Weibes liefere, hatte ihm der Vetter kenntnisreich erklärt. So verstand Cord durchaus, welche Phantasien da wohl mit einigen Medizinern durchgingen.

Von solchen Verunglimpfungen des Radfahrens würde sich Elsa, so vermutete Cord, ebenso wie andere mutige junge Frauen nicht abhalten lassen. Denn sie würde sofort erkennen, welche Freiheit Ausflüge mit dem Rad bedeuten konnten.

Vieles ging Cord durch den Kopf. Seit ihr Zwilling aufgetaucht war, konnte er gar nicht in Ruhe mit Elsa sprechen. Er war froh, wenn sie von Norderney zurückkam. Aber wenn nun ihre Zwillingsschwester da war, was würde dann aus ihren geheimen gemeinsamen Streifzügen? Und überhaupt aus ihrer Freundschaft? Und außerdem: Was für ein Mensch war diese Emilie überhaupt? Jedenfalls wurde ihm die Zeit lang bis zu Elsas Rückkehr. Cord seufzte tief.

Maximilian hingegen war heilfroh, etwas Zeit für sich zu haben. Noch oft dachte er an die schöne Helena, deren plötzlichen Verlust er nur schwer verkraftete.

Es war wohl doch nicht Leidenschaft allein, sondern auch ein wenig Zuneigung meinerseits im Spiel, gestand er sich ein, während er den lauen Sommerabend auf der großen Terrasse genoss, die er an sein im Parterre befindliches Büro hatte anbauen lassen. Ohne die Gesellschaft seiner Familie, die sich hier oft im Sommer versammelte und das Plätschern des Springbrunnens und den Anblick des schönen Stadtgartens genoss, fühlte er sich ziemlich einsam.

Jedenfalls, so beschloss er, würde er keineswegs noch mal das Etablissement von Donna Isabella aufsuchen. Das reizte ihn überhaupt nicht. Und obwohl sie es natürlich nicht wusste, wäre es ihm Emilie gegenüber peinlich. Er seufzte nachdenklich. An den Familienzuwachs musste er sich auch erst gewöhnen. Daher nahm er sich vor, sich soweit als möglich von seinem schlechten Gewissen frei zu machen und sie erst mal näher kennen zu lernen. Sie war in dem bürgerlichen Haushalt seines Logenbruders anders aufgewachsen als Elsa, die zudem an Heinrichs Seite vieles lernte, was sonst nicht auf dem Lehrplan junger Mädchen stand. Lächelnd erinnerte er sich dabei, mit welcher Begeisterung die beiden mikroskopiert hatten.

Ich werde mir mit Sophie ernsthaft Gedanken über die Zukunft der beiden machen müssen. Sie sind Waisen mit Papieren über eine eheliche Herkunft, haben aber keine familiäre Abstammung von Rang und Stand, keine nennenswerte Mitgift. Ein ansprechendes Äußeres, eine gute Erziehung wiegt da nicht viel. Wenn sich nicht ein Mann zufällig ernsthaft in eine von ihnen verliebt, stehen die Chancen für eine Heirat nicht besonders gut. Da hilft auch unsere Stellung nicht allzu viel. Elsa hat immerhin ein gutes Pensionat besucht und das Lehrerinnen-Seminar abgeschlossen – sie verspürt aber offenbar wenig Neigung, diesen Beruf zu ergreifen … Seufzend brach Maximilian seine Überlegungen ab.

Er beschloss, in seiner Bibliothek noch einige Bücher herauszusuchen, die Franz mit einpacken sollte, und dann zu Bett zu gehen.

Am Damenstrand

Am nächsten Tag empfahl die ›Fluttabelle für die Badezeit von 1890‹ aus dem Verlag Hermann Braams die Badezeit am späteren Vormittag.

Isidora entschuldigte sich, sie wollte die Zwillinge beim ersten gemeinsamen Badeabenteuer bewusst allein lassen.

»Gleich zu Beginn unseres Urlaubes ein Norderneyer Bilderbuchtag«, jubelte Elsa, die sich auf das Baden freute. »Sieh nur diesen wunderbar blauen Himmel mit den großen Wattewolken, das Meer rauscht, die Möwen stürzen sich begeistert schreiend auf Seesterne, Muscheln und Krebse. Vier Jahre waren wir nicht mehr hier, jetzt erst merke ich, wie ich die Insel vermisst habe.«

Während sie die Kaiserstraße überquerten, um zur Wartehalle zu gelangen, sprudelte Elsa vor Vorfreude schier über und erzählte: »Auf Norderney badeten auch früher Damen und Herren, wie es auch in den englischen Seebädern Brauch ist, getrennt. Ende der 70er Jahre hatte das vor allem den Grund, dass die schweren, unbequemen Flanellbadekostüme auf Norderney nicht gebräuchlich waren. Das Damenbad befand sich in gehöriger Entfernung zum Herrenbad. Der Moralwimpel, eine aufgezogene rote Flagge, zeigte die Badezeit der Damen an. Außerdem befand sich auf der Promenade eine Sperre, die den Durchgang für Herren verbot. Und natürlich gab es damals auch nur Aufseherinnen, Schwimmerinnen und Badefrauen, die Dienst taten. Damals lernte ich auch, so wie es der Badearzt empfahl, nicht nur zehn Minuten im Wasser zu kauern und hochzuspringen. Ein richtiges Seebad nehmen heißt, aus eigenen Kräften gegen und mit den Wellen zu springen. Nach jeder Welle sammelt man wieder Kraft, um sodann furchtlos die nächste Welle zu bestehen.«

»Das kenne ich so freilich von der Ostsee nicht, Elsa. Wellen gab es da nur selten.«

»Das wird dir Spaß machen, Schwesterlein, ich werde dir zeigen, wie man durch die Wellen hüpfen kann. Der Badearzt auf Norderney, der Sanitätsrat Dr. Flügge, vertrat außerdem nachdrücklich die Meinung, dass jegliche Bekleidung zum Bade nachteilig sei und die volle Wirkung des Bades behindere. Lediglich das Haupthaar wurde zusammengedreht und in Wachstaffent eingewickelt, damit es nicht nass wurde.«

Zweifelnd blickte Emilie ihre Schwester an, schluckte und fragte: »Soll das etwa heißen, Elsa, dass adamistisch gebadet wurde?«

»Ja, ich habe das als Kind noch miterlebt – das war zunächst ungewohnt, aber ein berauschendes Gefühl, sich so unbeschwert im Meer zu bewegen. Kein Vergleich zu heute mit den hinderlichen Badekostümen, die leider zu Beginn der 1880er Jahre Vorschrift wurden. Auch der Badearzt bedauerte sehr, dass diese Sitte in den deutschen Seebädern Fuß fasste.«

An der Wartehalle angekommen, gaben sie ihre Badekarten ab und erhielten dafür eine mit der Nummer auf der Tafel übereinstimmende Gegenmarke. »Beim Freiwerden einer Badekutsche wird die auf der Gegenmarke stehende Nummer aufgerufen, und wir geben der Karrenführerin die Marke ab«, erklärte Elsa. »Dann müssen wir sofort in die Badekutsche gehen und unser Bad nehmen, sonst verfällt die Nummer, die nächsthöhere wird aufgerufen, und man muss sich sozusagen hinten wieder anstellen. Heute werden wir trotz der zahlreichen Karren etwas warten müssen, es ist reger Betrieb.«

»Nun, wir können mit unseren Badekostümen noch froh sein«, setzte Emilie das Thema fort. »In der Gartenlaube las ich, dass die französischen Moden, die zum Beispiel in Trouville gepflegt werden, aus Badecorsett und Tournüre bestehen.«

»In den französischen und belgischen Seebädern wollen die mit den Herren gemeinsam badenden Damen selbst im Wasser nicht auf diese Marterwerkzeuge der Koketterie verzichten. Hier sieht man ab und zu mal ein spitzenbesetztes Badegewand von kräftiger Farbe, aber diesen Unfug macht man hier zum Glück nicht mit. Dennoch«, Elsa seufzte tief, »wäre es schön, noch mal ohne Kostüm baden zu können. Das wäre auch für dich ein einmaliges Erlebnis. Man müsste mal am äußersten Ende des Strandes mindestens zwei Karren …«

»Elsa, du hast dieses verdächtige Glitzern in den Augen, du planst doch nicht etwa …«

»Hoffentlich ist meine Lieblingsbadefrau Tätje Dorbusch noch da«, überhörte Elsa die schwesterliche nicht vollendete Frage. »Von ihr habe ich nämlich alles über den richtigen Umgang mit den brandenden Wogen gelernt. Sie hat mir auch das Schwimmen beigebracht.«

»Das habe ich an der Ostsee auch gelernt.« Emilie blickte ihre Schwester stolz an. Dann nahm sie die vielen neuen Eindrücke auf, während Elsa in Wiedersehens- wie Vorfreude schwelgte. Schon sah sie die Wellen heranrauschen, Strandkörbe standen ebenso wie Badekarren bereit. Frauen in weißen Kitteln, Kopftüchern, roten Röcken oder wadenlangen Hosen, weshalb sie Rothosen genannt wurden, halfen beim Umkleiden und Baden. Zu zweit trugen sie die badewillige Dame zum wartenden Karren.

In diesem Moment wurden ihre Nummern aufgerufen.

Zielstrebig steuerte Elsa die links stehenden Badekarren an, wo eine Rothose sie heranwinkte. Ihr übergab Elsa zwei Mark: »Wir möchten für eine Woche Aufbewahren und Waschen von Bademantel und Laken bezahlen.«

Eine Badefrau in Hose und Korkweste wandte sich beim Klang von Elsas Stimme um und betrachtete sie prüfend. »Das gnädige Fräulein erinnert mich an das Elschen«, murmelte sie vorsichtig.

»Tätje … Tätje Dorbusch?«, fragte Elsa.

»Inzwischen Tätje Grammert, aber ich bin es.« Nachdem sie sich verstohlen umgesehen hatte, packte sie Elsa bei den Schultern und drückte sie schnell voller Freude an sich. »Ne hübsche junge Dame biste geworden«, während sie sprach, wanderte ihr Blick zu Emilie, und sie erstarrte. »Beim Klabautermann, was ist das?«

»Alles in Ordnung, Tätje, das ist meine Zwillingsschwester Emilie, die verschollen war, und die wir nun glücklich wiedergefunden haben.« Während Tätje sie förmlich begrüßte, vermutete Emilie, dass ihrer Schwester diese Kurzversion der Geschichte gerade erst eingefallen war …

Tätje Grammert riss sich förmlich zusammen und fragte Emilie: »Haben Sie schon mal in der Nordsee gebadet?«

»Nein, aber Elsa hat mir alles erklärt – so wie Sie es ihr beigebracht haben.«

»Na denn man tauw, dann ab in die Badekostüme.«

Marga hatte für die Schwestern zwei leichte Badekostüme nähen lassen.

Emilie kletterte als Erstes die Stufen des Badewagens herunter und wurde von Tätje mit einem ordentlichen Gruß des Meeres, einem Schwall Seewasser aus einem Eimer über die Schultern geschüttet. Erschrocken quietschte Emilie auf: »Puuh, ist das kalt!« Und zur Schwester gewandt: »Das hast du mir mit Absicht nicht verraten, na warte!« Mutig stieg sie in das recht ruhige Meer und verpasste Elsa ein paar ordentliche Wasserduschen.

Bald stellte sich heraus, dass die Schwestern in ihrem Element waren und mit den Wellen bestens zurecht kamen. Tätje blickte den beiden stolz zu, während sie für die ängstlich aufkreischenden Damen in aufwendigsten Badekostümen nur ein verächtliches Lächeln übrig hatte.

Nach dem ersten Bad ließ Elsa ihrer Schwester den Vortritt zum Umziehen und flüsterte mit Tätje, der sie ein üppiges Trinkgeld in die Hand drückte.

»Stell dir vor, Tätje arbeitet schon seit 1869 als Badefrau, sie hat also viel Erfahrung«, erzählte Elsa, während sie die Promenade in Richtung des neutralen Strandes entlang schlenderten.

Von weitem sahen sie Oscar Leitner am ›Korbvillenstrand‹ herumspazieren, um hier und da huldvoll zu grüßen. Im Gegensatz zu vielen Herren, die sich in der Sommerfrische einen Ferienbart stehen ließen, war er frisch rasiert. Schließlich befand er sich noch im Dienst Thalias! »Sieh mal Emilie, unser Mime wandelt mit heldenhaften Schritten an der Flutkante entlang. Heute Abend wirst du ihn das erste Mal in der Posse ›Robert und Bertram‹ sehen. Und bei der Réunion morgen wird er – aus besonderer Gefälligkeit – einige Gedichte zum Thema Meer deklamieren. Danach kann er sich dann mit seiner Verlobten dem Tanzvergnügen widmen.«

»Das sei dem schwer arbeitenden Mimen gegönnt«, entgegnete Emilie, die sich dem lockeren Ton ihrer Schwester immer mehr anpasste.

»Nach dem Baden stärken wir uns jetzt in der Viktoria-Halle. Kaffee, Tee und die von uns so geliebte Chocolade stehen ebenso bereit wie ein zur Frühstückszeit fertiges Büffet. Ein Gläschen Portwein tut gut nach dem kühlen Bade, aber auch Lachs, Honig- und ostfriesischen Knüppelkuchen sind sehr zu empfehlen!«

»Was ist das denn?«, fragte Emilie prompt. »Ist der Kuchen knüppelhart?«

»Nein, das ist ein Kuchen mit vielen Mandeln und Zitronat, wobei der Teig in der Pfanne gebraten wird. Das Ganze kommt dann in eine Backform und wird kaltgestellt. Der Kuchen wird gern zum friesischen Tee gegessen.«

Diesem Vorschlag ihrer Schwester folgte die hungrige Emilie gern.

Während sie den wunderbaren Blick bis zum Horizont und auf die sich überschlagenden Wellen genossen und an ihrer Chocolade nippten, meinte Elsa: »Wenn wir wieder zu Hause sind, musst du unbedingt Cord Breuer näher kennenlernen. Ihr habt euch ja nur flüchtig gesehen.«

»Ich habe nur mitbekommen, dass er ab und zu bei Onkel Maximilian aushilft und der ihm ein teures Veloziped geschenkt hat.«

»Ja, das hatte damit zu tun, dass Cord mir bei den Ermittlungen geholfen hat. Eigentlich ungerecht, ein Veloziped hätte ich auch zu gern.«

»Du willst doch nicht etwa Rad fahren? Das ist doch für Frauen völlig verpönt!«

Schwieriges Thema, erkannte Elsa. »Zumindest würde ich es gern mal probieren. Aber du wolltest ja etwas über Cord wissen. Der schließt gerade das Gymnasium ab. Die Familie verfügt über wenig Geld, sein Vater, der rote Breuer, ist Volksschullehrer in Linden.«

»Wieso rot, ist er etwa Sozialist?«

»Er gehört zu den führenden Sozialdemokraten. In Linden mit seinen vielen Fabriken wohnen natürlich auch viele Arbeiterfamilien. Am 1. Mai habe ich mich heimlich nach Linden geschlichen. Da wurde zum ersten Mal eine Feier abgehalten. Der rote Breuer hat auch gesprochen. Ich fand, dass er seine Forderungen für mehr Rechte für die Arbeiterschaft sehr einleuchtend begründet hat.«

»Du warst heimlich zu einer Versammlung?« Entsetzt blickte Emilie ihre Schwester an. »Auf eine solche Idee bin ich noch nie gekommen. Und überhaupt, ein Sozialdemokrat – stört das Onkel Maximilian nicht? Mein Vater hat immer gesagt, das rote Gesindel seien vaterlandslose Gesellen.«

Wieder falsches Thema, dachte Elsa.

»In bürgerlichen wie adeligen Kreisen werden Sozialisten häufig mit Anarchisten in einen Topf geworfen, dabei lehnen sie Gewalt ab. Onkel Maximilian meint, das Sozialistengesetz von Bismarck, das jetzt aufgehoben wird, habe eher zu einer Stärkung der Arbeiterpartei geführt. Und er vertritt die Ansicht, die Sozialdemokraten seien ein notwendiges Übel, damit die Arbeiterschaft in gesunden und menschenwürdigen Bedingungen leben kann.«

Gleichzeitig atmeten beide tief durch.

»Wir sind mit teilweise sehr unterschiedlichen Meinungen und Ansichten aufgewachsen«, meinte Emilie nachdenklich.

Elsa nickte. »Ja, das werden wir sicherlich noch öfter feststellen.«

»In Königsberg verlief alles so selbstverständlich«, überlegte Emilie. »Meine Zukunft schien vorgezeichnet und beruhte ja darauf, die leibliche, finanziell wohlversorgte Tochter des Ehepaars Sartorius zu sein. Ich besuchte die Höhere Töchterschule, nähte und stickte eifrig an meiner Aussteuer. Henriette war Mutter und Vertraute zugleich, und wir beiden spannen gemeinsam Pläne für meine Verheiratung, um eine gute Partie mit einem der Söhne aus großbürgerlichen Kreisen Königsberg zu machen. Es mangelte auch nicht an interessanten Verehrern. Der Tod von Henriette war ein erster, harter Schicksalsschlag. Ich fühlte mich alleingelassen.«

Tröstend schlang Elsa der Schwester einen Arm um die Schulter. »Oft denke ich, dass Kinder, die ganz normal in einer Familie aufwachsen, erwachsen werden und selber eine Familie gründen, gar nicht ermessen, welches Glück sie haben.«

Emilie starrte aufs Meer. »Na ja, nicht in jeder Familie ist nur eitel Glück und Sonnenschein. Doch ich weiß, was du meinst. Aber richtig hart wurde es, als durch den Bankrott des Vaters und dessen Tod es keinerlei Hoffnungen mehr gab – weder auf eine sehr bescheidene Existenz allein noch ohne Aussteuer auf eine gute Heirat. Ich musste erleben, wie sich Verehrer schlagartig zurückzogen.«

»Das ist sicherlich sehr desillusionierend. Im Gegensatz zu dir habe ich ja die Ehe nie als selbstverständliche und alleinige Zukunft gesehen. Als Backfisch fand ich in der Bibliothek ein Gedicht von Theodor Fontane, welches er wohl um 1851 schrieb. Das finde ich immer noch zutreffend – ich werde es dir abschreiben.«

Während Elsa nachdenklich auf das Meer blickte, fragte Emilie leise: »Wovon handelt das Gedicht? Und wie heißt es?«

»Es handelt von einem jungen Mädchen, das ohne Liebe heiratet, weil es Angst hat, sitzenzubleiben. Der Titel heißt ausgerechnet ›Die arme Else‹.« Unwillkürlich mussten beide Schwestern lächeln. »Aber letztendlich haben wir beide noch Glück, und noch sind wir nicht im Unglück«, fuhr Elsa fort. »Das Schicksal hat uns wieder zusammengeführt. Und daraus werden wir Kraft schöpfen und zusammenhalten. Übrigens, das wollte ich schon lange fragen, darf ich dich auch Millie nennen?«

»Ja, das gefällt mir.« Emilie wischte sich ein paar Tränen weg und ging zur Tagesordnung über. »Was hältst du davon, wenn wir heute Nachmittag alle zusammen am Strand Croquet spielen?«

»Eine wunderbare Idee, da haben wir Bewegung an frischer Luft und sind direkt am Meer. Dieses ewige Flanieren an der Promenade und beim Conversationshaus werden wir noch reichlich absolvieren können.«

Als Emilie abends müde in ihr Zimmer kam, fand sie auf dem Nachtschränkchen ein Gedicht in Elsas ebenso schöner wie energischer Schrift vor.

Die arme Else
Die Mutter spricht: »Lieb Else mein,
Du musst nicht lange wählen;
Man lebt sich ineinander ein,
auch ohne Liebesqualen;

Manch' eine nahm schon ihren Mann,
Dass sie nicht sitzen bliebe,
Und dünkte sich im Himmel dann,
Und – alles ohne Liebe.«

Jung-Else hört's und schloss das Band,
Das ew'ge am Altare,
Es nahm, zur Nacht, des Gatten Hand
Den Kranz aus ihrem Haare;
Ihr war zu Sinn, als ob der Tod
Zur Opferbank sie triebe,
Sie gab ihm alles – nach Gebot
Und – alles ohne Liebe.

Der Mann ist schlecht, er liebt das Spiel,
Und guten Trunk nicht minder,
Sein Weib zu Hause weint zu viel,
Und ewig schrein die Kinder;
Spät kommt er heim, er tost, er schlägt
Nachgiebig *jedem* Triebe,
Sie trägt's, wie nur die Liebe trägt
Und – alles ohne Liebe.

Sie wünscht sich oft: »Es wär vorbei«,
Wenn nicht die Kinder wären;
So aber sucht sie, immer neu,
Den Gatten zu bekehren;
Sie schmeichelt ihm, und ob er dann
Auch kalt beiseit' sie schiebe,
Sie nennt ihn: ihren *liebsten* Mann,
Und – alles ohne Liebe.

Nachdem sie es zwei Mal gelesen hatte, wischte sich Emilie nachdenklich die Tränen aus den Augen. In der Tat hat sich meine Schwester ganz andere Gedanken gemacht als ich, ging ihr durch den Kopf. Allmählich verstehe ich sie immer besser. Immerhin hat Elsa das Lehrerinnen-Seminar erfolgreich abgeschlossen, notfalls könnte sie unterrichten. Und ich möchte auch nicht als Gesellschafterin mein Leben fristen, aber eine Vernunftehe eingehen, bloß weil einem nichts anderes übrig bleibt? Jedenfalls haben wir Schwestern einander, wir werden nicht immer einer Meinung sein – das brauchen wir auch nicht, Hauptsache ist, dass wir zusammenhalten. Mit diesem tröstlichen Gedanken schlief sie ein.

Sei nie rastig, auch wenn du Rast hast,
nie hastig, auch wenn du Hast hast.
Rückert

Ein Familientreffen

Zwei Wochen waren wie im Fluge vergangen.

»Auf Norderney vergeht die Zeit immer schneller als in Hannover«, meinte Elsa.

Man saß im Kaffeegarten beim Großen Logierhaus, genoss köstliches Fürst-Pückler-Eis und beobachtete die Vorbeigehenden. Elsa liebte neben dem Schokoladen- und Erdbeereis besonders die mit Maraschino aromatisierte helle Makronen-Eis-Masse.

Heute Nachmittag wurde Maximilian erwartet, der mit seiner Mutter und Tante Edelgarde, Gräfin von Potocki, anreisen wollte. Wie gut, dass in dem Logierhaus der Bremer Häuser so viel Platz war.

»Großmama ist natürlich eingeweiht, aber ich glaube, Edelgarde weiß von nichts. Papa schrieb mir, er wolle sie endlich mal sprachlos erleben. Wenn der Schuss mal nicht nach hinten losgeht«, vermutete Heinrich leise, und Elsa nickte zustimmend. Emilie blickte alle fragend an.

»Mit Taktgefühl und Einfühlungsvermögen ist die Gräfin von Potocki kaum gesegnet«, erklärte Isidora. »Mit ihren beständigen Anspielungen auf die immer noch nicht vorhandenen Ehemänner trieb sie Elsa und vor allem mich schon des Öfteren zur Weißglut. Edelgardes Vorstellungen von holdem Frauentum decken sich keineswegs mit unseren Auffassungen.«

Heinrich ergänzte: »Die Gräfin von Potocki ist eine entfernte Cousine meiner Mutter, eine schreckliche Nervensäge und hatte sich mal wieder bei der bedauernswerten Großmama auf das Rittergut Rosenthal eingeladen. Gutmütig, wie Großmama ist, nimmt sie die liebe Tante nun leider auch noch mit nach Norderney.«

Das nachmittägliche Kurkonzert am Conversationshaus ging gerade zu Ende. Wie stets wurde dort promeniert, parliert, diffamiert und stark geflirtet. Durch diskrete Augenkontakte bereitete man so manches heimliche Rendezvous vor. Überhaupt herrschte hier eine eigentümliche Atmosphäre. Denn Norderney war nicht nur ein hochinteressanter Heiratsmarkt, um die Töchter vorteilhaft unter die Haube zu bringen, die Sommerfrische bot ebenfalls eine hervorragende Möglichkeit für eine prickelnde Affäre. Viele der Damen kamen ohne die Begleitung ihrer vielbeschäftigten Ehemänner auf die Insel, was den Anreiz für alleinstehende Offiziere, Galane und Müßiggänger durchaus erhöhte. In der amtlichen Liste fanden sich auch zahlreiche Herren ohne Begleitung. Es war, als ob die frische Nordseebrise die moralischen Werte davon wehte, als ob Anstand, Moral und Würde zumindest für die Dauer der Urlaubswochen ausgesetzt seien.

Cliquen und Klüngel fanden sich zusammen, setzten Gerüchte in die Welt und spannen Intrigen. Klatsch und Tratsch wurde reichlich gepflegt. Irgendwie hatte sich herumgesprochen, dass die Schwestern auf einer Kanarischen Insel geboren waren. Seitdem hießen sie nur noch ›das spanische Duett‹. Als Marga dies zufällig mitbekam, sagte sie zu Isidora: »So boshaft, wie es hier teilweise zugeht, können wir noch froh sein, dass man sie nicht die Kanarienvögel getauft hat.«

Am Conversationshaus traf man sich immer wieder. So auch Reginald von Richnow und seine extravagante Begleiterin Ira Jaffé, die gerade von einigen Söhnen schwerreicher Fabrikanten mit Blicken verschlungen wurde. »Irgendwas erinnert mich«, brummte von Richnow vor sich hin, als er die Zwillinge bemerkte, »aber ich komme nicht darauf.«

»Dann ist das spanische Duett entweder nicht so wichtig oder ein Déjà vu«, entgegnete seine Begleiterin, »hör endlich auf, dich mit diesen uninteressanten Gänsen zu beschäftigen!«

So alltäglich fand der so Getadelte die Schwestern nun auch nicht. Sie hoben sich in ihren Reformkleidern von den meisten anderen Damen der Gesellschaft ab, die stets versuchten, sich in der Eleganz wie Ausgefallenheit ihrer Toiletten zu übertreffen. Allerdings waren nicht nur Damen dabei, auch ›ces dames‹ von der Friedrichstraße in Berlin und der Ringstraße in Wien hatten ihren Sommeraufenthalt nach Norderney verlegt. Dies hatte jedoch nur Heinrich erkannt, der sich nach seinen einschlägigen Erfahrungen mit dem Tripper jedoch zu keinerlei Abenteuern aufgelegt fühlte.

Man hatte den Heimweg über den Weststrand gewählt, um an der kompletten Promenade entlang bis zu den Bremer Häusern am Meer wandeln zu können.

Bei der Marienhöhe kamen ihnen Maximilian mit seiner Mutter und Tante Edelgarde entgegen. Schon von weitem hatte Elsa sie mit ihren Adleraugen erspäht. Auf die Großmama freue ich mich besonders, dachte sie, von Beginn an war sie nett zu mir und versuchte, wo sie konnte, mir eine Freude zu machen. Aber Edelgarde …

Während ein paar Möwen laut kreischten, flüsterte Heinrich: »Mesdemoiselles, jetzt ist es mit der Gemütlichkeit vorbei. Die liebe Tante Edelgarde, wie sie leibt und lebt. Mal sehen, wie die Tante auf die wundersame Verdoppelung reagiert.«

Elsa straffte sich und hakte Emilie fest unter. Isidora, die nun die Dreiergruppe ebenfalls erspäht hatte, tat dasselbe auf der anderen Seite, so dass sie wie ein Bollwerk gewappnet waren.

Als man sich auf etwa fünf Schritte angenähert hatte, stieß Tante Edelgarde einen schrillen Schrei aus, fasste sich ans Herz, sank Maximilian gekonnt gegen die Schulter und japste: »Elsa zweifach, dabei habe ich doch erst zwei Pharisäer getrunken«, stammelte sie, »das ist zu viel für mich und meine armen Nerven!« Sie schwankte, scheinbar einer Ohnmacht nahe, wohl wissend, dass der von ihr so geschätzte Maximilian hinter ihr stand. Dieser stützte in der Tat die Cousine, die ein perfektes Bild weiblicher Schwäche bot und es dabei genoss, ein wenig an der starken von Elßtorffschen Schulter zu lehnen. Sophie hielt ihr das Riechsalz unter die Nase, und Edelgarde kam langsam wieder zu Kräften. Allerdings hatte sie ihren Verstand noch nicht wirklich wieder beieinander, so dass sie aussprach, was ihr durch den Kopf ging.

»Jessus Maria, ich habe Halluzinationen – wie konnte sich dieses Kuckucksei denn verdoppeln? Eine, die beständig Widerworte hat, Detektiv spielen und sich wichtigmachen muss, reicht doch völlig. Hoffentlich ist die zweite etwas weniger ausgefallen und mehr, wie es sich für eine junge Dame gehört. Cousine Sophie, es ist ja oft schwierig genug mit eurem Mündel Elsa – habt ihr jetzt etwa noch eine zweite eigensinnige Waise zweifelhafter Herkunft am Hals?«

Die Großmama hielt sich das Riechsalz unter die Nase – eine große Szene auf der Promenade vor neugierigen Augen und Ohren hatte gerade noch gefehlt. Zugleich beschloss sie, Edelgarde künftig nicht mehr zur Sommerfrische auf das Rittergut Rosenthal einzuladen.

Die gesamte Familie von Elßtorff hielt entsetzt die Luft an. Selbst dem schlagfertigen Maximilian, dem wieder die Szene im Bordell vor Augen stand, verschlug es die Sprache.

Die Einzige, die einigermaßen die Nerven bewahrte, war Isidora. Sie begann leise zu singen: »Dat best is jümmer, seggt Jochen Brümmer …«

Heinrich fiel sofort ein: »Sich an sin egen Nääs to foten un anner Lüüd in Ruh to loten.«

Als Isidora bemerkte, dass Emilie kein Wort verstand und bei der giftigen Attacke von Tante Edelgarde anfing zu zittern und mit be-

bender Unterlippe den Tränen nah war, knuffte sie diese mit dem Ellenbogen etwas unsanft in die Rippen. »Was wir gerade gesungen haben, ist ein gutes Motto: Das Beste ist immer, sagt Jochen Brümmer, sich an die eigene Nase zu fassen und andere Leute in Ruhe zu lassen.«

Unwillkürlich musste Emilie lächeln. »Das habe ich auf Platt nicht verstanden, aber es gefällt mir gut.« Damit hatte Isidora ihr Ziel erreicht, der feindseligen Attacke Edelgardes ein wenig die Spitze zu nehmen. Anerkennend nickte Elsa ihr zu.

»Edelgarde ist ein Drachen, nimm es nicht persönlich, und lass dich nicht beeindrucken«, zischte sie ihrer Schwester zu.

Nach einem Moment des Begreifens straffte sich Emilie. Die Contenance zu wahren hatte ihre Adoptivmutter ihr schließlich perfekt beigebracht. Sie bemühte sich, die Tante kühlen Blickes zu betrachten. Dabei fiel ihr sofort auf, dass deren altmodische schwarze Gewänder mit merkwürdigen farbigen Accessoires ergänzt waren, was ein wenig geschmackvolles Gesamtbild ergab. »So läuft sie immer herum, sie ist geizig und hat keinen Stil«, flüsterte ihr da ihre Schwester zu. Du liebe Güte, dachte Emilie, fängt sie nun doch an, meine Gedanken zu lesen?

Inzwischen hatte sich Maximilian, der vor Wut kochte, so weit gefangen, dass er als Familienoberhaupt ein Machtwort sprach. Er zischte sie an: »Deine Meinung ist hier weder wichtig, noch spielt sie für uns eine Rolle, Edelgarde! Wenn du auch nur die geringste weitere abschätzige Bemerkung machst, werde ich unverzüglich deine Heimreise veranlassen! Und heute Abend ziehst du dich auf dein Zimmer zurück! Im Übrigen empfehle ich dir dringend, dich während dieses Aufenthaltes äußerst rar zu machen!«

Erschrocken gestand sich Edelgarde ein, dass ihre Zunge mit ihr durchgegangen war. Und das, wo sie sich auf das mondäne Treiben auf Norderney, vor allem aber auf das Luxusleben in den Bremer Häusern, welches sie sich in ihrem Geiz nie geleistet hätte, schon lange gefreut hatte.

»Meine Lieben«, entschuldigte sie sich mit leiser Stimme, »das war doch eher ironisch gemeint, ihr wisst doch, dass ich mein liebes Elsalein gern etwas necke.«

Zwischen Isidora, Heinrich und Elsa flogen enervierte Blicke hin und her.

»Das war natürlich ein Scherz, Elsalein«, setzte sie nach und versuchte mit schriller Stimme zu retten, was zu retten war. »Nun stellt mir endlich diese entzückende junge Dame vor.«

Sophie verkniff sich eine scharfe Bemerkung. Da sie bereits einiges Aufsehen erregten, wandte sie mal wieder ihre diplomatischen Fähigkeiten an: »Wir sollten die weitere Begrüßung verschieben und zu den Bremer Häusern gehen. Marga hat, wie du gewünscht hast, Maximilian, einen friesischen Abendschmaus vorbereitet.«

Wenig später saßen sie gemütlich auf der Terrasse, Edelgarde Gräfin von Potocki hatte sich untröstlich mit Migräne entschuldigt.

Es gab reichlich frische Krabben, außerdem war der Tisch mit Austern, Hummer und Räucherfisch bestückt, Heringssalat und viele andere Spezialitäten waren reichlich vorhanden. Pumpernickel zu den Austern, diverse weitere Brotsorten rundeten das Angebot ab. Den Durst der Herren konnte das gute Doornkaatsche Bier löschen, für die Damen stand Limonade und Rheinwein bereit – und selbstverständlich gab es zur Begrüßung ein Gläschen Champagner.

Großmama von Elßtorff hob ihr Glas: »Liebe Emilie, willkommen in der Familie, ich freue mich darauf, dich näher kennenzulernen! Und nun lasst uns diesen wunderbaren Abend mit all den Gaben Poseidons untermalt von Meeresrauschen dankbar genießen.« Und das taten sie.

Inselferien

Maximilian genoss es nun doch, mit seiner Familie auf der Insel zu sein. Vor allem wollte er seine Beziehung zu Sophie wieder festigen, aber auch Emilie näher kennenlernen. Dazu war es stets ein probates Mittel, Fragen zu stellen.

»Nun, Emilie, was sind deine ersten Eindrücke von Norderney, wie gefällt es dir?«

»Es ist sehr beeindruckend, anders als an der Ostsee. Die Natur, das Meer, die Marienhöhe, das ist alles sehr imposant. Es wurde vieles verändert oder abgerissen, um überall etwas für die Logiergäste zu tun. Das sehe ich schon ein bisschen zwiespältig. Die Einheimischen leben immer weniger vom Fischfang, arbeiten als Rothosen und Blauhosen ...« Sie unterbrach sich, weil ihre Schwester, die offenbar an das gemeinsame, streng geheime adamistische Meeresbad dachte, spitzbübisch grinste.

Das war am vierten Urlaubstag ein wunderbares Erlebnis gewesen, sich so frühmorgens um halb sieben, ohne das lästige Badekostüm, in die Fluten zu stürzen. Tätje hatte sozusagen Wache gehalten, aber es schien doch zu gefährlich, denn selbst um diese Zeit kamen Spaziergänger vom neutralen Strand. So waren sie bedauernd übereingekommen, das hüllenlose Bad nicht zu wiederholen – der Skandal wäre einfach zu groß gewesen, und Tätje hätte sicher ihre Stelle verloren.

Maximilian nickte nichtsahnend Emilie freundlich zu und meinte: »Ich glaube, ich weiß, was du meinst. Ich habe ja die Verwandlung dieses freundlichen Eilandes vom einfachen Fischerdorf zum Weltbad in allen Stadien miterlebt. Damals war schon die Anreise viel aufwändiger. Für die Eisenbahnfahrt nach Emden benötigten wir neun Stunden, von Emden aus brauchte der Emsdampfer nach Norderney noch mal viereinhalb. Vor dreißig Jahren gab es hier fast nur kleine, einstöckige Häuser. Ein Gürtel von Sanddünen bot keinen wirklichen Schutz. Sie hätten in einer Sturmnacht vernichtet werden können, ähnlich wie Wangerooge damals aufgegeben werden musste. Wo ihr heute die stolzesten Gebäude stehen seht, wäre damals keine Hundehütte sicher gewesen. Mit dem Dünenschutzwerk und der Strandbefestigung begonnen zu haben, bleibt das Verdienst der früheren hannoverschen Regierung. Bis heute erfordert das große Mittel, die aber dem Wohl des ganzen Landes dienen, denn die Inseln bilden einen natürlich Schutz für das dahinterliegende Festland.«

»Wo habt ihr denn damals gewohnt?«, fragte Emilie.

»Nun, der Hof von Hannover residierte im großen Logierhaus. Alle anderen mussten mit den Fischerhäusern vorliebnehmen, wo das Mobiliar das allereinfachste, die Betten von Seegras waren. Aber wir nahmen das, ebenso wie alle Strapazen und Fatalitäten der Anreise in Kauf. Inzwischen ist ja für Unterkunft der verschiedensten Art so reichlich gesorgt, dass die Zeiten, in denen Ankommende provisorisch auf Billardtischen oder in Badekutschen untergebracht werden mussten, ein für allemal vorbei sind.«

»Ja, inzwischen findet man hier jeden Luxus, Norderney wird von der Aristokratie bevorzugt, die ja stets das sogenannte ›parfum de grand monde‹ zu verbreiten pflegt«, merkte Heinrich an.

»Wenn die Insulaner von dem ›silbernen Segen‹, den die Fremden mitbringen, etwas abhaben wollen, müssen sie ihre Zurückhaltung lockern. Dass man sich hier die frische Luft gut bezahlen lässt, kann man keinem verdenken. Aber die Gewinne streichen die inselfremden Hoteliers und die zahlreichen Nichteinheimischen ein, die bei der Königlichen Badeverwaltung angestellt sind. Nicht umsonst wurde vor einigen Jahren im Deutschen Adelsblatt beklagt, dass die Höflichkeit der Eingeborenen gegenüber dem größtenteils distinguierten Publikum sehr viel zu wünschen übrig ließe. Eine Remedur wurde für dringend erforderlich gehalten. Darüber habe ich damals gelächelt. Aber für die herben Insulaner, denen ein schlichtes Ja oder Nein zur Bekräftigung weittragender Abmachungen reicht, ist das gekünstelte Gebaren vieler hochgestellter Gäste befremdlich.«

Heinrich nickte zustimmend. »Das sind hier kräftige, tüchtige, urgermanische Menschen, die ehrlich und zuverlässig sind. Die Fremden mischen sich jedoch munter ein. Es gibt ja immerhin noch circa sechzig bis siebzig Schaluppen, die zum größten Teil auf der Insel selbst gebaut wurden. Die laufen mit etwa zweihundert Mann Besatzung im Frühling und Herbst zum Fischen aus. Kürzlich erbaute der Schiffsbaumeister Folkers für Schiffer Jakob Ulrichs eine für den Schellfischfang bestimmte Schaluppe, die vom Stapel gelassen werden sollte. Ungefähr sechzig wettergebräunte Gestalten im Festgewand wuselten geschäftig in der Werft herum.

Von alledem hatte eine Gesellschaft aus Düsseldorf erfahren und nicht nur beschlossen, sich an dieser Feier zu beteiligen, sondern das Schiff auf den Namen der allseits umschwärmten Frau Laura L. taufen zu lassen. Herr von Gasten, der diesen Vorschlag unterbreitete, stieß bei dem völlig überraschten Schiffseigentümer auf wenig Gegenliebe. Unbedingt wollte er sein Schiff Sophie nennen.«

Lächelnd bemerkte deren Namensschwester: »Recht hat er doch, viel schöner als Laura!« Alle nickten heiter, während Heinrich fortfuhr: »Indessen machten die übrigen Schiffer dem Eigner klar, dass die aus Industriellen, Juristen und Fabrikanten bestehende Gesellschaft zweifellos ein großzügiges Patengeschenk spendieren werde. So meinte man in der Beratung, dass Laura ja doch ein ganz famoser Name sei, und es wurde der energische Beschluss gefasst: Ja, Laura sall se heten!«

»Geld regiert die Welt«, kommentierte Elsa, »so kann man andere zu ihrem Glück zwingen.«

»Die ›Laura‹ ist nicht nur mit einer Flasche Doornkaat getauft worden. Der gefüllte Becher kreiste mehrfach, und als sich die Rheinländer verabschiedet hatten, feierten die Insulaner mit Gesang aus kräftigen Schifferkehlen noch bis zum frühen Morgen.«

»Wahrscheinlich kommt es nach und nach zu einer Verschmelzung zwischen den Insulanern und den hier arbeitenden Nichteinheimischen«, vermutete Isidora, »und die friesischen Eigentümlichkeiten werden immer weniger werden. Die Fischer des alten Schlages werden mit dem langsamen Niedergang des Fischfangs aussterben.«

»Was wird hier eigentlich gefangen?«, fragte Emilie.

»Vor allem Schellfisch und Schollen, aber auch Kabeljau, Rochen, Haifisch, Steinbutte und Aal.«

»Ein Privatlehrer hat schon ein Gedicht dazu verfasst«, steuerte Elsa bei und las vor:

»Oh alte Fischfangherrlichkeit,
wo bist du nur geblieben?
Die Freunde in dem Flossenkleid,
hat uns der Dampf vertrieben;
sonst kamen Tausende herbei,
Jetzt fängt kaum einer einmal zwei;
Oh Hillerk, Harm, Jan, Peter,
Wann word de Tied woll beter?«

»Wann die Zeit besser wird, weiß ich nicht«, beschloss Sophie die Runde. »Ich gehe jetzt zum Badehaus, und ihr solltet euch alle zum Strand begeben.«

Maximilian und Heinrich machten sich auf zum Herrenbadestrand, von den Bremer Häusern nur ein kurzer Weg.

Am Strand herrschte schon ein lebhaftes Treiben. Bei den Badekarren stand eine Reihe von Bänken, wo sich Vater und Sohn zunächst hinsetzten. Hier ließ sich sowohl das Badeleben im Meer als auch der nicht abreißende Strom der Spaziergänger wunderbar beobachten. Bei den gegenseitigen Begrüßungen nicht nur in Deutsch, sondern auch Französisch, Englisch, Russisch, Polnisch, fielen große Namen und Titel. Diplomaten und Börsenbarone, Schauspieler, Helden des Schwertes wie der Feder, Fürsten, Bürger und erfolgreiche Gründer waren vertreten.

Auf der Wassergrenze stand eine lange Reihe von mehr als hundert Badekarren, Badediener in roten, Karrenschieber in blauen Hosen liefen geschäftig hin und her. Einige gute Schwimmer waren weiter hinausgeschwommen, andere Badende plätscherten nah dem Strand.

Ein alter Norderneyer in blauweißgestreiftem Fischerhemd und bauschiger Segeltuchhose rief mit krächzender Stimme die Nummer des gerade freigewordenen Badekarrens aus. Der Besitzer mit der entsprechenden Badekarte rief, in dem dichten Knäuel der wartenden Badegäste stehend, laut »Hier«, was dem Ablauf das Gepräge eines militärischen Appells verlieh. Dazu passte, dass der alte Friese, wenn ihn Ungeduldige zur Eile drängten, nur barsch krächzte: »Immer mit der Ruhe, Kinners«, wobei es ihn überhaupt nicht kümmerte, wenn er möglicherweise eine Exzellenz oder einen hohen Offizier als Kinder anredete.

Wer aufgerufen war, bekam seine Badewäsche ausgehändigt und strebte, zwischendurch in Wassertümpel patschend, seinem hochrädrigen Badekarren zu, vor dem sich eine Blauhose mit hocherhobener Hand bemerkbar machte. Der stämmige Friese nahm den Badegast huckepack und beförderte ihn zur der See zugekehrten Seite des Badekarrens.

Heinrich, der die Komik dieses Anblickes besonders genoss, wenn es sich bei dem rittlings Thronenden um einen alten General oder einen steifen Gymnasialprofessor handelte, zitierte:

»Eh die Fluthen ihn ersticken,
Beut schon einer ihm den Rücken
Und trägt ihn sorgsam hin zum Port –«

Das alles hatte Heinrich schon oft voller Neid beobachtet, aber nun freute er sich darauf, gemeinsam mit seinem Vater in die Fluten einzutauchen, was ihm zu seinem großen Kummer bisher sowohl vom Hausarzt Dr. Petzold als auch vom Badearzt verwehrt worden war.

Bei der letzten Untersuchung vor den Ferien hatte der alte Hausarzt, der gern ein ironisches Apercu einfließen ließ, angemerkt: »Mein lieber Heinrich, du hast dir in dem drittklassigen Etablissement in Berlin leider einen erstklassigen, sprich hartnäckigen Tripper eingefangen. Es besteht kein Grund zur Sorge, aber mit dem Baden wird es noch etwas dauern.«

Aber auch der Badearzt vertröstete ihn: »Junger Mann, gedulden Sie sich noch etwas. In all den früheren Jahren konnte ich Ihnen keine Bäder im Meer erlauben, jetzt kommt es auf ein paar Tage nicht mehr an. Das Seebad ist ein heroisches Mittel, wie kein anderes, es ist oft das ultimum refugium für chronisch Kranke und das Beste für Gesunde, um die Widerstandskraft zu erhöhen. Bei richtiger Anwendung hilft es aus dem Sumpfe des Krankseins heraus, bei falscher führt es leicht zu Erschöpfung.«

Doch heute endlich sollte er an dem lange ersehnten Baderlebnis teilhaben. Er wurde nervös. »Komm, Papa, wir stellen uns auch an.«

Da Maximilian die Ungeduld seines Sohnes spürte, nickte er zustimmend, obwohl er noch gern dem Treiben zugesehen hätte. Mit einem guten Trinkgeld sorgte er dezent dafür, dass sie zwei Karren nebeneinander bekamen, da er das erste Meeresbad seines Sohnes im Auge haben wollte. Schließlich war Heinrich ungeübt und außerdem gerade erst genesen.

Wie Heinrich feststellte, waren die Badekarren innen nur mit dem Nötigsten versehen: einem kleinen Ecktisch, einigen Haken, einem fleckigen Spiegel, einer Bank. Zwei kleine Schiebefenster ermöglichten einen Blick nach draußen. Mit einer am Wagen befestigten Glocke gab er das Zeichen, dass er bereit war, sich in das kühle Nass zu begeben, woraufhin zwei kräftige Blauhosen den Wagen in die Wellen schoben. Kaum war er einige Stufen aus dem Karren herausgetreten, empfing ihn der erste Gruß des Meeres, ein Schwall Wasser aus einem Eimer, den ihm eine Rothose zur Abkühlung über Kopf und Nacken goss. Puuh, war das frisch! Neben ihm wurde sein Vater ebenfalls mit Meerwasser übergossen. Von hier aus sahen die Wellen doch höher aus als vom sicheren Strand! Aber Heinrich wollte seinem sportlichen Vater seinen Mut zeigen und ging kühn der nächsten anrollenden Welle entgegen. Der warnende Ruf seines Vaters kam zu spät. Die starke Woge warf den mutigen Stürmer zu Boden und spülte ihn mit den Beinen zuoberst an den Strand. Immerhin linderte der Sandboden den Sturz. Prustend kroch Heinrich auf allen vieren Richtung Land, während ihm die Augen vom Seewasser tränten, und richtete sich erst im seichten Wasser wieder auf. Er fluchte still vor sich hin: »Das hatte ich mir anders vorgestellt!«

»Das ist sozusagen die Wassertaufe für die Neulinge«, kommentierte Maximilian in sachlichem Ton, da er genau wusste, dass Heinrich bei seinem Bade-Einstand gern eine gute Figur gemacht hätte. »Oft sind die Wellen einfach zu hoch und zu kräftig, um gegen sie anzulaufen oder mit ihnen hochzuspringen. Wenn du springen willst, stellst du dich besser seitlich wie der Herr da drüben, dann bietest du weniger Angriffsfläche. Ich lasse es heute erst mal langsam angehen, sieh, ich kehre der ankommenden Welle den Rücken zu, bücke mich und stemme die Hände auf die Knie …« Die restlichen Erklärungen gingen in dem brandenden Wasserschwall unter, der ihm über Kopf und Rücken brauste, um ihn dann wieder freizugeben.

Schnell hatte Heinrich den Dreh raus, ließ sich munter von den Wellen rücklings überspülen und wagte bei niedrigeren Wogen auch, sich hochtragen zu lassen. »Papa«, japste er zwischen zwei Brechern, »das ist ein Riesenspaß!«

Da er fand, dass es für das erste Mal genug war – die große am Strand befindliche Uhr zeigte ihm, dass sie sich bereits zwanzig Minuten im Wasser aufhielten – meinte Maximilian: »Ich habe einen wahren Bärenhunger – was hältst du von einem zweiten Frühstück in der Giftbude?«

Heinrich nickte vergnügt. »Wundere dich nicht, Papa, die Sitten dort richten sich immer mehr nach dem dernier cri.«

In diesem Moment gingen zwei großstädtische Elegants an ihnen vorbei. »Baron«, fragte der eine mit näselnd gelangweilter Stimme, »wie gefällt Ihnen denn die Aufführung der Nordsee heute?« Der Befragte klemmte einen Monokel ein, blickte mit gelangweilter Miene zum Meer und antwortete ebenfalls müde näselnd: »Nicht berauschend! Die Nordsee hat keinen wirklichen Wellenschlag. Sollten den Océan atlantique sehen! Nordsee ist ein Entenpfuhl, die reinste Pfütze!«

Vater und Sohn lächelten sich kopfschüttelnd an – Maximilian, der den Atlantik ja bei seiner Fahrt zu den Kanarischen Inseln kennengelernt hatte, mochte solche blasierte Arroganz überhaupt nicht.

An dem neben der Georgshöhe gelegenen Strandpavillion suchten sie sich einen kleinen Tisch und studierten die Frühstückskarte. Nachdem sie bestellt hatten, lehnte sich Heinrich bequem zurück und musterte die Gäste. Gerade nahte eine Clique der Jeunesse dorée, deren Ankunft von einer Wolke von Patschuli und Jockey-Club-Parfüm sowie einer nasal schnarrenden Sprechweise, dem Potsdamer Junkerton, begleitet wurde. Maximilian krauste die Nase und bemerkte trocken: »Dazu muss ich Spielhagen zitieren: ›Unausstehlich zierlich, widerlich manierlich.‹« Viele der Herren trugen Jaquettes und Pantalones in Schlammfarben, an dicken Uhrketten baumelten kleine Hufeisen, Medaillons und antike Münzen.

Er sah Reginald von Richnow mit einigen Herren beim Kartenspiel sitzen. »Das ist der Begleiter der Schauspielerin Ira Jaffé«, flüsterte Heinrich seinem Vater zu. Der beobachtete die Spielerrunde und insbesondere den bärtigen Herrn. Auch der war fein herausgeputzt und trug große goldene Manschettenknöpfe, von denen einer die westliche, der andere die östliche Erdhalbkugel zeigte. Maximilian nahm seinen Sohn beiseite. »Der Mann spielt nicht aus Freude, sondern ist der Spielleidenschaft verfallen. Wer weiß, was noch, ich halte ihn für einen labilen Charakter. Nimm dich vor ihm in Acht und lass dich keinesfalls darauf ein, mit ihm um Geld zu spielen. Seine Augen sind nur für die Karten und die Beobachtung seiner Mitspieler da, er nimmt von seiner Umgebung sonst nichts wahr. Die unter der Bartpracht verborgenen Wangen glühen, und wahrscheinlich verstecken sich darunter ebenfalls ein weicher Mund und ein schwaches Kinn.«

Wie schon oft bewunderte Heinrich die Beobachtungsgabe und Menschenkenntnis seines Vaters. Er wusste, dass Maximilian durch heimliche Arbeit als Maurer auf dem Bau in München, seine Erlebnisse im Krieg von 1866, als das Königreich Hannover an die Preußen gefallen war, sowie das Gedankengut der Freimaurerei stark beeinflusst worden war. Das Menschenbild von Maximilian von Elßtorff war von Standesdünkel weitgehend frei.

Die Spielerrunde unterhielt sich auf Französisch, was von Richnow auffallend fließend sprach. So viel verstand Heinrich immerhin, dass offenbar um hohe Einsätze gespielt wurde.

Da erschien der Kellner mit einem Fischerfrühstück: einem Graubrot, üppig mit Krabben belegt und von zwei Spiegeleiern gekrönt.

»Papa, das ist genau das Richtige nach einem Bad im Meer.« Heinrich strahlte. Und Maximilian freute sich über das frische Aussehen seines Sohnes und dessen gesunden Appetit.

»Heute Nachmittag werden wir mit den Damen herkommen. Unsere vortreffliche königliche Badekapelle wird hier concertieren. Von diesem Ort aus, mit Blick auf die unendlich erscheinende See, muss man Schuberts Lied am Meer hören, um diese wunderbare Komposition wirklich verstehen zu können.«

Den Honig irdischer Weisheit sammeln wir
Nicht aus Blumen, sondern aus Dornen
Edward Bulwer-Lytton

Eine schicksalhafte Begegnung

Isidora hatte die Zwillinge rechts und links eingehakt. Man wollte vor dem Abendessen noch promenieren. Hinter ihnen gingen Sophie, Maximilian und Heinrich, während Marga darauf bestanden hatte, zu Hause zu bleiben. In den Bremer Häusern hatte sie einiges für ein rustikales Abendessen geordert, sie wollte zwei Maß frischen Granat direkt vom Kutter besorgen und eigenhändig puhlen. Dazu sollte es Rühreier mit Dill geben. Maximilians Diener Franz, der sich immer noch Hoffnung auf Marga machte, bot an, ihr behilflich zu sein. Tante Edelgarde und die Großmama, die sich beide nichts aus Krabben machten, wollten in der Altdeutschen Weinstube speisen.

Wilhelm Jacob, seines Zeichens Besitzer einer Möbelfabrik in Linden, absolvierte seinen nachmittäglichen Spaziergang auf der Promenade. Seit längerer Zeit quälten ihn immer wieder langwierige Erkältungskrankheiten. So hatte er schließlich dem Drängen seines Hausarztes nachgegeben, eine mindestens zweiwöchige Luftkur auf Norderney anzutreten. Wie stets sorgfältig und teuer gekleidet, erregte der Endfünfziger durchaus noch das wohlwollende Interesse so mancher kurenden Witwe.

Isidora erspähte ihn als Erstes und knuffte Elsa am Arm: »Sieh nur, wir treffen dieses Mal wirklich viele Bekannte hier.«

Mit erfreutem Lächeln näherte sich ihnen der Möbelfabrikant, mit dem man im Kunstverein ins Gespräch gekommen war. Dem netten älteren Herrn blieb der Strohhut, den er zur Begrüßung der Damen gezogen hatte, etliche Augenblicke wie erstarrt in der Luft stehen. Mittlerweile hatten sich schon alle an die mehr oder weniger erstaunten, von mehr oder weniger intelligent aussehenden Gesichtsausdrücken begleiteten Reaktionen gewöhnt. Aber Herr Jacob schien regelrecht entgeistert zu sein, er schnappte heftig nach Luft, lief hochrot an und brauchte etliche Augenblicke, um sich zu fangen.

»Fräulein Kaulbach und Fräulein Martin, welch angenehme Überraschung, Sie hier zu treffen! Aber Sie haben mir nie erzählt, Fräulein Martin, dass es Sie sozusagen doppelt gibt.«

Seine Stirn legte sich in konzentrierte Falten, zweifelnd gingen seine Augen hin und her. Inzwischen hatten die anderen aufgeschlossen, und Isidora übernahm die Vorstellung: »Gnädige Frau, Herr von Elßtorff, Heinrich, darf ich bekanntmachen mit dem Möbelfabrikanten Jacob aus Linden.«

Der verbeugte sich vor Sophie. »Ich hatte die Ehre, die jungen Damen im Kunstverein kennenzulernen.«

»Gnädiges Fräulein«, wandte er sich an Elsa, »Sie haben mir nie erzählt, dass Sie eine Zwillingsschwester haben! Entschuldigung«, er drehte sich wieder zu Sophie und Maximilian, »ich bin doch etwas durcheinander … Hier ist meine Karte.«

»Wilhelm Jacob, Möbelfabrikant, Linden, Davenstedter Straße«, las Maximilian auf der schweren Büttenkarte.

»Wilhelm Jacob«, rief Sophie mit hochrotem Kopf und betrachtete ihn forschend. »Wieso sind Sie nicht in Zeven? Wieso haben Sie meine Briefe nicht beantwortet?«

Jacob betrachtete sie völlig entgeistert.

»Woher wissen Sie, dass ich früher in Zeven ansässig war?«

Sophie fixierte ihn noch genauer, erblasste.

»So sind Sie wirklich Wilhelm Jacob aus Zeven?«

Dieser nickte verblüfft.

»Dann sind Sie der Vater meiner Freundin Ernestine«, hauchte Sophie und fiel so schnell in Ohnmacht, dass Heinrich und Emilie eben gerade noch verhindern konnten, dass sie auf der Promenade hart aufschlug.

Während die Zwillinge sich mit um Sophie sorgten, stützte Isidora unauffällig Herrn Jacob, der kreidebleich auf Sophie und die Zwillinge blickte.

Endlich öffnete Sophie, die von ihrem Mann und ihrem Sohn gehalten wurde und der Elsa ihr starkes Riechsalz unter die Nase hielt, wieder die Augen.

Kaum dass sie wieder halbwegs klar denken konnte, stammelte sie: »Herr Jacob, haben Sie etwas von Ernestine gehört?«

Der schüttelte den Kopf. »Nein, seit fünfzehn Jahren fehlt von ihr jede Spur.«

Die Ereignisse überschlagen sich langsam, schoss es Maximilian durch den Kopf. »Wir sind auf dem Weg in die Bremer Häuser zu einem rustikalen Abendimbiss, Herr Jacob. Geben Sie uns doch die Ehre, dazuzukommen, dann haben wir Zeit, unter uns über alles zu sprechen.« Nun bemerkten alle, dass sie erneut Aufsehen erregten.

Sophie riss sich zusammen: »Gute Idee, lasst uns sofort gehen, es sind ja nur noch ein paar Schritte.«

Marga wartete bereits und überschlug, als sie den Gast erblickte, sofort, ob genug zum Essen da war. Sophie übernahm die Vorstellung: »Wir gehen jetzt mal einfach der Reihenfolge nach vor: Marga Lheiß aus Linden, unsere langjährige Haushälterin und guter Geist unserer Familie.«

Wilhelm Jacob verbeugte sich. »Marga, du wirst nicht fassen«, fuhr Sophie fort, »wer das ist: der Möbelfabrikant Wilhelm Jacob aus Linden, er ist, wie du dich gewiss erinnerst, der Vater meiner vermissten Freundin Ernestine.«

Marga sank auf den nächsten Stuhl. »Ja, Wilhelm Jacob, verstehe, der Vater von Ihrer Pensionatsfreundin. Aber wieso Linden?«, stotterte sie. »Ich dachte Sie sind in Zeven? Und wieso kenne ich dann als alte Lindenerin Ihre Fabrik nicht?«

»Die Fabrik trägt nicht meinen Namen. Ich firmiere unter ›Solida-Comforta-Möbel‹ und bin vor vierzehn Jahren nach Linden gekommen.«

»Setzen wir uns erst mal hin«, schlug Maximilian vor. »Franz, wir können alle einen kleinen Genever vertragen!«

»Sie haben mir geschrieben, gnädige Frau?«

»Ja, Herr Jacob, mehrfach nach Zeven. Es war schrecklich – von Ihnen kein Wort, nichts von Ernestine.«

»Da muss die Post verlorengegangen sein, den Verdacht habe ich schon länger, denn es hätte mir alle Post von Zeven nachgesandt werden müssen. Auch von Ernestines Patentante, die ich mehrfach anschrieb, erhielt ich keine Antwort.«

»Es ist gewiss einiges an Post von den Kanarischen Inseln nicht angekommen, dessen bin ich sicher«, bestätigte Sophie. »Von Ernestine bekam ich nur einen einzigen Brief, in dem sie ihre glückliche Ankunft bestätigte. Danach kam nichts mehr von ihr.«

»Bei mir sind insgesamt drei Briefe von meiner Tochter angekommen, sie schrieb, sie wolle noch etwas bleiben und sich um ihre Tante kümmern. Und dann kam die schreckliche Nachricht von ihrer Patentante, dass Ernestine spurlos verschwunden sei. Wie oft habe ich mir Vorwürfe gemacht, dass ich sie überhaupt eine so weite Reisen machen ließ.«

Sophie nickte. »In der Tat, eine beschwerliche Reise, so wie Maximilian erzählte …«

Bevor Wilhelm Jacob überhaupt stutzig werden konnte, griff Maximilian ordnend ein. »Einen Augenblick, liebe Sophie«, schnarrte er und klang ganz wie ein Offizier, »nicht alles durcheinander. Das Wichtigste weiß Herr Jacob ja noch gar nicht.« Maximilian räusperte sich. »Um es kurz zu machen, die Zwillinge sind ja die Töchter von Ernestines Patentante Hanna Sander-Martín, von der 1874 ein Brief hier ankam, in dem sie dringend um Hilfe bat. Sie war krank, Ernestine bereits vermisst, und daher bat Hanna darum, die Kinder nach Deutschland zu holen, wobei sie sich auf Ernestines Willen berief.«

»Hanna ist also die Mutter.« Wilhelm Jacob schien ziemlich perplex. Nachdenklich fuhr er fort: »Dann sind die Kinder ja nach dem Tod ihres Mannes geboren. Und die jüngste war sie ja auch nicht mehr. Kein Wunder, dass sie gern Ernestine um sich haben wollte.«

»Jedenfalls bin ich 1874 mit einem Logenbruder und Marga Lheiß nach La Palma gefahren. Die Tante, die in der Tat schwer erkrankt war, zeigte sich sehr erleichtert, die Kinder in guter Obhut zu wissen. Von Ernestine hatte sie trotz aller Bemühungen nichts gehört – es war, so sagte sie, als ob sie sich in Luft aufgelöst hätte.«

»Das Schlimmste ist die Ungewissheit«, seufzte Sophie.

Wilhelm Jacob sah sie an und nickte heftig. »Das finde ich auch. Von Anfang an war Ernestines Reise nach La Palma mir gar nicht geheuer, es beunruhigte mich sehr, dass sie eine so weite Reise unternahm. Aber Hanna war die beste Freundin meiner verstorbenen Frau, und ich konnte verstehen, dass sie nach dem plötzlichen Tod ihres Gatten sich auf der fernen Insel einsam fühlte.« Er legte eine grüblerische Pause ein. »Dass sie auch noch guter Hoffnung war, wusste ich ja nicht. Außerdem hatte eine kinderlose Cousine meiner Frau gerade eine Stellung als Gouvernante bei einem auf Teneriffa ansässigen deutsch-englischen Ehepaar angenommen, so dass Ernestine eine Reisebegleitung hatte.«

»Sie fuhr damals ziemlich plötzlich von München nach Hannover und kam mir irgendwie etwas geistesabwesend vor«, überlegte Sophie nachdenklich. »Ich hatte wenig Zeit, weil Maximilian und ich in Hochzeitsvorbereitungen steckten und ich meine Übersiedlung nach Hannover vorbereitete. Ich tröstete mich damit, dass Zeven ja nicht weit von Hannover entfernt war. Wie hätte ich ahnen können, dass ich sie nie wiedersehen würde?«

Mit Tränen in den Augen saß Sophie gedankenverloren da.

Nachdenklich blickte Wilhelm Jacob sie an. »Geistesabwesend? Auf jeden Fall war sie oft in sich gekehrt, geradezu traurig. Aber auf meine Fragen hat sie nur ausweichend geantwortet. Ich hatte beinahe das Gefühl, dass sie mir etwas verheimlichte. Sie waren doch Ihre beste Freundin, hat sie Ihnen etwas anvertraut?«

»Nur unter dem Siegel der Verschwiegenheit – daran habe ich mich bis jetzt über all die Jahre gehalten –, aber das kann ich ja wohl heute brechen.«

Alle blickten Sophie in erwartungsvoller Spannung an.

»Ernestine hatte in München einen Verehrer aus dem Hochadel …« Sie unterbrach sich, weil Wilhelm Jacob leise vor sich hin fluchte. »Ich glaube, es war die ganz große Liebe bei beiden. Aber ich kenne nur seinen Vornamen, Friedrich, mehr wollte sie selbst mir nicht verraten.«

»Ausgerechnet aus dem Hochadel, so, so«, brummte Jacob vor sich hin.

»Ernestine offenbarte mir«, fuhr Sophie stirnrunzelnd fort, »dass er sie trotz der enormen Standesunterschiede heiraten wolle. Sie war völlig aufgelöst, denn es war ja Krieg, und er musste nach Frankreich. Sie vermutete, dass nicht nur seine Eltern gegen die Verbindung seien, sondern auch ihr eigener Vater.«

Alle Blicken wandten sich Wilhelm Jacob zu.

»Nun, ich war mir schon nicht sicher, ob das teure Pensionat wirklich gut für Ernestine war. Es gibt nun mal bei uns große Standesunterschiede, und das führt oft genug zu Problemen. Ich bin nicht unvermögend, aber auch nicht so enorm reich, dass man darüber hinwegsehen könnte, dass ich nicht von Adel bin und keinen hohen militärischen Rang habe. Daher habe ich Ernestine immer gepredigt, sich keine Flausen in den Kopf zu setzen und auf dem Teppich zu bleiben.«

Heinrich sah, wie es in Elsas Gehirn auf Hochtouren arbeitete.

»Hätte Ernestine sich getraut, Ihnen eine bisher verheimlichte Liebe zu einem Adeligen zu gestehen, Herr Jacob?«

Bekümmert zuckte dieser mit den Schultern. »Ich weiß es wirklich nicht. Ernestine war mein Ein und Alles, und ich wollte nach dem Tod meiner geliebten Lisbeth nur ihr Bestes. Vielleicht war ich viel zu streng und zu stark in meinen Vorstellungen befangen.«

Sein Blick wanderte wieder zu den Zwillingen. »Fräulein Elsa habe ich ja schon kennengelernt – und wie heißen Sie, junge Dame?«

»Emilie oder auch kurz Millie.«

Erneut zuckte Wilhelm Jacob zusammen und holte tief Luft. »Emilie heißt du also«, blickte Wilhelm Jacob zu ihr herüber, »so, so, die Kinder von Hanna. Wann seid ihr denn geboren?«

»Am 7. Oktober.«

»Das sind genau sechs Monate nach Ernestines Abreise.«

»Sie denken doch nicht etwa …?« Sophie starrte ihn an.

»Es kommt mir einiges seltsam vor. Als ich Elsa das erste Mal im Kunstverein sah, fiel mir eine gewisse Ähnlichkeit mit Ernestine auf –

das Einzige, was gar nicht passt, sind die Augenbrauen. Allerdings gab es in der Linie von Ernestines Mutter schon mal Zwillinge, die sich glichen wie ein Ei dem anderen … Meine Lisbeth hat davon erzählt.«

»Das sind mir langsam zu viele Zufälle«, sagte Elsa.

»Da stimme ich der Privatdetektivin zu«, nickte Heinrich, »denn ich habe inzwischen einiges von Sir Francis Galton, dem Begründer der Zwillingsforschung gelesen, der übrigens ein Cousin von Darwin ist. Zwillinge sind äußerst selten, die Wahrscheinlichkeit, dass welche geboren werden, ist erblich.«

»Lisbeth hieß übrigens mit Taufnamen Elisabeth, denn in der Familie war es üblich, allen Mädchen einen Vornamen zu geben, der mit E beginnt.«

Nach dieser Information von Herrn Jacob meinte Elsa prompt: »Elisabeth, Ernestine, Elsa, Emilie – das mit den Vornamen mit E ist ein weiteres, gar nicht so unwichtiges Indiz.«

Nachdenkliche Stille hing im Raum. Wie so oft, wenn sie nachdachte, stand Elsa auf. Am liebsten wäre sie auf und abgegangen, wollte aber die anderen nicht irritieren, weshalb sie zu einem der großen Fenster mit Blick aufs Meer ging. Nach einem langen Blick nach draußen drehte sie sich wieder um.

»Die Erstgeborene bin ich«, behauptete Elsa im Brustton der Überzeugung. Verblüfft starrten alle sie an.

»Woher willst du das denn wissen?«, fragte Emilie spitz. »Erinnern wirst du dich ja wohl kaum!«

Mittlerweile hat sich Emilies anfängliche lammfromme Art aber sehr gelegt, stellte Elsa befriedigt fest. Dennoch war sie zunächst irritiert, wodurch sich ihre rechte Augenbraue genauso hoch hob wie die ihrer Zwillingsschwester. Ein Phänomen, welches Heinrich ebenso fasziniert wie belustigt beobachtete.

»Das liegt doch auf der Hand. Beide Vornamen fangen mit E an. Beim zweiten Buchstaben ist L vor M, also bin ich die Erstgeborene.« Während Emilie vor Verblüffung einen Moment der Mund offen stehen blieb, fing Heinrich schallend an zu lachen.

»Millie«, meinte er, als er sich wieder beruhigt hatte, »vor Elsas analytischem Detektivgehirn ist eben nichts sicher.« Emilie starrte ihre Schwester erstaunt an und murmelte: »Auf einen solchen Gedanken muss man erst mal kommen!«

Das war Maximilian nun doch zu viel. »Bevor hier weiter spekuliert wird, sollten wir uns erst mal stärken.«

Wie stets reagierte Sophie prompt: »Darf ich die Herrschaften zu Tisch bitten?«

»Zwillinge ähneln sich eben nicht in jedem Gedankengang – zum Glück, wenn ich das noch hinzufügen darf«, meinte Heinrich. »Darf ich den Damen ob dieser Erkenntnis das Geleit zum Essen geben?« Er bot beiden den Arm. Blitzschnell war Elsa bei ihm.

»Der Erstgeborenen gebührt natürlich deine rechte Seite«, kommentierte sie.

»Jawohl«, meinte Emilie, »und die Erstgeborene muss natürlich auch immer das letzte Wort haben!«

»Touché, Schwesterchen, du legst das Lammfell ja in rasantem Tempo ab.« Stolz umarmte Elsa die Schwester.

Es war spät geworden, und so mundete der Abendimbiss den Aufregungen zum Trotz doch allen gut.

Schließlich zog Elsa, deren Gedanken auf Hochtouren liefen, ein Zwischenfazit: »Wir haben einen Verdacht, aber lediglich Indizien. Die Frage ist, ob Ernestine unsere Mutter sein könnte …«

Sophie sprang von ihrem Stuhl auf: »Darüber grübele ich nun schon seit vielen Jahren, mein liebes Kind. Denn eine gewisse Ähnlichkeit habt ihr, aber ich bin mir leider überhaupt nicht sicher.«

Sofort reagierte Maximilian: »Davon hast du mir nie einen Ton gesagt, Sophie.«

»Ja, eben weil ich zweifelte. Und ich wollte keinesfalls als überspannt oder gar in Wunschdenken befangen dastehen.«

Da er die Spekulationen nicht noch weiter anheizen wollte, verschwieg Maximilian einige seiner eigenen Gedanken dazu.

»Das ist für uns alle sehr aufregend, ich für meine Person muss das erst mal sacken lassen. Es wäre fatal, voreilige Schlüsse zu ziehen.«

Zustimmend nickte Wilhelm Jacob. »Gern würde ich Sie alle sobald als möglich in mein Heim in Linden einladen. Dort können wir uns einige Fotografien ansehen und ein kleines Ölgemälde von den anderen Zwillingen. Ich werde auch noch mal alle Papiere durchgehen, die noch in Ernestines Zimmer liegen. Es wäre schön, wenn wir dann gemeinsam überlegen könnten, ob es Möglichkeiten gibt, Licht ins Dunkel zu bringen. Ich werde so schnell wie möglich abreisen, ich finde hier doch keine Ruhe mehr.«

Sophie, Elsa und Emilie sahen daraufhin sofort Maximilian an.

»Ja, wir werden auch in etwa drei Tagen fahren. Morgen ist Sedantag, Herr Jacob, bereiten Sie uns bitte das Vergnügen, uns abends zum Ball zu begleiten.«

»Einverstanden, das tue ich gern.« Herr Jacob lächelte erfreut.

»Papa«, ließ sich Heinrich vernehmen, »vielleicht sollten wir über alles, was wir heute Abend besprochen haben, gegenüber Großmama, aber vor allem bei Tante Edelgarde Stillschweigen bewahren. Solange wir nichts Sicheres wissen, scheint mir das besser zu sein.«

»Völlig richtig, mein Sohn, so wollen wir es handhaben«, stimmte Maximilian zu und klopfte seinem Sohn auf die Schulter.

Trotz des beruhigenden Kräutertees, den Marga allen noch vor dem Schlafengehen anreichte, schliefen vor allem Elsa und Emilie schlecht und von diffusen Träumen verfolgt.

Die Sterne, die begehrt man nicht,
man freut sich ihrer Pracht.
Goethe

Der Sedantag

Die Saison befand sich jetzt auf ihrem Höhepunkt. Die am 22. und 29. August veranstalteten allgemeinen Réunions waren ebenso wie einige kleinere Veranstaltungen gut besucht – die Zwillinge und Isidora konnten sich über mangelnde Tanzpartner nicht beklagen, aber ernsthafte Verehrer kristallisierten sich auch nicht heraus.

Der Sedantag am 2. September wurde auch auf der Insel feierlich begangen. Ein Festgottesdienst, Feierlichkeiten in den Schulen und eine Versammlung des Kriegervereins, bei der Herr Major von Schwartz, wie berichtet wurde, eine von patriotischer Begeisterung glühende Rede hielt.

Im Conversationshaus fand ein von etwa dreihundert Gästen besuchtes Festessen statt, an dem nur Edelgarde nicht teilnahm, die sich, wie sie Maximilian anblickend sagte, für den abendlichen Ball ausruhen wollte.

In der von Elßtorffschen Feriengemeinschaft war niemand von dem Pathos begeistert, der solche Feierlichkeiten stets begleitete. Den ersten Toast auf seine kaiserliche Majestät Wilhelm II. brachte Kammerherr von Vincke aus. Eine ältere Dame zischte: »Wie gut, dass wir damals die Welsche Brut besiegt haben. Es wurde Zeit, die Franzmänner in ihre Schranken zu weisen.« Diese markige Aussage wurde vielfach zustimmend benickt. Maximilian, der daran dachte, wie viel Tausende von Toten diese Schlacht auf beiden Seiten gefordert hatte, verzog keine Miene. »So schnell werden die Franzen es nicht wieder wagen«, meinte ein Offizier, der der Dame beifällig zuprostete. »Zumal wir ihnen ja Elsass-Lothringen abgeknöpft haben, damit sie dies nicht mehr als Aufmarschplatz und Einfallstor gegen uns verwenden können.«

Elsa hörte nicht mehr zu. Denn einige Plätze weiter sah sie plötzlich Victor Rehnhoff sitzen, der begleitet von seiner unvermeidlichen Mutter und – sie verschluckte sich fast – Mary von Rainer-Harbach mit ihrer Tante, der Baronin, saß. Da um sie herum gerade eine Gesprächspause entstanden war und sich alle der Seezunge widmeten, hörte Elsa deutlich die Stimme von Victors Mutter: »Eine standesgemäße Verbindung ist sicherlich wichtig, aber genauso wichtig ist die Zuneigung. Mein leider zu früh verstorbener Gatte, der ein glänzender Jurist war, mein Sohn schlägt ihm nach, war ein vorbildlicher Ehemann. Das sah dann selbst mein Vater, General von Stammer, ein.« Elsa und Isidora tauschten Blicke des Einverständnisses: Da wurde doch gerade mit schönsten Worten einer reichen Erbin ein Ehemann angepriesen und scheinbar en passant die adelige Abkunft der Mutter in Szene gesetzt! »Da kann unsereins natürlich nicht mithalten«, flüsterte Isidora, und Elsa stocherte nur noch in ihrer Seezunge herum – es hatte ihr blitzschnell den Appetit verschlagen. Emilie, die längst ahnte, dass dieser Rechtsanwalt, der bei der Aufklärung des Todesfalls im Schauspielhaus mitgewirkt hatte, ihrer Schwester nicht gleichgültig war, begann, sich Sorgen zu machen. Ob ihr Auftauchen Elsas Chancen schmälerte?

Als Nächstes erhob sich der Fabrikbesitzer Heymann aus Mönchengladbach. »Hiermit bringe ich ein Hoch aus: auf das Deutsche Reich, welches das vorher zerrissene Deutschland geeint hat und in dessen Schutze wir nun die uns gebührende Stellung im Völkerkongresse einnehmen.« Hochrufe brandeten auf, obwohl der wackere Fabrikbesitzer noch gar nicht fertig war. »Und ein weiteres Hoch auf unseren Kaiser Wilhelm II., der uns Deutschen auf dem Meere und mit unseren Kolonien die uns zustehende Geltung verschaffen wird.« Wieder brandeten Hochrufe auf.

Maximilian, der sowohl zu der Flottenpolitik als auch zu den Kolonien seine eigene Meinung hatte, hob der Form halber mit das Glas. Aus Elsas, Emilies und Isidoras Gesicht schloss er, dass diese die Begeisterung auch nicht teilten – er ahnte nicht, dass die drei jungen Frauen ganz andere Gedanken bedrückten.

Am Abend wurde der Sedantag mit einem üppigen Feuerwerk und einem Ball abgeschlossen, bei dem auch die bessere Schicht der Insulaner vertreten war.

Die Zwillinge hatten zur Feier des Tages ihre neuen Ballkleider in Bleu angezogen, eine gemäßigte Version von Reformkleidern mit einer Reformuntertaille, üppig weiten Röcken, aber ohne Tournüre. »Aufsehen erregen wir sowieso, Emilie, da kommt es auf die Kleider schon nicht mehr an«, hatte Elsa gemeint. »Nun noch zur Krönung etwas Parfum.« Sie reichte ihrer Schwester den Flakon mit dem Hohenzollern Maiglöckchen-Parfüm der Firma Schwarzlose, Berlin, ein Weihnachtsgeschenk von Heinrich. Emilie bestaunte den hübschen Flakon mit der grünen Flüssigkeit und dem schönen, kunstvoll verzierten Stöpsel und blickte ihre Schwester hilflos an. »Ich zeige es dir«, meinte Elsa, ergriff den Flakon, hielt den geschliffenen Verschluss fest, drehte das Fläschchen auf den Kopf und zurück. Nun betupfte sie sich mit parfumbenetzten Stöpsel die Ohrläppchen, die Armbeugen und das Dekolleté. »Was für ein wunderbarer Duft«, schwärmte Emilie, die es ihr nachtat, »ich fühle mich richtig erwachsen.«

Bei ihrem Eintreten in den Saal reckten sich zahlreiche Hälse, und vor allem die Damen tauschten ihre Eindrücke aus. Die von Elßtorffsche Ferienrunde, die sich ja noch um Wilhelm Jacob erweitert hatte, schien davon nichts zu bemerken.

Isidora trug ein wunderbares Kleid in Smaragdgrün, welches die Farbe ihrer Augen vorteilhaft unterstrich. Entsprechend zog sie wohlwollende Blicke auf sich. Eine Gruppe junger Mädchen beobachtete dies mit einem gewissen Neid, und eine von ihnen zischte so laut, dass es Isidora hören konnte. »Nun ja, den Männern fällt das ja offenbar nicht so auf. Aber ab einem gewissen Alter sind Grau- und Beigetöne doch passender, nicht wahr?« Edelgarde, die diese vorlaute Bemerkung auch gehört hatte, bedachte die jungen Dinger mit einem ihrer vernichtenden Blicke, woraufhin diese errötend ein paar Schritte weitergingen. Um Terrain wiedergutzumachen, hatte Edelgarde insgeheim beschlossen, möglichst bei der Suche nach passenden Ehegatten behilflich zu sein.

»Wenn ich sehe, dass sich hier junge Mädchen aufführen wie schmachtende Püppchen und völlig angespannt nur darauf warten, Haus und Herd eines möglichst reiches Ehegespons zu zieren, dann könnte ich rauslaufen«, meinte Elsa leise zu Isidora.

»Lass die dummen Dinger, wir werden uns heute nach Kräften amüsieren«, wiegelte diese ab. »Aber das Verhalten dieser Gänse erinnert mich schon an die Tanzstunden bei Casorti.«

Da Emilie fragend guckte, erklärte sie: »Die Gebrüder Casorti entstammen einer norditalienischen Seiltänzerfamilie, unterrichteten in vielen norddeutschen Städten. August Casorti ist ein Original, der von seiner Tätigkeit völlig durchdrungen ist. Und er nahm auch in vornehmsten Kreisen kein Blatt vor den Mund. So hat er mal zu einer dauernd bei den Tanzstunden erscheinenden Mutter gesagt: Mütter müssen sein, aber nicht immer.«

Heinrich lächelte.

»Polonaise, Francaisen, Quadrillen, Walzer, Rheinländer, Esmeralda, Polka, Galopp – alles wurde bei ihm getanzt«, fuhr Isidora fort. »Mit seiner Geige war er ein gern gesehener Teilnehmer großer Musikfeste. Die Tanzkunst hielt er für ein Mysterium, in welches nur wenige Berufene eindringen konnten. Ich gehörte in seinen Augen nicht zu den Berufenen, obwohl mich viele für eine gute Tänzerin halten.«

»Das bist du in der Tat«, rief Emilie.

»Danke«, entgegnete Isidora, »und ihr sorgt in der Tat mit euren Kleidern hier für Furore.«

Gleich zu Beginn des Balls sah Elsa Victor mit der Erbin tanzen, beide wurden mit Argusaugen von seiner Mutter und ihrer Tante beobachtet. Emilie meinte zu spüren, dass ihre Schwester mit den Zähnen knirschte. Kurz darauf steuerte Rehnhoff Emilie an und forderte sie auf.

»Gnädiges Fräulein, wie gefällt Ihnen der Ball?«

»Ganz wunderbar, auch das Feuerwerk war ganz prächtig.«

»Wie finden Sie Norderney, sind Sie zum ersten Mal hier?«

»Ja, ich kannte bisher nur die Ostseebäder.«

»Ach wirklich, wo sind Sie denn aufgewachsen?«

Der will mich nur aushorchen, wurde Emilie klar, das wird ihm nicht gelingen. »Unter anderem in Königsberg«, erwiderte sie vage, »aber ich freue mich sehr, Sie kennenzulernen, Sie haben ja einen so anspruchsvollen Beruf, wo haben Sie studiert?« Männern durch interessierte Fragen zu schmeicheln hatte sie schließlich von ihrer Adoptivmutter gelernt. »Mein Kind«, hatte diese oft kundgetan, »schon Thomas Morus formulierte, dass sich angenehm macht, wer viel fragt – und beim Zuhören fortwährend Erkenntnisse ernten kann.«

Und ehe Victor Rehnhoff sich versah, war der Tanz vorbei, und er hatte nichts mehr über Emilie erfahren.

»Der wollte mich aushorchen«, zischte sie ihrer Schwester zu, »der möchte unbedingt Genaueres wissen. Aber außer Königsberg hat er nichts aus mir herausbekommen.« Verschwörerisch blinzelte sie Elsa an. Die sah ihrer Schwester zufrieden in die Augen und lächelte: »Dann wird ihm das bei mir auch nicht gelingen!«

Kurze Zeit später forderte Rehnhoff Elsa auf. »Gnädiges Fräulein, mein Kompliment, Sie sehen erholt aus. Nach Ihrer erfolgreichen Detektivarbeit wirkten Sie doch etwas angegriffen.«

»Danke, ich habe mich wirklich gut erholt – die gute Luft und das Baden wirken Wunder.« Elsa lächelte, als sie sich vorstellte, was der konservative Victor wohl zu adamistischem Baden sagen würde …

Zauberhaft sieht sie aus, wenn sie so verschmitzt lächelt, dachte Victor, kaum zu glauben, was dahinter für ein kluger Kopf mit einem ungewöhnlich klaren Denkvermögen steckt. Der mahnenden Worte seiner Mutter eingedenk, riss er sich zusammen: »Wie lange werden Sie noch bleiben?«

Er will wissen, wann wir das Feld räumen, und ob er noch ungestört mit der Erbin flirten kann, schoss es Elsa erbost durch den

Kopf. Dann werde ich ihm nicht sagen, dass wir wahrscheinlich eher abreisen, soll er ruhig noch etwas schmoren. Sie lächelte ihn honigsüß an: »Das steht noch nicht genau fest, es kommt darauf an, wie lange Onkel Maximilian die Geschäfte ruhen lassen kann. Und wie sind Ihre Pläne?«

»Auch noch unbestimmt, Fräulein Elsa, auch bei mir gibt es ungewöhnlich viel Arbeit«, entgegnete er, »bei unserem letzten Gespräch im Café Kröpcke glaubte ich ja, die Zeit der Aufregungen sei vorbei, aber das hat sich ja in Ihrem Fall durch das plötzliche Auftauchen einer Zwillingsschwester nicht bewahrheitet.«

Er klopft auf den Busch, dachte Elsa, gut, dass mich Emilie gewarnt hat. Erneut zauberte sie ein strahlendes Lächeln auf ihr Gesicht: »Ja, so eine wunderbare Überraschung erleben wohl nur ganz wenige Menschen. Sie werden sich gewiss mit mir gefreut haben, dass ich als Waise nun doch nicht ganz allein auf der Welt stehe. Aber wenn Sie so viel Arbeit hatten, fehlte Ihnen sicher die Zeit, um zu gratulieren.«

Damit hatte sie ihn mal wieder auf dem falschen Fuß erwischt, und dies so wörtlich, dass er aus dem Takt kam.

»In der Tat«, stammelte er, »ein Grund zur Freude, gratuliere, Fräulein Elsa.« Den Rest des Tanzes legten sie stumm zurück.

Elsa kochte innerlich vor Wut und Enttäuschung. Schließlich hatten Isidora und sie diesen Mann noch kürzlich als möglichen Ehekandidaten in Betracht gezogen. Als er sie zu ihrem Platz zurückbrachte und sich dankend verbeugte, musste sie noch einen Pfeil abschießen. »Dass Sie sich so mit mir freuen, Victor«, bewusst nutzte sie die vertraute Anrede, die sich nur während der Detektivarbeit manchmal eingeschlichen hatte, »dass es Ihnen sogar die Sprache verschlägt, das rührt mich besonders.«

Dr. Victor Rehnhoff, der nicht das erste Mal mit Elsas Gewitztheit konfrontiert wurde, kapitulierte vorerst. Er verbeugte sich stumm, machte auf dem Absatz kehrt und ging erst mal hinaus, um frische Luft zu schnappen.

Isidora, die das Ganze beobachtet und den letzten leisen Satz von Elsa mitbekommen hatte, drückte mitfühlend deren Hand. »Er ist völlig verunsichert«, meinte sie leise. »Seine Mutter hat genauestens beobachtet, wie er mit Emilie und vor allem mit dir getanzt hat. Als er dich angelächelt hat, zog sie eine völlig säuerliche Miene. Die hat ihm bestimmt einen Maulkorb verpasst – wahrscheinlich seid ihr der Frau Mama auch nicht wohlhabend genug. Deshalb muss er um die Erbin herumscharwenzeln.«

»Wenn das so ist, Elsa, hast du auch nichts an ihm verloren.« Emilie fasste ihre Schwester liebevoll um die Schulter. »Jetzt werden wir uns erst recht amüsieren, wir lassen keinen Tanz mehr aus, an Aufforderungen mangelt es uns ja nicht.«

Isidora seufzte. So selten, wie sie an diesem Abend getanzt hatte, kam sie sich fast wie ein Mauerblümchen vor. Lieber wollte sie im Hotel an ihrer Detektivgeschichte weiterschreiben, in der sie Elsas Fall mitverarbeitete.

In diesem Moment verbeugte sich Wilhelm Jacob vor ihr. »Darf ich die nachdenkliche junge Dame um diesen Tanz bitten?« Dieser Aufforderung folgte Isidora umso mehr mit Vergnügen, als sie den Möbelfabrikanten wegen seines klugen und herzlichen Verhaltens gestern Abend noch sympathischer fand als zuvor. »Mit meiner Frau Lisbeth habe ich früher viel und gern getanzt«, bemerkte er nach den ersten Schritten.

»Sie sind ein hervorragender Tänzer, Herr Jacob«, entgegnete Isidora und meinte dieses Kompliment völlig ernst.

Bereits nach einigen Drehungen bewegten sie sich mit so harmonischer Eleganz über die Tanzfläche, dass etliche der Zuschauenden aufmerksam wurden. Zu ihnen gehörte auch der Chemiefabrikant Theobald von Lensing, der wie jedes Jahr so viele Tage Sommerfrische, wie es die Geschäfte eines erfolgreichen Selbständigen gerade erlaubten, auf der Insel verbrachte. Das rege Gesellschaftsleben beobachtete er mit einer gewissen Wehmut und Distanz. Nur mühsam hatte er sich eingestanden, dass er die Liebe einer außergewöhnlichen Frau durch seine eigene Sturheit verloren hatte. Ihm war inzwischen auch klargeworden, dass er unter den wohlerzogenen jungen höheren Töchtern, bei denen sorgsam darauf geachtet worden war, deren Horizont strikt auf den Lehrstoff gehobener Pensionate zu beschränken, nicht die passende Ehefrau finden würde. Die koketten Blicke, die diese kichernden Gänschen ihm, einem gestandenen Mann von Mitte dreißig zuwarfen, waren eher abschreckend, konstatierte er. Die selbstbewusst wirkende junge Dame, er schätzte sie auf Mitte Zwanzig, die da so elegant mit dem älteren Herrn tanzte, erregte stattdessen seine Aufmerksamkeit.

Nach drei Tänzen nahm Isidora wieder Platz und unterhielt sich während der Pause mit Tante Edelgarde, die statt ihrer üblichen beißenden Bemerkungen auf Samtpfoten lief, wobei sie allerdings gern übertrieb und es nicht unterlassen konnte, doch noch eine Spitze einzubauen. »Meine liebe Isidora, was bist du für eine exzellente Tänzerin, das hat ja regelrecht Aufsehen erregt. Schade nur, dass wir dich nicht öfter auf dem Parkett bewundern können.«

In diesem Moment begann die Kapelle wieder zu spielen. Zielbewusst steuert von Lensing den von Elßtorffschen Tisch an und verbeugte sich vor Isidora. Die spürte einen kurzen Tritt von Elsa, die ihr zuzischelte: »Der hat dich vorhin schon beobachtet, das ist ein alter Verehrer von Roberta!«

Die Großmama betrachtete das Treiben auf dem Ball bereits etwas ermüdet, es ging auf zehn Uhr zu, gegen elf Uhr würde die Veranstaltung beendet sein. »Die Zwillinge werden, wie sonst auch, viel zum Tanz gebeten. Aber ich vermute Maximilian, sie finden keinen ernsthaften Verehrer. Das dumme Gerede mit dem spanischen Duett macht die Sache auch nicht besser.«

Maximilian nickte. »Ich fürchte, da hast du recht.«

»Vielleicht hättest du seinerzeit doch beide nehmen und sie adoptieren sollen, dann stünden ihre Chancen wohl besser.«

Seufzend erwiderte ihr Sohn: »Erinnere dich an unsere Gespräche damals, Mama. So bezaubert du von der kleinen Elsa warst, von ihrem aparten Aussehen, ihrer raschen Auffassungsgabe – beide hatten wir Bedenken, einem Kind, über dessen Herkunft wir letztlich wenig wussten, unseren guten alten Namen zu geben.«

Beide sahen zu, wie Emilie mit Heinrich und Elsa mit einem Offizier einen Walzer tanzten. Sophie, die das leise Gespräch verfolgt hatte, meinte: »Hinterher würde man so oft vieles anders machen. Wisst ihr, ich hatte doch im Stillen gehofft, die Zwillinge und Isidora würden bei diesem Aufenthalt ernsthafte Verehrer finden. Isidora ist natürlich mit ihren 28 Jahren schon so etwas wie eine alte Jungfer, aber ein Witwer im besten Alter müsste doch noch anbeißen. Aber es ist ähnlich wie bei Elsa, beide sind den Herren zu gebildet, haben einen zu klugen Kopf. Mit viel Geld können wir auch nicht dienen.«

»Die beiden wirken zu selbstsicher, daher ziehen sie die Männer nicht an, die bescheidene, unterwürfige weibliche Wesen gewöhnt sind. Sie sind nicht kokett, sie kichern nicht und werfen Offizieren nicht verstohlen glühende Blicke zu«, pflichtete die Großmama ihrer Schwiegertochter bei.

»Nun, momentan lässt Isidora aber kaum einen Tanz aus«, warf Maximilian ein, »den Herrn kenne ich von einem meiner Herrenessen, das ist ein Chemiefabrikant aus Hannover. Allerdings hätte ich meine Zweifel, ob er ein passender Verehrer für Isidora wäre, denn er hat bis vor nicht allzu langer Zeit der Schauspielerin Roberta Stein den Hof gemacht.«

»Ein Chemiefabrikant, ja das könnte doch für die liebe Isidora hochwillkommen sein!«, kreischte Edelgarde sofort los.

»Emilie wirkt da schon etwas anders«, fuhr Sophie nach einem scharfen Blick auf die Cousine fort, »sie macht zwar keinen verführerischen Schmollmund, aber bei ihr kann sich ein Mann noch eher in seiner Beschützerrolle fühlen, der ein anlehnungsbedürftiges, hilfloses weibliches Wesen unter seine Fittiche nehmen muss.«

»Es könnte sein, dass Emilie, dadurch dass sie weicher und weiblicher wirkt, mehr Zuspruch bei der Männerwelt findet. Das wiederum könnte zu Schwierigkeiten zwischen den Schwestern führen.« Mit bedenklicher Miene sahen die beiden Frauen sich an.

Maximilian nahm die unverblümten Betrachtungen seiner Mutter und seiner Frau zunächst erstaunt zur Kenntnis, musste ihnen dann jedoch innerlich zustimmen.

Bis zum Ende des Balles tanzte Isidora noch etliche Tänze mit Theobald von Lensing. Sehr bald stellten sie fest, dass beide in Hannover wohnten und von Lensing ein großer Verehrer der Bilder Friedrich Kaulbachs war. Vorsichtig tastete sich von Lensing an den nächsten Schritt heran: »Es war ein großes Vergnügen, mit Ihnen zu tanzen und sich zu unterhalten, gnädiges Fräulein. Es würde mich sehr freuen, wenn wir das hier fortsetzen könnten.«

»Das ging mir genauso, Herr von Lensing. Es kann allerdings sein, dass von Elßtorffs eher abreisen als gedacht.«

»Dann werde ich, wenn es Ihnen recht ist, sehr bald meine Aufwartung in den Bremer Logierhäusern machen.«

Er erntete ein liebenswürdiges Lächeln. »Ja, ich würde mich freuen.«

Die Festlichkeiten endeten gegen elf Uhr – denn man bevorzugte auf Norderney einerseits das Solide, andererseits benötigte der Reigen der Vergnügungen, die mit dem Morgenkonzert wieder begannen, auch eine ordentliche Prise Schlaf –, da forderte die gute Nordseeluft automatisch ihr Recht. Dennoch schliefen sowohl Elsa als auch Emilie schlecht, während Isidora trotz aller aufgeregten Gedanken sofort in einen ruhigen Schlummer fiel.

Ein Rendezvous auf der Marienhöhe

Am nächsten Morgen erschien Theodor von Lensing, um seine Aufwartung zu machen. Maximilian erinnerte sich noch genau an dessen Auftritt bei einem seiner Herrenessen in der Königstraße, als man dem Fabrikanten den Zugang zu der gerade bei den von Elßtorffs verweilenden Roberta Stein verwehrt hatte. So verspürte er wenig Begeisterung über diesen überraschenden Verehrer Isidoras, andererseits hatte er das Gespräch seiner Mutter und seiner Frau über Heiratschancen noch genau im Ohr.

Auch Theobald von Lensing empfand eine gewisse Befangenheit, zumal sich an das Herrenessen auch noch ein Besuch in Hannovers teuerstem Edelbordell in Kleefeld angeschlossen hatte, von dem er nur erinnerte, mit zwei Dirnen in einem der luxuriösen Zimmer gelandet zu sein. Er hatte daher beschlossen, kein Blatt vor den Mund zu nehmen.

»Von Elßtorff, lassen Sie uns von Mann zu Mann reden«, kam er schnell zur Sache. »Sie wissen, wie sehr ich Roberta Stein verehrte, aber ich verlangte von ihr, die Schauspielerei aufzugeben. Heute betrachte ich das als Fehler. Nun, ich habe Roberta verloren, aber vielleicht auch etwas gelernt – ich brauche eine Frau mit Verstand. Mit Fräulein Kaulbach habe ich mich glänzend unterhalten.«

Maximilian gefiel die Offenheit des Fabrikanten. »Das wundert mich nicht, sie besitzt einen klugen Kopf, ist in einem Künstlerhaushalt mit interessanten Menschen zusammengekommen. Aber hier auf Norderney bin ich für sie verantwortlich … Außerdem werden wir aus persönlichen Gründen bereits übermorgen abreisen.«

»So bald schon – ich gebe Ihnen mein Wort, von Elßtorff, mich als Ehrenmann zu benehmen. Würden Sie mir gestatten, mit Fräulein Kaulbach heute Nachmittag auf der Marienhöhe einen Tee zu trinken?«

Maximilian blickte ihn unschlüssig an und brummte schließlich: »Ohne Anstandsdame – aber was soll dabei passieren? Ich kann ja wohl davon ausgehen, dass Sie sich gegenüber Fräulein Kaulbach als Kavalier verhalten.« Er schrieb eine kurze Notiz und läutete nach seinem Diener Franz. »Die Entscheidung muss Isidora selbst treffen«, erklärte er seinem Besucher.

Von Lensing spürte Nervosität in sich aufsteigen. Die Minuten schienen sich endlos hinzuziehen, bis Franz wieder erschien.

»Das gnädige Fräulein erwartet Sie um halb vier, Herr von Lensing.«

Auf dem Weg zum Strandhotel Germania pfiff Theobald von Lensing das erste Mal seit langer Zeit vergnügt vor sich hin.

Währenddessen hielten die Zwillinge, Sophie und Isidora gemeinsam Kriegsrat.

»Wie soll ich mich verhalten?«, fragte Isidora. »Ausgerechnet ein früherer Verehrer von Roberta.«

Elsa, wie stets darauf aus, Klarheit zu schaffen, schlug vor: »Wir sammeln, was wir an Fakten haben.«

»Er ist sicherlich eine sehr gute Partie«, begann Emilie.

»Er neigt zu cholerischen Ausbrüchen«, ergänzte Elsa.

»Das heißt aber auch, dass er zu tieferen Gefühlen fähig ist – er hat ja Roberta sehr verehrt«, ging Sophie den Dingen auf den Grund. Und fügte nachdenklich hinzu: »Nachdem, was er zu Maximilian gesagt hat, bedauert er wohl, dass er von Roberta erwartete, bei einer Heirat der Bühne zu entsagen.«

»Soll ich denn überhaupt darüber sprechen, dass ich schreibe und mich gerade mit einem Detektiv-Roman versuche?« Fragend blickte Isidora in die Runde.

»Wie wichtig ist dir das Schreiben, Isidora, würdest du darauf verzichten wollen?« Emilies Frage stimmte nicht nur Isidora nachdenklich.

»Schreiben ist etwas ganz Besonderes – es fordert mich heraus, und es reizt mich, dadurch eine eigene Welt zu gestalten. Und seitdem die Zeitschrift ›Gartenlaube‹ Interesse gezeigt hat, überfallen mich auch die Selbstzweifel weniger. Es wäre hart, die Arbeit am Roman abzubrechen, wo die Veröffentlichung fast sicher scheint.«

»Eine Schriftstellerin kann ihre Tätigkeit gewiss einfacher mit einer Ehe vereinbaren als eine Schauspielerin, sofern der Gatte aufgeschlossen ist«, lautete Elsa knappes Zwischenfazit.

»Mit genügend Personal könnte eine Frau durchaus die gesellschaftlichen Verpflichtungen und eine schriftstellerische Tätigkeit vereinbaren«, überlegte Sophie, »zumal wenn der Mann nicht müßiggeht, sondern sich um seine Geschäfte kümmern muss.«

Pünktlich holte von Lensing Isidora ab. Es wehte eine steife Brise, weshalb die beiden von der Kaiserstraße in den Damenpfad abbogen, statt an der Lesehalle vorbei über die Promenade zu gehen. Nun stiegen sie die Stufen zur Marienhöhe hinauf.

»Von welcher Marie hat der Hügel seinen Namen?«, fragte von Lensing.

»Von unserer letzten Hannoverschen Königin Marie – die Schutzhöhe oben auf der Düne ließ sie 1856 bauen, um den weiten Blick über das Meer zu genießen. Und die Georgshöhe am Herrenstrand ist nach dem letzten König benannt – beide sind sehr viel mit ihrem Hof im Sommer auf Norderney gewesen.«

Sie fanden einen freien Tisch mit Blick aufs Meer. Beeindruckt genossen beide die wunderbare Aussicht.

Weit entfernt zog ein Dampfer vorbei. »Der fährt bestimmt nach Amerika«, bemerkte Isidora träumerisch, »so eine Schiffsreise würde ich auch gern mal machen.«

»Ja, die Hamburg – Amerika Linie verläuft nördlich an der Insel vorbei – aber die nächste Schiffsreise machen Sie ja leider schon bald von Norderney nach Norddeich«, riss sie von Lensing aus ihren Träumen.

Darauf wollte Isidora so nicht eingehen und wechselte das Thema: »Hier oben soll Heine sein wunderbares Nordseegedicht geschrieben haben – da gab es aber noch kein Café hier.«

»Ich war bisher in meinen Interessen eher naturwissenschaftlich ausgerichtet – wissen Sie zufällig, wie das Gedicht beginnt, Fräulein Kaulbach?«

Isidora konzentrierte sich einen Moment:

»Sei mir gegrüßt, du ewiges Meer …
Wie Sprache der Heimat rauscht mir dein Wasser,
Wie Träume der Kindheit seh ich es flimmern,
Auf deinem wogenden Wellengebiet.

An mehr erinnere ich mich nicht, aber wir könnten das Gedicht nachher in der Lesehalle nachschlagen.«

»Ja, sehr gern. Aber zunächst sollten wir uns stärken, ich habe hier stets einen guten Appetit. Die Windbeutel sind neben dem Knüppelkuchen besonders zu empfehlen.«

»Seeluft macht hungrig, das geht uns allen so«, erwiderte Isidora. »Also nehme ich einen Windbeutel, und wie wäre es für Sie mit dem Nürnberger Speckkuchen?«

Beide genossen zum Kuchen friesischen Tee mit Sahne und Kluntjes, die sich leise knisternd in der Teetasse auflösten.

»Das ist eines von vielen Dingen, die ich auf Norderney so mag«, seufzte Isidora zufrieden.

»Und was mögen Sie sonst noch, Fräulein Kaulbach?«, hakte von Lensing sofort nach.

»Durch mein Elternhaus steht mir die Malerei sehr nah, aber auch die Welt des Theaters. Und mein besonderer Enthusiasmus gilt der Schriftstellerei.« So, jetzt ist es heraus, dachte Isidora erleichtert.

»Heißt das, dass Sie ernsthaft am Schreiben interessiert sind und es nicht als nette Beschäftigung einer höheren Tochter betreiben?«

Offen sah Isidora Kaulbach ihren Gegenüber an. »Sie wissen, wie spärlich die Möglichkeiten außerhalb einer Ehe für Frauen aus bürgerlichen Kreisen sind – Lehrerin, Erzieherin, Gesellschafterin, Gouvernante – andere Berufe stehen uns kaum offen. Und die wenigen, die wir ausüben können, müssen wir mit einer Ehe aufgeben.«

Innerlich zusammenzuckend, konstatierte von Lensing: Die Strafe folgt auf dem Fuße. Kaum habe ich mit einer Künstlerin Schiffbruch erlitten, reizt mich die nächste. »Nun ja, unsereins ist der Ernährer und Schützer der Familie – Zustände wie bei der Arbeiterschaft kann kein denkender Mensch wollen –, ich versuche in meiner Fabrik für vertretbare Zustände, auch für die Arbeiterinnen zu sorgen.«

»Das klingt für mich so, dass Sie mit der Leitung Ihrer Fabrik sehr beschäftigt sind?«

»In der Tat, von Montag bis Samstagmittag bin ich überwiegend dort anzutreffen, wie wohl alle Fabrikanten muss ich den Geschäften viel Zeit widmen.«

»Derzeit wird Ihr Haushalt ja sicherlich gut durch Ihr Hauspersonal geregelt werden müssen«, vermutete Isidora.

»Das läuft alles perfekt«, tappte von Lensing prompt in die Falle.

»Dann wäre ja für die Frau an Ihrer Seite genügend Zeit vorhanden, neben der Leitung des Personals und einigen gesellschaftlichen Verpflichtungen, einer eigenen Berufung nachzugehen«, folgerte Isidora. »Schreiben, das weiß ich inzwischen, erfordert Talent und Ideenreichtum, aber auch die strenge Disziplin, sich Tag für Tag an die Arbeit zu machen.«

»Sie geben mir einigen Stoff zum Abwägen, Fräulein Kaulbach, – darf ich hoffen, dass wir diesen höchst interessanten Austausch in Hannover fortsetzen können?«

»Ja, Herr von Lensing, das würde ich sehr gern tun!« Isidora fühlte sich sehr erleichtert. Der Verlauf des Gesprächs stimmte sie hoffnungsvoll, denn immerhin schien Theobald guten Argumenten zugänglich zu sein.

Von Lensing bedankte sich mit einem Handkuss, und beide hatten nur noch Augen füreinander, so spektakulär die Aussicht von der Marienhöhe auch immer sein mochte.

Aufbruchstimmung – die Sommerfrische geht zu Ende

Bald hatte sich herausgestellt, dass die vorzeitige Rückkehr nach Hannover zum Saisonende nicht so schnell zu bewerkstelligen war. Jedenfalls wenn man Wert auf expedierte Gepäckstücke und reservierte Plätze in der Eisenbahn legte.

Marga und Franz hatten alle Hände voll zu tun, um die Abfahrt innerhalb von vier Tagen vorzubereiten.

Während die Zwillinge, Heinrich und Maximilian das ungewöhnlich sonnige Wetter zum Baden im Meer nutzen wollten, trug sich Sophie mit anderen Plänen.

Das habe ich jetzt durch die Ferienroutine so lange aufgeschoben, beschloss sie, jetzt ist es höchste Zeit, mich zu kümmern.

Bereits in Salzuflen war ihr aufgefallen, dass zahlreiche skrofulöse Kinder aus den Großstädten, viele davon aus der Arbeiterschaft, dringend etwas zur Heilung der vielfältigen chronischen Entzündungen brauchten. Mit der Sole wurden gute Erfolge erzielt. Dies galt auch für die außerordentliche Heilkraft, die Seeluft und Seebäder gegen Skrofulose, Blutarmut und Schwächezustände verschiedenster Art erzielten. Das Seehospiz zu Norderney, welches in sechs Pavillons 240 Betten enthielt, sollte vorzugsweise Kinder aus weniger bemittelten Volkskreisen zugänglich sein.

Diese Kinderheilstätte unterstand dem Protektorat der Kaiserin Friedrich. Wieso man den Namen Victoria der englischen Gattin des unglücklichen Kaisers Friedrich, der 1888 im Dreikaiserjahr nur kurz bereits todkrank regiert hatte, nicht für die Kinderheilstätte verwendete, verstand Sophie nicht. Aber immerhin, wenn Victoria gegenüber ihrem Sohn Wilhelm II. auch einen schweren Stand hatte, so war dem Seehospiz doch ihre Unterstützung sicher. Also wollte Sophie erkunden, was es mit der Evangelischen Diakonissen-Anstalt zur Heilung skrofulöser Kinder auf sich hatte. Die Leitung der Anstalt und die Pflege der Kinder oblagen Schwestern aus dem Henriettenstift in Hannover, dazu hatte Sophie auch einen unmittelbareren Bezug. Schließlich unterstützte die Familie die Stiftung schon mit so manchem Wohltätigkeitsbasar.

So machte sich Sophie zur Diakonissen-Anstalt auf, wobei sie bei Schuchardts Hotel eine kurze Rast einlegte. Bei dem Schriftführer der Anstalt, Pastor Ubbelohde, war sie für elf Uhr avisiert. Der Diener Gottes kam ihr am Eingang des Gebäudes bereits entgegen: »Gnädige Frau, was für ein wunderbarer Spätsommertag! Ich habe auf einer kleinen Veranda eine Erfrischung bereitstellen lassen.«

Man nahm Platz mit einem hübschen Blick über Grünanlagen, die sich auf der Rückseite des Bazars befanden. Der Pastor, ein mittelgroßer Mann mit buschigen Augenbrauen und roten Apfelbäckchen, fragte neugierig: »Frau von Elßtorff, was verschafft mir die Ehre Ihres Besuches?«

»Nun, Herr Pastor, sowohl in Salzuflen als auch hier sehe ich, wie wichtig die Behandlung der erkrankten Kinder ist. Da ich in Hannover lebe, möchte ich mich erkundigen, wie Sie arbeiten und wie ich Sie eventuell unterstützen kann.«

»Ach gnädige Frau.« Die Apfelbäckchen des Herrn Ubbelohde wurden einen Hauch rosiger, seine Augen strahlten mit inniger Begeisterung. »Zu sehen, wie die armen Pänze hier ankommen, krank und schwach – und wie wir sie hier wieder aufpäppeln können, das ist schon eine besondere Freude.«

»Das glaube ich gern, wie lange sind die Kinder normalerweise hier?«

»Vier Wochen müssen es mindestens sein. Die Kinder kommen häufig aus Linden, aber auch aus der Hannoverschen Altstadt.«

Sophie nickte. Die Altstadt, überragt in klarer, trotziger Strenge von der Marktkirche, war gewiss für die Bewohner kein romantischer Ort. In den meist engen Gassen roch es nach Teer, Petroleum, Schmieröl, Pferden und Leder. Zumeist kleine, dunkle und feuchte Wohnungen sowie mangelnde Hygiene machten die Menschen anfällig für alle möglichen Krankheiten.

»Ja, die engen Wohnverhältnisse dort sind ungesund. Mein Gatte erzählte mir, dass ja in circa zwei Jahren mit dem Bau der Karmarschstraße begonnen werden soll. Aber damit werden die Übel auch nicht an der Wurzel gepackt.«

Der Pastor freute sich, so eine verständige Gesprächspartnerin zu haben. »Was halten Sie davon, wenn Sie mit der leitenden Schwester Karla sich etwas bei uns umsehen? Da können Sie am besten einen Eindruck gewinnen.«

»Ein guter Vorschlag, Herr Pastor, gehen wir.«

Sie fanden Schwester Karla in schwarzer Tracht und Haube gerade in der Küche, wo sie die Zubereitung des Mittagsmahls kontrollierte. Sophie schätzte sie als gleichaltrig ein – vielleicht war sie auch jünger, denn sie wusste aus Hannover, wie hart und entbehrungsreich das Leben einer Diakonisse war. Geregelte Arbeitszeiten gab es für sie nicht, und das hinterließ seine Spuren im Aussehen.

»Aus meiner Heimatstadt ist die gnädige Frau, wie schön. Die dortigen Frauenvereine unterstützen uns sehr. Kommen Sie, wir gehen zum Speisesaal und setzen uns einen Moment, bis die Kinder zum Essen kommen.«

Die beiden Frauen nahmen am Ende einer langen Tafel Platz, wo alles bereits von einfachster Qualität mit tiefen Tellern und Löffeln für einen kräftigen Kartoffeleintopf eingedeckt war.

»Wie alt sind die Kinder, die hierher kommen?«, fragte Sophie.

»Wir nehmen sie ab dem sechsten Lebensjahr auf, die Knaben dürfen höchstens das elfte, die Mädchen das vierzehnte Lebensjahr vollendet haben.«

»Und was muss ein Kind an Kostgeld zahlen?«

»Im Seehospiz ist es teurer, bei uns beträgt für vier Wochen das Kostgeld fünfzig Mark, für unbemittelte dreißig Mark. Aber selbst das können die Eltern oft kaum aufbringen – Bäder und Arznei für die armen Kinder geben wir unentgeltlich.«

Angeführt von einer Diakonisse kamen nun die Kinder in Zweierreihen in den Saal. Bei den Mädchen, die zuerst kamen, erschrak Sophie. Die kleinsten hatte sie mal gerade für vier Jahre alt gehalten. Auch die Kleidung vieler Kinder war ärmlich, teilweise geflickt.

Schwester Karla, die Sophies Blicke bemerkte, erklärte leise: »Wir empfehlen den Eltern, auch Flicken zum Ausbessern mitzugeben. Die Kinder bringen einen Sonntags- und einen Alltagsanzug, Wäsche für die Dauer des Aufenthaltes, zwei Paar Leder- und ein Paar Hausschuhe, ein Nachtkleid und ein Badelaken mit. Doch trotz des Flickens und Ausbesserns müssen wir oft aus unserer Kleiderkammer aushelfen.«

»Frank und frei: Womit wäre Ihnen am meisten geholfen, Schwester Karla?«

»Gnädige Frau, wenn Sie zum Beispiel eine Art Patenschaft für ein Kind für einen Aufenthalt übernehmen würden?«

»Damit bin ich sofort einverstanden!«

Schwester Karla strahlte.

»Was fällt Ihnen sonst noch ein?«

»Gnädige Frau, ich habe da noch keine Lösung parat, aber man müsste sich auch um die Kinder kümmern, wenn sie wieder zu Hause sind. Was nutzt es, wenn wir sie hier aufpäppeln, und zu Hause ist wieder Schmalhans Küchenmeister? Manchmal bin ich schon am

Verzweifeln und schwanke in meinem Glauben an Gottes Gerechtigkeit. Vor allem, wenn die häuslichen Missstände menschengemacht und nicht den Umständen geschuldet sind.«

So, wie sie sich ausdrückte, musste sie aus einer gutbürgerlichen Familie kommen, schlussfolgerte Sophie. Wahrscheinlich wollte sie nicht als unverheiratete Frau ihrer Familie zur Last fallen, als Diakonisse war sie im wahrsten Sinne des Wortes unter die Haube gebracht, erhielt eine gute Ausbildung und diente guten Zwecken. Plötzlich bemerkte sie, dass sie noch eine Antwort schuldig war, und nickte erneut voller Verständnis.

»Wir versuchen sowieso, in Linden zu helfen. Meine tüchtige Hausdame stammt von dort. Ich würde gern einem Lindener Mädchen hier den kompletten Aufenthalt bezahlen und anschließend mit der Lindener Gemeindeschwester beraten, was weiter zu tun ist.«

»Die Lindener Gemeindeschwester werde ich ab Anfang November sein.«

»Wie schön, Schwester Karla, wir werden uns wiedersehen.«

Sophie händigte der Diakonisse fünfzig Mark für eine Kur für ein Lindener Mädchen aus. Die beiden Frauen, die sich sofort auf angenehme Art verstanden hatten, verabschiedeten sich mit Handschlag.

»Wir treffen uns im November«, versprach Sophie.

Durch den Georgsgarten gelangte Sophie am kleinen Logierhaus vorbei zum sogenannten Markt, wo die Kapelle bereits das flanierende Publikum unterhielt.

Welch einen Kontrast dieser Jahrmarkt der Eitelkeiten zu der Arbeit der Diakonissen bildet, stellte Sophie fest und machte sich auf den Rückweg zu den Bremer Häusern.

Sie hörte noch von Ferne vom Garten des Conversationshauses, wie die Kapelle nun eine Reverie intonierte. Aber nach romantischen Träumen waren weder Sophie zumute noch Isidora und Theobald, die sich zum Konzert verabredet hatten.

Auch diesem Treffen war ein weiblicher Kriegsrat vorangegangen, bei dem unter anderem die Frage aufkam, ob von Lensing wusste, dass Elsa mit Roberta gut befreundet war. »Im Hannoverschen Courier stand nur, dass Elsa Martin wesentlich zur Aufklärung des Falles beigetragen hat. Wenn Roberta nicht ausdrücklich über dich gesprochen hat, weiß er weder, dass ihr Freundinnen seid, noch dass du die Ziehtochter im Hause von Elßtorff bist.«

»Inzwischen eine von zweien«, hatte Sophie lächelnd eingeworfen und Emilie, die neben ihr saß, über die Hand gestrichen. Elsa, die das sehr wohl bemerkte, freute sich von ganzem Herzen. Ihr wurde aber auch blitzartig klar, dass ihre manchmal aufkeimende Eifersucht der Schwester gegenüber dann wohl eher den freundlichen Blicken Victor Rehnhoffs gegolten hatten, mit denen dieser Emilie bedacht hatte.

»Maximilian gegenüber hat er das Thema Roberta jedenfalls recht souverän überspielt, sollte es noch mal kommen, kannst du darüber gelassen hinweggehen, Isidora«, war die Einschätzung von Sophie.

»Seit wann sind Männer unbeschriebene Blätter – und in dem Alter schon mal gar nicht!«, pflichtete Elsa ihr scharfzüngig bei. »Für das Unbeschriebene sind einzig und allein wir Frauen zuständig, und Isidora hat nichts zu verbergen.«

Das zweite Rendezvous verlief trotz der träumerischen Musik im Hintergrund zunächst eher mit einer gewissen Anspannung. Denn bei aller Sympathie, bei der Zuneigung, die zwischen ihnen zart keimte, wussten sie doch, dass sie mit ihren ersten Gesprächen wichtige Weichen stellten. Theobald von Lensing hatte die Zeit genutzt und seinen langjährigen Diener losgeschickt, um die familiären Verhältnisse der von Elßtorffs und Isidoras näher zu erkunden.

»Sie sind schon länger mit Elsa Martin befreundet, Fräulein Kaulbach – sie ist doch jünger als sie?«

»Genau zehn Jahre – Sophie von Elßtorff ließ sich von meinem Vater porträtieren, und dadurch entwickelte sich ein freundschaftlicher Kontakt zwischen den Familien. Mit Elsa bin ich sehr viel im Königlichen Schauspielhaus gewesen, und die Freundschaft mit Roberta Stein verstärkte noch die Theaterleidenschaft.«

»Und nun haben wir auch noch ein spanisches Duett – daraus ließe sich gewiss auch ein Theaterstück machen. Aber das soll nicht unser Hauptthema sein – stört es Sie, dass ich ein Verehrer von Roberta war?«

»Eher nicht, Herr von Lensing, denn einerseits bewundere ich Roberta, andererseits ist es ja für einen Mann normal, Beziehungen zum weiblichen Geschlecht zu pflegen, was umgekehrt für die Frauen völlig verpönt ist.« Isidora versuchte mit entspannter Sachlichkeit zu sprechen, was ihr auch gelang.

»Sie sind schon eine ungewöhnliche junge Dame«, stellte von Lensing fest, »Sie nennen die Dinge beim Namen. Wahrscheinlich eine gute Voraussetzung für eine Schriftstellerin.« Er legte eine Pause ein, und Isidora nickte. »Und wohl auch eine Bereicherung für den Mann an Ihrer Seite, wenn er das zu würdigen weiß. Für meine Person habe ich mir inzwischen klargemacht, dass gerade für mich als Naturwissenschaftler eine Frau mit einem klugen Kopf und Fantasie ein Gewinn wäre.«

»Da gehören Sie immer noch zu den lobenswerten Ausnahmen, Herr von Lensing«, entgegnete Isidora. Er musste unwillkürlich lächeln. »Sie könnten sich also eine Schriftstellerin als Gattin vorstellen?«

»Man muss ja einen Fehler nicht gleich zweimal kurz hintereinander machen«, brummte er leise, aber Isidora hatte ihn sehr wohl verstanden.

Trockener Humor gepaart mit Selbstironie, die Mischung gefällt mir, fand Isidora, aber findet er mich überhaupt attraktiv?

»Ihre Überlegungen finde ich sehr ansprechend«, fuhr sie fort, »es klingt allerdings für mich so, als würden Sie eine reine Vernunftehe planen wollen.« Sie senkte die Augen, erschrocken über ihren eigenen Mut.

»Das ist nicht so, Isidora«, entgegnete er, »würden Sie mir die Möglichkeit geben, Ihnen das in Hannover zu beweisen?«

»Ja, das würde ich«, entgegnete diese, strich die dunklen Locken zurück und sah ihn endlich an. Theobald von Lensing lächelte. Ihrem Aussehen nach ist sie eine fast südländische Schönheit, bei der man eine recht impulsive Art vermutet. Dabei ist sie eher überlegt und ruhig.

Er nahm ihre rechte Hand in seine und drückte sie sanft. »Darauf freue ich mich«, entgegnete er, und beide verfolgten nun die romantische Melodie des Orchesters, während sie sich in die Augen sahen.

Bei Wilhelm Jacob

Einen Tag nach der Rückkehr von Norderney machte sich die Familie von Elßtorff samt Marga zu einem abendlichen Imbiss auf, zu dem Wilhelm Jacob eingeladen hatte. Emilie verfolgte aufmerksam die Wegstrecke, die am Waterlooplatz vorbei über die Ihmebrücke die Falkenstraße entlang Richtung Lindener Berg führte.

»Lindener Berg?«, fragte sie. »Hier gibt es Berge?«

»Relativ gesehen, ja«, antwortete Heinrich, »der Lindener Berg wird vom Hochbehälter des Wasserturm gekrönt und ist ganze 89 Meter hoch. Ansonsten ist Linden, welches als das größte Dorf Preußens galt, seit einigen Jahren Stadt. Hier ballt sich die Industrie, hier stehen viele Fabriken, es gibt zahlreiche Quartiere für die Arbeiter. Vor drei Jahren wurde hier der Fabrikanten-Verein gegründet, dem auch Herr Jacob angehört.«

»Irgendwie riecht es hier anders«, meinte Emilie.

»Ja, die Luft ist oft verraucht hier, obwohl man die Schornsteine jetzt schon viel höher baut«, entgegnete Marga.

Am Lindener Berg, wo die Luft merklich besser war, bewohnte Wilhelm Jacob eine ansehnliche Villa, deren eher klassischer Stil dem Architekten von Elßtorff sofort gefiel.

Sie wurden im Salon empfangen, der – speziell zu Sophies Freude – in Biedermeier eingerichtet war. »Das sind alles Familienstücke, gnädige Frau. Meine Gattin hat zwar einiges im neugotischen Stil für die Fabrik entworfen, aber wir wollten immer lieber mit handwerklich gefertigten Möbeln leben.«

»Das kann ich gut verstehen, Herr Jacob, auch unser Salon ist mit solchen Möbeln eingerichtet.«

Auf dem ovalen Tisch lagen einige Fotografien und ein kleines Ölgemälde, welches die Strußschen Zwillinge aus Ernestines mütterlicher Linie zeigte.

»Die Fotos von Ernestine und die Zwillinge weisen eine bestimmte Ähnlichkeit auf, aber es ist nicht so frappierend, dass wir dadurch sicher sein können«, meinte Sophie, die mit Tränen in den Augen ein Foto Ernestines in der Hand hielt.

Nachdem Erfrischungen gereicht worden waren, hielt es Elsa nicht länger aus: »Herr Jacob, haben Sie etwas gefunden, was uns weiterbringt?«

»Nein, leider nicht. Sorgfältig habe ich mich in Ernestines Zimmer umgesehen, ihren Sekretär komplett durchsucht, alle Papiere in der Hand gehabt – aber ich habe nichts von Belang gefunden.«

»Bei allem Respekt, Herr Jacob, da sollte vielleicht unsere Detektivin noch mal tätig werden«, bemerkte Heinrich halb im Spaß, halb im Ernst.

Die blickte mit gerunzelter Stirn ins Leere und reagierte ausnahmsweise nicht auf diese Neckerei. »Was ist das für ein Sekretär, Herr Jacob?«

»Auch Biedermeier, aus der Linie meiner Frau, die ihn Ernestine vererbt hat.«

»So einen Sekretär hatte auch Roberta«, murmelte Elsa und fragte dann laut: »Haben Sie das Möbel schon mal auf Geheimfächer untersucht, zum Beispiel in dem Aufsatzteil in der Mitte über der Schreibplatte?«

»Donnerlittchen, da hätte ich auch selber drauf kommen können! Wir gehen sofort nachsehen.«

Ohne weiter an Etikette zu denken, folgte die ganze Gesellschaft Herrn Jacob, der sie eiligen Schrittes den Flur entlang zu Ernestines Salon führte.

Vor dem schönen Wurzelholzsekretär bildete sich ein Halbkreis. Wilhelm Jacob ließ die Schreibplatte herunter.

»Öffnen Sie das Türchen in der Mitte, und ziehen Sie die unteren Schubladen rechts und links heraus«, sagte Elsa aufgeregt. Sie schob die Fächer genau übereinander. »Alle gleich groß«, flüsterte sie enttäuscht.

Ohne weiter zu fragen, riss sie die nächsten Schubladen heraus – und wurde fündig: »Diese hier ist kürzer als die anderen«, rief sie, fuhr mit der Hand in die Öffnung des Sekretärs und fand eine Feder, die in der Mitte die Rückwand freigab. Dort lag ein in Stoff gewickeltes Bündel, das mit einem verblichenen roten Band zusammengehalten wurde. Vor Aufregung bebend, drückte Elsa die Papiere Herrn Jacob in die Hand.

»Wir gehen zurück in den Salon«, murmelte Wilhelm Jacob, »da haben wir mehr Platz.«

Dort angekommen, setzten sich alle um den ovalen Tisch. Wilhelm Jacob zitterten die Hände so sehr, dass er Elsa das Päckchen zum Öffnen zuschob. Während sie versuchte, die Knoten zu lösen, spürte sie, wie ihr das Herz bis zum Halse schlug. Dann kamen einige Papiere zum Vorschein.

»Das ist ein Taschentuch mit Monogramm«, machte Marga alle aufmerksam.

Emilie nahm es in Augenschein: »F v H«, verkündete sie.

»Friedrich«, murmelte Sophie. »aber mit von H kommen wir nicht weiter, da finden wir im Gotha jede Menge.«

Inzwischen gingen Wilhelm Jacob und Elsa die Papiere durch.

Es fanden sich Ansichtskarten aus Frankreich, die dem Datum nach geordnet waren. Alle waren postlagernd nach München adressiert, zum Teil mit Umschlag versehen und mit »Dein Dich liebender Friedrich« unterschrieben. Fieberhaft las Emilie quer über die Texte, die teilweise schwer zu entziffern waren.

»›Meine geliebte Ernestine‹, so beginnen sie alle«, sagte sie, »und enthalten stets die Information, dass es dem Absender gut gehe und versichern dessen große Liebe.«

»Also keinerlei Hinweise auf die Identität dieses Friedrich von H.«, seufzte Sophie.

»Aber immerhin haben wir schon mal Schriftproben von dem geheimnisvollen Verehrer«, meinte Elsa.

Der letzte, zuunterst liegende Brief war schlecht lesbar.

»Als ob er in großer Eile geschrieben sei«, vermutete Elsa.

»Oder in einer großen gefühlsmäßigen Anspannung«, meinte Marga.

Schließlich hatten sie ihn gemeinsam so weit entziffert, dass sie ihn vorlesen konnten:

»Meine innig Geliebte,

viele Kameraden sind für das Vaterland gefallen, und ich bin in größter Sorge um Dich. Ich bitte Dich, falls auch mich der Tod ereilen sollte, so suche meine Mutter auf!

In ewiger Liebe, Dein Friedrich«

Nachdem Wilhelm Jacob dies vorgelesen hatte, blickten sich alle ratlos an.

»Das bestätigt unseren Verdacht«, meinte Maximilian, »aber wir sind nicht wirklich weiter.«

»Ich habe das Gefühl, wir drehen uns im Kreis«, meinte Herr Jacob und klang niedergeschlagen und mutlos.

Plötzlich sagte Emilie: »Sehen wir denn dieser Hanna ähnlich?«

Maximilian, der dem vorzüglichen Bordeaux schon mit Kennermiene reichlich zugesprochen hatte, ließ sich zu einer folgenschweren Aussage hinreißen: »Eigentlich nicht sehr. Mir kamen schon damals manchmal Zweifel, ob diese Hanna wirklich die Mutter von euch Mädchen war. Übrigens vertraute uns Marga dann an, dass auch sie die Herkunft der Zwillinge mit einigen Fragezeichen sah.«

Alle sahen sich zunächst verblüfft, dann bedeutungsvoll an.

»Wieso, Marga, wie kamst du darauf?«, fragten die Zwillinge wie aus einem Munde.

»Nun, auch mir war die ganze Angelegenheit mit der verschollenen Ernestine etwas eigenartig. Außerdem kam mir die Patentante nicht wirklich wie eine Mutter vor, sie liebte die Mädchen und machte sich Sorgen – aber welche Mutter, auch wenn sie sehr krank ist, trennt sich von ihren Kindern? Doch wir hatten ja sozusagen den Auftrag, die Mädchen nach Deutschland zu holen, und das taten wir.«

»Ich dachte damals, dass ich mir wahrscheinlich nur etwas eingebildet habe«, meinte Maximilian, »schließlich waren die Papiere ja in bester Ordnung, also konnte das eigentlich nicht sein.«

»Apropos Papiere … Ernestine hat immer Tagebuch geschrieben. Und sie erhielt, bevor sie so überstürzt nach La Palma aufbrach, viele Briefe. Das muss sie alles mitgenommen oder vernichtet haben. Denn als ich die Nachricht erhielt, dass sie vermisst wird, habe ich alles durchsucht und keinerlei Briefe oder Aufzeichnungen gefunden. In dem Geheimfach war gewiss nicht alles.«

»Umso mehr«, rief Elsa, »kommt mir das Ganze in wahrsten Sinne des Wortes spanisch vor! Wir müssen unbedingt mehr über Ernestine und deren Patentante erfahren.«

»Meine Tochter Ernestine war immer eine äußerst umsichtige Person. Möglicherweise hat sie auf der fernen Insel bei der Gemeinde oder bei einem Notar, wie immer das dort geregelt ist, auch etwas hinterlegt.«

»Herr Jacob, liebe Familie«, verkündete Elsa, »dieses Mal kläre ich als Detektivin meinen persönlichen Fall. Wir werden alles tun, um unsere Herkunft zu erhellen. Dabei wird es unumgänglich sein, zu den Kanarischen Inseln zu reisen und vor Ort Spuren zu suchen.«

Maximilian sah seine Ziehtochter an und gab ihr schließlich seine Zustimmung mit einem nachdrücklichen Nicken.

»Ich werde euch in jeder Hinsicht unterstützen. Das will aber gut durchdacht und vorbereitet sein – damit meine ich nicht nur die Reisevorbereitungen! Und ihr könnt beileibe nicht vor dem Frühjahr aufbrechen, ich möchte Euch keineswegs den Winterstürmen ausgesetzt wissen.«

Elsa schluckte – so lange noch? Aber dann siegte die Vernunft über die Ungeduld. »Dem stimmen wir sicherlich alle zu, Onkel Maximilian.

Wenn es mir mit einiger Hilfe gelang einen komplizierten Mordanschlag aufzuklären, dann wird es uns mit vereinten Kräften auch gelingen, mehr über Emilies und meine Herkunft zu erfahren. Meine liebe Schwester Millie«, ihre Stimme hatte einen entschlossenen und etwas feierlichen Klang angenommen, »wir werden ergründen, wer wirklich unsere Eltern waren. Wir ermitteln in eigener Sache!«

»Eine andere Möglichkeit, Klarheit zu erlangen, sehe ich auch nicht mehr«, stimmte Wilhelm Jacob gedankenvoll zu. »Selbst wenn möglicherweise auch etwas Unangenehmes herauskommen könnte.«

»Es ist fast schon egal, was dabei ans Licht kommt«, entgegnete Emilie leise, »aber wir hätten dann endlich Gewissheit.«

Heimliche Aktivitäten

Elsa freute sich darauf, nun endlich Cord wiederzusehen. Und sie war auch äußerst gespannt, wie er inzwischen mit dem Veloziped zurechtkam, das Maximilian ihm im Hochsommer geschenkt hatte.

Ihr erstes Treffen nach den Sommerferien fand am Neuen Haus statt. Für Elsa war das von der Königstraße aus gut zu erreichen. Nah an der Eilenriede bot es auch einen guten Ort für eine Fahrradvorführung.

Cord Breuer, inzwischen ein glühender Anhänger des Fahrradsports, radelte flott heran, zog eine elegante Kurve und kam mit beeindruckend quietschenden Bremsen vor Elsa abrupt zum Stehen.

Die strahlte. »Schön, dich endlich zu sehen, Cord! Und du fährst ja schon ganz formidabel!«

Die Wiedersehensfreude und das Lob ließen Cord strahlen.

»Nun sag, wie schwierig ist es?«

»Mir macht es einen riesigen Spaß – war in jeder freien Minute unterwegs. Es soll bald regelrechte Radfahrschulen geben. Aber, Elsa, ehrlich gesagt, du bist ja sportlich – ich denke, ich kann es dir in recht kurzer Zeit beibringen.«

»Ich nehme dich beim Wort, Cord«, entgegnete Elsa, »lass uns aber erst mal erzählen, was sich inzwischen alles zugetragen hat.«

Einträchtig saßen die beiden auf einer Bank und freuten sich, wieder zusammen zu sein. Und Cord staunte nicht schlecht, was sich auf Norderney alles ereignet hatte.

Einige Tage später war es so weit: Elsas erste Radfahrstunde stand an. Inzwischen hatte sie intensive Erkundigungen eingeholt, um sich über eine praktische Kleidung klarer zu werden. In den üblichen bodenlangen Röcken mit zwei Unterröcken, Unterbeinkleidern bis unter die Knie, Korsett, Oberbekleidung, womöglich mit unter den Ellenbogen hauteng zulaufenden Ballonärmeln, ebenfalls hautengen Knöpfstiefelchen, Hut und Handschuhen trug eine Frau nicht nur sechs bis acht Kilo Gewicht am Körper, sondern war auch bis zur Beklemmung eingeengt.

Als hilfreich erwies sich Isidora. Von einer befreundeten Industriellentochter, die das Radfahren als dernier cri entdeckt hatte, erfragte sie deren Erfahrungen.

»Also, das Schicklichste und Unauffälligste wäre der geteilte Beinkleidrock, unter dem eine Pumphose getragen wird. Mit einem einknöpfbaren Vorderteil unterscheidet er sich nicht von der gewohnten Silhouette. Um die Rocksäume zu beschweren, damit sie nicht unschicklich hochfliegen und womöglich die Knöchel freigeben, kann man Schrotkörner oder kleine Bleiplättchen einnähen. Meine Bekannte hat auch schon ausprobiert, mittels eines Zugseils das hintere Rockteil so weit hochzuraffen, dass ein leichteres Aufsteigen möglich ist.«

»Das klingt alles nicht besonders kommod, Isidora.«

»Das meinte meine Bekannte auch.«

»Wie wäre es mit einer Variante der Bloomers, der Pluderhosen, die schon vor vielen Jahren von den Amerikanerinnen, die sich freier bewegen wollten, erfunden wurden?«

Isidora, wie stets kenntnisreicher bei Themen der Frauenbewegung als ihre jüngere Freundin, entgegnete: »Das Kostüm von Amalie Bloomer, der bekannten amerikanischen Frauenrechtlerin, bestand aus zugeknöpften Hosen, über die ein Rock bis knapp über das Knie getragen wurde.«

»Das wäre auch praktisch zum Radeln.«

»Damals galt es als so anstößig, dass der Papst es 1868 auf den Index setzen ließ. Aber du hast recht, solche Pumphosen sind wieder im Gespräch, ohne Überrock, aber dafür so lang und so weit, dass sie sich kaum von einem Rock unterscheiden.«

Das ist kurzfristig alles schwer zu bewerkstelligen, ging es Elsa durch den Kopf, dabei brenne ich darauf, es mit dem Velo zu probieren.

»Klingt alles nicht überzeugend, Isidora, sich mit diesen langen Stoffmassen auf ein Velo zu begeben. Aber ich halte es für eine praktische Idee für unsere Reise: Da können wir solche Beinkleidröcke gut gebrauchen.«

»Wunderbar, das besprechen wir mit deiner Tante und mit Marga. Meine Bekannte erzählte noch, dass einige Frauen sogar mit Hosen fahren, weil auf längeren Fahrten trotz Kettenschutz sich das Pedal zu leicht in den Röcken verhakt, was zu schweren Unfällen führen kann.«

Nach diesem Gespräch war Elsa klar, was zu tun war: Eine Schiebermütze muss her, unter der ich die hochgebundenen Haare verstecken kann. Ein Reformleibchen, das meine ohnehin nicht üppige Oberweite zurückhält, besorge ich mir im Leinenhaus von der Linde – die Verkäuferin wird sich wundern, aber das ist mir egal. Eine weite Jacke, eine Weste, ein Hemd und natürlich eine Hose – ob ich Heinrich frage? Da würde sogar die Größe hinkommen. Aber ich möchte niemanden vorzeitig einweihen.

Da kam ihr der rettenden Gedanke: Der Korb im Souterrain, in dem abgelegte Kleidung für Bedürftige gesammelt wird. Das Glück war ihr hold. Mit abgelegten Kleidungsstücken von Heinrich und Maximilian und ihren Wanderschuhen war sie bald für ihre erste Fahrradstunde perfekt ausstaffiert. Sie hatte alles in der Remise versteckt, in der sie sich nur bis zur Taille in einem alten Spiegel bewundern konnte.

»Ich glaube, Cord wird sich seines künftigen Radfahrfreundes nicht schämen müssen«, murmelte sie und machte sich kräftigen Schrittes auf zum Neuen Haus.

Cord hatte sich den Weg, der zur Waldgaststätte Steuerndieb führte, als Übungsparcour auserkoren. Wo Elsa nur blieb? Er konnte die Königstraße gut überblicken und sie nirgends erspähen. Da klopfte ihm ein Bursche mit Schlägermütze auf die Schulter. »Wartest du auf wen Bestimmtes?«

Es dauerte eine Weile, bis Cord realisierte, dass der Bursche mit den vergnügt blitzenden Augen Elsa war. »Du liebe Güte, Elsa! Bin ja einiges an Verkleidungen von dir gewöhnt, aber das schlägt ja nun doch dem Fass den Boden aus!«

»Cord«, entgegnete diese gelassen, »das habe ich mir alles genauestens überlegt. So entgehe ich der Gefahr, von entrüsteten Herren angepöbelt zu werden. Außerdem erkennt mich keiner und kann mich daher auch nicht anschwärzen. Was man im Hause von Elßtorff nicht weiß, kann man mir auch nicht verbieten! Und wir wissen ja noch gar nicht, ob ich das Fahren lerne und ob es mir Freude macht.«

Insgeheim bewunderte Cord mal wieder Elsas Logik, die Frauen ja angeblich nicht besaßen. Zudem glaubte er fest, dass Elsa vom Velofahren begeistert sein würde.

»Versuch macht kluch«, witzelte er. »Den Sattel habe ich schon für dich runtergestellt, denn du musst den Boden berühren können. So, ich zeige dir, wie du aufsteigen musst.«

Das schaffte Elsa ohne Probleme. Wie gut, dass ich Hosen anhabe, schoss es ihr durch den Kopf. In Röcken ein Herrenrad zu besteigen, dürfte sehr schwierig sein.

Cord hielt vorsichtshalber den Lenker fest. »Jetzt musst du ins Gleichgewicht kommen.«

»Der Sattel ist verdammt schmal! Als Kind bin ich mit Heinrich auf dem Rittergut mal heimlich im Herrensattel geritten, da brauchte ich mich nur oben halten. Aber jetzt muss ich ja auch noch losfahren und in die Pedale treten.«

»Entweder du traust dich, oder du lässt es«, entgegnete der ungerührt. »Rechten Fuß aufs rechte Pedal, Rad in die Senkrechte und antreten!«

Mit einem innerlichen Ruck tat Elsa wie geheißen und fuhr mit einem äußerlichen Ruck etwas schwankend an. Schon nach wenigen Metern ging es leichter, und Cord musste neben ihr herlaufen. Sie begann etwas kräftiger zu treten und spürte den leichten Fahrtwind im Gesicht. »Was für ein unglaublich herrliches Gefühl«, jubelte Elsa. Dass sie Cord schon hinter sich ließ, bemerkte sie nicht, eine nie gekannte Empfindung von Freiheit, Unabhängigkeit und Vertrauen in ihre eigenen Fähigkeiten durchströmte sie. Da klangen Cords Schreie an ihr Ohr: »Langsamer, fahr langsamer!« Sie hörte auf zu treten und richtete ihre Aufmerksamkeit auf den Weg, was dringend nötig war, da es einige Unebenheiten gab. Keuchend tauchte Cord neben ihr auf, als sie noch etwas ungeschickt zum Stehen kam.

»Entschuldige«, zerknirscht lächelte sie ihn an, »mir sind nicht die Pferde, das Rad ist mit mir durchgegangen.«

Cord schüttelte tadelnd den Kopf. »Elsa, beim Radfahren musst du aufpassen, das hat schon manchen Mann geschmissen! Auch hier macht Übung den Meister, speziell auch was das Gefühl für die Balance und die Kurven betrifft.«

»Ich verspreche dir, ich werde üben und mich brav an deine Anweisungen halten. Ein anderes Problem wird mir mehr Kopfzerbrechen machen: Wie komme ich zu einem eigenen Rad?«

Ein Dinner in der Königstraße

Wie gewohnt, hatte Sophie mal wieder Isidora und Edelgarde, Gräfin von Potocki, zum Dinner im kleinen Kreis eingeladen.

»Ach Tante Sophie«, meinte Elsa, »nachdem die Gräfin auf Norderney ja ihr wahres Gesicht gezeigt hat, müssen wir sie da noch hier zum Dinner ertragen?«

»Edelgarde ist ein zutiefst unglücklicher Mensch, mein Kind«, erwiderte die gutmütige Sophie, »deswegen sehe ich ihr so manches nach.«

Heinrich versuchte Emilie erneut vor Edelgardes spitzer Zunge zu warnen. Diese meinte jedoch kleinlaut: »Die ist eben eine leibhaftige Gräfin, das beeindruckt mich. Wenn sie näselnd und von oben herab spricht, fühle ich jedes Mal, wie ich innerlich kleiner werde. Du bist es ja gewohnt, in adeligen Kreisen zu verkehren, zumal die von Elßtorffs dazugehören, aber für mich ist das alles noch recht außergewöhnlich.«

»Wir haben ja schon mal darüber gesprochen, Adelige sind auch nur Menschen«, entgegnete Heinrich, »und nicht wenige sind es lediglich von Geburt, aber nicht in ihrer geistigen Haltung.«

»Sehr richtig«, pflichtete Elsa ihm bei, die in diesem Moment den Salon betrat, »nicht nur Tante Edelgarde lässt mich meine etwas ungeklärte, aber auf jeden Fall bürgerliche Herkunft spüren, und das wird dir, Emilie, leider auch noch öfter so gehen. Übrigens gibt es am Titel ihres verstorbenen Gatten durchaus Zweifel anzumelden.«

Nachdenklich sah Emilie die beiden an. »Ich habe oft das Gefühl, dass ein Karussell durch meinen Kopf fährt. Die zahlreichen neuen Eindrücke, Hannover, Norderney, so viele neue Menschen, die ich ja nach und nach erst kennenlerne, das erdrückt mich manchmal.«

Ihre Schwester nickte verständnisvoll. »Meine liebe Emilie, ich weiß auch des Öfteren nicht mehr, wo mir der Kopf steht. Und für dich ist ja viel mehr Neues zu bewältigen, unsere bisherigen Leben verliefen doch recht unterschiedlich.«

Wie gut, dachte Elsa, dass sie nicht weiß, was ich gerade gemacht habe und wie knapp ich zeitlich war nach der Runde mit Cord in der Eilenriede. Die Verkleidung als Junge gefällt mir immer besser. Aber in diesen Dingen kann ich Emilie leider nicht ins Vertrauen ziehen, das geht momentan noch über ihren Horizont. Das ist schade, denn wir könnten so viel mehr miteinander teilen.

»Es klingelt, das wird die Tante sein, denn ich glaube, Isidora ist schon da.« Heinrich riss sie aus den Gedanken. »Wir müssen schleunigst zu Tisch, Papa besteht auf absoluter Pünktlichkeit.«

Alle versammelten sich um die perfekt gedeckte Tafel, an der Sophie, die das Dekorum liebte, noch eigenhändig einige Messerbänkchen hin- und hergerückt hatte. Aufwändig geschliffene Gläser, vier pro Gedeck, funkelten im Licht der Kerzen, die in zwei fünfarmigen, kunstvoll ziselierten, silbernen Haltern steckten. Gedeckt war mit Fürstenberg Weinlaub, schließlich musste auch die heimische Industrie unterstützt werden.

Mit einem Gläschen Champagner, Veuve Cliquot, stießen alle miteinander an.

Isidora warf einen Blick auf die wie stets sorgfältig geschriebenen Menükarten: Kaisersuppe, Glattbutt mit Eiersauce, Artischocken mit Rindermark, Hirschbraten. Endiviensalat, Viktoriapudding, Käsestangen.

Sie merkte, wie ihr das Wasser im Munde zusammenlief. Die Kaisersuppe, eine Fleischpüreesuppe aus Wildgeflügel und Hase in einer Bouillon aus Liebigfleischextrakt, gehörte zu ihren Lieblingsspeisen. Und den Viktoriapudding, eine Geleespeise mit Maraschino, hatte sich bestimmt Elsa gewünscht.

Maximilian, wie stets an den neuesten technischen Entwicklungen interessiert, berichtete beiläufig: »Ihr wisst ja vielleicht, dass ich Cord Breuer ein Veloziped geschenkt habe, was ihm bei seinen vielen Botengängen, die er für mich erledigt, sehr nützlich ist. Er schafft viel mehr als früher. Inzwischen gehört er zu den begeisterten Velofahrern.«

»Aber Maximilian, das Velofahren ist für Herz und Nieren schädlich und gefährdet alle auf der Straße, ähnlich wie die Automobile. Diese teuflischen Dinger machen selbst die besten Pferde scheu!«

»Daran werden sich alle gewöhnen, Edelgarde. Jetzt, wo John Boyd Dunlop die Pneumatics, also Gummischläuche entwickelt hat, wird das Fahrradfahren auch komfortabler.«

»Das ist wirklich ein Fortschritt«, stimmte Elsa begeistert zu, »wenn auch einige Männer von Puddingrädern sprechen, so sind die jetzt entwickelten Damenräder doch wunderbar.«

»Elsa, mein Kind, dir ist ja immer einiges zuzutrauen, du wirst doch nicht ernsthaft daran denken, dich auf ein Veloziped zu setzen? Schon allein, dass Frauen rittlings auf einem Sattel sitzen, ist in höchstem Grade unschicklich. Das Radfahren könnte außerdem, so sagt man, einen schlechten Einfluss auf die Gesundheit der Frau haben.«

Stirnrunzelnd blickte Sophie erst Edelgarde, dann ihren Sohn an. »Heinrich, was hältst du denn als angehender Mediziner von solchen Bedenken?«

»Einige Ärzte warnen vor Knochendeformationen, durch die die Fähigkeit, sich fortzupflanzen, aufs Schwerste beeinträchtigt werden könne, ja, es drohe Unfruchtbarkeit. Einige meinen auch, Frauen und Mädchen gebrauchten das Rad zu unsittlichen Zwecken.«

Während Isidora und Elsa empörte Blicke tauschten, blickte Emilie mit einem Gesicht in die Runde, dem abzulesen war, dass sie nicht wusste, was gemeint war.

»Die fortschrittlicheren Ärzte hingegen meinen«, fuhr Heinrich fort, »dass leichtes Radfahren sich positiv auf die Befindlichkeit der Frauen auswirkt, Bewegung in frischer Luft sei der Gesundheit zuträglich.«

»Dem stimme ich zu, mein Sohn. Viele Befindlichkeitsstörungen bei uns Frauen beruhen auf mangelnder Bewegung, enggeschnürten Stahlkorsetts und hautengen Knöpfstiefelchen, das habe ich ja selbst erfahren. Das ewige Herumsitzen, Handarbeiten, Klavierspielen, kurz, die allgemein übliche Stubenhockerei lässt die Frauen kränklich werden. Kein Wunder, dass Bleichsucht, Kopfschmerzen, Nervosität geradezu zum Wesen der Frau zu gehören scheinen. Ich meine, Bewegung auf dem Veloziped fördert für die jungen Frauen die Gesundheit, und es macht sicherlich Freude, damit die nähere Umgebung zu erkunden – selbstverständlich nicht allein.«

Sophies Meinung rief Verblüffung hervor. Maximilian konstatierte nicht zum ersten Mal erstaunt, dass seine Ehefrau in letzter Zeit eigene Standpunkte entwickelte und diese auch vertrat.

In Elsa keimte ein Hoffnungsschimmer, unerwartet von ihrer Tante unterstützt zu werden, ein eigenes Fahrrad zu erhalten. Währenddessen sahen sich Emilie und Tante Edelgarde ziemlich fassungslos an.

»Noch ist es aber so, dass Frauen auf dem Velo viel Hohngelächter und beleidigende Bemerkungen erfahren. Und das nicht nur von Herren mit oder ohne Glaceehandschuhen, sondern auch von empörten Vertreterinnen des weiblichen Geschlechtes«, meinte Emilie, »wer will sich dem denn aussetzen?«

»Eben, mein liebes Kind, welches anständige Mädchen will das schon? Eine Frau auf dem Velo, pfui, wie gemein. Und außerdem, wer wagt es schon, außer einigen verrückten Frauenzimmern, Schicklichkeit und Moral mit Füßen zu treten? Einige Schauspielerinnen und Künstlerinnen, die zählen nicht. Wie Sarah Bernhardt, die sich nicht scheute, sich auf dem Rade ablichten zu lassen.«

»Übrigens in tadelloser Haltung, liebe Tante, ich kenne die Fotografie«, warf Heinrich ein. »Das ist von großer Wichtigkeit, denn beide Geschlechter laufen Gefahr, sich einen Krummrücken oder Katzenbuckel zuzuziehen. Ein Mediziner in Berlin meint, bei den Herren habe der Sorgen beladene Hauptkörperteil, der Kopf, die Neigung, den Oberkörper nach unten zu ziehen. Für die Frauen hingegen sei eine aufrechte Körperhaltung unabdingbar, denn ihr Lebenszweck liege mehr im unteren Teil des Körpers als im Kopf.«

Irritiert blickte Sophie ihren Sohn an, Tante Edelgarde nickte bestätigend, während Elsa sehr wohl bemerkte, dass sich Heinrich bei seinen letzten Sätzen nur noch mühsam ein Grinsen verkniff. Bevor jemand nachhaken konnte, fuhr Heinrich auch schon lächelnd fort: »Das ist die Meinung einiger Mediziner, die ich für absolut lächerlich halte.«

Inzwischen hatte Edelgarde Munition gesammelt und plusterte sich mit gerötetem Gesicht auf. »Gesundheitsgefährdend, unmoralisch und auch noch einen unsittlichen Anblick bietend, denn diese Frauen zeigen beim Radfahren sogar die Knöchel! Außerdem tragen sie keine Unterröcke, da kann der Wind doch den Rock hochwehen und selbst die Beine freilegen. Ich finde es geradezu unvorstellbar.« Völlig echauffiert wedelte sie sich mit ihrem Fächer hektisch Luft zu.

»Das alles lässt sich regeln«, widersprach Elsa. »Der geteilte Beinrock ist sicherlich zum Fahren längst nicht so geeignet wie die Pumphosen, wahrt aber die Schicklichkeit ebenso wie dunkle Unterbeinkleider. In einigen der angesehensten Familien Hannovers fahren übrigens die Töchter inzwischen ein Veloziped, Anni Feesche von der Verlagsbuchhandlung ebenso wie eine Tochter unseres Baumeisters Hase.«

»Das ist mir völlig unverständlich«, näselte Edelgarde. »Noch schlimmer sind ja diese Weiber, die meinen, sie müssten Rennen fahren, wobei die edle, sittenstrenge Männerwelt entsetzt ist vor Scham über die mangelhaft bekleideten Körper!« Inzwischen puterrot angelaufen, wusste sie kaum wohin mit ihrer Empörung.

»Gerade in Berlin zeigt sich in Rennen vor sportbegeistertem Publikum, dass Fahrerinnen in geschmackvollen Kostümen brillant ihre Rennräder beherrschen«, widersprach ihr Heinrich. »Das ist natürlich ein ganz anderer Eindruck als bei einer einzelnen Radlerin, die dem Gespött der Passanten ausgesetzt ist.«

»Ganz richtig«, unterstützte ihn Maximilian, »und die männlichen Moralapostel schwärmen zugleich ungeniert beim Ball von den wunderbaren Nacken und Büsten, von den nackten Armen und bloßen schlanken Hälsen, die die Damen bei Bällen durchaus zeigen. Von den wohlgeformten Waden, die Männeraugen beim Ballett erfreuen, gar nicht zu reden.«

Während sich Edelgardes Miene säuerlich verzog, schenkte Sophie ihrem Gatten einen strahlenden Blick, was dieser freudig registrierte. Das wiederum beflügelte Sophie, erneut einen Gedanken auszusprechen, ohne sich mit ihrem Gatten abzustimmen: »Was haltet ihr davon, Elsa und Emilie, wenn ich jeder von euch ein Veloziped schenke? Das wäre mein vorgezogenes Geburtstagsgeschenk, dann könntet ihr jetzt schon üben und noch im Herbst einige nette Ausflüge in der Eilenriede, unserem wunderbaren Stadtwald, machen. Du würdest gleich auch noch mehr von unserem schönen Hannover kennenlernen, liebe Emilie«, schloss sie mit einem strahlendem Lächeln ihren Gedankengang.

Da hielt es Elsa nicht mehr auf ihrem Stuhl, sie sprang auf und umarmte Sophie stürmisch. »Du Liebe, du Gute«, sprudelte sie über, »genau das wünsche ich mir doch so sehr, vielen, vielen Dank!«

Die Begeisterung von Emilie hingegen hielt sich in engen Grenzen, was sowohl Isidora als auch Heinrich ihr zweifelsfrei vom Gesicht ablasen. Auch Emilie erhob sich nun, um ihren Dank auszusprechen, der aber keinesfalls so enthusiastisch ausfiel wie der ihrer Schwester.

Nochmals fühlte sich Maximilian überrascht durch den Entschluss seiner Frau. Bei solchen Entscheidungen hatte sie sich doch früher, obwohl sie über das von ihrer Großmutter geerbte Vermögen frei verfügen konnte, stets mit ihm abgesprochen. Um seine Irritation zu überspielen und Elsas, wie er fand, übertriebenem Jubel ein Ende zu machen, wandte er sich erneut den technischen Aspekten zu. »Das Veloziped wird unsere Continental-Caoutchouc AG wieder mit weiteren Produkten voranbringen. Ich bewundere die Zusammenarbeit zwischen dem Chemiker Adolf Prinzhorn und dem Kaufmann Siegmund Seligmann. Wenn man bedenkt, dass Seligmann mit gerade mal 26 Jahren in den Vorstand berufen wurde. Da er Kaufmann ist, gehört er eben nicht zu den Geschäftsleuten, die von Patriotismus mehr verstehen als von Buchhaltung! Pleiten haben wir genügend erlebt.«

»Massivreifen für Kutschen, Droschken und Fahrräder produzieren sie ja schon«, pflichtete Heinrich seinem Vater bei. »Für die Fahrräder fertigt man schwammgefüllte Kissenreifen. Ein Schulkamerad, der bei der Continentalen arbeitet, erzählte mir, dass bereits im nächsten Jahr, also knapp drei Jahre nach der Patentierung der Luftreifenerfindung, die Pneumatics produziert werden.«

»In einigen Jahren werden Rad fahrende Damen zum normalen Straßenbild gehören«, prophezeite Maximilian.

»Nun, in einigen Jahren werden unsere Zwillinge sicherlich glückliche Ehefrauen und Mütter sein und dem Thema Radfahren wenig Bedeutung beimessen.« Selbst Edelgarde hatte gemerkt, dass Emilies Vorfreude auf das Rad nicht groß zu sein schien, und nickte ihr daher huldvoll zu.

Diese nickte zustimmend. »Ehefrau sein, einen eigenen Hausstand führen, Kinder haben – was all das für eine Frau Schönes bedeuten kann, habe ich am Beispiel meiner Eltern erlebt. Nachdem ich plötzlich auf eigenen Füßen stehen musste …«

Maximilian unterbrach sie: »Dazu ist es ja zum Glück nicht gekommen!« Er warf ihr einen scharfen Blick zu, der wiederum Elsa nicht entging. Irgendetwas stimmt da nicht so ganz, schoss ihr durch den Kopf, das muss ich im Auge behalten.

Emilie räusperte sich und murmelte: »Gewiss, aber ich musste mich ja mit dem Gedanken auseinandersetzen.« Sophie tätschelte ihr tröstend die Schulter, Maximilian hob sein Glas und sagte: »Trinken wir darauf, dass es das Schicksal letztendlich gut gemeint hat!«

Mittlerweile genoss man den köstlichen Hirschbraten, zu dem ein Burgunder aus dem Hospiz de Beaune gereicht wurde.

»Ach Elsalein, was für eine entzückende junge Dame deine Schwester doch ist! So ruhig, so lieb, mit so verständigen Ansichten.« Edelgarde wandte sich direkt an Emilie und prostete ihr zu.

Elsa begann innerlich vor Wut zu schäumen. Ich werde nicht zulassen, dass diese missgünstige Frau versucht, einen Keil zwischen Emilie und mich treiben! Das fehlt gerade noch, Unterschiede gibt es schon so genug. Mit zuckersüßem Lächeln werde ich jetzt elegant das Thema wechseln, so dass sie garantiert abgelenkt ist.

»Ja, eine bessere Schwester hätte ich nicht finden können. Und ich freue mich schon, wenn wir nächstes Jahr im April zusammen zu den Kanarischen Inseln reisen.«

»Zu den Kanarischen Inseln – davon weiß ich ja gar nichts, wieso das denn?« Verstimmt blickte Edelgarde in die Runde.

Maximilian wollte Edelgarde keinesfalls in die Einzelheiten einweihen, er fürchtete zu Recht, dass sie Klatsch und Tratsch anheizen würde. Er blickte daher seine Familie blitzschnell an und verkündete ausweichend: »Die Mädchen wissen sehr wenig über ihre Eltern und haben den Wunsch geäußert, mehr zu erfahren. Möglicherweise finden sich auf der Insel noch Anhaltspunkte, zum Beispiel beim örtlichen Notar. Außerdem wird diese Reise sicherlich eine einmalige Erfahrung sein.«

Damit ließ sich Edelgarde, die Ungereimtheiten und Geheimnisse geradewegs zu wittern schien, keinesfalls abspeisen. »Das scheint mir doch eine merkwürdiges Unterfangen zu sein, was versprecht ihr euch davon, Emilie?«

Diese, völlig verwirrt von der Freundlichkeit, mit der Edelgarde sie bedachte, bemerkte weder die warnenden Blicke von Heinrich noch von Isidora.

Brav antwortete sie: »Bisher gingen wir davon aus, dass unsere Mutter Hanna Sander war, die Patentante von Sophies bester Freundin Ernestine. Es besteht aber der Verdacht, dass nicht Hanna, sondern Ernestine unsere Mutter war.«

Die gesamte Runde hielt die Luft an und beobachtete, wie es in Edelgardes Kopf auf Hochtouren arbeitete. Belebt von Champagner und einigen Gläschen Wein, schoss sie ihre Pfeile ab, ohne weiter nachzudenken.

»Egal wie, meine lieben Kinder, halte ich diese Reise für völlig überflüssig. Was soll dabei Neues herauskommen? Diese Ernestine war doch unverheiratet, nicht wahr? Für Familiengeheimnisse gibt es immer gute Gründe, und das sind meistens welche, die besser nicht ans Tageslicht kommen. Eine adelige Herkunft werden eure Nachforschungen, wenn sie überhaupt etwas ergeben, ja kaum herbeizaubern. Und selbst eine illegitime adelige Abkunft, die ja gar nicht so selten vorkommt, da sich ja bürgerliche junge Damen in der abwegigen Hoffnung, geheiratet zu werden, gern einem adeligen Spross an den Hals werfen, hebt ja kaum die gesellschaftliche Reputation. Ein Bastard bleibt ein Bastard, auch wenn er einen adeligen Vater hat.«

Elsa wurde weiß vor Wut, Emilie schien gar nicht so schnell in der Lage, die Gemeinheiten aufzunehmen. Sophie wirkte fassungslos, und Heinrich zog die Zornesröte über das Gesicht. Maximilian bedachte die Cousine mit einer harschen Entgegnung: »Edelgarde, diese Gedankengänge an sich wären schon degoutant genug, aber dass du sie hier auch noch aussprichst, verbitte ich mir!«

Edelgarde, mit ihrer heimlichen Schwäche für den immer noch attraktiven Maximilian, zuckte zusammen. Indessen erhob sich Elsa, packte die neben ihr sitzende Emilie fest bei der Hand und zog sie hoch. »Emilie leidet an einer plötzlichen Migräne – ihr werdet uns entschuldigen!«

Im Hinausgehen hörte sie noch, wie ihr Onkel Edelgarde anzischte: »Ich habe dich auf Norderney gewarnt! Du wirst in Zukunft nur noch äußerst selten bei uns zum Dinner sein. Die Tafel ist aufgehoben. Edelgarde, du kannst dich zurückziehen.«

Die Genugtuung über Edelgardes Rausschmiss war ein schwacher Trost. Kaum in Elsas Zimmer angekommen, brach Emilie in einen heftigen Weinkrampf aus. Elsa umarmte ihre Schwester und konnte ihre Tränen auch nicht mehr unterdrücken. Nachdem sie sich eine Weile weinend in den Armen gelegen hatten, beruhigten sich beide. Zunächst putzte sich Elsa kräftig die Nase und meinte dann: »Nun weißt du, warum ich dich vor Tante Edelgarde gewarnt habe. Bei jeder passenden und unpassenden Gelegenheit, versprüht sie gern ihr Gift.«

»Langsam denke ich, ich bin ein zu harmloses Schaf. Wie gut, dass ich so eine gewitzte Schwester habe.«

»Ich kenne Edelgarde einfach länger als du«, wiegelte Elsa ab und klopfte ihrer Schwester aufmunternd auf die Schulter. »Wir lassen uns doch von dieser missgünstigen, verbitterten Frau nicht auseinanderdividieren!«

»Du hast recht, genau das versucht sie«, murmelte Emilie, der dies jetzt erst richtig aufging. Erneut traten ihr Tränen in die Augen.

»Das wird ihr nicht gelingen, Emilie, das schwöre ich dir! Wir beide müssen ja nicht in allen Dingen einer Meinung sein, nur weil wir Zwillinge sind.«

»Du formulierst manchmal Gedanken, auf die ich eben gar nicht komme«, meinte Emilie zaghaft. »Wie mit dem Radfahren zum Beispiel.«

»Du bist eher im konventionellen Rahmen erzogen, eben so, wie eine Frau zu sein hat. Dadurch, dass ich viel mit Heinrich gespielt und auch gelernt habe, stelle ich mehr Dinge in Frage als du. Wenn du nicht möchtest, brauchst du das mit dem Veloziped nicht probieren. Es wäre natürlich schade, denn wir könnten wunderbare kleine Ausflüge gemeinsam unternehmen.«

Sehr wohl spürte Emilie, dass ihre Schwester gespannt auf eine Reaktion wartete. In der Tat, dachte sie, was für ungeahnte Möglichkeiten sich da auftun, wir beide könnten ohne Anstandswauwau Hannover erobern. Was zählen da schon einige Anfeindungen?

Straff zog sie die Schultern nach hinten und reichte versprechend ihre Hand: »Ich bin dabei, dann sind wir zwei!«

»Das ist doch ein schönes Motto für unsere weiteren Wege!«, rief Elsa begeistert und knuffte ihre Schwester kräftig in die Rippen, um ihre Rührung zu verbergen.

Reisevorbereitungen

Zwischen der Familie von Elßtorff und Wilhelm Jacob entwickelte sich rasch ein reger Kontakt, der von allen Beteiligten als angenehm empfunden wurde.

In einem Gespräch unter Männern im von Elßtorffschen Herrenzimmer hatte Wilhelm Jacob Maximilian einen Vorschlag unterbreitet: »Die bisherige Reisegesellschaft besteht aus den Zwillingen, der Haushälterin und Isidora, die ja ihre Gemahlin nicht zuletzt wegen ihrer exzellenten Sprachkenntnisse mit eingeladen hat. Ihr Sohn Heinrich ist also der einzige männliche Beschützer. Was halten Sie davon, wenn Cord, der dann ja das Gymnasium beendet hat, auf meine Kosten mitreist?«

»Mir scheint, Ihnen gefällt der Bengel, na sagen wir, der junge Mann genauso wie mir.«

»Durchaus, ich beobachte ihn schon länger, und ich möchte, dass er nach der Reise in meiner Möbelfabrik lernt und, wenn ihm das liegt, zugleich auf meine Kosten an unserer hervorragenden Königlichen Technischen Hochschule ein Studium aufnimmt.«

»Das klingt nach einem guten Plan. Der rote Breuer würde sich schwertun, seinem Sohn auch noch ein Studium zu finanzieren.«

»Cord kann sich auch mit um die Reiseplanung kümmern, da lernt er auch gleich was und erweitert seinen Horizont.«

»Eine ausgezeichnete Idee, denn mein Heinrich hat schon durch seine Krankheit ein Semester verpasst, und ich möchte, dass er sich bis zur Abreise im April auf sein Medizinstudium konzentriert. Cord kann auch gleich mit den Damen Spanisch lernen, dafür wird Heinrich kaum Zeit erübrigen können. Herr Jacob, was auch immer bei dieser Reise herauskommen mag, es ist jedenfalls ein Gewinn, dass wir uns dadurch kennenlernten.« Er hob sein aufwändig geschliffenes Kristallglas mit einem feinen roten Port, und die Herren stießen an.

Inzwischen hatte Isidora mit dem Spanisch-Unterricht begonnen.

Lediglich Elsa besaß einige Vorkenntnisse, da sie in der Pensionatszeit neben Französisch auch etwas Spanisch gelernt hatte. »Damals geschah es nach dem Motto, wenn ich dort schon geboren wurde, will ich auch etwas von der Sprache wissen«, erzählte sie. »Aber jetzt wird es ja pure Notwendigkeit.«

Bei Cruses Buchhandlung bezog man neben spanischen Konversationsbüchern Meyers Reisewörterbuch.

Mit diesem Werk, dessen Aufbau sie begeisterte, führte Isidora ihre Mitreisenden in die spanische Sprache ein. Bei jedem Begriff bot das Buch nur das, was auf einer Reise vorkommt. Das gewünschte Wort ließ sich schnell finden und wurde mit den üblichen Fragen, wichtigsten Sätzen und stehenden Redensarten komplettiert.

»Ein grammatischer Anhang, Hinweise zur Aussprache und nützliche Winke über Sitten, Gebräuche und Einrichtungen nebst einer Menge zusammengehöriger Vokabeln, das bietet uns eine gute Grundlage. So können wir uns auf den mündlichen Gebrauch vorbereiten, damit wir auf der Reise vor allen Verlegenheiten sicher sind.«

»Denn spätestens auf La Palma, wahrscheinlich schon auf Teneriffa, müssen wir damit rechnen, dass niemand mehr Deutsch versteht – auch mit Englisch konnte sich der gnädige Herr bestenfalls noch in den Häfen helfen, danach nicht mehr«, sekundierte ihr Marga bei ihren Motivationsversuchen.

Emilie erwies sich als ähnlich sprachbegabt wie ihre Schwester, Marga lernte mit verbissenem Eifer, während Cords Sprechweise auch nach längerem Üben ziemlich holperig klang.

Frauen sind eben begabter als Männer – und wir haben ja unsere sprachgewandten Damen immer dabei, beruhigte sich Cord, der nur ungern das Schlusslicht unter den Spracheleven bildete.

Die Vorbereitungen für die Reise empfand Cord sowohl als Herausforderung als auch als Vertrauensbeweis von Wilhelm Jacob und Maximilian von Elßtorff. Schließlich trug eine gute Vorbereitung auch zum Erfolg dieser Reise bei. Was er von hier aus klären konnte, und das auf Deutsch, mochte ihnen unterwegs einige Umstände und Missverständnisse ersparen.

Auf La Palma schien es kein deutsches Konsulat zu geben, so galt es zunächst, sich an Konsul Jacob Ahlers in Santa Cruz de Tenerife zu wenden.

So begann Cord seine Fragestellungen aufzulisten, die von empfehlenswerten Hotels und Gasthöfen, Reisewegen bis hin zu Notaren auf La Palma immer mehr wurden.

Schließlich bat er darum, vor versammelter Runde seine ersten Ergebnisse und Fragen zu besprechen. Dafür wurde ein Samstag bestimmt, an dem auch Heinrich aus Berlin anreiste.

Marga hatte im Speisezimmer ein zwangloses Buffet für acht Personen aufbauen lassen. Eine große, im ganzen Stück angerichtete und garnierte Lachsforelle ruhte auf einem Bett von Merrettichcreme. Ein farcierter Wildschweinkopf, ein halbes Roastbeef und Galantine vom Geflügel boten eine reichliche Auswahl an Fleischspeisen. Kartoffelsalat, russischer und italienischer Salat, verschiedene Käse mit Brot und Butter rundeten das Angebot ab. Soda- und Selterswasser, Limonade, Weiß- und Rotwein, kleine Teller und Besteck standen ebenfalls bereit. Cord lief bei dem Anblick das Wasser im Munde zusammen – den Wildschweinkopf betrachtete er allerdings mit Erstaunen und einigem Misstrauen. Unauffällig bedachte ihn Marga mit Stücken von genau diesem Wildschweinkopf und der Forelle – die mit Kenntnis abgenommen werden mussten. An die vielen gemeinsamen Essen denkend, die die Reise mit sich bringen würde, reifte in Cord die Idee, sich bei seinem Cousin Johann, dem Oberkellner, noch einige Unterweisungen zu erbitten.

Auch Marga wurde aufgefordert, mitzuspeisen, was sie sichtlich befangen und äußerst bescheiden tat. Während sie ein wenig von der köstlichen Geflügelgalantine genoss, ging ihr durch den Kopf, dass sich hier gerade um einen Tisch versammelten: zwei Waisen mit nicht ganz geklärter Herkunft, ein Möbelfabrikant, der Sohn eines sozialdemokratischen Volksschullehrers, die Tochter eines Kunstmalers, drei Angehörige einer uralten Adelsfamilie gemeinsam mit ihrer Haushälterin. Ähnlich wie auf Norderney verwischten sich damit die erheblichen Standesgrenzen in einem ungewöhnlichen Maße.

Nachdem sich alle gestärkt hatten, begann Cord seinen Bericht.

»Wir brauchen alle einen Pass, der von einem spanischen Konsul visiert ist. Das ist auch wichtig, um zum Beispiel eingeschriebene Postsachen abholen zu können. Mit dem Zoll werden wir auf den Kanarischen Inseln keine Probleme haben, es gibt keine Zolluntersuchung, da die Inseln Freihäfen sind. Für die Hinreise nehmen wir einen Dampfer der Afrikanischen Dampfschiffs-Actiengesellschaft, die deutschen Dampfer wurden mir am meisten empfohlen. Die Kanzler wird am 24. März 1891 von Blohm & Voss abgeliefert, man baut dort noch neun weitere Reichspostdampferneubauten der DOAL und drei Dampfer für die Küstenlinien.«

»Was ist DOAL?«, unterbrach ihn Emilie.

»Das ist die Deutsche Ost-Afrika Line. Die Kanzler wird die zweite Regelfahrt nach Ostafrika am 4. April übernehmen, das ist zugleich ihre Jungfernfahrt, an der wir ein Stück teilhaben werden. Die Fahrt durch den Golf von Biskaya sollten wir überstehen, sonst müssten wir ein italienisches oder französisches Schiff nehmen, was uns eine lange und umständliche Anreise bescheren würde. Marga, du könntest dich mal vorsichtshalber erkundigen, was gegen Seekrankheit empfehlenswert ist. Wir fahren ab Hamburg nach Teneriffa. Die Fahrt wird circa zehn Tage dauern.«

»Du meine Güte«, unterbrach ihn Marga, »wir waren damals doppelt so lange unterwegs! Was sich in fünfzehn Jahren so alles ändert – der Fortschritt der Technik mit den Dampfschiffen ist schon unglaublich. Wir sind trotz einiger heftiger Winde damals nicht seekrank geworden. Aber ich werde in der Marienapotheke fragen und mich außerdem nach Hausmitteln erkundigen.«

»Das wäre sicherlich gut. Wir sind von Königsberg aus mal mit dem Schiff gefahren, das bekam mir überhaupt nicht«, gestand Emilie kleinlaut.

Cord fuhr fort: »Wir landen in Santa Cruz de Tenerife, nicht zu verwechseln mit Santa Cruz de la Palma. Das ist der Haupthafen von Teneriffa, den auch fast alle Südamerika- und Afrika-Dampfer anlaufen, um Kohle zu bunkern. Auf Teneriffa nehmen wir uns etwas Zeit, zumindest das Orotava-Tal müssen wir sehen. Schließlich hat Humboldt die Fahrt an der Nordküste der Insel entlang als die schönste Gegend beschrieben, die er je gesehen hat. Übernachten werden wir in Puerto de la Cruz im Hotel Monopol, welches von einem deutschen Wirt betrieben wird.«

»Um das Orotava-Tal beneide ich euch, die Zeit hatten wir damals nicht!«, rief Maximilian aus, der die Werke von Humboldts als junger Mann verschlungen hatte. »Leider kann ich mich geschäftlich nicht so lange verabsentieren – und ich möchte auch Sophie nicht allein lassen, die ja schon euch alle so lange entbehren muss.«

»Von jeder Zwischenstation müsst ihr unbedingt eine Depesche schicken, wie gut, dass es das Kabel nach Cádiz gibt. Und spart bloß nicht mit Worten – eine Pesete pro Wort werden wir uns leisten können. Und vergesst auf gar keinen Fall, von Teneriffa Spitzen und Stickereien mitzubringen.«

Wie des Öfteren in letzter Zeit verbarg Maximilian sein Erstaunen über die Wandlung seiner Frau. Vorbei war die Zeit, wo Sophie jeden auch noch so kleinen Schritt mit ihm abgestimmt hatte. In Bereichen des praktischen Lebens traf sie jetzt mit scheinbarer Selbstverständlichkeit ihre eigenen Entscheidungen.

Er konnte nicht ahnen, wie intensiv sich Sophie mit den Reisevorbereitungen beschäftigte. Es stand für sie sowieso fest, dass sie Heinrich noch mit ihren eigenen Instruktionen und einer wohlgefüllten Reisekasse in englischem Gold ausstatten würde. Dies ließ sich mit einem netten Kursgewinn in Peseta umwechseln. Und die Zwillinge und Marga bekamen detaillierte Anweisungen, genau zu prüfen, was von den ausländischen Handarbeiten und Seidenstoffen für die Schneiderei oder den Haushalt Verwendung finden konnte. Das waren doch dann Dinge, die schließlich nicht jeder hatte!

»Von Teneriffa aus geht es weiter mit einem der lokalen Dampfer, ob von Puerto de Orotava oder von Santa Cruz vermag ich noch nicht zu sagen. Spätestens Mitte April werden wir auf La Palma ankommen. Ihr werdet bequeme Schuhe und praktische Kleidung benötigen – Marga kennt es ja schon, dass wir per pedes und mit Maultier einmal quer über den Bergrücken zur anderen Seite nach Los Llanos müssen. Der Paso de la Cumbre ist immerhin 1.400 Meter hoch.«

»Da brauchen wir nicht nur praktische Kleidung und vernünftiges Schuhwerk, sondern auch warme Sachen«, fügte Marga nachdrücklich hinzu. »Die Insel ist von bizarrer Schönheit, aber auch völlig unwegsam. Ich weiß nicht, was schlimmer war: die stundenlangen Ritte auf dem Esel oder die Schaukelei in kleinen Booten von einem winzigen Hafen zum anderen.«

Cord nickte. »Wir werden sehen, ob der Rückweg nach Santa Cruz möglicherweise mit einem Boot von Puerto Tazacorte zu bewältigen ist. Für die Rückfahrt habe ich eine Liste einiger in Frage kommenden Schiffe angefertigt, aber wir werden vor Ort sehen, wie lange wir brauchen und wann wir zurückfahren können.«

Bei dieser Beschreibung fühlte Sophie, wie Beklommenheit in ihr aufstieg. Die vielen fremdländischen Namen – so eine lange Reise birgt ja auch Gefahren! Und alle meine Lieben reisen zusammen. Wenn da nur nichts passiert!

Maximilian, der sie genau beobachtet hatte, drückte ihre Hand. »Es wird schon alles gutgehen«, bemerkte er leise und blickte seine Frau liebevoll an. Diese erwiderte den Händedruck, dankbar, dass sich ihre Ehe wieder in vertrauten Bahnen bewegte.

Indessen begannen die Zwillinge mit Marga Einzelheiten der Reisegarderobe zu besprechen.

Die Herren Jacob und von Elßtorff wechselten einen einvernehmlichen Blick und traten schleunigst den geordneten Rückzug an. »Heinrich und Cord, ihr könnt mit uns im Herrenzimmer einen Port trinken. Ihr entschuldigt uns.«

Verschwörerisch blickte Elsa Sophie an. »Die geschlossenen Beinkleider, die du für uns heimlich für das Veloziped entworfen hast, die wären ideal für unterwegs.«

»Hosenröcke?« Marga runzelte die Stirn. Unwillkürlich sah sie zu Emilie. Diese räusperte sich und sprach: »Die Beinkleider sind ganz wunderbar. Es sind ja immer noch reichlich Stoffmengen um einen herum, aber die Bewegungsfreiheit, verglichen mit den Röcken, ist doch unvergleichlich viel besser.«

»Für die Überquerung der Insel mit dem Esel wären natürlich Hosen am praktischsten«, warf Elsa provokant ein, die ihre heimlichen Velo-Ausflüge in Männerkleidung mit Cord keineswegs aufgegeben hatte.

»Damit würdest du dort äußerst unliebsames Aufsehen erregen, das geht nicht«, erstickte Marga die Diskussion im Keim. »Bequeme Taillen, keine starren Korsetts, vor allem vernünftige Schuhe.«

»Das Wandern ist dann nicht nur des Müllers, sondern auch unsere Lust«, flachste Elsa. »Bisher ist das ja neuerdings eher eine Beschäftigung junger Männer, die sich in den Ferien auf Schusters Rappen in der Natur bewegen. Da sind wir unserer Zeit mal wieder voraus.«

Sophie lächelte. »Für jede von euch werde ich eine komplette Reisegarderobe entwerfen. Über Beinkleider werde ich mir Gedanken machen. In der ›Gartenlaube‹ las ich, dass Frauen bei unkomfortablen Wegstrecken in fernen Ländern immer öfter dazu greifen. Ansonsten braucht ihr natürlich etwas Praktisches, keine Kleider, die hinten mit zahllosen Knöpfchen geschlossen werden. Aber auch ein konventionelles Kleid mit leichtem Korsett für den Kapitänsempfang. Marga wird mir helfen.«

»Darauf freue ich mich«, entgegnete diese munter. »Wir werden darauf achten, uns nicht mit großen Mengen Gepäck zu belasten, sondern uns zu beschränken.«

»Das gefällt mir«, stimmte Elsa zu, »denn nur auf dem Schiff müssen wir einigermaßen repräsentabel sein, sonst können wir uns doch recht frei bewegen. Was für ein Abenteuer uns doch erwartet.«

Alle sahen sie lächelnd an – nicht ahnend, welch prophetische Worte sie gerade ausgesprochen hatte.

Ein Detektiv wird beschattet

Reginald von Richnows Laune befand sich ähnlich wie die Außentemperatur unter dem Nullpunkt. Nicht nur, dass er mehr als vierzehn Stunden in der Eisenbahn fahren, sondern diese auch noch in der dritten Klasse auf unbequemen, harten Holzbänken verbringen musste, um einen sparsamen Privatdetektiv nicht aus den Augen zu verlieren, das war der Gipfel der Zumutung. Dabei hatte dieser Huber, offenbar ein Pfennigfuchser, doch genug Spesen bekommen – aber die Differenz zwischen der dritten und der ersten Klasse betrug immerhin 31,60 Mark. Die Gerüche um ihn herum, nach altem Schweiß, nach frischem Schweiß, nach einem Gemisch von Düften aus den Proviantkörben, nach Wurst, Hering, billigem Rotwein, Fuselschnaps und Zwiebeln irritierten nicht nur seine empfindliche Nase, sondern schlugen ihm auf Magen und Gemüt. Außerdem war es draußen so bitterkalt, dass es in den Wagons auch nicht recht warm wurde. Ausgerechnet jetzt, nachdem es lange grau und bedeckt gewesen war und man sich schon nach dem Frühling sehnte, zeigte Anfang März der Winter noch mal seine volle Kraft.

Immerhin war er warm angezogen. Aus meinem Freundeskreis würde mich jedoch kaum jemand in dieser einfachen Kleidung erkennen, überlegte er. In den derben Stiefeln, mit dicken Wollsocken und Unterhose, Pullover, Jacke, Mütze, Schal und Handschuhen war er für die Kälte draußen gewappnet. Durch den gestutzten Vollbart und die gekürzten Koteletten kam er sich selbst ganz fremd vor. Aber wenn er schon in wichtiger Mission unterwegs war, erschien es ihm besser, strikt inkognito zu bleiben. Selbst Ira wusste nicht, wieso er diese Reise unternahm. Sein Kutscher war bass erstaunt gewesen, dass er ihm einen neuen Pelerinen-Mantel geschenkt hatte, dessen alter leistete ihm jetzt gute Dienste. Er rollte den Schal zusammen und schob ihn als Polster unter den Kopf, bedeckte sich mit dem Mantel, vergewisserte sich, dass Huber schlief, und versuchte etwas zu dösen.

Über Bebra und Göttingen zog sich die endlose Fahrt hin, bis endlich Hannover erreicht wurde. Reginald hatte kaum einen Blick für das Bahnhofsgebäude und den Platz davor, der von einigen schönen Gebäuden, darunter vielen Hotels, umgeben war. So unauffällig wie möglich war er Huber zum Herrenabort gefolgt, wo dieser sich das Gesicht mit Wasser erfrischt und angefangen hatte, sich zu rasieren. Schnell nutzte Reginald die Zeit, um seine Reisetasche bei der Gepäckaufbewahrung abzugeben. Gerade noch rechtzeitig kam er zurück, um Huber abzupassen, der eiligen Schrittes die Luisenstraße entlang, hinter dem königlichen Schauspielhaus vorbei der Sophienstraße zustrebte. »Wie gut, dass ich weiß, wo er hin will«, brummte Reginald leise in seinen Schal und zog die Mütze noch tiefer über die Ohren. »Der Kerl scheint ja trotz seines Alters die reinste Sportkanone zu sein, ein zäher Hund ist er jedenfalls.«

Die frische Luft tat ihm gut, und er verspürte einen mächtigen Hunger auf ein gutes Frühstück. Zunächst hieß es aber, vor der Sophienstraße 10 Posten zu beziehen. Er starrte auf das Schild, das neben der imposanten Eingangstür über der Namenstafel des Anwaltes Dr. Victor Rehnhoff hing: *Detektiv-Institut Greiff, Direktion: W. von Wreden.*

Während er wartend auf und ab ging, dachte er erneut daran, wie er kürzlich mal wieder auf dem Sekretär seiner Tante geschnüffelt hatte. Eine Vorsichtsmaßnahme, die er im Zusammenhang mit seinen Spielschulden als notwendig erachtete. Zwar gab es für die Tante kaum eine andere Möglichkeit, als für seine Schulden aufzukommen, aber Alixandrine hatte ihren eigenen Kopf. Und irgendetwas hatte sie vor vielen Jahren veranlasst, einen Privatdetektiv zu beauftragen – das war Anfang der siebziger Jahre gewesen, nachdem sowohl ihr Gatte als auch ihre beiden Söhne im Deutsch-Französischen Krieg gefallen waren. Diesen Privatdetektiv hatte sie nun erneut beauftragt. In seinem Bericht hatte er auf interessante Spuren verwiesen, die nach Hannover führten. Und die Tante hatte ihn beauftragt, dorthin zu fahren und mit einer ansässigen Detektei zusammenzuarbeiten.

In diesem Moment kam der Münchner Detektiv in Begleitung aus der Haustür, in der Reginald zu Recht Herrn von Wreden vermutete. Die beiden Männer marschierten strammen Schrittes an der Vorderseite des Königlichen Schauspielhauses vorbei und strebten einem Café in Eisenarchitektur zu.

Reginald gelang es, sich an einen benachbarten Tisch zu setzen. Rasch griff er sich eine der Zeitungen, die, eingespannt zwischen Holzleisten, zur Verfügung der Gäste an einem Ständer hingen, und nutzte sie, um sich zu verbergen. Den herablassenden Blick des Kellners, der seiner abgetragenen Kleidung galt, nahm er zwar wahr, aber sein Interesse richtete sich einzig darauf, ein Frühstück mit Eiern und

Speck zu bestellen, um dem Geschehen am Nebentisch ungestört folgen zu können.

»Lieber Herr Kröpcke«, dröhnte die Stimme von Wredens, als sich ein stattlicher Herr im Cut am Tisch grüßend verbeugt hatte, »Gast aus München, lange Reise, opulentes Frühstück, hat er sich verdient!«

»Mit dem größten Vergnügen, meine Herren. Werde etwas der Jahreszeit Entsprechendes zusammenstellen. Oder gibt es besondere Wünsche?«

Huber schüttelte den Kopf. »Ich habe einen Bärenappetit – und viel Kaffee, bitte.«

Kröpcke winkte einen Kellner heran, gab die Bestellung weiter. »Den Kaffee flott vorweg«, wies er an. »Unsere Wetterstation zeigte heute Morgen sieben Grad unter null. Aber die Sonne wird noch durchkommen. Die rotweißen Wimpel sind am Aegidientorplatz, am Steintor und hier schon aufgezogen.«

»Was bedeutet das denn?«, fragte Huber irritiert.

»Unsere Maschwiesen sind zum Schlittschuhlaufen wieder freigegeben. Die Altstädter Masch ist ein riesiges Gelände, das sich von der Friedrichstraße bis zum Döhrener Turm hinzieht und jedes Jahr mit Beginn des Winters künstlich bewässert wird.«

»Kann man auch Schlittschuhe leihen – ich laufe leidenschaftlich gern, das würde nach der langen Zugfahrt guttun«, meinte Huber.

»Sie bekommen dort alles, einschließlich eines wunderbaren Grogs bei Herrn Bummelmeier in der Bude.« Wilhelm Kröpcke war offensichtlich stolz auf Hannovers wohlgepflegte Eisflächen mit allem Drum und Dran, wie er stets betonte.

Werner von Wreden wurde ungeduldig. Zudem hatte er eine Schwäche, die er mit nicht wenigen seiner Geschlechtsgenossen teilte: Er hörte sich selbst gern reden. Seine sonore Stimme, seine durch das Militär geprägte Sprache und die laute Sprechweise erwiesen sich für Reginald als absoluter Glücksfall. Zumindest die Gesprächsanteile des Hannoveraners konnte er fast mühelos verfolgen.

»Habe inzwischen diesen Wilhelm Jacob in Linden ausfindig gemacht. Kein Wunder, dass sich seine Spur damals in Zeven verlor, da sind die Zuständigkeiten zwischen den Ämtern nicht vernünftig geregelt, die haben dort ein heilloses Durcheinander. Seine Haushälterin ließ ich aushorchen. Die einzige Tochter ist spurlos verschwunden, der Mann ist zu bedauern.« In diesem Moment erhaschte Reginald den Gesichtsausdruck von Herrn Huber, der, so kam es ihm vor, geradezu schuldbewusst vor sich hin starrte. In diesem Moment gab sich Huber einen Ruck. »Das ist alles nichts Neues, weiter, bitte.«

»Neuerdings verkehrt Herr Jacob mit dem Ehepaar von Elßtorff, zu deren Haushalt zwei verwaiste junge Damen gehören, Zwillinge.«

Reginald wurde heiß, er versuchte seinen Kragen zu lockern. Das kann doch nicht wahr sein, schoss es ihm durch den Kopf, das wird wohl nicht das spanische Duett von Norderney sein?

»Es gibt den Verdacht, dass diese Zwillinge vielleicht etwas mit der verschwundenen Tochter von Wilhelm Jacob zu tun haben könnten, also nicht die Kinder von deren Patentante sind – aber der Sachstand scheint verworren. Spuren führen zu der Kanarischen Insel La Palma, dorthin wollen die jungen Damen mit einiger Begleitung Anfang April aufbrechen.«

Besorgt beobachtete von Wreden seinen Kollegen Huber, der leichenblass seinen Teller von sich schob. Dafür hatte der schlecht angezogene Mann der schräg rechts von ihm saß, ein so puterrotes Gesicht, als wolle ihn der Schlag treffen.

»Huber«, bellte von Wreden, »alles in Ordnung mit Ihnen?«

Der nickte mühsam und trank einen großen Schluck Kaffee.

»Steht der Termin schon fest?«

»Ja, sie fahren am 4. April ab Hamburg mit Reichspostdampfer Kanzler.«

»Gut, ich werde meinen Auftraggeber informieren.«

Das muss ich unbedingt abwenden, stellte Reginald fest.

In diesem Moment fragte von Wreden: »Meinen Sie nicht, dass Sie dessen Identität mir gegenüber langsam lüften können?«

»Auf gar keinen Fall«, zischte Huber, »das würde mich Kopf und Kragen kosten. Diskretion ist das oberste Gebot, das wissen Sie so gut wie ich. Noch heute werde ich ein Schreiben mit den neuesten Fakten aufsetzen und auf die Post geben.«

Nicht, wenn ich es verhindern kann, beschloss Reginald grimmig.

Alois Huber lief durch Hannovers Straßen, ohne viel zu sehen. Da er seine Gedanken am Besten im Gehen ordnen konnte, orientierte er sich nur soweit, dass er Richtung Südosten lief. Seine Reisetasche wog nicht viel, er hatte sich angewöhnt, nur mit kleinstem Gepäck unterwegs zu sein. Vielleicht kann ich, so redete er sich selbst gut zu, etwas wiedergutmachen, was ich damals versaubeutelt habe. Allerdings gab es bisher nur Anhaltspunkte, alles konnte sich wieder in Luft auflösen. Nachdenklich pfiff er leise vor sich hin.

Gegenüber des Neubaus der Markthalle kehrte er in die Klickmühle, einen Gasthof ein, bestellte eine Tasse Hühnerbrühe, kramte aus seiner Tasche Stift und Papier hervor und begann zu schreiben.

Reginald, der inzwischen seine Mütze gewechselt und den Pelerinen-Mantel gewendet hatte, beobachtete ihn zunächst durch die Scheibe, entschloss sich dann aber wegen der Kälte einzutreten. Er bestellte mit leiser Stimme einen Tee, den er sofort bezahlte. Bald hatte Huber seinen Brief vollendet, nickte zufrieden, nachdem er alles noch mal gelesen hatte und steckte ihn in einen Umschlag. »Zahlen, bitte!«, rief er der Wirtin zu.

»Wie weit ist es von hier zu den Maschwiesen?«, fragte er.

»Das ist nicht weit. Sie gehen an der Wasserkunst vorbei, überqueren die Friedrichstraße, gehen durch die Grünanlagen, und dann sehen Sie die kleine und die große Masch. Dort hat mittendrin Bummelmeier auf hohen Pfählen seine Bude aufgeschlagen. Vorne am Rande stehen die Anschnaller, dort hängen an Kleiderhaltern jede Menge Schlittschuhe, die verliehen werden.«

»Na, dann will ich mal mein Heil versuchen«, brummte Huber.

Die Wirtin beäugte ihn kritisch. »Wenn Se aus der Übung sind, dann sprechen Se mit Bummelmeier. Nicht dass es Ihnen so geht wie damals dem Dirigenten und berühmten Violinisten Joseph Joachim.«

Huber entgegnete stolz: »Ich bin ein geübter Läufer, gute Frau. Aber erzählen Sie schon«, er hatte wohl bemerkt, dass sie darauf brannte, ihre Anekdote loszuwerden, »was war mit dem Geiger?«

»Na ja, der Meister Joachim kam bedenklich ins Rutschen, und da hat Bummelmeier zu ihm gesagt: Ja ja, Herr Joachim, so lichte as dat Vijelinenspeel ist dat nich.«

Huber schmunzelte. »Jedem das seine – man gut, dass er sich nicht langgelegt und die Hand gebrochen hat. Ich will jetzt aber los – solange noch die Sonne scheint.«

In der Tat schien die Sonne von einem wolkenlosen blauen Himmel – wunderbares Eislaufwetter. Wieder folgte Reginald dem Detektiv.

Ich kann noch von Glück sagen, dass er nicht direkt zum Postamt gegangen ist, überlegte er. Dieser Brief darf die Tante auf keinen Fall erreichen. Panik machte sich in ihm breit: Mir muss etwas einfallen! Er fluchte, weil er nicht auf den Weg geachtet hatte und an einem spitzen Stein hängen geblieben war, der sich durch die Wucht vollends aus dem gefrorenen Boden löste. Plötzlich formte sich eine Idee in seinem Kopf. Blitzschnell bückte er sich, nahm den äußerst scharfkantigen Stein auf und steckte ihn in die rechte Tasche seiner voluminösen Pelerine. Ein teuflischer Plan begann in seinem Kopf Gestalt anzunehmen.

Der strahlende Sonnenschein lockte indessen Elsa dazu, ein paar

Runden auf dem Eis zu drehen. Sie hatte ihre Schlittschuhe zu Thimaeus in der Lavestraße zum Schärfen gebracht, da sie davon ausgegangen war, die Saison sei wohl vorbei. Alle Damen des Haushaltes waren mit der Reisegarderobe beschäftigt, einzig Elsa hatte, durch jahrelang hartnäckig demonstrierte Unfähigkeit zu feineren Handarbeiten, Dispens erhalten. Schnell suchte sie ihren grünen Beutel hervor – prachtvoll bestickt mit einem silbernen Schlittschuh und dem Spruch: »Höre nur, wie diese Kufen fröhlich nach dem Eise rufen!« Schnell schaute sie bei dem nähenden Trio vorbei: »Ich spaziere schnell zu Cruses Buchhandlung und bestelle noch ein spanisches Buch.«

»Elsa, du weißt, wie wenig ich es schätze, wenn du allein gehst.« Sophie runzelte die Stirn.

»Nur ausnahmsweise, liebe Tante Sophie«, säuselte die leicht Getadelte, »es wird schon keiner merken.« Und weg war sie.

Keine der drei Frauen ahnte, dass in der Tat niemand Elsa erkennen würde, die in der Remise verschwand und dort blitzschnell eine schwarze Perücke überstülpte, Dienstbotenkleidung anlegte und fröhlich vor sich hin summend zur Lavestraße aufbrach. Dieses Geheimnis kannte bisher nur Cord, mit dem sie schon zahllose Ausflüge in dieser Tarnung gemacht hatte. Schon oft war sie in Versuchung gewesen, Emilie einzuweihen. Aber sie vermutete, dass ihre Schwester, deren Freiheitsdrang beileibe nicht so ausgeprägt war wie ihr eigener, das Geniale dieser Maskerade nicht erkennen würde. Denn ein Dienstmädchen, das allein durch die Straßen ging, blieb unbeachtet, eine Bürgerliche musste immer noch damit rechnen, unangenehm aufzufallen.

Auf dem Eis herrschte Hochbetrieb. Wie es guter Brauch war, hatte einer der Regimentskommandeure sein Musikkorps auf die Masch geschickt, und so übte man Walzer, Quadrillen, Polonaisen und Polkas. Andere fassten sich an den Händen und liefen parallel miteinander in der sogenannten Holländerkette, wobei es darauf ankam, im gleichen Rhythmus zu laufen, was schon eine gewisse Kunstfertigkeit erforderte. Da hätte sich Elsa gern angeschlossen, aber das schickte sich nicht für ein einfaches Dienstmädchen. So überließ sie sich dem Rhythmus der Musik und lief in eleganten Schwüngen über das Eis.

Sie beobachtete, wie sich zwei Langstreckenläufer vorbereiteten. Einer der beiden kam ihr bekannt vor – aber als sich ihre Blicke zufällig kreuzten, hatte der Mann sie nicht einmal richtig wahrgenommen. Klar, so dachte Elsa, er sieht ja auch nur ein Dienstmädchen! Ist mir nun auch egal, ob ich ihn kenne oder nicht, selbst eine gute

Beobachterin lässt sich von Mütze und Schal täuschen. Sie wandte sich ab und lief in Richtung Bummelmeiers Bude davon.

Die Langstrecke verlief über einige Kilometer bis in die Nähe des Döhrener Turms, wobei man vorsichtig das Gelände umfahren musste, in dem die Eiswerke ihren Vorrat für den Sommer aus der Fläche sägten.

Genau diese Langstrecke schlug Alois Huber in kraftvollen Schwüngen ein. Seine Aufmerksamkeit richtete sich auf den vor ihm liegenden Weg, denn wenn auch das Eis durch künstliche Bewässerung entstand und gepflegt wurde, so war es doch nicht ohne Dellen und Tücken. So entging es Huber, dass seitab schräg von ihm ein Läufer in beachtlichem Tempo auf ihn zusteuerte. In diesem Augenblick war außer ihnen niemand zu sehen. Die Arbeiter hatten die Eisblöcke verladen, um sie in den Lindener Eiskeller zu bringen. Bald würde die Dämmerung hereinbrechen.

Ein seitlich fast ungebremster Zusammenstoß brachte den Detektiv zu Fall, so dass er mit dem Kopf auf das Eis knallte. Der andere Schlittschuhläufer konnte nur mit Mühe das Gleichgewicht halten, drehte zurück und kniete neben dem Gestürzten. Er drehte den stöhnenden Mann auf die Seite und schlug ihm mit einem spitzen Stein den Schädel ein. Auf ein dumpfes Knirschen folgte eine heftige Blutung.

Vor neugierigen Blicken war Reginald durch seinen weiten Mantel geschützt. Mit einem schnellen Griff holte er sich das Schreiben aus der Brusttasche. Die Brieftasche steckte er ebenfalls ein, in der Jackentasche fand er die Aufbewahrungsmarke für die Reisetasche. Ein kurzer Blick nach allen Seiten – niemand war zu sehen. Reginald von Richnow fuhr zurück, gab seine Schlittschuhe ab, ließ sich die Reisetasche seines Opfers aushändigen und schlenderte Richtung Bahnhof.

Der Brief brannte in seiner Hand, und sein Magen fühlte sich an wie ein Stein.

Ja, Stein, dachte er, ich habe einen Menschen umgebracht, ganz kaltblütig und nur auf den Verdacht hin, dass mein Erbe in Gefahr sein könnte. Sein Kopf fühlte sich an wie mit Watte vollgestopft. Wie eine Marionette holte er im Bahnhof seine Reisetasche ab, logierte sich im Hotel de Russie ein, ließ sich einen doppelten Cognac geben und ging in sein Zimmer.

Nach einem kräftigen Schluck, der ordentlich in seinem nervösen Magen brannte, riss er den Brief auf und überflog ihn, wobei sein Herz anfing zu rasen und er zunächst nur Stichworte aufnahm.

Hochverehrte Gräfin …
Leider keine gesicherten Tatsachen … Zusammenhang könnte bestehen. Angeblich Ähnlichkeiten …
Reise geplant, um Fakten zu finden, Passage nach den Kanarischen Inseln für April gebucht.
Diese Mission unbedingt dezent beobachten, Reise nach La Palma unumgänglich …
Vielleicht dann Gewissheit …

Reginald nahm einen weiteren Schluck – dieser Brief hätte selbstverständlich meine Tante veranlasst, weitere intensive Nachforschungen zu betreiben. Nachdem er den Brief mehrmals in Ruhe gelesen hatte, schnappte er sich den Aschenbecher, hielt ein Streichholz an das Papier und verbrannte es. Manchmal muss man eben alles auf eine Karte setzen, um zu gewinnen, ging es ihm durch den Kopf, und ein zynisches Lächeln glitt über seine Züge. Wer nicht wagt, der nicht gewinnt – so ist es beim Spielen wie im Leben.

Am nächsten Morgen kaufte er am Bahnhof den Hannoverschen Courier. Eine Notiz auf der ersten Seite lautete: Tödlicher Unglücksfall auf den Maschwiesen – Unbekannter Mann, möglicherweise aus München, stürzt auf dem Eis. Zeugen gesucht. Sachdienliche Hinweise bitte an die Polizei.

Wahrscheinlich weisen die Etiketten in der Kleidung auf München hin, vermutete er. Während er, natürlich im Coupé der ersten Klasse sitzend, aus dem Fenster sah und die Ereignisse rekapitulierte, fuhr der Zug endlich an.

Indessen las Werner von Wreden beunruhigt den Artikel.

Huber ist gestern nicht wie verabredet vor seiner Rückreise bei mir vorbeigekommen, ging ihm durch den Kopf. Aus München – sollte es sich etwa um meinen Kollegen handeln?

Zwei Stunden später kehrte er mit der Gewissheit, dass ihn seine Ahnung nicht getrogen hatte, aus dem Leichenhaus in sein Büro zurück. Immer wieder musste er an die tödliche Kopfverletzung denken. Rührte die wirklich von einem Sturz her?

Es klopfte an seine Tür, und Victor Rehnhoff, sein Compagnon, trat ein.

»Sie sehen blass aus, was ist los, von Wreden?«, fragte dieser sofort.

»Ein Münchener Kollege von mir ist gestern tödlich auf den Maschwiesen verunglückt, ich habe ihn gerade identifiziert.«

»Wie schrecklich! Ist es der Unglücksfall, über den im Courier berichtet wird?«

Werner von Wreden nickte und verfiel in seinen gewohnten, militärisch knappen Tonfall. »Huber war Familienangelegenheit auf der Spur – aus allerhöchsten Kreisen. Habe ihn bei Ermittlungen unterstützt. Könnte etwas mit von Elßtorffschen Mündeln zu tun haben, es geht um Waisenkinder, inzwischen im heiratsfähigen Alter. Aber Faktenlage ist äußerst unsicher.«

Elsa ist doch immer für eine Überraschung gut, ging es Victor durch den Kopf, und innerlich aufseufzend setzte er sich hin.

»Deswegen wollen die Schwestern mit einiger Entourage zu den Kanaren aufbrechen, hoffen auf verwertbare Spuren«, fuhr von Wreden fort.

»Wer hat denn den Münchener Detektiv beauftragt?«, hakte Victor nach.

»Das wollte mir Huber partout nicht verraten, tat sehr geheimnisvoll. Seine Reisetasche hat man noch nicht gefunden. Das hat mir Kriminalinspector Hahn unter dem Siegel der Verschwiegenheit anvertraut. Die Kopfverletzung von dem Sturz war übrigens ziemlich heftig, aber Hahn meint, es gebe keinerlei Hinweise, dass da jemand nachgeholfen hätte.«

»Keine Zeugen?«

»Nein, es passierte fast auf Höhe des Döhrener Turms, da war kein Mensch.«

Nachdenklich sahen die beiden Männer sich an.

»Sollten wir von Elßtorff informieren? Sie kennen die Familie doch.«

Victor zuckte unentschlossen die Achseln. »Aber wollen wir auf einen bloßen Verdacht hin weitere Unruhe stiften? Wir haben nichts Konkretes zu berichten …«

Von Wreden schlug abschließend mit der flachen Hand auf die Schreibtischplatte. »Alles ungefangene Fische! Vergessen wir es. Übergang zur Tagesordnung.«

Während er in sein Büro zurückkehrte, erinnerte sich Victor nicht zum ersten Mal an die mahnenden Worte seiner Mutter im vergangenen Sommer.

Dennoch überlegte er sofort: Wie lange wird Elsa wohl weg sein? Und wer gehört zu der Reisegesellschaft? Ich kann nicht einfach so zur Tagesordnung übergehen. Seine Finger schlugen einen nervösen Trommelwirbel auf seinen englischen Schreibtisch.

Seitdem er sich mit Heinrich heftig über das Thema der Rad fahrenden Frauen gestritten hatte, herrschte zwischen ihnen eine tiefergehende Verstimmung.

Im Verlaufe des Disputes habe ich mich wohl zu sehr hineingesteigert, dachte Victor. Fahrradfahren ist meiner Meinung nach Männersache – da ich selbst gern und inzwischen gut fahre, kann ich das schließlich beurteilen. Schließlich waren wir beim Thema Radrennen angelangt, und da machte ich aus meinem Herzen keine Mördergrube mehr: »Wir wollen doch, Heinrich, keine kampflüsternen Amazonen, die siegeshungrig, in unsittlicher Kleidung, unter Außerachtlassung aller dem Weibe geziemenden Anstandsgefühle in krummer Haltung auf dem Rade kauernd, atemlos und schweißbedeckt, meinen, sie müssten den Männern Konkurrenz machen. Da hört nun wirklich alles auf!«

Wahrscheinlich entstand die Verstimmung zwischen Heinrich und mir nicht nur, weil ich das Fahren eines Velozipedes für Elsa völlig ungehörig fand, vermutete Victor. Heinrich hat auch gemerkt, dass ich mich zurückgezogen habe, seitdem Emilie aufgetaucht ist. Welchen Reim er sich darauf auch immer macht, ist egal. Ich weiß ja selbst nicht, was ich will. Er stutzte. Doch, so wurde ihm klar, ich möchte Elsa auf jeden Fall vor dieser Reise sehen!

Dann kam ihm eine gute Idee. Es standen einige Erledigungen für die in Amerika weilende Schauspielerin Roberta Stein an, deren Angelegenheiten er hier als ihr Anwalt vertrat. Da sie ihre Freundin Elsa auch mit einigen Dingen betraut hatte, würde das Vorwand genug sein, um ein Treffen mit Fräulein Elsa zu arrangieren. Schließlich musste für die Zeit ihrer Reise zu den Kanarischen Inseln alles für meine Mandantin geregelt werden.

Kleider machen Leute

Obwohl es ihm unangenehm war, bedeutete es Cord viel, dass Wilhelm Jacob die gesamten Kosten auch für seine Reisegarderobe übernahm. »Junger Mann«, hatte ihn der ältere Herr mit dem gütigen Blick schließlich überzeugt, »du fährst auf meinen Vorschlag und meine Bitte hin mit. Du warst bei der Aufklärung des mysteriösen Todesfalles im Königlichen Schauspielhaus beteiligt, hast Elsa bestens unterstützt. Die vier Frauen brauchen männlichen Begleitschutz für diese weite Reise, das kann Heinrich nicht allein. Und da ihr erster Klasse reisen werdet, musst du als Begleiter auch ordentlich gekleidet sein. Im Fabrikanten-Verein erzählte man mir, dass es auf diesen Schiffen außerordentlich distinguiert zugeht. Und lass den Schneidermeister etwas Platz einkalkulieren, auch die Verpflegung soll vom Feinsten sein. Bei dir könnten einige Kilo mehr nicht schaden, du bist zu schnell in die Höhe geschossen.«

Im Unterdeck wird es sicherlich weder komfortabel sein, noch besteht dort die Gefahr, vom guten und vielen Essen zuzunehmen, dachte Cord. Aber ich will mich vor Elsa nicht blamieren. Und so stimmte er, von den Argumenten bereits überzeugt, zu und begab sich zu einem Termin beim Schneider, damit dieser seine Maße nehmen konnte. Stoff- und Farbauswahl hatte er diesem vertrauensvoll auch gleich überlassen.

Die Garderobe des lang aufgeschossenen Lehrersohnes hatte bis dato überwiegend aus abgelegten Kombinationen seines Cousins Johann, Oberkellner in Kastens Hotel, bestanden.

So staunte er nicht schlecht, als an einem sonnigen Märztag eine umfangreiche Lieferung von Schneidermeister Battermann aus der Osterstraße in Linden für ihn abgegeben wurde. »Junge, ich kann es nicht glauben!«, rief seine Mutter mit hektischen roten Flecken auf den Wangen. »Ein Reiseanzug mit Knickerbocker-Hosen, Jackett und Sakko, Hemden, Umlegekragen, Krawatten, Beinkleider und alles aus besten Stoffen. Hier ist noch ein bequemer Raglanmantel. Und zur Krönung des Ganzen« – sie legte eine kunstvolle Pause ein – »seht her, ein wunderbarer Frack!«

Ein Blick in das Gesicht seines Vaters, des strikt sozialdemokratisch gesinnten ›roten‹ Breuer, genügte Cord, um zu wissen, dass sich dessen

Gefühle auf einer ganz anderen Ebene abspielten. »Mein Sohn im Frack – nie habe ich geglaubt, das erleben zu müssen. Wie stehe ich vor meinen Genossen da? Halb Linden wird sich über mich totlachen. Dass dich bloß keiner in dem Aufzug sieht – man wird mich sonst fragen, wieso sich mein Sohn wie ein feiner Pinkel kleiden kann.«

»Mein lieber Hannes«, wenn seine Frau so anfing, wusste Breuer aus Erfahrung, dass er keinen leichten Stand haben würde, »wäre es dir lieber, dass sich die Leute auf der gesamten Reise über deinen schlecht angezogenen Sohn mokieren? Soll er sich beim festlichen Dinner in der Kabine verstecken, weil er nichts zum Anziehen hat?«

Resigniert zuckte der Lehrer mit den Achseln. »Ich kann es ja doch nicht mehr ändern.«

»Vater, wenn dir das jetzt alles so zuwider ist, habe ich an der ganzen Reise keine Freude mehr – dann bleibe ich eben hier, obwohl ich bei Herrn Jacob ja auch im Wort bin.«

Hannes Breuer schluckte – schließlich hatte er ja diesem ganzen Wahnsinn zugestimmt. Er riss sich zusammen, klopfte Cord, der ihn um Haupteslänge überragte, auf die Schulter. »Lass man gut sein, natürlich fährst du. Ich muss noch mal weg!« Und damit entfloh er vor den vorwurfsvollen Blicken seiner Frau und den verunsicherten seines Sohnes. Ein Bier mit einigen Genossen im Lindener Rathauskeller würde ihm jetzt guttun.

»Mutter, ich bin mit Johann verabredet, der hat heute Abend frei, es tut mir leid, wenn wir dich allein lassen.«

»Ach, mein Junge, ich bin durchaus froh, wenn ich ein wenig Klavier spielen und nachher noch in der ›Gartenlaube‹ lesen kann.« Die Lektüre dieser Zeitschrift hatte sich die Pfarrerstochter auch nicht von ihrem sozialdemokratischen Gatten ausreden lassen.

Über die Ihmebrücke, am Waterlooplatz vorbei, führte Cord sein Weg zu Kastens Hotel durch die Altstadt und zum Königlichen Schauspielhaus. In der Theaterstraße schlüpfte er durch den Personaleingang und wurde schon von seinem Cousin erwartet.

»Du bist ja in voller Montur«, konstatierte Cord bei Johanns Anblick erstaunt.

»Bei uns grassiert eine Influenza, ich musste kurzfristig einspringen. Aber wir haben so viel Zeit, dass wir alles noch erledigen können, wir gehen in einen der Gesellschaftsräume, der erst in zwei Stunden benötigt wird.« Schwungvoll öffnete Johann die Tür zu einem luxuriös ausgestatteten Raum, der bereits für zehn Personen eingedeckt war. Beim Anblick der zahlreichen Gläser, Bestecke, Einzelteile, deren Sinn sich ihm nicht sofort erschloss, wurde Cord ganz schwindelig.

»Keine Sorge, Cord, das wirkt komplizierter als es ist«, versuchte ihn Johann zu beruhigen. »Die Tafel ist nach Englischem System gedeckt, das heißt, sämtliche Speisen einer Abteilung befinden sich auf der Tafel. Sieh, dafür sind auch Rechauds aufgestellt.«

»Abteilung, Rechauds?«, echote Cord mit fragendem Blick und starrte auf die Tafel, die ihm bereits ohne Speisen voll erschien.

»Rechauds sind die Warmhalteplatten. Unter einer Abteilung versteht man die Zusammenstellung von Vorspeisen, Hauptgängen und Desserts, die gemeinsam serviert werden. Beim englischen Service werden die Speisen nicht durch die Bedienung herumgereicht, sondern jeder erbittet sich von dem Gast, der der gewünschten Speise am nächsten sitzt, die gewünschte Platte.«

»Das ist sicherlich dann eine andere Atmosphäre, als wenn die ganze Zeit die Dienerschaft parat steht.«

»Du hast es schnell erfasst, beim russischen Service zum Beispiel geschieht das Bedienen ausnahmslos durch die Kellner oder Diener. Aber das ist für dich nicht wichtig, du brauchst dich nur mit Gläsern und Bestecken auskennen. Setz dich mal hin.«

Vorsichtig nahm Cord Platz. »*Nur* ist gut«, erwiderte er kleinlaut. »Vor mir sehe ich rechts fünf Gläser, zwei Messer und einen Löffel darunter, drei Gabeln links vom Teller, über dem Teller ein kleines Glas, darunter zwei Löffel und ein Besteck. Und ich habe keine Ahnung, was ich wann und wozu benutzen soll.«

»Es ist einfacher, als du denkst«, beruhigte ihn der versierte Johann. »Die Bestecke benutzt du in der Reihenfolge, wie die Speisen aufgetragen werden, von außen nach innen. Bei den Gläsern ist die obere Reihe auch nicht so schwierig: links unverkennbar ein Champagner-Kelch, dann ein großes Wasserglas, daneben eins für Sherry. Präg dir einfach die Formen ein. Darunter links Weißwein, rechts Rotwein. Das merkst du dir mit einer Eselsbrücke: zweimal r gleich Rotwein rechts. Und über dem Teller liegt der Reihe nach ein Kaffeelöffel, darunter der größere Dessertlöffel und das Dessertbesteck.«

Cord nickte. »Das bekomme ich hin. Wofür ist das kleine Glas über dem Kaffeelöffel, ist das für Schnaps?«

»Nein«, erwiderte Johann grinsend, »das sind die Blumengläser für die Knopflochblumen. Und genau darüber, die Menage mit Essig und Öl wird auch Huilier genannt, damit du es weißt, wenn du darum gebeten wirst, es anzureichen.« Er blickte auf die Tafel und meinte: »Senfnäpfe, Pfefferbüchsen, Salznäpfe, Wasserflaschen, Weinkaraffen, das kennst du alles. Und Tischmanieren haben deine Eltern dir ja beigebracht. Daher wirst du sicher nicht zu den unangenehmen Zeitgenossen gehören, die durch lautes Schlürfen der Suppe, geräuschvolles Kauen, Schmatzen ihren Nachbarn den Appetit verderben. Bei Tisch mit Taschenkamm und Bürste Toilette zu machen ist ebenso verpönt wie Brotkügelchen zu drehen und Zahnstocher zu betasten oder sich die besten und seltensten Stücke übermäßig auf den Teller zu laden. Sprich dem Alkohol in Maßen zu, probier alles, und genieß die Speisen – dann wird es eine sehr erfreuliche Erfahrung für dich werden.«

Inzwischen kämpfte sich Cord durch die rechts von ihm liegende Menükarte aus feinstem weißen Karton mit Goldrand, auf deren oberer Ecke das Wappen des Festgebers eingeprägt war. Stirnrunzelnd starrte er auf die vielen französischen Begriffe. »Mit meinem Schul-Französisch kann ich das aussprechen, aber ich kann bei weitem nicht alles übersetzen.«

Johan drückte ihm drei eng bedruckte Seiten in die Hand. »Hier hast du alles in Deutsch und Französisch. Unsere Lehrlinge haben ja keine höhere Schulbildung und müssen das auch lernen. Wie du weißt, hat dein Vater mit mir ja auch die Grundzüge der Sprache gepaukt. Also wirst du das bisschen auch dazulernen können. Aus Frankreich stammt nun mal die feine Küche, und französisch verfasste Menüs findet man in England, Österreich, Russland und Italien, auf Schiffen und in Hafenstädten. Also, lass uns die Speisen der Reihe nach durchgehen, hier hast du ja sogar eine Mischung aus Deutsch und Französisch:

Rissoles von Austern – das sind entsprechend gefüllte Pastetchen. *Chablis. Consommé mit Geflügelklößchen* – eine Kraftbrühe. *Ochsenschweifsuppe. Zander sauce tomates*, garniert mit gebackenen Filets von Seezunge. *Geisenheimer Kosackenberg* als Wein dazu.

Roastbeef mit cornichons und pommes sautées – also mit in Fleischbrühe gekochten Kartoffeln. *Salmis vom Wild* – hier geht es um ein Ragout oder Haschee. Hier wird ein *Deidesheimer Gewürztraminer* gereicht.

Timbale von Hummer – die Timbale ist im Französischen eine Kesselpauke, in der Küche sind es kleine Porzellanschälchen, in denen feine Ragouts angerichtet oder gegart werden.

Fasan gebraten, dazu einen *Champagner Roederer carte blanche. Salat – Compote. Stangenspargel mit Butter. Leisten aus dem Würzburger Hofkeller.* Dann *Ananas-Poudding, Chocolade Eis* als Dessert und schließlich *Käse und Butter.*«

»Kein Wunder, dass Wilhelm Jacob empfahl, meine Anzüge etwas größer, sozusagen auf Zuwachs zu schneidern. Aber Johann, das kann doch niemand alles essen und trinken, die Frauen in ihren eng geschnürten Korsetts schon mal gar nicht.«

»Man wählt sich etwas aus – du kannst auch Gänge weglassen – und es ist natürlich an dir, wie viel du nimmst.«

»Das ist alles ein großer Aufwand, was da wohl alles übrig bleibt, und andere haben kaum das Nötigste.«

»Was noch in den Schüsseln ist, wird bei uns an das Personal verteilt. Aber du hast recht, die Kochkunst ist ein teurer Aufwand für einige Auserwählte, von denen es längst nicht alle zu schätzen wissen. Dennoch: freue dich darauf, und lerne noch fleißig.«

Mit einem kleinen Seufzer nickte Cord und prägte sich das Gedeck vor ihm noch mal in allen Einzelheiten ein. Sein Vetter klopfte ihm ermutigend auf die Schulter: »Du Lindener Buttjer wirst das Kind schon schaukeln. Ich beneide dich maßlos um diese Reise, wer kann das schon jemals in seinem Leben machen? Also blamier uns nicht, und schreib unterwegs ein Reisetagebuch, dann kannst du uns, deinen Kindern und Enkeln von dieser Fahrt berichten. Vor allem notier interessante Kochrezepte, falls ich mich mal selbständig mache.« Als er bemerkte, dass ihn geradezu Rührung übermannte, riss sich Johann zusammen: »Und nun troll dich nach Hause, ich habe reichlich zu tun.«

Damit war ein weiterer Punkt von Cords persönlicher Reisevorbereitung erledigt.

Wilhelm Jacob hat recht, ging es ihm auf dem Heimweg durch den Sinn, an der Kleidung, der Sprache und den Tischsitten trennt sich die Spreu vom Weizen. Ich werde mein Bestes tun, um als Weizen durchzugehen!

Isidora und ihr Verehrer

Sophies großzügige Einladung, an der Reise nach La Palma teilzunehmen, stürzte Isidora in einige Konflikte. Ihre Eltern, die die Familie von Elßtorff sehr schätzten, hatten nach kurzem Bedenken zugestimmt.

»Eine solche Reise antreten zu können, ist nur wenigen vergönnt, mein Kind«, hatte ihre Mutter gemeint. »Und die vielen neuen Eindrücke wirst du auch schriftstellerisch verwerten können.«

Das entsprach auch Isidoras Gedanken, die sich allerdings fragte, was ein gewisser Theobald von Lensing dazu sagen würde – wenn er sich hier in Hannover überhaupt melden sollte. Letzteres klärte sich bald, als von Lensing artig anfragte, wann er dem Ehepaar Kaulbach seine Aufwartung machen dürfe.

Das Atelier- und Wohnhaus, das der Hannoversche Architekt Christian Heinrich Tramm 1857-60 in der Waterloostraße 1 für Kaulbach erbaut hatte, war ein Geschenk des Königs Georg V. gewesen.

Der Hofmaler Prof. Kaulbach empfing von Lensing in seinem Atelier. Dort arbeitete er, meist bekleidet mit einem roten, breitrandigen Künstlerhut und einem langen pelzverbrämten Hausrock aus Samt von mittelalterlichem Schnitt. Wie sein Besitzer war das Malstudio sehr beeindruckend, es hing voller Originale, Skizzen und Kopien von Werken bekannter Maler.

»Meine Gattin lässt sich entschuldigen, sie leidet unter einer Migräne. Aber Isidora hat für uns Tee vorbereitet.« Er nickte seiner Tochter zu, die in diesem Moment, begleitet von einem Dienstmädchen, mit Tee und Gebäck erschien. Der Maler, von nervöser Wesensart, schlank und hochgewachsen, hatte offensichtlich die strahlend dunklen Augen seiner Tochter vererbt. Kritisch musterte er den Chemiefabrikanten: »Was verschafft mir die Ehre? Möchten Sie sich malen lassen?«

Nur mit Mühe beherrschte Isidora ihre Gesichtszüge, als sie die fassungslose Reaktion von Theobald bemerkte, die ihrem mit dem Tee beschäftigten Vater entging.

»Nun, in der Tat, eigentlich …«, der sonst so gewandte von Lensing geriet tatsächlich ins Stottern, bekam dann aber elegant die Kurve.

»Indirekt hat mich Ihr Fräulein Tochter auf diese Idee gebracht. Ich hatte die Ehre und das Vergnügen, sie auf Norderney beim Ball zum Sedantag kennenzulernen.«

Fragend blickte der Maler zu seiner Tochter.

»Herr von Lensing und ich führten eine sehr interessante Unterhaltung, Papa.«

»Ja, und so wäre es mir eine große Ehre, wenn Sie sich entschließen könnten, ein Porträt von mir anzufertigen«, fügte von Lensing an.

Kaulbachs Blicke wanderten von seiner Tochter zu dem Chemiefabrikanten, woraufhin die beiden mit betont gelassener Miene seine Blicke erwiderten.

»Und es wäre mir eine besondere Freude, wenn Ihr Fräulein Tochter uns Gesellschaft leisten würde, wenn ich zu den sicherlich nötigen Vorskizzen zu Ihnen komme.«

»Das ist selbstverständlich Isidoras Entscheidung«, blickte der Maler seine Tochter fragend an.

Die nickte. »Du weißt, Papa, wie gern ich dabei bin, wenn du ein neues Werk beginnst.«

Von Lensing konnte nicht umhin, diese dipolomatische Meisterleistung zu bewundern. Im Rahmen der weiteren Unterhaltung wurden die Einzelheiten festgelegt. Ein Brustbild solle es sein. Im Format etwa sechzig mal fünfundsiebzig, dann nannte Kaulbach einen Preis, der den Chemiefabrikanten innerlich heftig zusammenzucken ließ. Ein echter Kaulbach entsprach somit einer regelrechten Investition. Einer Investition in die Zukunft, die sich hoffentlich lohnen würde, setzte er mit leiser Selbstironie den Gedanken fort.

Im Rahmen der Sitzungen in den nächsten Wochen lernten sich nicht nur die beiden ungleichen Männer, sondern auch Isidora und Theobald näher kennen.

Bei nächstmöglicher Gelegenheit ließ Isidora die geplante Reise zu den Kanarischen Inseln einfließen.

»So, so, wie ungewöhnlich«, lautete der Kommentar von Lensings. »Und wie lange werden Sie wohl fort sein, gnädiges Fräulein?«

»Das wissen wir noch nicht genau, die reine Reisezeit hin und zurück wird ja schon mehr als drei Wochen betragen, so dass ich vermute, dass wir mindestens zwei Monate weg sein werden.«

»Eine recht lange Zeit«, murmelte von Lensing, in dessen Gesichtsausdruck sich darüber ein leichter Ärger abzeichnete, der weder Isidora noch ihrem Vater entging.

Bei der Verabschiedung meinte Theobald leise: »Gnädiges Fräulein, ich möchte Sie dringend unter vier Augen sprechen. Können wir uns morgen um vier Uhr im Wiener Café auf der Georgstraße treffen?«

»Ich tue mein Bestes, das möglich zu machen.«

Am folgenden Nachmittag betrat sie, eskortiert von den Zwillingen als Anstandsdamen, pünktlich das Wiener Café, wo sie schon erwartet wurden. Isidora versuchte Theobald zuzuzwinkern, was diesen jedoch noch mehr irritierte. Kaum saßen alle an einem runden Tisch, als Elsa einfiel: »Emilie, wir haben völlig vergessen, die Blumen für die Dinnertafel für heute Abend zu bestellen, die Herrschaften werden uns kurz entschuldigen.« Und damit waren die beiden verschwunden.

»Ich habe dieses Versteckspiel satt«, brummte von Lensing, »und dass Sie im Frühjahr für so lange Zeit Hannover verlassen wollen, gefällt mir gar nicht.«

Blitzschnell überlegte Isidora, die sich bereits einige Argumente zurechtgelegt hatte, wie sie auf diese unterschiedlichen Punkte eingehen könne.

Sie lächelte ihn freundlich an. »Ich würde mich auch gern mit Ihnen ungestört unterhalten.«

»Vielleicht würden Ihre Eltern gestatten, dass ich Sie ab und zu in aller Ehre und Schicklichkeit ausführen darf?«

»Ich werde mal bei Maman vorfühlen«, versprach Isidora.

»Und diese Reise nach den Kanarischen Inseln«, zwei steile Falten erschienen auf seiner Stirn, »das muss doch nicht wirklich sein. Zwei Monate, das ist eine lange Zeit.«

Verstehend nickte Isidora. »Ja, das finde ich auch. Aber die Gelegenheit zu so einer Reise, die für mich auch für meine schriftstellerische Entwicklung von Bedeutung ist, wird wohl nie wieder kommen.«

Ihr Gegenüber gab einen knurrenden Laut von sich. »Zumindest wir beide müssen nicht voreinander Versteck spielen. Sollten wir zueinander finden, dann können Sie mit mir noch viele Reisen unternehmen.«

»Gewiss ein schöner Gedanke.« Isidora legte eine Pause ein und sah ihn an. »Allerdings werden Sie in nächster Zeit sicherlich nicht für zwei Monate Ihre Fabrik allein lassen können. Und ich bin bei den von Elßtorffs im Wort. Es wäre mir äußerst peinlich, eine gegebene Zusage, auf die sich alle verlassen, zurückzunehmen.«

Theobald von Lensing starrte sie an und fühlte Wut in sich aufsteigen, deren Röte sein Gesicht überzog. »Ja, wenn das alles wichtiger ist …«, presste er hervor.

»So sehe ich das nicht. Einerseits bin ich die Einzige, die wirklich gut Spanisch spricht. Andererseits bin ich jemand, der zu seinem Wort steht. Sie möchten sich ja auch auf mich verlassen können.«

Er schluckte und versuchte sich zu bezähmen.

»Ich möchte Sie ja auch gern öfter treffen. Wenn dies möglich wäre, und wir würden uns dann zwei Monate nicht sehen, könnten wir uns in dieser Zeit endgültig über unsere Gefühle klarwerden.«

Theobald von Lensing hatte sich fest vorgenommen, sich nicht durch sein Temperament die Chancen zu vermasseln. Er atmete tief durch. Sie ist geradeheraus und ganz schön mutig, erkannte er. »Unter der Voraussetzung, dass wir uns ab und zu sehen können, natürlich in aller Schicklichkeit, würde ich darüber nachdenken.«

Isidora, die sich längst mit ihrer Mutter ausgesprochen hatte, lächelte erleichtert. Selbstverständlich musste er das Gesicht wahren, wo sie schon so undamenhaft vorgeprescht war. »Ich werde mich dafür einsetzen, das verspreche ich Ihnen.«

Der Chemiefabrikant war Realist, er wusste, wann er geschlagen war. »Ich freue mich darauf, wenn ich Ihre Gesellschaft öfter genießen darf«, retournierte er geschickt. Beide lächelten sich innerlich erleichtert an.

In diesem Moment kamen die Zwillinge zurück, die erfreut die entspannten Mienen am Tisch betrachteten. »Da sind wir wieder«, meinte Emilie, »jetzt freue ich mich auf eine Tasse heiße Schokolade.«

»Gute Idee, am besten mit Sahne«, stimmte von Lensing zu, der spürte, dass diese Nervennahrung ihm guttun würde.

Leb wohl, leb wohl!
Das Wort ist kurz,
Der Inhalt tief.
Amélie Godin, eigentlich Linz

Im Zug nach Hamburg

Elsa und Emilie saßen eng nebeneinander gekuschelt im Abteil der ersten Klasse. Heinrich und Cord liefen noch auf dem Bahnsteig hin und her, Marga hielt nach Isidora Ausschau, die sich als Einzige noch nicht auf der Plattform eingefunden hatte.

»Die Zeit ist vergangen wie im Flug«, meinte Emilie, »fast ein Dreivierteljahr bin ich jetzt schon bei euch in Hannover. Unsere aufregenden Radtouren, unser erster gemeinsamer Geburtstag, das wunderbare Weihnachtsfest, Silvester – manchmal habe ich das Gefühl, ich sei schon viel länger hier.«

»Ja, es war alles spannend – und vor allem wunderbar, es zum ersten Mal gemeinsam mit dir zu erleben.« Elsa drückte fest die Hand ihrer Schwester. »Aber gleichzeitig hielten uns ja auch die Reisevorbereitungen auf Trab.«

Unwillkürlich musste Elsa an den Besuch von Victor von Rehnhoff kurz vor der Abreise denken.

Noch immer bin ich mir nicht sicher, ob die geschäftlichen Angelegenheiten für Roberta nicht ein Vorwand waren, um mich zu sehen, überlegte sie nicht zum ersten Mal. So rar, wie er sich in den letzten Monaten gemacht hat. Offenbar war er neugierig, mehr über unsere Reise zu hören. Von Heinrich erfährt er ja wohl nichts mehr. Der hat nur gemeint, der gute Victor sei ein konservativer und bornierter Esel, der zudem nicht wisse, was er wolle. Mehr war aus ihm nicht herauszubekommen. Vermutlich hat er auch mitbekommen, dass Victor am Rockzipfel seiner ambitionierten Mutter hängt.

Jedenfalls versuchte Victor, mehr über die Hintergründe der Reise herauszubekommen, aber da war er bei mir an der falschen Adresse. So blieb ihm nichts anderes übrig, als sich recht bald wieder zu verabschieden. Immerhin hat er mir eine Reiselektüre geschenkt, die ich erst unterwegs auspacken soll. Habe ich natürlich nicht getan und gleich angesehen. Humboldts Beschreibungen von Teneriffa, die ich natürlich längst habe, und alles ohne Widmung. Ich werde noch ohne

Liebe in einer Ehe landen, wie bei der armen Else, ging es ihr trübsinnig durch den Kopf.

»Eine Mark für deine Gedanken.« Emilie blickte sie aufmerksam an.

»Ach, ich habe gerade ein paar schlechte Hirngespinste. Gut, dass wir auf Reisen gehen«, erwiderte Elsa und lächelte tapfer.

»Du hast doch nicht etwa das zum Trübsinn verführende Gedicht von Fontane im Kopf gehabt?«

Erstaunt blickt Elsa ihren Zwilling an. Und Emilie wusste, dass sich Elsas Gedanken um Victor gedreht hatten. Elsa wiederum wusste, dass Emilie sie inzwischen ziemlich gut durchschaute.

So zuckte Elsa mit den Achseln und meinte: »Aus den Augen, aus dem Sinn.«

In diesem Moment wurde es voll im Abteil. Marga, die in ihrer Funktion als Gesellschafterin dieses Mal mit in der ersten Klasse fuhr, wie bei der Schiffreise auch, nahm ebenso Platz wie Cord. Die von Elßtorffs hatten sich zu Hause verabschiedet, Sophie hasste Szenen am Bahnsteig. Heinrich verkündete vom Bahnsteig aus: »Da kommt endlich Isidora, sie ist in männlicher Begleitung.« Alle blickten sich bedeutungsvoll an.

»Schauet auf, ich sag es laut, übers Jahr ist sie ne Braut«, lautete Margas Kommentar, der allgemeines Lächeln hervorrief.

Theobald von Lensing hatte die Erlaubnis erhalten, Isidora zum Bahnhof zu bringen. Die kurze Zeit in der Droschke nutzte er, um Isidora einen Antrag im Sinne einer heimlichen Verlobung zu machen. Und als sie ihm – zu beider Erstaunen mit einem Erröten – zugestimmt hatte, überreichte er ihr zum Zeichen seiner tiefen Verehrung und in der Hoffnung, er dürfe nach ihrer Reise einen offiziellen Antrag machen, einen äußerst gediegenen Ring mit einem wunderbar funkelnden kleinen Brillanten. Den steckte er ihr an den linken Ringfinger und besiegelt dies mit ihrem ersten Kuss, der zugleich ein Abschiedskuss war.

Es blieb nicht mehr viel Zeit – Heinrich half, das Reisegepäck zu verstauen, alle Koffer waren bereits vorab nach Hamburg gesandt worden.

Und dann fuhr der Zug auch schon ab. Isidora winkte ein letztes Mal Theobald zu, der zwar glücklich über die heimliche Verlobung zurückwinkte, aber dann, die lange Trennung vor sich, wie ein begossener Pudel den Bahnsteig verließ.

Elsa blickte die kleine Reisegesellschaft an und meinte: »Nun geht es wirklich los. Noch fast vier Stunden bis Hamburg, und dann gehen wir auf den Reichsdampfer Kanzler. Das Abenteuer beginnt.«

Isidora hatte ihren linken Handschuh immer noch nicht ausgezogen. Sie betastete den Ring mit den Fingern ihrer unbehandschuhten Rechten. Etwas wehmütig überlegte sie, wie lange es dauern würde, bis sie Theobald wiedersehen würde.

Marga meinte: »Jede weite Reise ist ein Abenteuer, aber lasst uns alle wünschen, dass wir jedwede Fährnisse gut überstehen und ohne Krankheit oder gar Bedrängnis für Leib und Leben heil und gesund zurückkommen.«

Bei diesen Worten verspürte Emilie ein leises Kribbeln im Magen, das ihr wie eine böse Vorahnung erschien. Wie so oft bemerkte der aufmerksame Heinrich ihr Unbehagen und lächelte ihr beruhigend zu. »Wir wollen ja nicht das noch in vielen Ecken unerforschte Afrika erobern, also droht uns auch keine Lebensgefahr.«

Die Schiffsreise bis Teneriffa

Das war ja nun doch etwas anderes, als von Norddeich nach Norderney zu fahren, fand Elsa. Schon allein der Anblick der Hunderte von unterschiedlichsten Booten, Dampfschiffen und Großseglern aus aller Herren Länder, die hier vor Anker lagen oder ablegten, bot ein atemberaubendes Gewimmel.

Marga war begeistert über die komfortable Ausstattung des Dampfers. Sofas und Damastvorhänge schmückten sowohl die Salons als auch die Kabinen. Die von Elßtorffsche Reisegesellschaft bezog drei nebeneinander liegende, komfortable Räume der ersten Klasse. Dazu stand noch ein Salon zur Verfügung, der zwischen den Schlafgemächern der Damen durch eine Verbindungstür erreichbar war. Alle hatten die flachen Schiffskoffer dabei, die man ebenso wie das Handgepäck mit in die Kabine nehmen konnte. Größere Koffer, die im Schiffsraum aufbewahrt wurden, waren nur einmal die Woche zugänglich. Davon hatte Marga dringend abgeraten.

Man verstaute nur das Nötigste, um dann gemeinsam an Deck die Ausfahrt zu erleben. Mit kleinen Schleppern wurde der Dampfer durch das Fahrwasser bugsiert. Durch den großartigen Hafen ging es die Elbe hinauf. Was für ein Menge von Schiffen hier aus- und einlief!

»Hier kann ich unmittelbar verstehen, wieso Hamburg das Tor zur Welt genannt wird«, bemerkte Isidora beeindruckt.

»Das Tor des Handels und das Tor der Hoffnung«, ergänzte Cord. »Mit dem Bau der Landungsbrücken und der Elbbrücken, aber auch der Speicherstadt, dem größten zusammenhängenden Lagerhauskomplex der Welt, nimmt der Handel hier einen mächtigen Aufschwung. Aber habt ihr auf der Fahrt zum Hafen die armseligen Quartiere für die wachsende Menge der Auswanderer gesehen, mit der die HAPAG nun den Bremern Konkurrenz macht?«

»Nicht nur in den Auswandererunterkünften stinken die hygienischen Verhältnisse im wahrsten Sinne des Wortes zum Himmel«, stimmte ihm Heinrich zu. »Die völlig überfüllten Arbeiterquartiere im Gänge-Viertel mit absolut gesundheitsgefährdenden Wohnungen sind eine wahre Pesthöhle und bilden eine Brutstätte für Epidemien. Hier könnte jederzeit eine Seuche wie die Cholera ausbrechen. An der

Berliner Charité ist man davon überzeugt, dass derart mangelnde Hygiene der Nistplatz für Keime ist.«

»Auch auf Reisen müssen wir uns diesbezüglich in Acht nehmen, denn in der dritten Klasse werden neben braven Leuten auch einige Abenteurer und wenig vertrauenswürdige Subjekte mitfahren. Ständiges gründliches Händewaschen und notfalls Desinfizieren mit Kölnisch Wasser rate ich euch allen dringend. Unterwegs krank zu werden ist gewiss noch weniger ein Vergnügen als zu Hause.« Marga blickte nachdrücklich einen nach dem anderen an. Alle signalisierten Zustimmung.

»Seht nach links«, rief Heinrich, »dort liegen die großen Werftanlagen von Blohm & Voß, die haben auch unsere Kanzler gebaut. Rechts kommt die hochgelegenen Stadt Altona.«

Mit Bedacht nahm der Dampfer mit Hilfe eines Lotsen seinen Kurs durch die zahlreichen hinderlichen Sandbänke. Die Fahrrinne war mit Tonnen, Bojen und anderen Seezeichen gekennzeichnet, bei Nacht wiesen Leuchtfeuer und Feuerschiffe den Weg. An dem schön bewaldeten rechten Elbufer vorbei erreichten sie Blankenese, die Elbe erweiterte sich, man passierte Cuxhaven. Inzwischen waren alle froh, dass sie sich mit Mänteln, Hüten und Mützen ausstaffiert hatten, denn der Fahrtwind begann kühl zu werden.

»Wir nehmen jetzt Kurs nach Westen, rechts am Horizont erscheint Helgoland. Nachher in Bremerhaven werden wir noch mal ankern. Wenn wir weiterfahren, wird es dunkel sein, außer den Signalen des Leuchtturms von Norderney und des Borkumer Feuerschiffs wird es nichts zu sehen geben.«

»Danke, Cord, dann könnten wir ja in den Salon gehen und uns mit einem heißen Tee aufwärmen.« Dieser Vorschlag von Marga fand allgemeine Zustimmung.

Während alle dankbar den starken Tee genossen, informierte Cord über den Dampfer Kanzler. »Wie ich euch schon gesagt habe, ist das Schiff brandneu, wir nehmen an der Jungfernreise teil. Der Stapellauf mit der Schiffstaufe fand im vergangenen November statt. Die Besatzung beträgt 48 Mann, das Schiff ist circa hundert Meter lang und dreizehn Meter breit. Maximal können 94 Passagiere mitreisen, 32 in der ersten, 24 in der zweiten und 38 in der dritten Klasse. Wir brauchen mindestens zwölf Tage, bis wir Teneriffa erreichen.«

»Ja, und wir werden vorher noch Antwerpen, Southampton und Las Palmas anlaufen«, ergänzte Elsa, die zugleich bemerkte, wie ihr Magen vernehmlich knurrte. Sie zückte ihre kleine goldene Taschenuhr. »Es ist Zeit, sich frisch zu machen und zum Dinner zu gehen.«

Der Kabinensteward hatte dezent darauf hingewiesen, dass an diesem Abend keine Gesellschaftskleidung erforderlich sei, ein dunkler Anzug ausreichend. Erst wenn man nach Southampton wirklich auf die offene See steche, würde mit einem formalen Kapitäns-Dinner fortan abends Gesellschaftsanzug erwartet.

Elsa und Emilie reinigten sich mit Hilfe der bereitgestellten Waschschüssel vom Reisestaub und zogen Kleider im gemäßigten Reformstil an. »Ich habe mit Marga und Isidora abgesprochen, dass wir die werten Mitreisenden gleich von Anfang an mit unserem etwas anderen Kleidungsstil vertraut machen«, beruhigte Elsa ihre Schwester. »Wir sind dann ja immerhin zu viert.«

»Es geht gerade erst los, und bereits jetzt finde ich die vielen Eindrücke überwältigend«, gestand Emilie. »Und ich bin neugierig, wer unsere Mitreisenden sein werden.«

»Wir holen jetzt die anderen ab.« Marga und Isidora traten in diesem Moment aus der Kabine.

Freundschaftlich hakte Elsa ihre Freundin Isidora unter und musste einen Aufschrei unterdrücken. »Was trägst du da für einen Ring?«, zischelte sie leise. »Den habe ich noch nie bei dir gesehen! Ist das etwa …?«

Die Freundin errötete so heftig, dass es einer Antwort eigentlich nicht mehr bedurft hätte. »Alles noch nicht offiziell«, murmelte sie. »Bitte sag niemandem etwas, es wäre mir sehr peinlich. Wenn wir uns nach der Reise immer noch schätzen, wird es zu einer offiziellen Verlobung kommen.«

Heftig drückte Elsa die beringte Hand. »Bist du glücklich? Das ist doch das Wichtigste!«

Isidora nickte ihr verstohlen zu. »Ja, sehr!« Sie holte unwillkürlich tief Luft, fing an zu lächeln. »Ich kann es selber noch gar nicht glauben.«

»Du siehst wirklich freudestrahlend aus. Ich wünsche dir von Herzen alles Gute. Natürlich musst du mir alles noch in Ruhe erzählen – und ich schweige wie ein Grab, auch wenn es mir schwerfällt! Aber nach dem Dinner musst du mir haarklein berichten, ich sterbe vor Neugierde!«

Marga musterte die Freundinnen prüfend: »Na, ihr schnattert wie die Backfische. Habt ihr Geheimnisse?«

»Wir doch nicht«, entgegnete Elsa mit betont harmloser Miene. Dabei war sie sich ziemlich sicher, dass es Isidora kaum gelingen würde, ihr Geheimnis während der ganzen Reise für sich zu behalten.

Der Dampfer war ausgebucht. Im Speisesaal waren fünf runde Tische für jeweils acht Personen eingedeckt, den Tisch des Kapitäns zierte die Flagge des Reichspostdampfers in Schwarz, Weiß, Rot mit gelbem Posthorn und Kaiserkrone in der Mitte. Einige Gäste, der Kapitän und mehrere Offiziere standen bereits plaudernd zusammen. Zum Erstaunen der von Elßtorffschen Reisegesellschaft wurden sie an den Tisch des Kapitäns geführt. Lediglich Heinrich, der dem Steward ein exzellentes Trinkgeld in die Hand gedrückt hatte, gab sich nonchalant. Am Tisch standen bereits zwei Herren, ein hochgewachsener Mann um die Dreißig, offenbar frisch rasiert und mit militärisch kurz geschnittenem Haar, der sich als Robert von Rohr vorstellte.

»Aber ich werde von Kindesbeinen an Bert genannt«, ergänzte von Rohr.

Den anderen Herrn, wohl Mitte vierzig mit Schnurr- und stattlichem Vollbart stellte der Kapitän höchstpersönlich vor: »Julius Freiherr von Soden, dessen Ernennung zum Gouverneur von Ostafrika am 1. Januar erfolgte. Ihm ist für die Dauer seines Amtes in Ostafrika das Prädikat Exzellenz beigelegt worden.«

»Danke, danke, Kapitän, meine Damen und Herren, aber bitte nicht auf dieser Überfahrt. War lange im diplomatischen Dienst, der Gebrauch von Titeln und Ehrenzeichen gehört dahin, wo er nützlich ist. Und nun freue ich mich auf eine schöne gemeinsame Reise.« Galant mit seinem Champagnerglas den Damen zuprostend, bedeutete er allen, Platz zu nehmen.

Nachdem man den Damen die Stühle zurechtgerückt hatte, ließen sich auch die Herren nieder. Cord mit einem innerlichen Seufzer, denn die Ehre, am Kapitänstisch mit einem leibhaftigen Freiherrn und Gouverneur zu sitzen, erschien ihm eher als Feuerprobe. Beruhigt bemerkte er jedoch, dass alles so eingedeckt war, wie es sein Vetter ihm erklärt hatte.

Der Kapitän sprach einen Toast auf die Damen aus, den er markig ausklingen ließ mit den Worten: »Einig und stark, deutsch bis ins Mark!«

Robert von Rohr griff dies sofort auf: »Es wurde ja auch endlich Zeit, dass wir den uns zustehenden Platz unter den Großmächten einnehmen. Scramble for Africa, der Wettlauf um Afrika der europäischen Mächte hat lange genug ohne uns stattgefunden.«

»Mit Deutsch-Südwest, Togo, Kamerun und Deutsch-Ostafrika sind wir auf dem schwarzen Kontinent gut vertreten. Mit uns beginnt eine neue, bessere Zeit in der Kolonialpolitik. Wir werden mit deutscher Gründlichkeit für Gerechtigkeit und Ordnung sorgen, statt wie andere mit Zwang und willkürlicher Gewalt zu herrschen.« Beifall heischend blickte der Kapitän in die Runde.

»Nun, meine Damen und Herren, ohne Sie langweilen zu wollen«, Julius von Soden strich nachdenklich über seinen Kinnbart, »der Aufbau eines Kolonialreiches bedarf auch außerordentlicher finanzieller Mittel, die nicht ohne Weiteres aus dem Boden zu stampfen sind. Nach meinen Erfahrungen in Togo und Kamerun, wo ich mich bei dieser Reise über den neusten Stand der Dinge informieren werde, verspricht nur eine friedliche Erschließung Erfolg.«

»Und wie geht das vor sich?« Heinrichs Augen blitzten vor Interesse.

»Nun, wir überziehen das Land mit einem Netz von Schulen, schicken sozusagen den Lehrer als Vertrauensmann vor. Danach folgen Kaufleute, Pflanzer und Beamte. Eine wichtige Unterstützung erfahren wir auch durch die christliche Missionstätigkeit.«

»Brauchen Sie nicht auch Ärzte? Und wie steht es mit Lehrerinnen?« Elsa sah den Gouverneur gespannt an.

»Ja, Mediziner werden dringend gebraucht – und wir brauchen auch tüchtige deutsche Frauen, um die Kolonisten bei ihrem Werk zu unterstützen – allerdings ist das schon ein hartes und einfaches Leben, das großen Einsatz erfordert.«

Zustimmend prostete der Kapitän ihm zu und ergänzte sehr leise: »Ohne Frauen aus der Heimat ist die Gefahr sonst zu groß, dass unsere Männer verkaffern.«

Isidora, die es trotzdem gehört, aber nicht verstanden hatte, fragte prompt nach. »Was bedeutet verkaffern?«

Nach kurzem Räuspern, denn der Kapitän wollte durchaus nicht erklären, dass damit deutsche Männer gemeint waren, die mit eingeborenen Frauen zusammenlebten und womöglich mit ihnen Kinder hatten, daher entgegnete er schließlich: »Nun, es geht darum, dass unsere Männer, wenn sie zu lange nur unter den Eingeborenen leben, sich zu stark deren Lebensgewohnheiten anpassen könnten.«

»So ist es«, betätigte der Gouverneur, zufrieden mit dieser Umschreibung.

Das Gespräch drehte sich noch eine Weile um die Kolonien, und bevor die Tafel aufgehoben wurde, brachte von Rohr noch einen Toast auf den Kaiser und den höchsten deutschen Berg aus: »Natürlich nicht auf die Zugspitze, sondern auf den Kilimandscharo.«

»Fahren Sie denn nach Deutsch-Ostafrika?«, fragte Heinrich.

»Nein, so sehr es mich interessieren würde. Mein Reiseziel ist die kleine kanarische Insel La Palma. Dort will ich mir vor Ort ein Bild machen, ob es als Destination für Engländer und Deutsche während der Wintermonate in Frage kommt.«

»Dann haben Sie ja dasselbe Ziel wie wir. Auf eine gute Reise«, erhob Heinrich nochmals sein Glas.

»Was für eine angenehme Überraschung – ich rechnete damit, mich ganz allein durchschlagen zu müssen. Es würde mich sehr freuen, wenn wir noch die eine oder andere Angelegenheit bezüglich unseres Reiseziels miteinander besprechen könnten.« Und damit deutete Robert von Rohr eine Art Verbeugung zu allen einzelnen Mitgliedern der von Elßtorffschen Reisegruppe an.

An diesem Abend zogen sich alle, müde und erschöpft nach dem langen Reisetag, früh in die Kabinen zurück. Einzig Isidora und Elsa trafen sich noch im Salon.

»Also, hat er dir einen richtigen Antrag gemacht?« Elsa hielt es vor Neugierde kaum noch aus.

»Ja, das hat er. Ich glaube, dass ich diese Reise mit euch angetreten habe, sieht er mit gemischten Gefühlen. Aber er hat es schließlich, wenn auch widerwillig, akzeptiert.«

»Wahrscheinlich möchte er damit sicherer gehen, dass du die Seine wirst. Schließlich könntest du ja unterwegs auf attraktive Männer treffen.«

»Das vermute ich auch. Außerdem denke ich, dass ich es letztendlich auch seiner Erfahrung mit deiner Freundin, der Schauspielerin Roberta Stein, verdanke, dass er sich einsichtiger zeigt. Denn er weiß genau, dass er Roberta verlor, weil er verlangte, dass sie ihren Beruf aufgibt.«

»Und du kannst dir vorstellen, seine Frau zu werden?« Aufmerksam und prüfend blickte Elsa die Freundin an.

Während sie einen Blick auf ihren kostbaren Verlobungsring warf, seufzte Isidora. »Ja, so eine Zeit der Trennung dient auch zur Prüfung der Gefühle. Die große Entfernung, die vielen Eindrücke, das beeinflusst schon die eigene Sicht der Dinge. Und man weiß ja auch nicht, wie der Daheimgebliebene das empfindet. Das kann auch zu einer Entfremdung führen.«

»Du meinst nach dem Motto: Aus den Augen, aus dem Sinn?«, hakte Elsa nach. Und ärgerte sich zugleich, dass sie an Victor dachte.

»Wenn das passiert, dann handelt es sich nicht um einen Verlust. Und außerdem, ein Mann von dreißig, der sich noch derartig von seiner Mutter am Gängelband führen lässt, dürfte auch in der Ehe zwischen den Fronten stehen.«

Verblüfft schaute Elsa die Freundin an. »Woher weißt du …?«

»So still und in dich gekehrt, wie du des Öfteren bist, braucht es dazu keine detektivischen Fähigkeiten. Es wäre sehr schade, wenn du dadurch von den mannigfaltigen Eindrücke dieser Reise einiges verpasst.«

Da sie sich ertappt fühlte, wechselte Elsa schleunigst das Thema. »Und, wie sind deine Gefühle für Theobald? Magst du ihn wirklich? Bekommst du Kribbeln im Bauch und weiche Knie, wenn er dich küsst?«

Etwas erstaunt blickte Isidora ihre immerhin fast zehn Jahre jüngere Freundin an. »Was sind denn das für fachkundige Fragen, die sich für eine höhere Tochter so gar nicht schicken? Das wirst du doch nicht etwa damals mit dem flotten Ferdi ausprobiert haben?«

Prompt lief Elsa rot an, worüber sie sich nach Kräften ärgerte, um dadurch noch tiefer zu erröten. »Du weißt genau, dass Ferdinand von Salzen ein Backfischschwarm war. Damals war mir noch nicht klar, dass schneidige Offiziere mit begrenztem Horizont für mich nicht in Frage kommen und ich nicht für sie.« Mit einem nachdenklichen Seufzer blickte nun Elsa zum Horizont. »Aber küssen konnte er sehr gut«, fügte sie mit leiser Stimme hinzu.

»Na, das sind ja späte Geständnisse, vielen Dank für das in mich gesetzte Vertrauen«, erwiderte Isidora eher amüsiert als empört. Da sie die Freundin nicht weiter in Verlegenheit bringen wollte, fuhr sie fort: »Theobald hat mich gebeten, ihm in Etappen Berichte von unserer Reise zu senden. Dann erfahre er etwas über meine Eindrücke, und er könne dann besser nachfragen, wenn ich wieder zu Hause bin.«

»Das finde ich eine gute Idee. Außerdem lernt er dich auf diese Weise gleich besser kennen. Schreibt er dir denn auch?«

»Ich hoffe, dass auf Teneriffa vielleicht Post von ihm liegt. Obwohl die Post von Deutschland eigentlich nicht viel schneller sein kann als wir. Vielleicht schickt er ein Kabel.«

»Und du meinst, er wird dir genug Freiheit lassen, damit du schreiben kannst?«

»Wir haben uns über viele wichtige Punkte ausgesprochen. Und je mehr ich ihn kennenlerne, desto mehr schätze ich ihn. Bisher hatte er wenig Zeit und Neigung, sich mit Kunst und Musik zu befassen. Mir scheint, ihn beeindruckt auch, dass ich die Tochter eines bekannten Malers bin.«

»Ganz gewiss, Isidora, denn ich weiß ja, wie viel ich von dir gelernt habe. Du hast ja das Verständnis für die schönen Künste in deinem Elternhaus sozusagen mit der Muttermilch aufgesogen.«

»Die Tochter eines bedeutenden Vaters zu sein, in einem Elternhaus wie dem meinen aufzuwachsen, hat aber nicht nur Vorteile, Elsa. Gerade du weißt genau, dass viele Männer eine Frau, die nicht nur belanglose Konversation plappert, sondern sich über vieles zu unterhalten weiß und eigene Ansichten hat, nicht besonders schätzen. Nicht umsonst bin ich immer noch unverheiratet.«

Als ihre Freundin daraufhin tief seufzte, schloss Isidora sie fest in die Arme. »Sorge dich nicht, Elsa, auch für dich wird sich alles zum Guten wenden. Wir genießen jetzt erst mal diese wunderbare Reise.«

Und damit verabschiedeten sich die beiden Freundinnen.

Nachdem das Schiff in Antwerpen und Southampton noch Passagiere, Post und Frachtgut aufgenommen hatte, begann, wie Heinrich meinte, nun die eigentliche Seereise. »Wenn wir den Ärmelkanal verlassen haben, werden wir einige Tage nur auf hoher See sein und auch oft kein Land mehr in Sicht haben.«

Bald entpuppte sich Robert von Rohr als angenehmer Reisebegleiter. Fortwährend zuvorkommend gegenüber allen Mitgliedern der von Elßtorffschen Reisegesellschaft, hörte er stets aufmerksam zu und wusste Einzelheiten des Gehörten geschickt in die Gespräche einzuflechten. Dabei bevorzugte oder benachteiligte er niemanden, wobei er bei Marga und Cord auf etwas mehr standesgemäßen Abstand bedacht war, als er deren Position erfahren hatte.

»Er erinnert mich an Inspector Cuff aus einem unserer Lieblingsromane von Wilkie Collins, dem Monddiamanten. Natürlich ist er ungleich attraktiver, Isidora, aber er macht sich durch gutes Zuhören und Nachfragen nicht nur beliebt, er erntet auch fortwährend neue Informationen und Erkenntnisse. So langsam finde ich mich damit ab, dass er auf La Palma zu uns stoßen wird …« Isidora und Emilie, die mit Elsa über das Deck spazierten, stimmten zu.

»Ein weiterer kräftiger männlicher Begleiter kann unterwegs nicht schaden«, meinte Emilie, was Elsa mit leichtem Augenrollen quittierte.

Cord fühlte sich häufig völlig fehl am Platze. Nirgends gehöre ich wirklich dazu, der feine Frack macht es auch nicht, oft fühle ich mich wie ein Hochstapler. Und die ausgedehnten Fressereien, denn eine andere passende Bezeichnung fällt mir für die umfangreichen Menüs, die schon mit dem Frühstück beginnen, nicht ein, sind mir einfach zu viel des Guten. Wie vorausschauend, dass alle meine feinen neuen Anziehsachen auf Zuwachs berechnet sind. Wie sich wohl Marga in dieser illustren Gesellschaft fühlt?

Diese betrat just die Bibliothek, sah Cords Denkerfalten und fragte: »Über was grübelst du denn gerade?«

»Auch auf dem Schiff ist das Dasein nach oben und unten eingeteilt«, entgegnete Cord, »die Passagiere in die drei Klassen. Der Kapitän und die hohen Offiziere tragen die Verantwortung für das Schiff mit Mann und Maus. Die einfachen Matrosen bilden eine Art von Fußvolk, ohne das natürlich nichts funktioniert, und sind ein zusammengewürfelter, bunter Haufen, vergleichbar mit den Reisenden des Unterdecks. Soweit ähnelt das Ganze einem Staatswesen.«

»Ich verstehe, was du meinst. Aber auf See sind wir alle gemeinsam Wind und Wellen ausgesetzt, im Falle eines Unglücks würde der nasse Tod sich seine Opfer aus allen Klassen holen, ohne Rücksicht darauf, ob Arm oder Reich, ob es sich um Mann, Frau oder Kind handelte.«

Nachdenklich nickte Cord – wie stets fand er in Marga eine verständige Gesprächspartnerin.

»Und es ist allen mehr oder weniger bewusst, dass wir sprichwörtlich in einem Boot sitzen«, spann Cord den Gedanken fort, »zugleich werden wir die meisten Menschen, die wir hier kennenlernen, nie wiedersehen.«

»Wie bei einer Eisenbahnfahrt«, nickte Marga, »man steigt aus und sieht sich nie wieder – das lockert vielen die Zunge. Selbst in der ersten Klasse verschwimmen einige starre Grenzen, die an Land unverrückbar erscheinen.«

»Weder eine Gräfin noch eine Industriellengattin noch ein Robert von Rohr würde an Land mit uns beiden jemals ein Wort wechseln, geschweige denn, uns etwas anvertrauen.«

»Anvertrauen tut gerade der so schnell niemandem was – da bleibt noch mehr Distanz als bei einigen anderen Passagieren.« Nachdenklich blickte Marga vor sich hin.

»Ich vermute, hier sehen die Menschen bis zum Horizont, fühlen etwas von Unendlichkeit. Wahrscheinlich liegt es auch an der sich ständig wandelnden Kulisse von Meer und Wolken, das Wesenszüge, die sonst hinter einer Maske verborgen werden, sich hier eher zeigen. Aber zurück zu Bert von Rohr. Was hältst du von ihm?«

»Nun, er gibt sich äußerste Mühe, gefällig und zuvorkommend zu erscheinen. Und die Zwillinge bedenkt er ja sehr diplomatisch mit äußerster, stets gleich verteilter Aufmerksamkeit – sehr geschickt. Hoffentlich wird er nicht zur Klette, wenn wir auf La Palma sind. Wir sind ja schließlich in einer familiären Mission unterwegs. Er wird sich uns sicherlich anschließen, Marga, er will ja auch an die Westküste, das hat er mit Heinrich schon besprochen. Immerhin kann ein sprachgewandter, kräftiger Mann als weiterer Begleiter für uns alle nützlich sein.«

»Manchmal kommt er mir allerdings sehr aufgesetzt vor.«

Cord biss sich nachdenklich auf die Unterlippe. »Das geht mir auch so, irgendwie finde ich ihn bisweilen seltsam. Über sich und was er so macht, spricht er nie. Gestern haben Bert und ich uns mit einem Reisenden aus der dritten Klasse unterhalten. Ein Hamburger namens Jens, der in Togo sein Glück machen will.«

»Ob die Sklavenküste von Westafrika dazu so geeignet ist?«, wandte Marga zweifelnd ein.

»Da habe ich auch Bedenken, 1888 brach eine Expedition mit dem Stabsarzt Wolf auf, um das Hinterland zu erforschen und weitere Verträge mit den Einheimischen abzuschließen. Die Kolonie gehört ja erst gute sechs Jahre zum Reich. Aber viele versprechen sich von den Kolonien, trotz aller Gefahren, ein neues Leben, in dem andere Gesetzte gelten als in der Heimat.«

»Meinst du denn, dieser Jens ist für das harte Leben in den Kolonien geeignet?«

»Ein etwas undurchsichtiger Typ, der beim Militär war. Ich vermute, er ist entlassen worden. Möglicherweise, so meinte Bert, wegen Spielschulden. Mir tat der Mann leid, mein Eindruck ist, dass er die Reise aus purer Verzweiflung antritt und alle Brücken hinter sich abgebrochen hat. So etwas wie Mitleid kennt Bert scheinbar gar nicht. Er zuckte nur mit den Achseln, als wir uns darüber unterhielten, und meinte, jeder sei seines Glückes Schmied.«

»Bert von Rohr, so ist mein Eindruck, hat die geschliffenen Manieren und tadellosen Umgangsformen eines Adeligen, aber er ist sehr von sich eingenommen, liebt es, im Mittelpunkt zu stehen und ist kalt wie eine Hundeschnauze.« Bestätigend klopfte Marga auf das Holz des vor ihr stehenden, festverankerten Mahagonitisches.

»Nun ja, als Reisegefährte kann er uns nützlich sein, aber wir werden ihn genau im Auge behalten. Freunde werden wir gewiss nicht werden. Die Zwillinge sind kaum in Gefahr, dass er ihnen den Hof macht – sie sind weder adelig noch reich.«

Dennoch habe ich das Gefühl, dass er sich ein wenig mehr für Elsa interessiert, ging es Marga durch den Kopf. Aber sie verkniff sich, dies auszusprechen, wusste sie doch, wie sehr Cord seine Freundin verehrte.

An diesem Abend fand das Schiffskonzert zu Gunsten der Seemannskasse statt. Dabei mitzuwirken war Tradition für die fahrenden Künstler unter den Passagieren und für einige mitreisende Dilettanten wohl ein Herzenswunsch. Beginn der Veranstaltung war eine Stunde nach dem Dinner. In den Kabinen wurde gesungen, gegeigt und geflötet. Die Reisenden erschienen besonders fein herausgeputzt. Die Zwillinge, gekleidet in ihre besten gelben Gewänder, hatten einige kesse Stirnlöckchen gewagt. Die drei Herren trugen Frack, Heinrich ein frisch gewichstes Schnurbärtchen, das er sich hatte wachsen lassen. Gegen Entree durften heute auch die Reisenden der zweiten Klasse in den Salon, der damit gut gefüllt war. Weder die Zwillinge noch Isidora spürten Lust, sich vor Publikum zu präsentieren. Der Einzige, der sich gemeldet hatte, war Bert von Rohr.

»Klar, dass der sich wieder hervortun muss«, hatte Cord eingedenk ihres kürzlichen Gesprächs Marga zugeraunt, welche zustimmend die Augenbrauen hochzog und lächelte.

Bert verneigte sich artig vor dem Publikum und verkündete: »Gerade für unsere Reisegesellschaft erschien mir das Gedicht des von mir hochverehrten Felix Dahn, das ›Lied der Deutschen jenseits der Meere‹ besonders passend.« Heinrich und Cord tauschten einen schnellen Blick. Kürzlich hatten sie ihre gemeinsame Abneigung gegen das endlos lange, pathetische, glorifizierende Gedicht Dahns über die Schlacht von Sedan entdeckt.

Indessen hob Bert an zu deklamieren:

»Noch ist die Welt nicht ganz verteilt!
Noch manche Flur auf Erden
Harrt gleich der Braut …«

In diesem Moment blickte Elsa zu Isidora, die prompt sanft errötete. Insgesamt jedoch goutierten die Damen das heroische Epos deutlich weniger als die anwesenden Herren.

»Noch manches Eiland lockt und lauscht
Aus Palmen und Bananen:
Der Seewind braust, die Woge rauscht,
Auf! Freudige Germanen!«

Es kostete Elsa große Selbstbeherrschung, ob dieser hohen Dichtkunst nicht in ein undamenhaftes Kichern auszubrechen. Sie spürte, dass die sachverständige Isidora ebenfalls um Fassung rang, und so gingen die folgenden Zeilen an den beiden vorbei, bis der Vortrag sich seinem Ende näherte:

»In jedes Neulands Brache:
Wohin wir wandern tragen wir
Mit uns die deutsche Sprache.«

Nach einem kurzen Moment ergriffenen Schweigens brachen heftige Beifallstürme aus. Offenbar hatte Bert von Rohr mit der Auswahl dieses Gedichts zumindest den Geschmack des männlichen Publikums getroffen.

Zweifellos konnte er hervorragend deklamieren und besaß schauspielerische Fähigkeiten. So erntete er auch mit sichtlicher Freude den besonders ausgiebigen Applaus. Wie jedem auftretenden Künstler wurde ihm im Namen des Kapitäns ein Bouquet überreicht, welches in Ermangelung frischer Blumen aus feinen Hobelspänen, frisch geschnitzten Gemüseblumen und bunter Maschinenputzwolle bestand. Bis weit nach Mitternacht dauerte das Programm, bei dem einige hervorragende Leistungen auf dem Klavier besonders Emilie und Isidora gefielen.

Die Seetage vergingen im üblichen Einerlei, wobei vor allem Isidora diese Zeit durchaus genoss. Denn sie schrieb viel. Legte im gedanklichen Gespräch mit Theobald ihre Eindrücke und Gedanken dar und hoffte, dass sich daraus ein Austausch entwickeln würde, der sie einander noch näher brachte.

Das letzte abendliche Dinner vor der Ankunft auf Teneriffa verlief in besonders festlichem Rahmen. Die Damen der von Elßtorffschen Reisegruppe erregten in ihren festlichen Reformkleidern einiges Aufsehen, wobei die Zwillinge, in identischen zartgelben Mousselinkleidern, besonders wohlgedrechselte Komplimente des Kapitäns ernteten. Zur Feier des Tages, sozusagen als Abschied von der alten Welt, wie der Kapitän bei einem Toast launig anmerkte, gab es Rehkeule. »Denn eigentlich gehören ja die Kanarischen Inseln geografisch ganz eindeutig zu Afrika. Bei der Rehkeule handelt es sich um eine großherzige Gabe eines englischen Jagdfreundes von Gouverneur von Soden, welcher hinwiederum diese mit uns teilt. Darauf wollen wir mit einem Glas edlem Burgunder anstoßen.«

Bert von Rohr, der mit dem Gouverneur schon einige Gläser Sherry geleert hatte, bedankte sich noch mal extra: »Ja, das edle Waidwerk, wie wir es kennen, das ist freilich mit den Negern nicht zu bewerkstelligen.« Und er hob schwungvoll an, die zweite Strophe von »Zehn kleine Negerlein« vorzutragen:

»Neun kleine Negerknaben, die gingen auf die Jagd,
einer schoss den andern tot, da waren's nur noch acht.«

Während rund um sie herum Zustimmendes gemurmelt wurde, zischte Isidora Elsa zu: »Wie infam, dieses Lied ist geschmacklos!«

In Elsas Achtung sank Bert gerade beträchtlich. Denn sie hatte früher nicht nur mit tiefer Bewegung ›Onkel Toms Hütte‹ gelesen, sondern wusste auch, dass dieses Lied, welches ursprünglich die Indianer als dumm verunglimpfte, im Zusammenhang mit dem amerikanischen Bürgerkrieg populär geworden war. Sie wechselte einen empörten Blick mit Cord, von dem sie aus zahlreichen Gesprächen wusste, dass er ihre Meinung teilte.

Cord, der sich bisher bei der abendlichen Konversation beim Dinner sehr bewusst zurückgehalten hatte, merkte, wie ihm langsam der Kragen platzte. Außerdem fiel ihm sein Gespräch mit Marga ein, dass man ja wohl die Mehrzahl der hier zufällig miteinander zusammen Reisenden nie wiedersehen würde. Er gab sich einen Ruck.

»Soweit ich weiß, gelten die Neger als äußerst geschickte und mutige Jäger, die nicht zum Vergnügen jagen, sondern um ihre Dörfer vor vierbeinigen Angreifern wie Hyänen und Löwen zu schützen. Und das auch schon, bevor sie Gewehre kannten. Und wenn sie jagen, dann um sich mit Fleisch zu versorgen.«

Ohne weiter nachzudenken, stand Elsa ihm bei.

»Ein Lied aus dem amerikanischen Bürgerkrieg, ins Deutsche übersetzt, und das ausgerechnet im Gewand eines Kinderliedes, stellt die Neger als beschränkt und primitiv hin. Wenn die Neger aber Kinder Gottes sind wie wir, darf man solche Vorurteile nicht für die koloniale Herrschaft missbrauchen.« Empört blickte sie in die Runde.

Die indignierten Gesichter der Umsitzenden zeigten, wie unpassend man diese Begründung, ausgerechnet auch noch aus dem Munde einer jungen Dame, fand. Emilie empfand das Aufsehen, das sie erregten, eher peinlich, während Heinrich beschloss, seiner Ziehschwester und Cord beizustehen.

»Inwieweit die Großwildjäger in Afrika, die sich häufig die Tiere zutreiben lassen, noch edlem Waidwerk nachgehen, sei dahingestellt. Ein Löwenkopf an der Wand, ein Tigerfell über dem Kamin, ein Elefantenfuß als Schirmständer gelten ja neuerdings als erlesene und originelle Jagdtrophäen. Wer weiß, was die Neger von diesem Gemetzel halten.«

Ausgerechnet in diesem Moment war eine Pause in der allgemeinen Konversation entstanden, so dass Heinrichs Meinung plötzlich im Raum stand. Der Missionar am Nachbartisch fixierte ihn, wandte sich dann seinem Nachbarn, einem deutschen Plantagenbesitzer zu: »Das sind so die typischen Meinungen von Weltverbesserern, die von der Realität in den Kolonien keine Ahnung haben. Den Negern fehlen Fleiß und Disziplin, Zucht und Ordnung. Durch den christlichen Glauben lernen sie ihr Tagewerk zu tun, sich sonntags anständig gekleidet in der Kirche zu versammeln, statt ihre primitiven, grausamen Rituale abzuhalten.«

Es erschien Isidora höchste Zeit, bewusst das Thema zu wechseln. Mit einem strahlenden Lächeln wandte sie sich an den Kapitän. »Ist es richtig, dass Mister Fyffes, als er mit seiner Frau für deren Genesung auf Teneriffa weilte, auf die Idee kam, dort Obst und Gemüse für den Export anzubauen?«

Offenbar fand es auch der Kapitän angebracht, über ein weniger kontroverses Thema zu sprechen. So erwiderte er mit lauter, sonorer Stimme: »Und was für epochale Pläne der clevere Geschäftsmann dort entwickelt hat! Sowohl der Export von Tomaten als auch der Anbau von Bananen sollen forciert werden.«

Offensichtlich interessiert, hakte Bert von Rohr nach. »Wie will Mr. Fyffes denn den Transport solch schnell verderblicher Ware nach England regeln?«

»In Folge der technisch immer besser werdenden Schiffe könnte sich daraus ein interessantes Geschäft entwickeln. Und für die Einheimischen auf den Kanarischen Inseln eine willkommene zusätzliche Verdienstmöglichkeit bilden. Seit der Entwicklung von Anilinfarbe vor rund zehn Jahren lohnt es sich nicht mehr, auf Kakteen die Cochenille-Läuse zu züchten, die den begehrten karmesinroten Farbstoff lieferten. Damit ist kaum noch Geld zu verdienen.«

»Nun, gerade bei der Verwendung für Lippenpomade dürfte den meisten Damen das Anilin auch lieber sein als die zerquetschte Laus«, merkte Heinrich sarkastisch an und amüsierte sich über die vor Ekel verzogenen weiblichen Lippen. »Und das goldene Zeitalter des Weines endete in der Mitte unseres Jahrhunderts durch den Befall von Mehltau.«

»Dieser Malvasier muss ein köstlicher Tropfen gewesen sein«, Bert hob genüsslich sein Glas, »so oft, wie der Canary von Shakespeare, R. L. Stevenson und Walter Scott erwähnt worden ist.«

Ein kurzer Blickwechsel zwischen Emilie und Elsa bedurfte keines weiteren Kommentars. So ein Angeber, dachten beide.

»Es wird gemunkelt, dass Fyffes gemeinsam mit anderen Financiers und spanischen Compagnons bereits beginnt, Terrain auf Teneriffa und auf La Palma in guten Lagen aufzukaufen. Die Bewässerung und die Verschiffung von geeigneten Buchten aus ist noch ein Problem«, nahm der Kapitän das Ausgangsthema wieder auf. »Jedenfalls würde der Anbau von Tomaten und Bananen im großen Stil die Inseln sehr verändern. Man müsste Terrassen bauen, Erde transportieren – wer weiß, wie es hier in einigen Jahren aussehen wird.« Sein Glas erhebend, blickte er in die Runde, in der durch den bevorstehenden Abschied jeder seinen Gedanken nachhing. »Aber es gibt noch andere interessante Aspekte, die Kanarischen Inseln betreffend«, der Kapitän wandte sich ausdrücklich der von Elßtorffschen Reisegesellschaft zu, »vor allem, was Ihr Reiseziel La Palma angeht. Sollte unser Kaiser weiterhin so interessiert am Ausbau unserer Flotte sein, so dürfte ihm die strategische Bedeutung der westlichsten dieser Inseln nicht entgehen.«

Alle blickten sich erstaunt an.

»Auf unseren hochverehrten Kaiser Wilhelm II., er lebe hoch!«

Niemand ahnte, wie treffend der Kapitän damit in die Zukunft gesehen hatte.

Am nächsten Tag kam Teneriffa in Sicht.

Der Zweite Offizier ließ es sich nicht nehmen, den Damen alles zu erklären. »Sie haben leider heute kein Glück, hinter der Wolkenschicht verbirgt sich der Pik von Teneriffa, der Teide mit seiner schneebedeckten Spitze! Der beeindruckende Anblick des weißen Gipfels, wenn er über den Wolken zu schweben scheint, mag sich Ihnen aber noch von La Palma aus zeigen.«

Nach und nach wurde die Sicht immer klarer, und linkerhand tauchte Lanzarote auf. »Diese Insel hat einige Satelliten-Inselchen, nämlich Alegranza, Montana Clara und Graciosa. Rechts davon weit entfernt im Süden liegt Gran Canaria. Als Nächstes wird die Nordostspitze von Teneriffa näher kommen, mit der zackigen Bergkette von Anaga, die bis 1027 Meter hoch ist. Und an deren Fuß liegt Santa Cruz.«

Da man in einigen Stunden einlaufen werde, entschuldigte sich der Offizier mit Pflichten.

Die Stadt, mit weiß gestrichenen, meist zweistöckigen Gebäuden und gradlinigen Straßen, zog sich den Hang hinauf und wurde von einem verfallenen Fort überragt.

Während sie sich Teneriffa näherten, spürte Elsa eine immer stärker wachsende Ungeduld, endlich nach La Palma zu kommen. Warum müssen wir jetzt ins Orotava-Tal fahren und Touristen spielen, ging es ihr durch den Kopf, das können wir doch auch auf der Rückfahrt machen.

In diesem Moment sagte Emilie: »Ich kann es kaum erwarten, endlich La Palma zu betreten.«

Zum allgemeinen Erstaunen nickten alle. »Was haltet ihr davon, wenn wir unsere Ausflüge auf Teneriffa vor der Rückreise machen?«, fragte Heinrich mit offizieller Miene.

»Gute Idee«, fand Isidora. »Ausgeruht haben wir uns in den letzten Tagen genug, mal sehen, wie schnell wir nach La Palma kommen.«

»So ist es beschlossen?« Heinrich sah in die Runde, und alle nickten. »Dann werde ich Bert informieren und hören, ob er sich dem anschließen will.«

Das wird er, vermutete Marga, darauf könnte ich wetten. Er sucht ja augenscheinlich unsere Gesellschaft und verschmäht es gar, mit anderen Passagieren Karten zu spielen, obwohl er manchmal begierige Blicke zu den Spielenden wandern lässt.

Und sie behielt mal wieder Recht, denn Bert von Rohr verkündete, er wolle diese nette Reisegesellschaft keineswegs verlieren.

Ankunft auf La Palma

Bereits zwei Tage später näherten sie sich an Bord eines Frachters dem Reiseziel, der ›Isla bonita‹, der schönen Insel.

Schon vor Sonnenaufgang standen die Zwillinge eng aneinander gelehnt an Deck. Noch beherrschten dunkle Wolkenmassen den Himmel, und in der Ferne ließ sich der Umriss von Hierro erahnen. Dann endlich erschienen die ersten tiefroten Lichtpunkte. In diesem Moment trat Isidora zu ihnen und meinte leise: »Aurora, die Göttin der Morgenröte – es ist, als ob ich das erste Mal einen wirklichen Sonnenaufgang erlebe.«

Allmählich traten die Konturen des hellen Städtchens Santa Cruz, welches sich vom Meeresufer steil hinauf in die Felsen erstreckte, immer klarer hervor. Umrahmt von schroffen Schluchten, den Barrancos, und von unterschiedlichen Grüntönen, welche in höheren Lagen durch die kanarischen Kiefern eine dunklere Färbung annahmen. Die schroffen Grate der Cumbre reckten sich darüber in den Himmel. Linkerhand, gen Süden leicht abfallend, erstreckte sich die Längsseite der überwiegend aus Steilküsten bestehenden Insel. Während sich das Licht nach und nach durchsetzte, kam ein Offizier zu ihnen. Voller Stolz erklärte er: »Santa Cruz war einer der drei spanischen Häfen, die mit Amerika Handel treiben durften. Spuren dieser aristokratischen Vergangenheit sind bis heute sichtbar. Sie werden einige sehr schöne Gebäude finden, die Kirchen und unsere zwei Theater.«

»Mehrere Theater auf dieser Insel?« Die bühnenbegeisterte Isidora konnte ihr Erstaunen kaum verbergen und bat den Offizier zugleich etwas langsamer zu sprechen, damit sie auch alles verstehen könne. Mittlerweile hatten sich auch Heinrich und Cord angeschlossen.

»Nun, unser Hafen bildet die letzte Station vor der Atlantiküberquerung, daher machen viele Schiffe fest, um zu bunkern. Genauso natürlich bei der Rückkehr in die Alte Welt. Häufig sind Künstler, auch ganze Schauspielertruppen an Bord, die gern hier gastieren. Und die Palmeros lieben das Theater. Wahrscheinlich hat es damit zu tun, dass wir eine jahrhundertealte Tradition haben, unsere religiösen Feste mit Theaterdarstellungen, Lobgesängen, Tänzen, eucharistischen Festspielen auszuschmücken. Viele Feste werden in wortreichen Dialogen vor Publikum und mit prächtigen und kostbaren Kostümen begangen, zum Beispiel am 6. Januar, mit den Heiligen Drei Königen.«

»Wir wollen ja nach Los Llanos, gibt es da vielleicht im Sommer auch ein Fest?«, fragte Isidora.

»Ja, Ende Juni, Anfang Juli wird dort das Fest der Schutzpatronin der Stadt, der Virgen de los Remedios, ausgiebig gefeiert. Das würde Ihnen bestimmt gefallen.«

»Mal sehen, ob wir noch dort sind.«

»Leider werden Sie unser schönstes Fest, die Prozession der Jungfrau vom Schnee, welches seit 1680 alle fünf Jahre stattfindet, verpassen. Besonders berühmt ist der Tanz der Zwerge. Doch das lassen Sie sich auf der Insel noch näher erklären, ich muss auf die Brücke!« Damit enteilte der stolze Palmero.

»Tanzende Zwerge – das ist ja alles sehr interessant, vielleicht werden wir ja auch Zeit finden, eine Vorstellung zu besuchen«, meinte Isidora. Die Gedanken der anderen schienen jedoch weniger um das Thema Theater und Feste zu kreisen.

»Also bringt der Hafen zumindest für die Bewohner der Hauptstadt Kultur an das westliche Ende der Welt, wer hätte das gedacht«, merkte Heinrich bewusst ironisch an, da ihm auffiel, wie bewegt die beiden Schwestern dem Moment des Landgangs entgegenfieberten.

Als sie auf dem Quai standen, fasste Emilie Elsas Hand und drückte sie fest. »Nun sind wir auf unserer Heimatinsel, betreten den Boden, auf dem wir geboren wurden.« Berührt von diesem Moment, umarmte Elsa ihre Schwester. »Ich bin so gespannt, ob wir das Haus finden werden, in dem wir unsere ersten Lebensjahre verbrachten.«

Eine gut ausgebaute Straße – wie sie bald feststellen sollte die einzige dieser Art – führte direkt in die Hauptstadt.

Dort galt es Quartier zu machen, doch die Auswahl war gering.

Die Posada, in der sie schließlich unterkamen, erschien ihnen wenig einladend. Den vier Frauen wurde ein einfacher Raum angewiesen, in dem jede Ecke mit einem Bett versehen war. Einige Haken an der Wand, ein Tisch und vier Stühle bildeten das gesamte Mobiliar. Misstrauisch untersuchte Marga die Matratzen. »Hauptsache keine Wanzen«, murmelte sie.

»So oder so – es lädt hier keineswegs zu längerem Verweilen ein«, befand Elsa, deren Sinn wenig nach einer Entdeckung der Stadt stand. Sie wollte nur noch eines: nach Los Llanos aufbrechen, und das bald.

Isidora bemerkte kurz und trocken: »Niemand, der seine sechs Sinne beisammen hat, bleibt hier länger als unbedingt nötig.«

»Wenn die casas de huéspedes, die Gästehäuser der Hauptstadt, schon so einfach sind, was mag uns dann in Los Llanos erwarten?«, fügte Emilie etwas bänglich hinzu.

»Ich hoffe, dass wir dort wirklich erwartet werden und unser Brief an den dortigen Notar angekommen ist«, meinte Heinrich. »Falls es uns dort nicht gefällt, wird unser Aufenthalt eben nicht lange dauern.«

Cord, der sehr wohl bemerkte, wie die Zwillinge immer ungeduldiger wurden, packte gar nicht erst aus. »Ich werde mich gemeinsam mit Heinrich sofort beim Wirt nach einem Führer erkundigen, um so schnell wie möglich auf die andere Inselseite zu gelangen. Ihr könnt ja schon mal die Stadt erkunden, wir treffen uns in zwei Stunden wieder hier.«

Bald merkten Cord und Heinrich, dass sie die Hilfe von Bert brauchen würden, denn der Wirt sprach nicht nur in rasantem Tempo, sondern vernuschelte häufig die Endungen so, dass es schwerfiel, ihn zu verstehen. Noch wussten sie nicht, dass diese nachlässige Aussprache zum Dialekt der Insel gehörte. Gemeinsam machten sich dann die drei Männer auf, um die weitere Reise zu organisieren. Außerdem wollten sie das Postamt suchen, um mögliche Kabel-Telegramme abzuholen.

Die Frauen wanderten auf der Avenida Maritima direkt am Meer entlang Richtung Norden und bewunderten die ein- und zweistöckigen, weißverputzten Häuser, an deren Ecken zum Teil die Lavasteine schwarz hervorstachen, mit den schönen Holzbalkonen. Die hölzernen Schlagläden und Türen waren verschlossen – während der Siesta war kaum jemand unterwegs. Das Meeresrauschen und die Schreie der Möwen erinnerten Marga an den Nordseeaufenthalt. »Das ist hier ja wirklich etwas ganz anderes als auf Norderney. Seht nur, es gibt kaum Sandstrand, überwiegend Steine, und alles ist schwarz.«

»Ob der Sand wohl abfärbt?«, fragte Emilie halb im Spaß.

»Bestimmt nicht – es sind eben Vulkaninseln. Auf der Insel San Miguel de La Palma gibt es überwiegend Steilküste und kaum Buchten – und die haben alle schwarze Kiesel und schwarzen Sand. Das lädt nicht so zum Baden ein wie auf Norderney.« Isidora musste unwillkürlich daran denken, dass sie dort ihren Theobald kennengelernt hatte, und lächelte.

Am Castillo de Santa Catalina beschloss man, in die Stadt zurückzugehen, und gelangte nach einiger Zeit zur Plaza España.

Sowohl an der Pfarrkirche als auch an den repräsentativen Häusern gab es kunstvolle Holzarbeiten zu bewundern. »Die Kirchen besitzen einen großen Reichtum wertvollster flämischer Kunstschätze aus der

Zeit, als hier die Zuckerbarone auf ihren Haziendas saßen und auch die koloniale Architektur der Herrenhäuser prägten«, erklärte Emilie.

Einmal konnten sie in einen der wunderbaren Innenhöfe sehen. Geflieste Fußböden, Mosaike an einigen Wänden, Grünpflanzen und ein plätschernder Brunnen verbreiteten eine südländische Atmosphäre. Gegen fünf Uhr wurden viele der großen Holztüren geöffnet und gaben den Blick auf unterschiedliche kleine Läden und Werkstätten frei.

In einer Nebenstraße entdeckten sie einen Arbeitsraum, in dem auf einem manuellen Webstuhl ein Schal oder eine Seidenschärpe mit einer Breite von etwa fünfunddreißig Zentimetern gewebt wurde. »Die Stoffe haben eine Länge von mehr als drei Metern, daraus lässt sich einiges machen«, meinte Marga fachkundig. »Und der Stoff schimmert wunderbar, fasst sich herrlich an.«

In diesem Moment bogen die Herren um die Ecke. »Frauen und Einkäufe.« Bert von Rohr rang lächelnd die Hände und blickte zum Himmel.

Unbeeindruckt meinte Emilie: »Ich glaube, das passt hervorragend als Mitbringsel für Tante Sophie, einen Teil könnte sie als Shawl tragen«, wobei sie Heinrich fragend ansah.

Dieser lächelte zustimmend. »Wunderbar, das wird Maman bestimmt gefallen, denn so ein Stück hat in ganz Hannover niemand.«

»Wollen wir das nicht auf dem Rückweg kaufen?«, meinte die praktische Marga.

»Auf keinen Fall«, entgegnete Elsa, »das habe ich mir fest vorgenommen. Wenn etwas gefällt, muss man sich gleich entschließen, denn man weiß nie, ob man wirklich an denselben Ort zurückkommt oder etwas Ähnliches findet.«

Bert von Rohr besah den Kauf und meinte: »Ja, hier auf La Palma hat die Seidenraupenzucht eine lange Tradition. Die Alltagskleider dagegen sind aus Wolle und Leinen, gewebt von den Frauen, außer bei Veranstaltungen, wo man schon bei den gehobenen Schichten Velours, Kattun, Musselin und Atlasstoff sehen kann. Die Landbevölkerung trägt Trachten als tägliche Kleidung. Sie gilt auch als Unterscheidungsmerkmal zwischen den verschiedenen sozialen Klassen.«

Wie typisch, dachte Cord, er muss mal wieder auf die Klassenunterschiede hinweisen.

»Aber nun kommen wir zu den wirklich wichtigen Dingen«, Bert von Rohr warf sich in die Brust, »wir können bereits morgen in aller Frühe aufbrechen. Glücklicherweise trafen wir einen Einheimischen aus guter Familie, der auch nach Los Llanos will. Zwei Führer, sechs

Maultiere zum Reiten, für mich ein Pferd und fünf Esel zum Transport für das Gepäck, alles organisiert.«

»Mit dem Pferd war unser Führer Honorio keineswegs einverstanden«, zischte Heinrich Elsa und Emilie zu. »Es gab eine heftige Diskussion. Ich habe nicht alles verstanden, aber Bert war buchstäblich stur wie ein Maulesel. Unseren palmerischen Reisegefährten, der sich um alles kümmert, werdet ihr noch kennenlernen. Er macht einen netten Eindruck, und wir verständigten uns ganz gut, denn er kann auch etwas Englisch und Deutsch.«

An Nachrichten aus Deutschland war ein Telegramm für Isidora da, die sofort strahlte, als sie den Absender las. Ein weiteres von Sophie enthielt die Versicherung, dass in Hannover alles bestens sei, und gute Wünsche für die weitere Reise.

Abends saßen alle noch auf ein Glas Wein auf einem anheimelnd kleinen Platz, der Placeta, wo man noch das nur durch eine Häuserreihe getrennte Meer rauschen hörte. Der Reisegefährte Pedro Alvarez Martín hatte sich zu ihnen gesellt und meinte nach der formellen Vorstellung: »Es ist mir eine große Ehre, mit Ihnen zu reisen, vor allem natürlich in Begleitung von so vielen schönen Frauen.« Dies versicherte er mit vollendeter Höflichkeit und spanischem Temperament, wobei er seine Augen kaum von den Zwillingen lassen konnte. »Wir haben schöne Frauen auf unserer Insel, übrigens gibt es auch einige mit blonden Haaren, was ein Erbe unserer Ureinwohner, der Guanchen sein soll. Aber so schöne Frauen wie diese Señoritas und dazu noch Zwillinge«, er schlug mit der rechten Hand beteuernd auf sein Herz, »werden eben nur in Deutschland geboren!«

Nicht nur die Zwillinge rangen mühsam um Fassung, um nicht in Gelächter auszubrechen. Wie zu erwarten war, sammelte sich Elsa als Erste und erwiderte mit einem Blick, in dem der Schalk blitzte: »Lieber Don Pedro, wir sind auf La Palma geboren wie Sie, und wir teilen noch mehr mit einander, nämlich einen Teil unseres Nachnamens, Martín! Wir sind hierhergekommen, um unsere Geburtsstätte kennenzulernen.«

Dem sonst so wortgewandten Palmero verschlug es förmlich die Sprache.

Heinrich, der weitere Rückfragen vermeiden wollte, meinte: »Darüber können wir morgen noch sprechen. Die Überraschung ist uns ja gelungen.« Er hob sein Glas und blickte in die Runde.

Pedro tat ihm gleich: »Salud, amor y Pesetas! Gesundheit, Liebe und Geld!«

Elegant komplettierte Isidora den Themawechsel: »Wie waren Ihre Reiseeindrücke in England und Amerika, Don Pedro?«

»Ich hege größte Hochachtung vor dem technischen Fortschritt, den ich in London und New York kennenlernte. Davon sind wir noch weit entfernt, vor allem im Straßenbau. Auf eines aber können wir stolz sein – es gibt bald eine Telefonleitung von Santa Cruz nach Los Llanos, deren Einweihung Sie sicherlich noch miterleben werden.«

Elsa nippte an dem kräftigen, dunkelroten Wein aus Fuencaliente, der Südspitze der Insel. »Der Wein schmeckt hervorragend, scheint mir aber ziemlich stark zu sein.«

»Die Sonne und das Vulkangestein geben ihm einen recht hohen Alkoholgehalt, aber ich kenne die Bodega, aus der dieser Wein stammt, es ist ein guter Tropfen«, versicherte Pedro.

»Die zahlreichen Bars, an denen wir vorbeigekommen sind, werden nur von Männern besucht?«.fragte Isidora.

»Ja, das ist reine Männersache. Hier trinkt man ein Gläschen Wein, isst eine Kleinigkeit, eine Tapa und raucht eine einheimische Zigarre.«

»Nun, das unterscheidet sich gar nicht so sehr zu den Gepflogenheiten in Deutschland«, meinte Isidora.

»Bevor wir dieses Thema vertiefen, schlage ich im Hinblick auf unseren frühen Aufbruch vor, dass wir uns für heute verabschieden. Nach meiner Erfahrung werden wir morgen unsere Kräfte brauchen.« Dieser Vorschlag Margas fand allgemeine Zustimmung.

Schnell beendete Elsa noch einen Brief an Sophie. Wer weiß, ging es ihr durch den Kopf, wie lange die Post von der andere Inselseite braucht. Der Wirt versprach hoch und heilig, den Umschlag gleich am nächsten Tag auf die Post zu bringen.

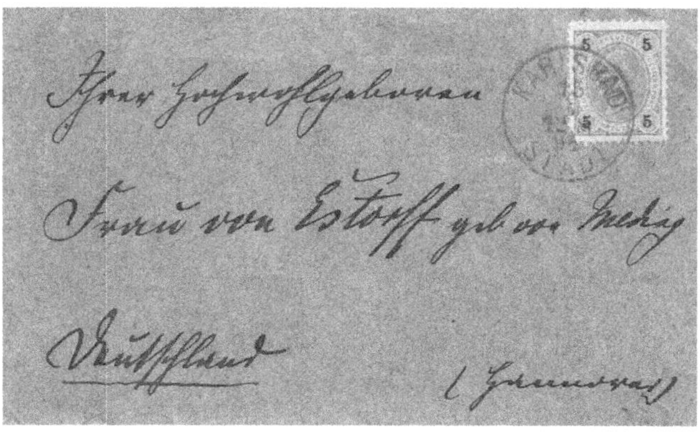

Die Inselüberquerung: Von Santa Cruz nach Los Llanos

Pünktlich um Viertel nach sieben versammelte sich die Reisegruppe. Um die Sicherheit der Fremden besorgt, hatte Pedro noch einen zweiten wegkundigen Führer mit einem Reservemaultier angeheuert, damit die Karawane vorne und hinten geleitet wurde. Zunächst aber erregte die Reisekleidung der Damen mehr oder weniger diskret verborgenes Erstaunen bei den Herren – einzig Cord zeigte sich wenig überrascht, da er eine ähnliche Kostümierung von seinen Fahrradtouren mit Elsa gewohnt war. Alle Damen trugen Hosen und darüber fast wadenlange, kaftanähnliche Jacken mit hohen seitlichen Schlitzen. Sichtlich irritiert zeigt sich vor allem Bert von Rohr, dem bereits die Reformkleidung der Damen während der Schiffsreise wenig gefallen hatte.

»Alles eigene Kreationen von Sophie von Elßtorff«, merkte Isidora scheinbar nebenbei an, denn sie vermutete, dass dies bei ihm mehr Eindruck machen würde als der Entwurf einer Hausdame.

Bert von Rohr schluckte und meinte brummig: »Es ist eine Bekleidung, die sich für eine Dame normalerweise nicht schickt, aber zum Reiten wohl praktisch ist.«

»Viele Frauen, die auf Reisen gehen, auch in Afrika, sind zu dieser praktischen und vernünftigen Kleidung für unterwegs übergegangen«, entgegnete Isidora so sachlich und bestimmt, dass das Thema damit beendet war.

Sieben Esel trugen das Reisegepäck, ein weiterer war mit großen Satteltaschen aus Baumwolle beladen, um Lebensmittel und Getränke für die Überquerung der Insel sowie einige Handelswaren zu transportieren. Das Pferd, welches man schließlich mit viel Geld und guten Worten für Bert besorgt hatte, war relativ klein, aber kräftig.

Ebenso vergeblich wie der einheimische Führer versuchte Pedro ihn noch mal umzustimmen: »Señor Roberto, die Maultiere sind klug, ausdauernd und zäh und viel geeigneter für unsere schlechten Saumpfade als das beste Pferd! Diese Tiere können auf der Ebene wunderbar rennen – darum gibt es zu Ehren der Jungfrau del Pino bei El Paso, an deren Kapelle wir vorbeikommen werden, auch ein traditionelles Rennen zwischen zweien dieser edlen Tiere. Für den Weg hoch über die Cumbre Nueva jedoch, die wir beim Reventón auf immerhin 1.400 Meter Höhe überqueren, ist ein Pferd einfach nicht geeignet.«

Völlig unbeeindruckt schüttelte Bert den Kopf. »Nichts könnte mich dazu bringen, auf einem der tückischen, dummen Maultierbestien zu reiten!« Allen Umstehenden war klar, dass er es als unter seiner Würde empfand, auf ein Maultier zu steigen.

Der Auszug aus der Stadt morgens um halb acht wurde lautstark von Kindern und Hunden begleitet. Ebenso von neugierigen Blicken, wenn sich einer der kleinen Fensterläden vor den Sprossenfenstern einen Spaltbreit öffnete. Auf den gemauerten Sitzbänken saßen oft die Frauen mit ihren Handarbeiteten. So verfolgten viele Augenpaare die kleine Karawane.

Von einer Straße konnte bereits kurz nach Verlassen der Hauptstadt keine Rede mehr sein. Der Weg, dem sie folgten, wand sich oft steil und kurvig den Berg hinauf, über Jahrhunderte ausgetreten von Maultieren, Eseln, Ziegen und Menschen. Zwischen glatt geschliffen wirkenden Felsstücken lag tückisch rutschendes Geröll.

»Das fruchtbare Gelände hier, welches sich nach Süden hin öffnet, ähnelt dem Orotava-Tal auf Teneriffa«, bemerkte Pedro.

»Nun, dann haben wir wenigstens eine Idee davon, was wir auf Teneriffa verpasst haben«, entgegnete Isidora.

»Weiter im Süden hingegen ist der Boden viel schlechter, deshalb heißt die Gegend auch Malpais, schlechtes Land, weil man hier nicht viel anbauen kann. Dort wächst aber immerhin um Fuencaliente der gute Wein, den Sie gestern Abend gekostet haben«, erklärte Pedro.

So weit das Auge reichte, war der Landstrich übersät mit Weinbergen, Gehöften, Dörfern und großen Fincas. Häufig kamen sie an strohgedeckten Holzhütten vorbei, der einfachen Behausung der Landbevölkerung, selbst die Wohlhabenderen konnten sich offenbar nur niedrige Bruchsteinhäuser leisten. Unten, an der Steilküste, brandeten die Wellen, oben, die steilen Abhänge hinauf, bedeckten Wälder die Berge, deren schroffe Spitzen oder Vulkankegel hier und da aus der Schicht der weißen Passatwolken hervorlugten. Sowohl viele Fincas als auch die zahlreichen künstlich angelegten Terrassen waren aus Natursteinen errichtet. Palmen, Feigenbäume, Oleander und Bougainvillea in kräftigem Rosa, Orange und Weiß, dazwischen Gruppen mit Kakteen, gaben dem Ganzen ein buntes, südländisches Flair.

Das grandioseste Schauspiel jedoch, das die deutschen Reisenden sicherlich nie vergessen würden, bot der schneebedeckte Gipfel des Pico de Teide, der wie eine Vision über dem Meer leuchtete. Denn die Insel Teneriffa selbst blieb im Dunst und Seenebel völlig verborgen.

»So verwunschen, wie mir hier manches vorkommt – wer weiß, ob dies nicht doch die Reste des sagenumwobenen untergegangenen Atlantis sind.« Isidoras schriftstellerische Ader zeigte sich von der Aussicht inspiriert.

»Es passt vieles sehr gut zu dem riesigen Inselreich, von dem Platon berichtet«, stimmte ihr Cord zu, den sein belesener Vater bei den Reisevorbereitungen unterstützt hatte. »Die Insel des Atlas, die jenseits der Säulen des Herkules lag, soll reich an Tieren, Pflanzen und Rohstoffen gewesen sein und ging während einer gewaltigen, sintflutartigen Überschwemmung unter.«

Den anerkennenden Blick, den ihm Elsa zuwarf, genoss Cord ebenso wie den kurzen, fast eifersüchtigen Laut, den Bert von Rohr von sich gab.

So zauberhaft der Anblick des schneebedeckten Teide auch war, es galt dringlicher denn je, die Augen auf den Weg zu heften. Denn dieser wurde, schon weit oberhalb von San Pedro, mittlerweile in einer Zone, die mit kleineren Bäumen nur locker bewachsen war, schlichtweg katastrophal. »Wir befinden uns auf einem der alten caminos reales, der Königswege, die mehr oder weniger dicht mit groben Bruchsteinen gepflastert sind«, erklärte Pedro. »Obwohl es an Material zur Verbesserung des Weges durchaus nicht mangelt, ist hier seit Jahrhunderten kaum etwas gebaut worden.«

Die Maultiere gingen am äußersten Rand des Pfades, was Emilie sehr schwindelig machte. »Vermutlich hat das Tier auch Lasten getragen und geht aus der Gewohnheit so, damit das Transportgut nicht an die Felswand streift.« Pedro lachte herzlich, als sie diese Vermutung bei der nächsten kleinen Pause äußerte.

»Nein, das Maultier ist einfach vorsichtig, falls es stolpern sollte, lässt es sich zum Berg fallen, sonst würde es samt des Reiters in den Baranco stürzen. Wird es richtig steil und gefährlich, vor allem bergabwärts, geht der Maultiertreiber hinter dem Tier und hält es am Schwanz fest – so kann er auch notfalls helfen, dass es nach innen stürzen kann.«

Damit war den Deutschen auch klar, wozu der zweite Führer so dringend gebraucht wurde.

Pedro erwies sich als Reisegefährte mit heiterer Gemütsart, der über einen unglaublichen Schatz an Liedern verfügte, die gefühlsreich Liebe, Jugend, Hoffnung und Fröhlichkeit besangen. Besonders liebte er die Lieder von seiner Insel.

Weiter aufsteigend, schien der Weg plötzlich zu verschwinden. Aber er wand sich wieder ein Stück bergab, um sich dann zwischen dichten

Gruppierungen von Farnkraut weiterzuschlängeln. Zwischendurch gab es Wegabschnitte, die hauptsächlich aus schwarzem Lavageröll und Kakteen bestanden. »Das sieht aus wie Koks und Kaktus«, brummte Cord, dem diese Kargheit sehr ungewohnt dünkte.

Die unterschiedlichen Arten von Lorbeerbäumen hatten Platz gemacht für die Kiefern, die von der Baumheide abgelöst wurden. Begleitet vom Gesang der Vögel, von denen einige nur auf dieser Insel vorkommen, wie Pedro stolz berichtete, wurden die Reisenden plötzlich von einigen dicken Wolken so verschluckt, dass man die Hand nicht mehr vor Augen sehen konnte. Entsprechend verlangsamte sich das Tempo. Kurz darauf hatte ein Erdrutsch den Weg fast unpassierbar gemacht.

»Seht nur, wieder ist an einer gefährlichen Stelle ein Kreuz aufgehängt. Das ist doch wirklich christlich, so für Warnung und den Schutz der Menschen zu sorgen – wahrhaftig mal ein Grund, die katholische Kirche zu loben.« Aus Heinrichs ironischer Anmerkung sprach eine enge Beziehung seiner Familie zum Protestantismus, in der es einige Sympathien für Bismarcks Kulturkampf gegen die Katholiken gegeben hatte.

Pedro zuckte entschuldigend mit den Achseln und entgegnete mit einem schiefen Lächeln: »Die Kreuze haben die Angehörigen derjenigen aufgestellt, die an diesen Stellen abgestürzt sind. Das ist allemal billiger, als endlich die Wege besser auszubauen.«

Spätestens jetzt entschieden sich alle nach einem kurzen Blickwechsel, abzusteigen und zu Fuß weiter zu gehen. Bert schien das Abenteuer immer weniger Freude zu machen, weder grandiose Aussichten noch freundliche Worte konnten seine Miene erhellen. Stur blieb er auf seinem Pferd sitzen und bedachte alle mit hochmütigen Blicken. Inzwischen war es richtig kalt geworden, von frühsommerlichen Temperaturen konnte keine Rede mehr sein. Pedro erklärte. »So ungefähr alle zweihundert Meter wird es ein bis zwei Grad kälter.«

Schultertücher, Jacken und Decken wurden ausgeteilt.

Dankbar mummelte sich Elsa in eine warme Jacke. Während sie sich die Beine vertraten, bemerkte Marga: »Wie gut, Elsa, dass du uns zu den Hosen überredet hast. Der Weg kommt mir noch schlechter vor als damals.«

Bert von Rohr schimpfte vor sich hin. »Das sind hier ja Verhältnisse wie im Mittelalter. So etwas wäre bei uns völlig unmöglich!«

»Auch bei uns gibt es noch Transporte mit Eseln«, entgegnete Cord mit innerem Vergnügen. »Im Oberharz zum Beispiel werden die entlegenen Bergbauorte durch Eselkarawanen von zwanzig oder mehr Tieren mit Lebensmitteln, Getreide und Hülsenfrüchten versorgt.«

Doch Bert von Rohr zuckte nur mit den Achseln.

»Hier gibt es außerhalb der Ortschaften noch keine Straßen, sondern nur Saumpfade«, erklärte Pedro. »Wie bereits gesagt, da hinken wir den Verhältnissen in Europa weit hinterher.«

»Mulah, Mulah«, rief der Führer, »arriba, arriba!« Und tatsächlich setzten sich die Esel nach der Pause wieder in Bewegung. An einigen Stellen ging es so steil bergab und wieder bergauf, dass sich Emilie fragte, wie viele Menschen und Tiere beim Erklimmen dieser Pfade wohl schon in den Abgrund gestürzt waren und dort ihr Leben gelassen hatten.

Indessen forderte der kräftezehrende Weg dem Pferd, mitsamt dem Reiter auf seinem Rücken, seinen Tribut ab. Schon nervös geworden, kam es mit dem rechten Vorderhuf ins Rutschen, fing panisch an zu wiehern, und dann ging alles so schnell, dass auch die erfahrenen Maultiertreiber nicht mehr eingreifen konnten. Emilie, die hinter Pedro ritt, sah, wie dieser sich bekreuzigte, der davor reitende Bert sich in letzter Sekunde aus dem Sattel Richtung Felswand schmiss und das Pferd mit einem durch Mark und Bein gehenden Schrei kopfüber in den steilen Abgrund stürzte. Mit schmerzverzerrtem Gesicht rieb sich Bert die linke Schulter. Von unten drangen die Schmerzenslaute des Tieres herauf. Ein kurzer, heftiger Wortwechsel mit Pedro, dann gab Bert den Übrigen mit herrischer Geste zu verstehen, dass sie warten sollten. Pedro und er gingen vorsichtig um die nächste Biegung, dann erklangen drei Schüsse und danach herrschte absolute Stille.

Als Erster kam Pedro zurück, hob mit fatalistischer Miene die Arme, murmelte auf Spanisch vor sich hin, dass Extranjeros sich eben nichts sagen ließen. Das Gesicht von Bert hingegen schien völlig versteinert.

Sein Blick hing sekundenlang an den Gesichtern der Zwillinge. Dann nahm er kommentarlos das Reserve-Maultier, welches vorsorglich mitgeführt worden war.

Plötzlich war ihm alles klar. Während er stumpf vor sich hinblickte, grübelte er, wieso es ihm erst jetzt wie Schuppen von den Augen fiel. Wahrscheinlich durch die Todesangst, die er erlitten hatte. Die Augenbrauen der Schwestern, die ihm doch schon die ganze Zeit aufgefallen waren, ähnelten exakt denen seiner Tante. Er rieb sich die schmerzende Schulter und versuchte den Schock dadurch zu überwinden, dass er sich nur noch auf den Weg konzentrierte.

Rufe waren zu hören, und der Führer dirigierte die Karawane auf eine kleine Lichtung am Wegesrand. Kurze Zeit später wurde allen der Grund dieses Manövers klar, da ihnen ein Händler auf einem Esel entgegenritt. Offensichtlich kannte er den Führer Honorio, der auch allen bedeutete abzusteigen. Der Hausierer begann sofort, eine seiner Satteltaschen zu öffnen. »Die Händler ziehen mit einem Esel durch die Gegend und bieten Kämme, Faden, Nadeln, Stoffe, allerlei Tand wie Glasperlen, auch Haushaltgegenstände wie Kochtöpfe, Messer und kleines landwirtschaftliches Gerät gegen Naturalien an«, erklärte Pedro. »So können sie Getreide, Mandeln, getrocknete Kaktusfrüchte und Feigen, Gofio und geräucherten Ziegenkäse eintauschen.«

»Was ist denn Gofio?«, fragte Cord, dem mit schlechtem Gewissen einfiel, wie wenig er sich bisher an Gerichten für seinen Vetter Johann notiert hatte.

»Auf Gofio schwört man hier«, entgegnete Marga, und Pedro nickte zustimmend. »Es ist eine Art Vollkornmehl aus Weizen, Gerste und Mais, die vor dem Mahlen in der Pfanne geröstet werden.«

Der Händler machte sich inzwischen, unterstützt von Honorio daran, für die Fremden eine kleine Kostprobe der einheimischen Erzeugnisse vorzubereiten. In eine flache Blechschüssel schüttete er etwa zwanzig Esslöffel des Gofios und fügte aus seiner Wasserflasche etwas Flüssigkeit hinzu. Mit den Fingerspitzen einer Hand zerkrümelte er die Masse. Marga, der klar war, dass sie gleich probieren mussten, verbot sich jeden Gedanken über den Reinlichkeitszustand dieser Hand. Pedro zeigte, wie es ging: Er griff in die Masse, drückte die Hand zusammen und biss von dem kleinen Klumpen ab. Nun wurde die Schale herumgereicht, und alle, bis auf Bert, probierten das, wie Pedro sagte, nahrhafte Nationalgericht. Cord fand den Geschmack ganz interessant, der durch das Rösten des Getreides etwas nussig, leicht süß und malzig war.

»Wir essen das zu Fisch, Fleisch, Gemüse und Suppen. Gofio, Fleisch, Kastanien, Eier und Ziegenkäse, das macht unsere Männer stark!«

Inzwischen machte geräucherter Ziegenkäse die Runde, der Elsa, ebenso wie die getrockneten Feigen, hervorragend schmeckte. »Ja, es geht nichts über gute Produkte, die frisch vom Land sind«, befand Marga, die nicht umsonst im von Elßtorffschen Garten mitten in der Stadt Kräuterbeete angelegt hatte.

Bert von Rohr starrte weiter vor sich hin und nahm nichts von den Kostproben an. Schließlich drängte der Führer zum Aufbruch. Pedro verhandelte leise mit dem Händler, einige Scheine wechselten den Besitzer. Pedro übereichte jeder der Damen ein Tuch und einen

Strohhut. »Lassen Sie sich in Los Llanos zeigen, wie man diese nützliche Kopfbedeckung bei Sonne trägt.«

Endlich war der Pass erreicht, und die Aussicht auf die Westseite der Insel faszinierte Elsa sofort. Während sie sich umsah, fing ihr Herz an, schneller zu schlagen. Die Nachmittagsonne flirrte durch die langnadeligen Kiefernzweige der oft mächtig hohen kanarischen Kiefern. Der Blick nach rechts fing sich an einer zerklüfteten, bis weit oben mit Kiefern bewachsenen Felsformation.

»Das muss die Cumbrecita sein, der Eingang zu dem riesigen Krater der Caldera«, erklärte Bert, der ihrem Blick gefolgt war und eng neben ihr stand. »Dort hinein würde ich zu gern einmal wandern, wobei ich schon gehört habe, dass man einen Führer braucht. Es handelt sich um anspruchsvolle Wanderungen, denn es gibt sehr steil abfallende Pfade, und das Vulkangestein ist brüchig und wird leicht vom Regen unterspült.«

Er muss sich gerade vor Elsa nach dem Fiasko mit dem armen Pferd wieder hervortun, argwöhnte Emilie und gesellte sich zu ihnen. »Dort unten, das muss El Paso sein, und seht dort drüben, wie romantisch!« Sie zeigte auf eine entzückende kleine Kirche.

»Das ist die kleine Wallfahrtkapelle der Virgen de los Pinos, wir werden daran vorbeikommen, wenn der Weg aus dem Wald heraustritt. Ich fand es schon damals sehr schön und friedlich dort, wir könnten dort noch mal eine Pause machen.« Marga, deren Allerwertester ebenso verspannt war wie ihre Oberschenkel, merkte dass sie bereits ziemlich müde war. »Ich bin ja auch nicht mehr die Jüngste«, seufzte sie still in sich hinein. Umso mehr freute sie, dass sie sofort beifälliges Kopfnicken erntete. »Ich spüre jeden meiner Knochen«, verkündete Isidora leise, und die Zwillinge stimmten unisono zu.

Der Weg schlängelte sich in teilweise steilen Serpentinen weiter abwärts, dann trat die Reisegruppe aus dem Wald heraus in die Sonne. Dankbar lagerten sich die Damen vor der Wallfahrtskirche und genossen den wunderbaren Ausblick auf das Aridane-Tal.

Pedro erzählte: »Die Wallfahrt zu unserer Virgen del Pino erfreut sich großer Beliebtheit. Vielleicht auch deshalb, weil sie direkt am Königsweg liegt. Früher wurde hier eine kleine Marienstatue verehrt, die in einer Aushöhlung des Stammes der großen Kiefer stand. Die Wallfahrt findet alle drei Jahre Anfang August statt.«

Von Ferne wehte das typische Gemecker einer Ziegenherde herüber. Isidora erhob sich, um nach den Tieren Ausschau zu halten. »Sehr nur, da drüben, das sind gewiss mehr als zwanzig Tiere. Ein

Hirte begleitet sie, er hat so etwas wie einen langen Stock in der Hand.«

»Das ist die Lanze, mit der unsere Hirten sich seit alters her ins Tal gleiten lassen und auch gefährliche Abgründe überwinden. Schon unsere Vorfahren, die Guanchen, besaßen Ziegenherden, außerdem schwarze Schweine und Schafe. Aber die Ziegen passen sich am besten den rauen Teilen der Insel an.« Während Pedro erklärte, waren alle aufgestanden und beobachteten, wie ein großer schwarzer Hund heran stob und einige Tiere vorantrieb und sie dann wieder in eine geordnete Formation brachte. Mit stolzer Stimme verkündete Pedro: »Unsere Hirtenhunde, die Bardinos, leisteten schon den Ureinwohnern hervorragende Dienste. Sie sind nicht nur lebhaft, mutig und schnell, sie besitzen auch jenes feine und seltene Gefühl, das es ihnen gestattet, mit dem Menschen in Beziehung zu treten. Der Bardino versteht die Würde des Menschen, kämpft für dessen Sicherheit, gehorcht und hilft ihm. Er liebt seinen Besitzer und weiß genau, wie er sich dessen Liebe erwerben kann.«

»Was für eine Gewese um einen Hund«, knurrte Bert, während Cord, den diese uralten Traditionen interessierten, Pedro in ein Gespräch verwickelte.

Mittlerweile rüstete der Führer Don Honorio zum Weitermarsch.

Sie durchquerten El Paso, warfen einige bewundernde Blicke auf die schöne alte Pfarrkirche, deren Nebengebäude mit aufwändigen Holzbalkonen geschmückt waren.

Eine äußerst steile, mit holprigem Kopfsteinpflaster versehene Straße, von einigen Häusern gesäumt, führte hinab in die Ebene, nach Los Llanos.

Am Ende dieses erlebnis- wie ereignisreichen Tages sagte Marga zu Cord: »Bert von Rohr scheint doch nicht so kaltschnäuzig zu sei, wie wir vermutet haben.«

Der nickte. »Hätte auch nicht gedacht, dass ihn der Tod eines Pferdes so aus der Fassung bringt.«

Beide konnten nicht im Entferntesten ahnen, dass Bert von Rohr ganz andere Dinge umtrieben.

Los Llanos

Von plappernden Kindern und kläffenden Hunden begleitet, ritten sie die Calle Real hinunter zur Plaza España. Ein Junge von etwa zwölf Jahren beäugte die Zwillinge besonders genau, bekreuzigte sich und bog dann im Laufschritt in eine Seitengasse ein. Auch hier säumten ein- und zweistöckige Hauser die Straße. Die mit Ziegeln gedeckten Walmdächer schimmerten im nachmittäglichen Sonnenlicht, die meisten der Holzschlagläden waren geschlossen.

Ein Händler kam ihnen mit einem Karren entgegen, auf dem große Fische lagen. »Hay bonito, bonito fresco!«

»Er verkauft frisch gefangenen Thunfisch, der schmeckt ganz hervorragend, fast wie Kalbfleisch«, erklärte Pedro. »Nun wollen wir uns aber um Ihr Quartier kümmern!«

Alle waren abgestiegen und bewunderten die Kirche und den schönen Platz, dessen Lorbeerbäume angenehmen Schatten spendeten.

Stolz erklärte Pedro: »Die Lorbeerbäume auf der Plaza wurden 1863 gepflanzt. Sie kamen mit der Brigantine Bella Engracia aus Kuba. Es waren wahrscheinlich die ersten, die auf den Kanaren eingeführt und eingesetzt wurden. Die Einheimischen genießen den Schatten besonders im Sommer, sie sagen, das sei der Strand von Los Llanos.«

In diesem Moment entdeckte er eine Dame, die energischen Schrittes auf sie zusteuerte. »Das passt gut«, rief er, »darf ich Ihnen allen unsere hochverehrte Lehrerin, Josefina Wangüemert Lorenzo, vorstellen.«

Die dunkelhaarige Dame, Heinrich schätzte sie auf Mitte vierzig, blickte alle aus klugen grauen Augen an. Sie trug die einheimische Tracht mit einem hellen, am Saum bestickten Rock, Weste und weißer Bluse, hatte ein ebenfalls helles Tuch elegant um Kopf und Schultern geschlungen. Gehalten und gekrönt wurde das Ganze durch einen kleinen Strohhut über der Stirn, der offenbar eher der Dekoration als dem Sonnenschutz diente. »Nun wissen wir schon mal, wie wir die Geschenke von Pedro drapieren müssen«, flüsterte Emilie ihrer Schwester zu.

Doña Josefina nickte Pedro hoheitsvoll, aber freundlich zu, wandte sich dann aber direkt an die Zwillinge, blickte beide konzentriert an und umarmte die eine mit der linken Hand: »Bienvenido Emilie!«, die andere mit der rechten: »Bienvenido Elsa! Herzlich willkommen in der

Heimat.« Tränen traten in ihre Augen. »Das ist die Freude, euch endlich hier zu sehen!«, rief sie mühsam beherrscht aus und mochte die Zwillinge kaum loslassen. Denen verschlug es vor lauter Verblüffung die Sprache.

Heinrich flüsterte Cord zu: »Unglaublich, sie hat die Zwillinge sofort richtig zugeordnet, das soll ihr mal einer nachmachen.« Seine Wissbegier siegte: »Wer sind Sie? Wieso konnten Sie die Zwillinge auseinanderhalten?«, fragte er.

Lächelnd erwidert Josefina: »Ich bin eine gute Freundin und Vertraute von Hanna Sander, deren Haus ich in Ordnung halte und dort einen Flügel bewohne. Die Zwillinge trug ich als Kinder so oft auf dem Arm, da weiß ich, welche welche ist.«

»Und woher sprechen Sie so exzellent Deutsch?« Cord konnte seine Neugierde kaum bezähmen.

»Nun, zuerst habe ich Hanna Spanisch beigebracht, als sie hier 1867 auf unsere Insel kam, und später dann Ernestine. Ich habe mit den beiden Deutsch gesprochen und sie mit mir Spanisch. Wir hatten viel Spaß und haben dabei großartig gelernt. Was für schöne Zeiten wir miteinander erlebten. Nun ist Hanna schon lange tot und Ernestine verschollen.«

Ihr Blick, der sich für einen Moment verdunkelt hatte, fiel jedoch nun auf Marga, und nach einem kurzen Moment des Zögerns nahm sie auch diese in die Arme und küsste sie auf beide Wangen. »Marga, welche Freude! Dass du nach so vielen Jahren wieder auf die Insel kommst, daran habe ich nicht mehr geglaubt.«

Nun hatten alle vier Frauen Tränen in den Augen. Besonders Marga freute sich, die vertraute Freundin von Hanna wiederzusehen.

Nachdem alle einander vorgestellt worden waren, erklärte Josefina zu den Zwillingen gewandt: »Nun bringe ich euch zu eurem Haus, in die Calle Fernández Taño.«

»In das Haus von Ernestines Patentante, von Hanna Sander?«, fragte Marga erstaunt.

»Ja, wisst ihr denn nicht, dass Hanna das Anwesen ihren beiden Töchtern und ihrem Patenkind Ernestine hinterlassen hat? Und ich habe mich all die Jahre darum gekümmert und wohne dort in einem Seitenflügel. Es gibt reichlich Platz, ihr werdet sehen.«

Die erstaunten Gesichter sagten alles.

»Offenbar ist Post auf beiden Wegen verloren gegangen. Das passiert hier nur allzu oft. Aber immerhin kam beim Notar ein Schreiben an, dass die Zwillinge, die Töchter von Hanna Sander-Martín, auf die Insel kommen, um nach ihrer Familie zu forschen. Daher gab ich

Anweisung an meine Schüler, wenn auf der Plaza zwei junge Damen ankommen, die Zwillinge sind, mir sofort Bescheid zu geben!«

Elsa schwirrte der Kopf: Sie hatten ein Haus geerbt? War dann Hanna doch ihre leibliche Mutter? Post war verloren gegangen? Sie blickte zu ihrer Schwester, die sie verwirrt anblickte. »Es scheinen uns hier einige Überraschungen zu erwarten«, meinte Emilie leise.

»Jetzt kommt erst mal zum Haus«, schlug Josefina vor, »damit ihr euch etwas ausruhen und frisch machen könnt. Es wird so viele Fragen und eine Menge zu erzählen geben – dafür werden wir viel Zeit benötigen. Wenn ihr nicht zu müde seid, können wir zu Fuß gehen.«

Elsa besann sich auf Bert von Rohr, der dem Geschehen mit beobachtender Miene gefolgt war. »Haben wir so viel Platz, um auch unserem Reisegefährten Robert von Rohr Gastfreundschaft anbieten zu können?«

»Aber ja, das ist auf jeden Fall viel komfortabler als in unserer Posada«, antwortete Doña Josefina lächelnd. Sie gab Anweisungen an den Führer Honorio, die Esel und Maultiere zum Haus zu bringen und abzuladen, und bedeutete Heinrich, ihm ein gutes Trinkgeld zuzustecken.

Pedro verabschiedete sich formvollendet und etwas traurig: »Ich weiß Sie alle in besten Händen.«

»Wir geben dir Nachricht, wann wir dich zum Essen einladen.« Eine Aussicht, die ihn sofort wieder strahlen ließ und die er mit einer dankbaren Verbeugung vor seiner ehemaligen Lehrerin quittierte.

Sie gingen ein kleines Stück zurück, bogen links in die Calle Luna ab und erreichten, nachdem sie eine weitere Querstraße passiert hatten, die Calle Fernández Taño. Die Straße stieg ein wenig an, und schließlich hielt Josefina auf der rechten Seite vor einem einstöckigen, weiß gestrichenen Haus mit dem typischen, mit Mönch und Nonne gedeckten Ziegeldach. Sie öffnete aber nicht die Eingangstür direkt an der Straße, sondern eine Gartenpforte. Längs des Hauses, entlang eines offenbar später angebauten Flügels mit Flachdach, erstreckte sich ein mit Wein bewachsener Laubengang bis zum Ende des Gebäudes, Bänke luden zum Verweilen im Schatten ein. Während Josefina nun hier eine weitere Haustür öffnete, gingen die Zwillinge Hand in Hand weiter, bis sich ihnen ein freier Blick auf das weitläufige terrassierte Grundstück mit zwei großen Wassertanks bot.

»Es scheint doch noch etwas in unseren Erinnerungen zu sein«, murmelte Emilie.

»Ja, das geht mir auch so. Und wenn ich diese vielen verschiedenen Gartenecken und die unterschiedlichen Pflanzen sehe, fühle ich mich auf vertrautem Terrain.«

»Hier habt ihr als kleine Kinder am liebsten gespielt.« Josefina gesellte sich zu ihnen. »Inzwischen sind natürlich viele Bäume und Sträucher kräftig gewachsen. Der Ehemann von Hanna nutzte ja das Gelände, um mit unterschiedlichen Pflanzen zu experimentieren. Inzwischen ist es ein kleines botanisches Paradies.«

Unterdessen war Marga dazugekommen und wurde von den Zwillingen in die Mitte genommen.

»Dort hinten, am Ende des Grundstücks, steht der Kaffeebaum. Wir trocknen und rösten seine Bohnen. Gleich hier vorne wächst ein Olivenbaum. Unterschiedliche Orangensorten, Mandarinen, Zitronen, Limetten, Bananen, Avocados, Aprikosen, all das wächst hier in Hülle und Fülle.«

»Es ist ein Paradies«, murmelte Emilie.

»Was ist zum Beispiel mit Äpfeln?«, fragte Heinrich, der ihnen zusammen mit Cord und Bert gefolgt war.

»Die wachsen besser in Puntagorda, das ist weiter im Norden und höher gelegen«, erklärte Josefina, »aber nun zeige ich euch erst mal eure Zimmer. Hannas Mann hat damals zwei Flügel anbauen lassen und eine Bodega – dadurch haben wir reichlich Platz. Die Herren bekommen jeder einen Raum im linken Flügel, der sich zum Patio öffnet, die Damen bekommen die Räume zur Gartenseite und werden garantiert von den Hähnen geweckt.«

Die Zwillinge richteten sich häuslich in einem großen Zimmer ein, dessen altmodische, schlichte Einrichtung ihnen anheimelnd erschien. Josefina hatte die Schlagläden geöffnet, so dass Licht in den Raum flutete und der Blick in den Garten fiel. »Das war übrigens früher euer Zimmer. In der Truhe aus Tea-Holz da in der Ecke hattet ihr eure Spielsachen.«

»Tea-Holz?«, echote Emilie fragend.

»Das ist das harte Kernholz der kanarischen Kiefern. Es ist sehr robust«, erklärte Josefina. »Natürlich habe ich euch andere Betten hineinstellen lassen. Und Tisch und Stühle und einen kleinen Schreibtisch – so könnt ihr euch jederzeit zurückziehen. Packt in Ruhe aus. Wir werden in zwei Stunden gemeinsam essen, es wird typisch kanarische Küche geben. Ihr könnt auch gern durch den Garten gehen oder euch in die Bibliothek setzen.«

Die Wohnräume mit Bibliothek, Salon und Esszimmer befanden sich im alten Teil des Hauses. »Früher waren hier mehrere kleine Räume, das haben Hanna und ihr Mann damals herausreißen lassen, und so ist dieser großzügige Raum unter dem Walmdach entstanden.

Der geschnitzte Balken in der Mitte ist übrigens für ein Wohnhaus ganz ungewöhnlich, das gibt es sonst nur in der Kirche.« Josefina ließ selbstgemachte Zitronenlimonade reichen.

Cord streifte neugierig an den Bücherregalen entlang, die mit viel spanischer Fachliteratur über landwirtschaftliche Fragen, Pflanzen und Biologie gefüllt waren. Die Zwillinge entdeckten unterdessen auch einige alte deutsche Romane.

Schließlich wurden die Reisenden zu Tisch gebeten.

»Wir essen heute früher als gewöhnlich, nicht um neun, sondern bereits um halb acht, es werden sicherlich alle hungrig sein.«

Als Erstes kam eine große Suppenterrine auf den Tisch. »Potaje de garbanzos, Kichererbsen-Suppe«, verkündete Josefina und begann die tiefen Teller zu füllen.

Cord war begeistert von der Suppe und heilfroh, dass er jetzt sein an Johann gegebenes Versprechen, Rezepte zu notieren, ohne große Sprachprobleme einlösen konnte.

»Kichererbsen habe ich noch nie gegessen«, bemerkte er nach dem fünften Löffel, »sie schmecken ausgesprochen lecker. Wie ein Eintopf zu Hause, aber eben doch anders, auch fremdartig gewürzt.«

»Das liegt an den Lorbeerblättern, einigen anderen Gewürzen und dem einheimischen Safran, den wir hier aus Krokus und anderen Blüten selbst machen.«

Es gab geräucherten Ziegenkäse mit Schinken, dazu ein köstliches Brot, das mit einem Hauch Anis gebacken war. »Unser Brot backe ich meist selbst«, erklärte Josefina, »das hat mir Hanna beigebracht. Ihr werdet morgen auch eine Art Vollkornbrot zum Frühstück bekommen. Wir haben hinten bei der Bodega einen ausgezeichneten Ofen.«

Danach kamen kleine, schrumpelige, in Meersalzwasser gegarte Pellkartoffeln, eine grüne, mit Koriander abgeschmeckte kalte Sauce, dazu gebratener Thunfisch. Eine Salatplatte mit Tomaten, Zwiebeln, Oliven, mit Sardellen garnierten Avocadoscheiben mit frischen gehackten Kräutern vervollständigte das Angebot.

»So etwas Köstliches wie diesen Thunfisch habe ich noch nie gegessen«, schwelgte Isidora nach dem letzten Bissen.

»Heute Morgen in Puerto Tazacorte gefangen und auf der plancha, der heißen Platte, mit etwas Knoblauch gebraten. Er muss auf den Punkt gegrillt werden, sonst wird er trocken«, erklärte Josefina.

Immer wieder gab es lobende Worte über das Essen, dessen Zutaten kaum frischer sein konnten. Einzig Bert von Rohr zeigte sich an diesem Abend sehr zurückhaltend. Marga vermutete, dass ihm die Speisen zu einfach zubereitet, zu bäuerlich erschienen. Inzwischen hielt es Elsa, der Fragen über Fragen durch den Kopf schwirrten, nicht mehr aus: »Josefina, es gibt so vieles, was wir wissen möchten …«

Doch diese hob abwehrend die Hand. »Morgen, nachdem wir beim Notar waren, beantworte ich euch alles, so gut ich kann.«

Elsa, die sie genau beobachtete, bemerkte, dass sie einen winzigen Blick auf Bert warf. Ob Josefina nicht möchte, dass ein Fremder zuhört?, ging es ihr durch den Kopf.

»Bienmesabe war euer Lieblingsnachtisch, und daher gibt es heute ›Es schmeckt mir gut‹.« Da sie sah, dass Cord bereits wieder zum Stift griff, um mitzuschreiben, erklärte Josefina: »Geschälte und gemahlene Mandeln werden in Zuckersirup gekocht und mit Zitronenschale, Eigelb und Zimt verfeinert. Das genaue Rezept werde ich dir noch erklären, Cord.«

Immerhin schien der Nachtisch der kritischen und verwöhnten Zunge von Bert von Rohr zu munden, denn er ließ sich nachgeben.

Nach dem reichlichen Mahl mussten noch alle vom ebenfalls selbst hergestellten Aguardiente kosten, einem Verdauungsschnaps. »Dieses brennende Wasser ist aus den Rückständen von gekelterten Trauben gebrannt, man kann es aber auch aus Zuckerrohr oder Früchten herstellen«, erklärte Josefina in die Runde, wo sich vor allem die Damen nach dem ersten Schluck zunächst mal schüttelten.

Schon bald löste sich die Gruppe auf, alle waren müde von dem Ritt quer über die Insel. Emilie und Elsa saßen noch Hand in Hand am Fenster. »Was wir wohl diese Nacht träumen werden, wo wir das erste Mal wieder in dem Haus schlafen, in dem wir geboren wurden?« Sinnend blickte Emilie noch einmal in den dunklen Garten, bevor sie die Schlagläden schloss.

Bereits um acht Uhr trafen sich alle zum Frühstück, das die unermüdliche Josefina, unterstützt von ihrer Nichte Rosa, unter dem Laubengang aufgetischt hatte.

Josefina hatte von Hanna gelernt, verschiedene köstliche Marmeladen und Gelees zu kochen, eigenes Vollkornbrot zu backen, es gab Topf-Kuchen, Schmalz und feine Leberwurst mit Majoran, Muskat und Nelke. All diese nun schon länger entbehrten Genüsse wurden mit einigen Ohs und Ahs begrüßt, wobei man sich auch den aromatischen Honig von der Insel ebenso munden ließ wie die Eier und einen Ziegenfrischkäse.

Die Zwillinge, die beide schlecht geschlafen hatten, zeigten keinen großen Appetit. Vor allem Elsa war von unruhigen Träumen heimgesucht worden, in denen sie, eingekeilt in eine Menschenmenge, immer wieder verzweifelt nach Emilie suchte.

Ebenfalls angespannt und unausgeschlafen erschien Bert von Rohr. Die Aufregung vor dem für zehn Uhr anberaumten Notartermin war mit Händen zu greifen. Josefina und Heinrich sollten die Zwillinge begleiten. Schließlich schlug Josefina den übrigen einen Erkundungsspaziergang vor. »Geht an der Markthalle vorbei bis zum Dorf Argual. Wenn ihr dort von dem kleinen Platz aufs Meer blickt, dann macht euch klar, dass nun nur noch der Atlantik kommt und dann Amerika. Ich versuche Pedro zu euch zu schicken, damit er euch noch einiges zeigen kann, zum Beispiel auch den Waschplatz. Kommt gegen zwei Uhr zu einem Imbiss, einem Almuerzo, zum Haus.«

Familiengeschichten

Pünktlich um zehn Uhr befanden sich die Zwillinge samt Begleitung vor der Tür des Notars, der in einem zweistöckigen Haus mit schönen Holzarbeiten an der Ecke der Calle Real und der Calle Díaz Pimienta residierte. Einige Angestellte in schlecht sitzenden dunklen Anzügen huschten mit Aktenbündeln den langen düsteren Flur entlang und verschwanden in einem der zahlreichen Räume.

»Don Emilio wird auch bald kommen«, meinte Josefina mit leiser Stimme, »auf La Palma kennt man keine deutsche Pünktlichkeit.«

In der Tat konnten sie in aller Ruhe das angebotene Tässchen Kaffee – un cafecito – genießen, bis Don Emilio, ein beleibter kleiner Herr um die sechzig, sichtlich irritiert beim Anblick der ihn schon erwartenden Mandanten, seine Kanzlei betrat.

Nun wurden alle in einen großen Raum mit einem riesigen Schreibtisch komplimentiert, hinter dem der Notar sich gewichtig niederließ. Da er recht hoch hinter der Schreibtischplatte thronte, vermutete Elsa, dass er dies einem dicken Kissen auf seinem Stuhl verdankte. Unmengen von Aktenbündeln lagerten in Regalen, auf Tischen und Stühlen. Emilie fragte sich besorgt, ob der Notar da wohl noch den Überblick habe.

Diese Sorge erwies sich jedoch als unbegründet. Der Notar, der noch einige Artigkeiten mit Josefina austauschte, dabei zwischendurch immer wieder die Zwillinge fixierte, zog einige versiegelte Päckchen zu sich heran.

»Zunächst habe ich einige Unterlagen, welche Hanna Maria Sander hier deponiert hat. Mit der Anweisung, dies alles im Juli 1893 mit einem Boten an Sophie von Elßtorff zu schicken oder bei persönlichem Erscheinen an Elsa oder Emilie Martín-Sander oder Bevollmächtigten auszuhändigen. Es enthält das Testament«, erneut wurden die Zwillinge mit einem prüfenden Blick bedacht, »Ihrer Mutter. Wenn ich bitte Einsicht in Ihre Papiere nehmen darf.«

Nach kurzer Prüfung fragte er erstaunt: »Sie haben zwei unterschiedliche Nachnamen? Wie erklärt sich das?« Brummend gab er sich mit den Erläuterungen von Heinrich zufrieden. Dann begann er, das Testament in rasend schnellem Spanisch zu verlesen.

Den Zwillingen schwirrte der Kopf, sie verstanden nur einige Brocken, zumal das Ganze voller juristischer und gedrechselter Phrasen steckte. Aber eines war klar: Das Haus und ein kleines Vermögen erbten die Töchter Emilie und Elsa und Hannas Patenkind Ernestine zu gleichen Teilen.

»Es ist also doch so, Hanna ist unsere Mutter, und das wunderschöne Haus unserer Geburt gehört uns und der verschollenen Ernestine«, flüsterte Emilie aufgeregt Elsa und Heinrich zu.

Der Notar blickte fragend und irritiert zu Josefina, die jedoch nur meinte, es sei nichts Wichtiges, und den Zwillingen einen scharfen Blick zuwarf.

Heinrich, in seiner Rolle als männlicher Beschützer, fragte den Notar in etwas stockendem Spanisch, nachdem er das extra mitgenommene große Wörterbuch konsultiert hatte: »Solange wir hier sind, sollten die Zwillinge ins Grundbuch eingetragen werden – dabei können Sie uns gewiss behilflich sein?«

»Nun ja, das Kataster …«, der Notar fuhr sich mit dem Zeigefinger in den Kragen, »wissen Sie, hier wird viel mit Privatverträgen gearbeitet und nicht mit einer escritura pública. Für eine solche würden viele Kosten anfallen, und so ist unser Kataster nicht immer auf dem neuesten Stand. Möglicherweise hat jedoch der Vater der Zwillinge, der Agrarökonom Rafael Martín-Perez, eine Eintragung betrieben – ich werde das prüfen lassen.« Er blickte in die Runde und fixierte dann die Zwillinge. »Es gibt noch weitere Papiere für Sie beide. Diese stammen von Ernestine Jacob, die ich die Ehre hatte, kennenzulernen. Im Übrigen ist diese Testamentseröffnung insofern wichtig, dass Sie offiziell Ihr Erbe antreten. Es gab einige weitläufige Verwandte von Don Rafael, die sich wohl Hoffnungen machten, den ansehnlichen Besitz hier doch noch zu bekommen.« Ein kurzer, vielsagender Blick flog zwischen ihm und Josefina hin und her, was lediglich Heinrich bemerkte, denn die Zwillinge schrien gleichzeitig leise auf.

Der Notar griff nach einem in Papier eingeschlagenes Päckchen, das mit Bindfaden verschnürt und mehrfach gesiegelt war. »Mit dem Inhalt können Sie sich in Ruhe zu Hause befassen. Ich hoffe, Sie werden noch eine Weile bleiben und sich in unserem Städtchen wohlfühlen.«

Und damit waren sie offensichtlich entlassen. Blinzelnd in dem plötzlich grellen Sonnenlicht, blickten alle einander an. Elsa hielt das Päckchen, als sei es hochzerbrechlich. »Lasst uns bitte zum Haus gehen und das Päckchen öffnen – ich berste vor Neugierde.«

Emilie war vor Aufregung ganz blass bis auf zwei hochrote Flecken auf ihren Wangen.

»Das tun wir jetzt umgehend«, stimmte Josefina zu, hakte Emilie unter und überließ es Elsa und Heinrich, ihnen zu folgen.

Im Haus angekommen, steuerte sie nicht die Wohnräume, sondern das Zimmer der Zwillinge an. »Wir wissen nicht, wann eure Reisegefährten kommen, und zunächst mal sollten Familienangelegenheiten unter euch geklärt werden«, verkündete sie in bestimmtem Ton. »Meine Nichte Rosa hat schon Erfrischungen bereitgestellt. Möchtet ihr allein sein, oder sollen Heinrich und ich bei euch bleiben?«

Ein kurzer Blick genügte zur Verständigung, dann erwiderte Emilie: »Bleibt bitte hier. Und du, Elsa, mach endlich das Päckchen auf, hier hast du eine Schere.« Vorsichtig schnitt Elsa die mehrfach gesiegelten Verschnürungen auf, löste das umhüllende Papier. Ein Metallbehälter kam zum Vorschein. Kommentierend zeigte sie, was sich darin befand. »Das ist ein Tagebuch von Ernestine, ein Brief, der speziell an Elsa und mich adressiert ist, ein Bündel Briefe an Ernestine Jacob und einige weitere Papiere.«

»Die Handschrift kennen wir«, rief Emilie aufgeregt, »denkt an die Unterlagen, die Herr Jacob gefunden hatte.« Heinrich und Elsa nickten bestätigend.

»Hier sind offenbar noch Briefentwürfe oder Abschriften von Ernestine. Und ein extra versiegeltes kleines Päckchen, das könnte ein Schmuckstück enthalten. Womit fangen wir an?«

»Natürlich mit dem Brief an euch beide.« Unruhig rutschte Heinrich auf seinem Stuhl hin und her, während Josefina sehr ruhig und gefasst wirkte.

Elsa drückte ihrer Schwester den Brief in die Hand: »Jetzt du! Lies vor.«

Sehr sorgfältig öffnete Emilie den Umschlag, zog vorsichtig mehrere eng beschriebene Seiten heraus, holte tief Luft, überflog die ersten Zeilen und begann:

»*Meine lieben Kinder Elsa und Emilie,*
dieses Dokument schreibe ich, Ernestine Jacob, Weihnachten 1871 nieder, da meine Töchter ein Anrecht darauf haben, ihre familiäre Herkunft zu kennen. Wo soll ich nur beginnen?«

Elsa schrie: »Also doch Ernestine!«

Heinrich sprang auf, da Emilie zu schwanken schien, während Josefina ihr gleichzeitig einen Sessel hinschob.

Nachdem sie einen großen Schluck Limonade getrunken hatte, konstatierte Elsa: »Wir sind nicht nur Zwillinge, wir sind Wunderkinder, denn wir haben zwei Mütter. Von der einen haben wir gerade Haus und Hof geerbt, von der anderen kennen wir bereits deren Vater.«

»Kinder, es wird sich alles gleich klären, noch etwas Geduld, auch wenn es schwerfällt«, bat Josefina.

»Ich glaube fast, du weißt über alles Bescheid«, schaltete sich Elsa ein, »du warst die Vertraute von den beiden, und du hast es gestern strikt vermieden, von Hanna als unsere Mutter zu sprechen!«

»Gut beobachtet, Elsa, das stimmt. Aber ich glaube, wir kommen am schnellsten voran, wenn Ernestines Brief weiter vorgelesen wird.«

Emilie nickte und fuhr fort:

»Ich bin Ernestine Jacob, jetzt 21 Jahre alt. Meine Mutter Elisabeth starb im Kindbett, als ich 12 Jahre alt war. Mein Vater Wilhelm Jacob betrieb zunächst in Zeven eine große Tischlerei, siedelte aber nach dem Hannover benachbarten Linden um. Hier fand er günstige Bedingungen, für die Möbelfabrik, die innerhalb kürzester Zeit bestens florierte.

Durch meine liebste Pensionatsfreundin Sophie, die ich vor dem Ertrinken aus der Isar errettet hatte, lernte ich meinen Friedrich kennen, die große Liebe meines Lebens. Aber es gab ein fast unüberwindbares Problem – Sophie, der Maximilian von Elßtorff, ein guter Freund von Friedrich, in München den Hof machte, Friedrich selbst, alle waren sie adeliger Abstammung – nur ich nicht. Und ein Friedrich Graf von und zu Hohenstein konnte kaum daran denken, eine einfache Bürgerliche zu heiraten. Dann brach der Deutsch-Französische Krieg aus, und es war selbstverständlich, dass Friedrich mit seinem Regiment in den Krieg ziehen musste. Der Abschied von ihm war für mich kaum zu ertragen. Seltsame Vorahnungen überfielen mich, was ich durchaus nicht auf die leichte Schulter nahm, hatte ich doch – angeblich ein Erbe meiner Urgroßmutter – schon des Öfteren Dinge vorausgeahnt …

Friedrich zog in den Krieg, zeichnete sich in der Schlacht von Sedan aus und kam erneut nach München. Bei unserem letzten Treffen wurde mir klar: Die Erlebnisse im Krieg hatten ihn verändert. Das kleine traurige Lächeln, welches manchmal über seine Züge huschte, ließ erahnen, dass es mit der Unbekümmertheit seiner Jugendjahre für immer vorbei war. Plötzlich wurde mir bewusst, dass ich ihn womöglich nie wiedersehen würde, dass auch er noch fallen könnte; in meinen Träumen sah ich ihn stets in Gefahr.

Es brach mir geradezu das Herz, als er wieder nach Frankreich aufbrach. Dann kam der Brief, den Friedrich offenbar für den Fall seines Todes geschrieben, an mich adressiert und gesiegelt und seinem Burschen anvertraut hatte.

Der Bursche schrieb mir, sein Herr sei von einem Heckenschützen, einem versprengten Tirailleur mit einem Chassepot-Gewehr erschossen worden. Zunächst war ich in meinem Schmerz völlig betäubt – niemand, auch nicht

Sophie, bei der ich noch zu Besuch war, konnte mich in meinem Kummer erreichen.

Allerdings wurde mir recht bald klar, dass unser Abschied voneinander, den wir in einem kleinen Jagdschlösschen bei München verbracht hatten, nicht ohne Folgen geblieben war. Sophie, die von Friedrich wusste, wagte ich nicht einzuweihen, ich schämte mich zu sehr. Auch wenn ich vermutete, dass Friedrichs Mutter mir nicht helfen würde, suchte ich diese auf. Die Gräfin von und zu Hohenstein reagierte höflich, aber absolut eisig – sie schien sehr wohl zu ahnen, was ich ihr sagen wollte. So kam ich gar nicht dazu, ihr etwas Konkretes anzuvertrauen.«

Heinrich fasste sich als Erstes: »Also ist euer Vater Friedrich Graf von und zu Hohenstein.«

»Unser Vater ein Graf, unsere Großmutter eine Gräfin!« Emilie fühlte sich völlig fassungslos.

»Wir sind unehelich, Emilie, Bastarde! Ob diese gräfliche Großmutter jemals etwas von uns wissen will, wage ich zu bezweifeln. Dafür wird sich ganz gewiss Wilhelm Jacob über unsere Existenz sehr freuen.«

»Du hast recht, wir bekommen einen liebenswerten Großvater!«

Emilie holte tief Luft und bekam von Heinrich ein Glas Wasser gereicht. »Ich finde Herrn Jacob außerordentlich sympathisch«, bestätigte er und bat Emilie: »Nun lies du endlich weiter.«

»Es stand für mich felsenfest, dass ich das Kind von meinem geliebten Friedrich bekommen wollte – aber wie konnte ich der Schande hier entgehen? Zunächst kehrte ich nach Hause zurück. Nach schlaflosen Nächten kam mir schließlich die rettende Idee: Eine Reise zu meiner Patentante Hanna, die auf der fernen Insel La Palma wohnte, würde mich erst mal aller Erklärungen entheben. Meinen Vater hatte ich schnell von der Reise überzeugt, zumal der letzte Brief der Tante schlechte Nachrichten über den Gesundheitszustand ihres deutsch-spanischen Ehemannes enthielt. Auf La Palma angekommen, fand ich die Tante als trauernde Witwe vor. Es blieb mir trotzdem nichts anderes übrig, als sie schnell einzuweihen. Nach einigem Überlegen kamen wir überein, meinem Kind den Makel der unehelichen Geburt zu ersparen. Wir zogen Hannas beste Freundin Josefina ins Vertrauen. Das Geburtsdatum lag so, dass alles glaubwürdig war. Und so gebar Hanna Sander-Martin nach dem Tode ihres Ehemannes Zwillinge, für die der Pfarrer die entsprechenden Papiere mit Hilfe der Lehrerin Josefina ausstellte.«

»Genauso war es, meine lieben Kinder, ich habe gemeinsam mit Hanna geholfen, euch zur Welt zu bringen. Mir schien allerdings, dass auch unserem Notar eure Ähnlichkeit mit Ernestine aufgefallen sein könnte. Aber vielleicht kam es mir auch nur so vor, weil ich die Entsprechung so frappierend fand.«

»Ich kann es kaum glauben, das Rätsel ist so weit gelöst, wir haben das Ziel unserer Reise sozusagen erreicht.« Elsa spielte mit dem versiegelten Kästchen.

»Nun mach es endlich auf«, bat Heinrich – und richtig, seine Ahnung hatte ihn nicht getrogen, darin befand sich ein Siegelring.

»Das ist garantiert der Ring, mit dem das Päckchen gesiegelt wurde, es ist ein Herrenring. Bestimmt das Hohensteinsche Wappen. Ich hole mal schnell den alten Gotha aus der Bibliothek.« Heinrichs Aufregung übertrug sich auf alle Anwesenden.

Josefina betrachtete den Ring und sagte: »So einen Wappenring hat Ernestine immer getragen.«

Den Ring in der Hand drehend, eilte Heinrich hinaus. Schnell hatte er den Gotha aus dem Regal gezogen und suchte so eifrig, dass er nicht bemerkte, dass Bert von Rohr eingetreten war. »Ein Geweih und ein schräg liegendes Schild«, murmelte er vor sich hin.

»Das klingt nach dem Wappen derer zu Hohenstein«, bemerkte Bert und riss ihm den Ring fast aus der Hand. »In der Tat, ein gräflicher Siegelring – eine weitläufige Verwandte meiner Mutter stammte aus einer entfernten Seitenlinie. Dann haben die von und zu Hohenstein etwas mit den Zwillingen zu tun.« Äußerst gespannt, beinah lauernd, blickte er Heinrich an.

Dem passte es gar nicht, dass ausgerechnet ein Fremder gleich in die Familiengeheimnisse der Zwillinge eingeweiht wurde – aber es blieb ihm nichts anderes übrig, als knapp zu nicken und zu murmeln: »So scheint es zu sein.«

Inzwischen hatten sich die anderen dazugesellt. »Habe ich das richtig verstanden, die Zwillinge haben einen adeligen Vater?«, fragte Isidora in die Runde.

»So scheint es zu sein«, wiederholte Heinrich.

»Ich würde die gräfliche Großmutter in München zu gern kennenlernen«, murmelte Emilie mit verträumtem Blick.

»Bleib auf der Erde, Schwesterlein, unsere Mutter hatte gewiss ihre Gründe, nach La Palma zu fliehen. Unsere sich ankündigende Existenz rief offenbar in der gräflichen Familie keinerlei begeisterte Reaktionen hervor«, bremste Elsa die Gefühle ihrer Schwester aus.

Bert sah die beiden seltsam starr an.

»Nun, wie sich eine gräfliche Familie zu zwei unerwarteten weiblichen Bastarden stellen wird, ist unschwer zu prophezeien«, warf er mit rauer Stimme ein. »In solchen Kreisen ist seit Generationen das oberste Gebot eine standesgemäße Fortführung der Linie, seitliche Sprünge weit unter Stand kommen nicht selten vor, aber die nimmt man da gar nicht zur Kenntnis.«

Emilie zuckte verletzt zusammen, und Heinrich bedachte ihn mit einem scharfen Blick. »Über dieses Thema weiter zu spekulieren scheint mir ebenso müßig wie überflüssig zu sein. Die Zwillinge werden noch einige Zeit brauchen, um sich mit den Gegebenheiten zu befassen. Auch sind noch etliche Papiere zu sichten. Zumindest wir werden also hier noch einigen Aufenthalt haben, und es steht Ihnen natürlich frei, sich eher auf die Heimreise zu machen.«

Bert von Rohr verbeugte sich knapp: »Auch ich habe nachzudenken und bitte mich zu entschuldigen.« Damit verließ er das Haus.

Ruhige Tage in Los Llanos

Bert von Rohr hatte sich mehr oder weniger entschuldigt und darum gebeten, mit der von Elßtorffschen Reisegesellschaft in die Heimat zurückkehren zu dürfen. »Es gibt hier viel zu entdecken«, hatte er verkündet, »wann immer Sie aufbrechen wollen, schließe ich mich gern an.«

Am wenigsten glücklich darüber zeigte sich ausgerechnet Josefina, die dem Fremden gegenüber eine unerklärliche Abneigung empfand, obwohl er sie mit größter Höflichkeit behandelte. Er zeigte sich allgemein zurückhaltend, ernst und nachdenklich. Oft war Bert von Rohr im Städtchen unterwegs, Heinrich beobachtete ihn häufig mit Einheimischen parlierend in einer der Bars, wo er sich mit einem Gläschen Wein und etwas Ziegenkäse oder anderen Kleinigkeiten stärkte. Von diesen Ausflügen kehrte er vielfach mit ausgefallenen Details aus dem Alltagsleben der Naturales, wie er die Einheimischen stets in herablassendem Ton nannte, zurück. Da er mittlerweile Heinrich als den einzig standesgemäßen Umgang zu betrachten schien, bekam dieser für gewöhnlich die Ergebnisse von Berts Erkundigungen mitgeteilt, der wiederum Isidora für ihre Reisenotizen informierte.

»Heute habe ich Baldomero Hernández Martín in der Bar Fortuna kennengelernt, der für die Stadtverwaltung die lediglich dreizehn Laternen anzündet, die die Nacht spärlich erhellen. Das Licht wird von einem destillierten Öl erzeugt, welches man Luz Diamante nennt, es ist hell und ohne Geruch. In den Monaten Oktober bis April müssen die Laternen bis um zehn Uhr abends angezündet sein, an den drei Tagen des Karneval, Ostersamstag und Weihnachten die ganze Nacht.«

»Man braucht hier keine städtische Beleuchtung«, meinte Heinrich, »die Einheimischen gehen mit den Hühnern ins Bett – was will man hier auch abends machen, außer wenn mal kleine Konzerte und Musikaufführungen gegeben werden.«

»Stimmt, das Orchester spielte hier zu allen Zeiten eine wichtige Rolle. Eine Philharmonische Gesellschaft wurde bereits vor über dreißig Jahren gegründet, was zeigt, wie tief die Musik in der Stadt verwurzelt war.«

Im Übrigen waren alle mit sich selber beschäftigt.

Cord führte sein Tagebuch in Stichworten, das erschien ihm völlig ausreichend. Er sammelte außerdem Fahrscheine, Speisekarten, Rechnungen und fertigte kleine Skizzen an. Vor allem aber nutzte er die Zeit, um sein Versprechen an seinen Vetter Johann einzulösen und Rezepte zu notieren. Dabei war ihm Josefina eine große Hilfe, die überwiegend palmerische Spezialitäten zubereiten und servieren ließ. Schnell stellte sich heraus, dass es für die Beschreibungen der Rezepte am meisten Sinn machte, wenn Cord beim Kochen mithalf. Nach anfänglichem Sträuben begann es ihm Spaß zu machen, zumal Produkte aus dem eigenen Gemüsegarten verwendet wurden, die ihm völlig fremd waren. Chayota zum Beispiel, die hellgrüne Frucht einer Kletterpflanze, die gedünstet fast wie Kohlrabi schmeckte. Nicht zuletzt, dass Elsa in einem Nebensatz etwas über berühmte Köche erwähnte, ließ ihm die zunächst als unmännlich und unrühmlich erschienene Tätigkeit in einem anderen Licht erscheinen. Sein Lieblingsgericht aus Fleisch, Kohl und Kichererbsen hieß ausgerechnet ropa vieja, was in etwa mit ›alter Kleidung‹ übersetzt werden konnte. Das ließ ihn über Ähnlichkeiten norddeutschen und palmerischen Humors nachdenken. Marga gefiel die Verwendung von Kürbissorten für Eintopfgerichte und hatte dies schon für den heimischen Speisezettel vorgesehen. Da die Frauen immer wieder Interesse bekundeten, ergänzte Cord bald täglich seine Sammlung von Rezepten.

Kurz nach der Ankunft im Haus hatte Marga in der Bibliothek ein umfangreiches Notizheft von Hanna Sander gefunden, in dem diese viele Kräuter und andere Pflanzen der Insel und deren Verwendungsmöglichkeiten beschrieb. Josefina erzählte ihr, dass sich Hanna, unterstützt von ihrem Mann, sich auch über die Verwendung von Pflanzen für die Hausapotheke beschäftigt hatte. Das Büchlein erwies sich als wahre Fundgrube! Marga, auf deren Wunsch hin schließlich der Kräutergarten zu Hause in der Königstraße angelegt worden war, las fasziniert. Aus Zitronengras zum Beispiel ließ sich ein wohlschmeckender Tee gegen Erkältungen bereiten.

Heinrich, dem sie einige weitere Anwendungsmöglichkeiten berichtete versprach: »Marga, in Deutschland leihe ich dir einige Abhandlungen von Pfarrer Kneipp und über die Homöopathie. Denn es gilt, achtsam zu sein mit der Dosierung. Nicht immer hilft es, viel zu verabreichen – was in geringer Dosierung hilft, kann in zu großer Menge tödlich sein.«

Marga nickte verstehend. »Hier habe ich Zeit, mich mit diesen Dingen zu beschäftigen. Aber ich würde das zu Hause gern fortsetzen.«

»Versprochen, aber wir wollen da nicht groß vor den anderen darüber reden. Mit Ausnahme von Elsa ist man ja allgemein der Meinung, dass Frauen pflegen, aber sich nicht über medizinische Fragen ernsthaft den Kopf zerbrechen sollen.« So blieben die zahlreichen Gespräche zwischen Marga und Heinrich über die Heilmöglichkeiten von Pflanzen ihrer beider Geheimnis.

Oft kam Pedro zu einem gemeinsamen Abendessen, »una cena«, und brachte seine Timple mit, das typische Saiteninstrument der Kanarischen Inseln. Mit dieser Gitarre, die stark der Ukulele ähnelt, begleitete er seine romantischen Lieder, die besonders die Zwillinge liebten. Ihr Liebling stammte aus popurrí canario:

Palmero, sube a la Palma
Y dile a la Palmerita,
Que se asome a la ventana
Que su amor la solicita.

Gemeinsam feilten Elsa und Emilie solange an einer freien Übersetzung, bis sie meinten, die berührend einfache Gefühlswelt der Strophe eingefangen zu haben.

Palmero, geh nach La Palma,
Und richte der Palmerita aus,
dass sie sich ans Fenster lehnen soll,
weil sich ihr Liebster nach ihr sehnt.

Isidora ging dazu über, ein an Theobald adressiertes Brieftagebuch zu führen, wodurch sie ihre Beschreibungen konkretisierte und sich ihre eigenen Eindrücke vertieften. Zugleich fühlte sie sich mit Theobald stärker verbunden, da sie sich vorzustellen versuchte, was ihn interessieren könne.

Die Zwillinge zogen sich oft zurück, beschäftigten sich mit den von Ernestine hinterlassenen Dokumenten und versuchten in langen Gesprächen, die Neuigkeiten zu begreifen und einzuordnen.

Am Tag nach dem Notarbesuch hatte ihnen Josefina den Weg zum Friedhof gezeigt, den sie seitdem des Öfteren gegangen waren, um das Grab der Patentante ihrer Mutter zu besuchen. »Unsere Mutter und wir haben der Patentante Hanna viel zu verdanken«, brachte dieses Mal Emilie die Überlegungen der Zwillinge auf den Punkt. Von Heinrich begleitet, gingen sie den Weg zum Friedhof die Calle Fernández Taño hinunter, hinter der Kirche vorbei über einen kleinen Platz mit Brunnen, den die Zwillinge besonders liebten. »Das Gelände für den Friedhof, der 1837 eröffnet wurde, hat eine meiner Vorfahrinnen, Maria Antonia Carballo y Wangüemert, mit gespendet«, hatte Josefina mit stillem Stolz erklärt. Ein von hohen Säulen flankiertes schmiedeeisernes Tor öffnete den Weg über ein Gräberfeld, welches von hochgemauerten, meist üppig mit Blumen geschmückten Grabnischen umgeben war. Erstaunt blieben die deutschen Besucher stehen – eine solche Form von Begräbnisanlage kannten sie nicht. Heinrich zählte vier bis fünf Nischen übereinander – in diesen Gemäuern hatten Hunderte von Toten ihre letzte Ruhe gefunden.

»Kalk, oder wie machen die das?«, murmelte Heinrich leise. Elsa hörte es trotzdem, erschauderte, verkniff sich aber mit Rücksicht auf Emilie jegliche Nachfrage. Indessen ging Josefina voran, bis sie schließlich etwa in der Mitte in der zweiten Reihe vor einer mit einem prächtigen Anturienstrauß geschmückten Nische stehen blieb. In eine Marmorplatte war Hannas Name und ihr Geburts- und Sterbedatum eingemeißelt.

»Sie bekommt von mir immer Blumen aus ihrem Garten«, erklärte Josefina, während sie eine welke Blüte entfernte. Nachdenklich machten sich die Zwillinge bald darauf auf den Rückweg in das Haus ihrer Wohltäterin. An der Ecke zur Calle Aridane trafen sie auf eine junge, einfach gewandete Palmera mit Schürze und dem obligatorischen Strohhut auf dem Kopf, die gerade einen Esel vor den geöffneten Toren eines Ladens anhalten ließ. Die Fremden schüchtern anlächelnd, fuhr sie mit der Hand in einen der großen, geflochtenen Transportkörbe und bot ihnen mit überraschend eleganter Geste eine Kostprobe an. »Zafra de tomates«, lautete die leise Erklärung.

»Die Ernte von Tomaten gibt es praktisch das ganze Jahr«, kommentierte Josefina »und es gibt viele Sorten.« Emilie schnupperte genüsslich an ihrer kleinen roten Frucht. »Die Tomaten haben hier ein unvergleichliches Aroma.«

Einige Wochen später, an einem strahlend schönen Sommernachmittag, saßen sie an ihrem Lieblingsplatz unter dem Kaffeebaum, wo sie sich mit einem Krug Limettenlimonade niedergelassen hatten. Elsa blinzelte in den blauen Himmel und beobachtete fasziniert, wie die Passatwolken sich wie ein langsamer Wasserfall über den Bergrücken der Cumbre ergossen. »Nun sind wir schon eine ganze Weile hier im Haus, und die Zeit vergeht mir wie im Fluge«, unterbrach Emilie die Gedanken ihrer Schwester.

In diesem Moment näherten sich Josefina und Marga. »Dürfen wir uns anschließen, oder stören wir euch?«

»Ihr seid herzlich willkommen«, entgegnete Elsa. »Ich dachte gerade daran, wie oft Tante Sophie zu Hause über das unsichere Schicksal von Ernestine klagte. Das geht mir jetzt genauso. Mit Mutters Patentante kann ich auf dem Friedhof innere Zwiesprache halten, aber bei Ernestine drehen sich meine Gedanken und Gefühle im Kreis. Wenn wir doch nur wüssten, was mit unserer Mutter passiert ist. Die Ungewissheit finde ich schrecklich.« Heftig nickend drückte Emilie die Hand ihrer Schwester.

»Immer wieder habe ich darüber gegrübelt. Es gibt gar nicht so viele Möglichkeiten. Freiwillig hätte Ernestine euch hier nie allein gelassen, sie war eine liebevolle und hingebungsvolle Mutter.« Josefina starrte vor sich hin. »Das Wahrscheinlichste ist leider ihr Tod, aber das kann ich nicht glauben, ich denke, dass ich es spüren würde.«

»Aber was bleibt sonst übrig? Man könnte sie doch nur noch gegen ihren Willen entführt und fortgebracht haben.« Elsas Gedanken liefen auf detektivischen Hochtouren.

»Das habe ich auch überlegt.« Josefina hielt es allerdings nicht für angebracht, auch nur andeutungsweise das Thema Mädchenhandel nach Südamerika anzusprechen. Diese Möglichkeit in Betracht zu ziehen war für sie allein schon schmerzhaft genug. »Und ich kann mir nicht vorstellen, dass man sie unbemerkt auf dieser Insel hätte so viele Jahre festhalten und verstecken können. Ich habe alle meine Beziehungen hier genutzt. Nach dem Besuch beim Cabildo in der Hauptstadt verliert sich von ihr jede Spur.«

»Dann kann man sie ja nur auf ein Schiff verschleppt haben.« Elsas Augen blitzten aufgeregt. »Aber selbst wenn wir wüssten, welche Schiffe hier damals lagen – das bringt uns alles nicht weiter.« Resigniert blickte sie in die Runde.

Marga versuchte die Gedanken auf die Gegenwart zu lenken. »Nun, wie fühlt ihr euch inzwischen, was für Überlegungen gehen euch durch den Kopf? Wie soll es weitergehen?«

»Das wissen wir auch noch nicht so genau. Wir fühlen uns jedenfalls sehr wohl hier in diesem schönen Anwesen, und ich glaube, zumindest ich habe ein wenig mein Herz an diese Insel verloren.« Emilie lächelte versonnen. »Wobei ich es traurig finde, dass so viele Palmeros ihr Glück in Kuba oder Venezuela suchen müssen, weil sie hier kaum ein Auskommen finden. Inzwischen habe ich bemerkt, dass einige Häuser einfach leer stehen.«

»Das ist auf dieser Insel der Emigranten nichts Ungewöhnliches«, entgegnete Josefina. »Manche Häuser stehen so, wie ihre Bewohner sie abgeschlossen haben, sie ließen oft alles liegen und stehen, und es sieht aus, als ob sie jeden Moment zurückkehren würden. Das hat für mich etwas Unheimliches, denn manchmal dauert es Jahrzehnte, alles verstaubt und verfällt, bis die Menschen zurückkehren, manche jedoch kommen nie zurück. Aber es passiert auch, dass aus armen Emigranten reiche Leute geworden sind. Die kommen dann, um ihren Erfolg zu zeigen, vom Feinsten ganz in Weiß gekleidet, mit einem schwarzem Dienstmädchen und einem prachtvollen Papagei im Messingkäfig in Santa Cruz wieder an.«

»Apropos zurückkehren«, nahm Elsa den Gesprächsfaden an vorangegangener Stelle wieder auf. »Dazu fallen mir gleich mehrere Dinge ein. Dieses Haus sollte weiterhin bereitstehen, falls«, sie schluckte vernehmlich, »das Wunder geschieht und unsere Mutter hierher findet. Auch möchten wir selbst gewiss wiederkommen. Mir gefällt es sehr, zu reisen. Und ich würde gern die Freiheit genießen, die Insel mit dem Maultier weiter zu erkunden, es soll noch Höhlen von den Ureinwohnern geben, und der Norden muss wunderschön sein. Von dem großen Krater der Caldera mal gar nicht zu reden.«

Typisch Elsa, sie liebt eben doch das Abenteuer und sieht sich schon, natürlich in Hosen, über die Insel streifen, fand Marga.

»Zurückkehren war das Stichwort«, warf Emilie ein, die zu Recht vermutete, dass Elsa vor lauter Begeisterung etwas den Faden verloren hatte.

Ernüchtert stimmte Elsa ihr zu: »Ja, es wird Zeit, dass wir mit Tante Sophie, Onkel Maximilian und«, sie machte eine genüssliche kleine Pause, »unserem Großvater Wilhelm Jacob Kriegsrat halten, was nun geschehen soll.«

Alle nickten.

»Wenn ihr möchtet, werde ich weiter für euch Haus und Hof hüten«, bot Josefina an, ein Vorschlag, der ebenso begeisterte wie dankbare Zustimmung erntete. »Ich würde euch vorschlagen, noch die Festlichkeiten zu Ehren der Schutzpatronin von Los Llanos mitzumachen, das ist wirklich etwas, was ihr miterleben müsst. Die Statue der Jungfrau der Heilmittel oder der immerwährenden Hilfe, eine flämische Schnitzerei aus dem 16. Jahrhundert, kennt ihr ja aus der Pfarrkirche. Da ist die ganze Stadt auf den Beinen, und sogar die Laternen brennen die ganze Nacht. Danach lasse ich euch, wenn auch ungern, von dannen ziehen. Ihr müsst aber hoch und heilig versprechen, dass ihr wiederkommt. Denn es gibt noch so vieles zu sehen, was ich so schnell gar nicht aufzählen kann – vom kanarischen Ringkampf über einen Besuch des Südens mit seiner sagenumwobenen, verschütteten Heilquelle, eine Besichtigung der Zigarrenfabrik und das Erleben der Mandelblüte im Januar.«

Die Schwestern sahen sich nur kurz an. »Freiwillig versprochen, verkündet«, sagte Elsa, »und beschlossen«, ergänzte Emilie, »wir werden es gleich den anderen sagen.«

Hahnenkämpfe

Überall in der Stadt hingen Plakate, die auf die am kommenden Sonntag stattfinden Hahnenkämpfe, Riñas de Gallos, aufmerksam machten.

»Die Ställe der Hähne«, so wusste Bert zu berichten, »befinden sich stets außerhalb der Ortschaft, wo wenig störende Geräusche sind und die wertvollen Tiere Ruhe haben. So unterhält man sich in den Ställen auch nur leise, und es ist absolut untersagt, dort zu rauchen. Die Käfige sind groß und sauber. Das Baden, das Stutzen der Federn und das Rupfen der Oberschenkel besorgen Männer, die nichts anderes tun, als die Hähne zu versorgen.«

»Auf den Plakaten fiel mir auf, dass die Hähne weder einen Kamm noch die Hautlappen am Hals haben«, bemerkte Heinrich.

»Stimmt, der Kamm kann ihnen nicht mehr schwellen«, entgegnete Bert, »aber dafür sind sie sonst sehr angriffslustig.«

»Aus welchen Gründen greifen sich die Hähne denn überhaupt an? Wieso kämpfen sie?« Emilie blickte fragend in die Runde.

Bert von Rohr genoss es offensichtlich, mal wieder den Gutinformierten zu geben. »Der Hahnenkampf selbst beginnt mit dem Einsetzen der Hähne in die Arena. Durch die Enge dort und das Gegeneinanderdrängen der Tiere wird das natürliche Revierverhalten absichtlich unterschritten. Die Hähne befinden sich auf Angriffsdistanz und beginnen zu kämpfen.«

»Hahnenkämpfe waren schon im Altertum gebräuchlich. Man machte sie zusätzlich durch Reizmittel kampflustig und versah sie mit scharfen eisernen Sporen.« Der Lehrersohn Cord hatte von seinem Vater, der über eine weit umfassendere Bildung verfügte, als sie Volkschullehrer im Allgemeinen besaßen, eine Menge mitbekommen. Und die beständige Gockelei dieses Bert von Rohr vor den Damen ging ihm völlig gegen den Strich. Da musste doch mal gegengehalten werden! »Wenn eines der beiden Tiere unterliegt, das heißt, wenn es nicht mehr angreift, schwer verletzt ist oder stirbt, wird der Kampf beendet.«

Die Frauen sahen einander mit ziemlicher Abscheu an, was Bert von Rohr entging, der strahlend verkündete: »Nach dem Kampf werden in der Regel die Wettgewinne gefeiert, weshalb sich an die eigentliche

Veranstaltung meist ein geselliges Zusammensein anschließt, wo auch die einzelnen Runden noch mal erörtert werden.«

»Es geht also um Leben und Tod und Wettgewinne«, konstatierte Elsa, »einem solchen blutrünstigen Spektakel bleibe ich gern fern und besuche stattdessen die Messe.«

Die Männer hingegen machten sich zu den um elf Uhr beginnenden Riñas de Gallos auf.

Zum Erstaunen von Cord und Heinrich hatte Bert von Rohr blitzschnell verstanden, wie hier gewettet wurde, und tat eifrig mit. Dabei unterhielt er sich mit den Einheimischen, als sei er einer der ihren, und wenn er gemeinsam mit ihnen vor dem Wettschalter stand, so ähnelten sie sich in der Anspannung und Erregung, die sie ausstrahlten, ebenso wie in den schnellen, funkelnden Blicken, die sie in die Runde und vor allem auf die nächsten Kampfhähne warfen. »Bert von Rohr scheint dem Wettfieber anheimgefallen zu sein, der fühlt sich hier im Gegensatz zu uns in seinem Element«, bemerkte Heinrich zu Cord. In der Tat unterschied sich die Art und Weise, wie sie Hahnenkämpfe empfanden, erheblich. Während Cord am meisten unter den tödlichen Duellen der prächtigen Hähne litt, gelang es Heinrich als angehendem Mediziner bei allem Mitleid mit den Tieren noch, ein Stück innere Distanz zu dem Geschehen aufzubauen. Ganz anders Bert, der das Spektakel offensichtlich in vollen Zügen genoss und dem Ganzen nicht nur typische Züge der Naturales abgewann, sondern auch einige sehr hohe Wettgewinne.

»Seht die Tauben mit den blauen Bändern, wie sie aufsteigen und in Richtung des Barranco de las Angustias weiter nach Tijarafe fliegen – das bedeutet, Los Llanos hat gewonnen«, erklärte Doña Josefina ihren deutschen Freunden, mit denen sie im Garten saß.

Aufgeregt kamen die drei Männer zurück. Während Heinrich und Cord kaum etwas berichten wollten, war Bert von Rohr die Erregung der erlebten Kämpfe immer noch anzumerken, was ihm eine gewisse virile Ausstrahlung gab. Sowohl Josefina als auch Marga bemerkten dies und tauschten einen besorgten Blick. Es gibt hier noch einen Hahnenkampf, allerdings einen sehr ungleichen, dachte Marga, wobei ihr nicht nach Scherzen zumute war. Dieser Bert versucht es zu verheimlichen, aber offenbar hat er doch ein Auge auf Elsa geworfen. Das tut ihr nach dem seltsamen Rückzug von Victor Rehnhoff sicherlich gut. Zumal er ihr durch winzige Zeichen zu verstehen gibt, dass er ihren klugen Kopf schätzt. Aber sie traute diesem Bert nicht: Wieso hofiert er Elsa, wenn er doch auf Bürgerliche herabsieht? Außerdem hat er etwas, was einige Frauen zu leicht schwach werden ließ – und Elsa war dagegen keineswegs immun. Sie erinnerte sich noch genau an die Romanze vor einigen Jahren mit dem flotten Ferdinand von Salzen. Dabei war klar, dass ein schneidiger, adeliger Offizier eine mittellose Waise kaum ernsthaft umwerben würde. Elsa ahnte nicht, dass Marga die beiden damals in einer sehr kompromittierenden Umarmung, in der sie seine leidenschaftlichen Küsse durchaus erwiderte, gesehen hatte. Und ob dieser Bert nicht sogar noch weiter gehen würde, dafür würde sie ihre Hand nicht ins Feuer legen. Cord hatte seine angebetete Elsa sicherlich im Auge, aber kaum eine Chance, einzugreifen. Nachdenklich seufzte Marga und beschloss, sobald als möglich mit Elsa zu sprechen.

Das Fest der Jungfrau de los Remedios

Mit der Bekanntgabe des baldigen Aufbruchs ging ein Stimmungswandel einher. Mehr Gedanken wanderten nach Hannover, während in Los Llanos schon der eine oder andere Abschied stattfand. Die Zwillinge mussten Josefina, der die nahende Abreise sichtlich zu schaffen machte, immer wieder hoch und heilig versprechen, wiederzukommen.

Lediglich Bert von Rohr äußerte keinerlei Vorfreude auf die Heimat, ja, er sprach überhaupt kaum noch und fiel häufig durch eine finstere, grüblerische Miene auf. Seine Berichte an Heinrich hatte er eingestellt, und auch Elsa zeigte er zu Margas Erleichterung die kalte Schulter.

Das Hauptfest der Jungfrau der Immerwährenden Hilfe fand am letzten Samstag im Juni statt. Die übliche Aufregung und Vorfreude auf das Ereignis des Sommers wurde in diesem Jahr noch durch eine sensationelle technische Neuheit kräftig angeheizt: Am 17. Juni wurde die Telefonlinie vollendet, die Santa Cruz, El Paso und Los Llanos vereinte und damit die östliche und westliche Seite der Insel miteinander verband. »Das ist eine Meisterleistung, diese gewaltige Aufgabe, die Berge zu überqueren, hat Rosendo Cutillas Hernandez bewältigt, der die längste Strecke erbaute, die jemals auf den Kanaren für eine Telefonleitung aufgewendet wurde. Wenn wir bedenken, in welchem beklagenswerten Zustand sich unsere Straßen, so es überhaupt welche gibt, befinden, umso erstaunlicher.« Die Zwillinge, mittlerweile den selbstbewussten Sarkasmus der Lehrerin gewohnt, lächelten. »Aber ich habe noch eine Überraschung für euch. Ihr dürft nämlich dem historischen Moment beiwohnen, wenn der erste Anruf von Santa Cruz nach Los Llanos durchgestellt wird. Wir gehen zu einer guten Freundin von mir in der Calle Real.«

Im Salon von Nieves Felipe hatten sich bereits einige Auserwählte eingefunden, die ein Kaffeetässchen balancierend, aufgeregt miteinander schwätzten. An der Wand hing das Telefon, welches nun einen eigentümlichen Klingelton von sich gab.

Nieves Felipe nahm zitternd den Hörer ans Ohr, und während sie tatsächlich die Stimme ihres Mannes Leocadio vernahm, rief sie nervös und hektisch: »Warte, warte, bis ich mir die Brille aufgesetzt habe!« Die Spannung des Augenblicks ging in fröhlichem Gelächter unter, und die Reaktion auf den ersten Telefonanruf von einer Seite der Insel zur anderen sollte noch viele Jahre lang kolportiert werden.

Elsa, Emilie, Isidora und Marga sahen kurz vor der Abreise ihre Kleider durch. »Die Menschen haben hier so wenig, wir lassen alles hier, was wir nicht unbedingt brauchen«, schlug Marga vor. »Einige Kleidungsstücke haben bei der Inselüberquerung sowieso gelitten, und wir sind für die Rückfahrt immer noch gut ausgestattet, notfalls können wir auf Teneriffa noch einige Besorgungen machen.«

Ein zartgelbes Kleid aus Elsas Besitz wanderte ebenso wie diverse Röcke, Blusen und weitere Kleider zu dem Stapel, den Doña Josefina weiterverteilen sollte. Diese bedankte sich herzlich: »Da werden einige unserer jungen Damen sich sehr freuen, wenn sie sich für die Fiesta schön machen können. Das ist doch mal etwas anderes als unsere Trachten, so hübsch ich sie auch immer wieder finde.«

Am folgenden Tag wurden sie bereits morgens von einer Kapelle mit Hörnern und Trommeln geweckt. Gebet und Prozession bestimmten den Vormittag, kleine Mädchen in langen weißen Kleidern schritten Blumenbögen tragend voran. Jeder wollte einen möglichst guten Blick auf die Festwagen und vor allem auf die Jungfrau erhaschen. In dem Gedränge war es kaum möglich, beieinander zu bleiben. Auch Elsa und Emilie wurden getrennt. Da bemerkte Emilie, wie einige Reihen vor ihr plötzlich Cord, Bert und ihre Schwester wieder auftauchten. Vergeblich versuchte sie, sich zu ihnen durchzuschlängeln. In diesem Moment fing Elsa an zu taumeln, entsetzte Schreie, Unruhe, plötzlich bildete sich Platz, und Elsa war gar nicht mehr zu sehen. Wie eine Löwin kämpfte sich Emilie jetzt weiter, Angst trieb sie voran. Endlich war sie am Unglücksort angelangt, wo eine Gestalt ausgestreckt am Boden lag, den Kopf in den Schoß einer Frau gebettet, die bei ihr kniete und laut um Hilfe rief. Emilie kniete nieder – und sah in das Gesicht einer einheimischen Fremden, die röchelnd nach Luft schnappte. In Emilies Erleichterung mischte sich Entsetzen, denn die junge Frau schien dem Tode nah. Die hier seltenen mittelblonden Haare, die man dem Erbe der Ureinwohner, den Guanchen zuschrieb, hatten ebenso zu der Verwechslung geführt, wie das von Elsa abgelegte Kleid. Nur mit Mühe konnte sich Emilie noch aufrecht halten, in diesem Moment spürte sie, dass Cord sie stützte. Aus dem Wunsch heraus, zu helfen, riss sie ihre Kräfte zusammen und bemühte sich, die Kranke neben ihr besser zu betten. Da bemerkte sie, dass aus der linken Schulter hinten in Höhe des Herzens etwas Blut floss. Cord neben ihr sah es ebenfalls und stieß einen leisen entsetzten Schrei aus. Die Kranke wurde wieder auf den Rücken gedreht, Emilie strich ihr übers Haar. Da gab diese noch einige gurgelnde Laute von sich und starb.

Um sie herum wurde nach einem Arzt gerufen. Emilies Gedanken überschlugen sich, sie war sicher, dass die bedauernswerte Frau keines natürlichen Todes gestorben war. Die Polizei musste informiert werden! Aber wollten sie sich zwei Tage vor der Abreise noch als Zeugen in einem fremden Land in einen Mordfall hineinziehen lassen? War es nicht besser abzuwarten und untereinander sich über das Geschehene klarer zu werden?

»Wir haben nichts bemerkt«, zischte sie Cord zu, »wir überlegen in Ruhe später! Das Loblied und die Rückkehr der Statue können wir nicht abwarten, lass uns versuchen, die anderen zu finden und zurück zum Haus zu gehen.«

»Aber das geht doch nicht«, stammelte Cord.

»Wir können nichts mehr für die Frau tun, sie ist tot. Zunächst müssen wir Zeit zum Überlegen haben. Willst du noch Wochen hierbleiben und in eine Mordgeschichte hineingezogen werden?«

Cord erblasste und brummelte beistimmend. Offenbar ist sie genauso schnell im Kopf wie ihre Schwester, erkannte er. Zu Emilies großer Erleichterung fanden sie Elsa in der Menge, der sie bedeuteten, mit ihnen zu kommen.

»Was ist passiert?« Entsetzt sah Elsa ihre bleiche, zitternde Schwester und den nicht minder blassen Cord an.

»Komm mit nach Hause, dort erklären wir dir alles.«

»Ihr sagt mir jetzt auf der Stelle, was geschehen ist, sonst setze ich keinen Fuß vor den anderen.«

»Ausnahmsweise glaubst du uns und kommst jetzt einfach ohne weitere Debatte mit, Elsa. Es geht um Leben und Tod.«

Selten hatte Elsa ihren Freund Cord so energisch erlebt und gab bestürzt nach.

Nichts kann drohendes Unheil trügerischer verbergen als ein Fest und strahlender Sonnenschein, ging es Emilie durch den Kopf, während sie heimwärts strebten.

Schnell sorgte Cord für Wasser, dann setzten sich alle unter die Pergola.

»Es ist fast vor unseren Augen ein Mord passiert«, erklärte Emilie leise, »es handelte sich um eine junge blonde Palmera, die dein gelbes Kleid trug, Elsa! Sie ist in meinen Armen gestorben.«

Heinrich, der zu ihnen gestoßen war und alles mitgehört hatte, eilte nach dem Riechsalz.

»Wie gut, dass du da bist«, murmelte Elsa.

Während er es Elsa unter die Nase hielt, blickte er fragend Cord an. »Wieso denn Mord?«

»Das Opfer scheint von hinten mit einem wohl dünnen spitzen Gegenstand durch die Schulter ins Herz gestoßen worden zu sein. Aus der Wunde trat gar nicht viel Blut aus. Es würde mich nicht wundern, wenn das überhaupt nicht bemerkt wird, denn die arme Frau blutete auch aus Mund und Nase.«

»Sie hatte auch Schürfwunden von dem Sturz«, fügte Emilie hinzu.

»Aber was kann die Tatwaffe gewesen sein? Was meint unser angehender Mediziner?« Cord blickte fragend zu Heinrich, der mit den Achseln zuckte. »Darüber kann man sich noch Gedanken machen. Aber viel wichtiger ist für mich die Frage, ob dieser Anschlag nicht Elsa gegolten hat!« Nun war ausgesprochen, was allen bereits durch den Kopf gegangen war, aber keiner auszusprechen gewagt hatte. »Es ist gut, dass wir sowieso in zwei Tagen abreisen wollen. Diese Angelegenheit ist mir äußerst unheimlich.«

»Aber wer sollte mir nach dem Leben trachten? Aus welchen Gründen?« Völlig fassungslos schüttelte Elsa den Kopf. »Dann wäre diese arme Frau ja an meiner Stelle gestorben. Wie entsetzlich!«

»Vielleicht diese Verwandten von Don Rafael, die der Notar erwähnte?«, meinte Heinrich.

»Da müssten wir Josefina fragen, was sie darüber weiß.« Sehr nachdenklich strich sich Elsa über die Stirn. »Sollen wir denn die anderen überhaupt einweihen? Und sie damit belasten? Wahrscheinlich war es gar keine Verwechslung. Vielleicht eine Eifersuchtstat. Jedenfalls, sowie wir die Insel verlassen, sind wir gewiss außer Gefahr.«

Heinrich war sich da nicht so sicher, sah sich aber in der Verantwortung zumindest vorläufig eine Entscheidung zu fällen. »Wir vier werden uns darüber bestimmt noch etliche Male austauschen. Aber ich sehe auch weder Sinn darin, die anderen zu informieren, noch sich an die Polizei zu wenden. Im Zweifelsfall hält man uns hier erst mal fest. Und damit ist uns auf keinen Fall gedient.«

In diesem Moment kamen Isidora, Josefina und Marga an. Besorgt blickten sie auf die immer noch blassen Zwillinge. »Wieso seid ihr so früh verschwunden? Das Fest ist doch noch in vollem Gange. Allerdings haben wir gehört, dass eine junge Frau einen Hitzschlag oder einen Blutsturz erlitten hat, wie schrecklich.«

»Das geschah ganz in Elsas Nähe, deshalb sind wir nach Hause zurückgekehrt«, erwiderte Heinrich.

»Ja, heute finde ich es zum ersten Mal unangenehm heiß und drückend«, meinte Marga und sah nachdenklich in die blassen Gesichter.

»Hier unter dem Parral ist es hingegen schattig und angenehm.« Und dabei zog sie eine lange Hutnadel aus ihrem großen Sonnenhut und legte diesen ab. Ein kurzer Blick genügte zwischen Elsa und Cord. Die Mordwaffe könnte sehr profaner Natur gewesen sein. Elsa schauderte trotz der Hitze und wies den Gedanken, der Anschlag habe doch ihr gegolten, energisch zurück.

Erst am späten Abend erschien Bert von Rohr. Heinrich prophezeite ihm sofort einen gewaltigen Kater, worauf dieser nach einem starren Blick in die Runde, der etwas länger auf den Zwillingen verweilte, nicht weiter einging. »Hauptsache, hier sind alle wohlauf«, brummte er mit schleppender Stimme, zog sich zurück und ließ sich bis zur Abreise nicht mehr blicken.

Die gedrückte Stimmung der Zwillinge, die Josefina zudem nervös und angespannt erschienen, übertrug sich auf alle anderen.

Am nächsten Morgen begaben sie sich mit Maultieren und Eseln die steilen Pfade hinunter nach Puerto de Tazacorte. Auf heftig schaukelnden Booten wurden sie übergesetzt zu einem kleinen Frachter, der Tomaten geladen hatte und Santa Cruz ansteuerte. Für Heinrich und Cord war ebenso wie für die Zwillinge klar, dass man auf dem schnellsten Weg nach Hause wollte.

Die Rückfahrt

Letztlich hatten es alle begrüßt, dass sie in Santa Cruz sofort ein Schiff nach Teneriffa fanden und dort nach nur zwei Tagen Aufenthalt die Heimreise nach Hamburg antreten konnten. Schließlich waren sie schon lange fern der Heimat gewesen. Die Amazonas, ein von Blohm & Voss 1890 für die Hamburg-Südamerikanische Dampfschiffahrts-Gesellschaft gebautes Passagier- und Frachtschiff von über 3000 BRT, machte einen vertrauenerweckenden Eindruck. Heinrich sandte die entsprechenden Kabel nach Hause, um die wichtigsten Fakten und ihre Ankunft zu avisieren.

Auf Teneriffa fand Isidora einen Brief von Theobald vor, worin er sich begeistert von ihren Eindrücken auf der Hinreise zeigte, ungeduldig ihre Rückkehr erwartete und vor allem schrieb: »Ich werde stolz und glücklich sein, eine so begabte Schriftstellerin mein Weib nennen zu dürfen!« Das wirkte beflügelnd auf Isidora, die nun der Heimat glücklich entgegensah und strahlte. Im Gegensatz dazu wirkten die Zwillinge ziemlich in sich gekehrt, und auch Heinrich und Cord erschienen Marga recht oft in Gedanken versunken zu sein. Bert von Rohr hielt sich weitgehend zurück und verkündete unter einer anhaltenden schweren Magenverstimmung zu leiden. So meldete er sich auch gleich, nachdem sie an Bord gegangen waren, vom Dinner ab. Marga fand, dass sich Bert von Rohr verändert hatte. Wie ein Fuchs, der sich in seinen Bau verzieht und zwischendurch beobachtend umherschleicht – er strahlte eine gewisse Ruhelosigkeit und zugleich Unentschlossenheit aus.

Die Zwillinge teilten sich wieder eine Kabine, ebenso Cord und Heinrich, während Marga und Isidora Einzelkabinen erhielten. Obwohl sie sich in Margas Gesellschaft ausgesprochen wohlfühlte, freute sich Isidora, die noch einige Texte bearbeiten wollte, darüber sehr. Sogar eine Salonkabine zwischen denen der Damen hatte Heinrich belegen können.

Vor dem Dinner wurden die Passagiere einander vorgestellt. Zwei englische Ehepaare kehrten nach Hause zurück, einige Südamerikaner und Spanier wollten in Geschäften nach Deutschland und ein Amerikaner um die vierzig, der dem Vernehmen nach gleich drei miteinander verbundene Kabinen gemietet hatte, schien zu seinem

Vergnügen unterwegs zu sein. Eine äußerst attraktive junge Frau, die Mitte zwanzig sein mochte, sollte mit am Tisch der von Elßtorffschen Reisegesellschaft sitzen.

»Irmingunde von Jagow«, stellte der Kapitän sie vor, »aber das gnädige Fräulein legt in dieser Reisegesellschaft ausdrücklich keinen Wert auf Titel.« Fräulein von Jagow senkte bescheiden die Augen.

Alle blickten zu der jungen Frau, die zweifellos einen äußerst distinguierten Eindruck machte. Selbst Elsa, deren Augen auch geringe Unstimmigkeiten in der Garderobe auffielen, fand sie äußerst elegant.

»Jedenfalls finde ich, dass Irmingunde ein besonders schöner Vorname ist«, brach Heinrich mit einer Galanterie die Stille und wurde mit einem winzigen Lächeln belohnt.

»Ja, das finde ich auch, aber eben auch ein langer Name. Deshalb werde ich von meinen Freunden auch Gundel genannt.«

Im Laufe des Abends berichtete Irmingunde von Jagow, die ihre lungenkranke Tante auf Teneriffa besucht hatte, viel von den Schönheiten des Orotava-Tals. Liebenswürdig erkundigte sie sich auch nach der Nachbarinsel La Palma, stellte Fragen, hörte aufmerksam zu, und man verabschiedete sich vor der ersten Nacht an Bord in geradezu freundschaftlichem Einvernehmen. »Das verspricht eine angenehme Tischgesellschaft zu werden«, meinte Isidora. »Fräulein von Jagow versteht es, nett mit ihren Geschlechtsgenossinnen zu plaudern und die anbetenden Blicke der Herren zu übersehen.«

Zum Frühstück erschien die Runde nun vollzählig. Bert von Rohr starrte die Neuangekommene zunächst völlig überrascht an, riss sich dann aber zusammen, sprach und aß kaum – er war wirklich noch nicht auf der Höhe. Cord verfolgte gebannt das charmante Geplauder Fräulein von Jagows, das teilweise einem Feuerwerk von geistreichen Bemerkungen und Zitaten glich. Indessen konstatierte Elsa, wie mühelos Irmingunde Verse einflocht – das kenne ich sonst nur von meiner Freundin Roberta Stein, aber da ist es deren Beruf als Schauspielerin geschuldet. Jedenfalls scheinen unsere Herren alle von ihr hingerissen zu sein, besonders Bert von Rohr schafft es kaum, die Neuangekommene nicht dauernd mit Blicken zu verschlingen.

Nach dem Frühstück promenierten die Zwillinge mit Cord übers Deck, wobei dieser berichtete: »Stellt euch vor, der Jens aus Hamburg, der in Afrika sein Glück machen wollte, ist unten bei den Passagieren. Schon von weitem sah er elend und abgemagert aus.«

»Der ist ja nicht weit gekommen«, meinte die weichherzige Emilie. »Sprich doch mal mit ihm, Cord, er kennt dich ja von der Hinreise, vielleicht können wir ihm helfen. Unsere Reiseapotheke ist noch gut gefüllt.«

Am Nachmittag stieg Cord hinunter in die dritte Klasse, wo er zu seiner Überraschung Jens im Gespräch mit Bert vorfand. Erfreut nickte der Hamburger Cord zu und berichtete: »Gleich im ersten afrikanischen Hafen hat mich die Malaria so schwer erwischt, dass ich knapp dem Tod entkam. Ob das ein Glück ist, weiß ich nicht, denn nun besitze ich gar nichts mehr und weiß nicht, wie ich in Deutschland mein Leben fristen soll.«

»Können wir mit Medikamenten oder etwas anderem helfen?«, fragte Cord. Er versuchte, dem armen Mann etwas Mut zuzusprechen und sagte zu, gegen Abend mit Heinrich vorbeizukommen. Dabei beschlich ihn der Eindruck, dass Bert von Rohr sich von dem Schicksalsschlag des Hamburgers, der ein Bild des Jammers bot, kaum anrühren ließ.

In der folgenden Nacht erwachte Isidora mit heftigen Magenschmerzen und beschloss, obwohl es weit nach Mitternacht war, bei Marga zu klopfen und sie um einen Magensaft zu bitten. Schnell schlang sie sich ein Schultertuch um und öffnete leise ihre Kabinentür. Da meinte sie am Ende des Ganges eine Gestalt zu sehen, die der Statur nach Bert von Rohr sein musste. Aber kam er nicht aus der Kabine von Irmingunde von Jagow? Heftig rieb sich Isidora die Augen – es war niemand mehr zu sehen. Ob sie sich durch die Müdigkeit und die Schmerzen getäuscht hatte? Auf ihr zaghaftes Klopfen hin: »Marga, ich bin es, Isidora«, öffnete diese schnell die Tür.

»Magenkrämpfe«, murmelte sie, »kein Wunder, das Essen war einfach zu fett heute Abend. Ich müsste doch noch etwas Condurango-Wein aus der Marienapotheke haben.« Sie reichte Isidora ein ordentliches Gläschen und bemerkte zufrieden, wie sich deren Gesichtsfarbe etwas belebte. »Du sahst gerade aus, als hättest du ein Gespenst gesehen.«

»Habe ich auch. Es hatte Ähnlichkeit mit Bert von Rohr und kam aus der Kabine von Irmingunde von Jagow.« Beide Frauen setzten sich wie auf Kommando.

»Bist du ganz sicher?«

»Nein, der Gang ist ziemlich schlecht erleuchtet, und ich war zu weit weg.«

Marga schenkte sich nachdenklich ein kleines Gläschen des Magenweines ein und meinte schließlich: »Dann reden wir am besten nicht darüber – und jetzt sollten wir schlafen.«

Am nächsten Nachmittag stand Elsa windgeschützt hinter einem Decksaufbau der Amazonas. Es war trübe, die Luft kühl und feucht und das Deck menschenleer. Emilie trotzte dem Wetter, hatte sich ein Tuch fest um den Kopf gewickelt, stand direkt an der Reling, hob den angehobenen Kopf dem Wind entgegen und ließ sich durchpusten.

Liebevoll blickte Elsa zu ihrer Schwester hinüber, deren Röcke durch eine Böe anfingen heftig zu flattern. Wie glücklich bin ich, dass das Schicksal uns wieder zusammengeführt hat! So viele Jahre wusste ich nichts von ihrer Existenz – und doch habe ich immer das diffuse Gefühl gehabt, dass mir etwas Wichtiges fehlte. Und je besser wir uns kennenlernen, desto mehr schließe ich sie in mein Herz – auch wenn wir nicht immer einer Meinung sind – oder mittlerweile vielleicht gerade deshalb … Bevor sie diese philosophischen Gedanken weiterspinnen konnte, stürmte jemand von unten die Treppe des Zwischendecks hinauf zur ersten Klasse, was strikt verboten war. Eine männliche Gestalt mit einer Wollmütze auf dem Kopf stürzte auf Emilie zu. Plötzlich zog der Mann mit Schwung den rechten Arm zurück – in seiner Hand blitzte ein Messer auf. War diese ausgemergelte Gestalt nicht Jens?

»Emilie, Vorsicht!«, schrie Elsa aus Leibeskräften. Diese sprang sofort zur Seite, das Messer streifte ihren linken Arm und schlitzte den Ärmel auf. Der Mann konnte seinen Schwung kaum noch abbremsen, das Schiff krängte kurz nach Steuerbord, da schoss er auch schon über die Reling.

Elsa, die bereits auf ihre Schwester zulief, nahm diese fest in den Arm. »Bist du in Ordnung?«

Emilie war kalkweiß, nickte. »Was war das denn, Elsa?«

»Ich weiß es nicht, aber ich befürchte, du bist knapp einem Mordanschlag entronnen. Beruhige dich, Millie, das kann nur ein Verrückter gewesen sein!« Sie fühlte, wie Emilies Knie nachgaben und hielt sie ganz fest. Dann besann sie sich auf die Instruktionen des Ersten Offiziers am Tage der Abfahrt.

»Mann über Bord«, rief sie mehrfach, so laut sie konnte. Einige Matrosen kamen in ihr Blickfeld. »Mann über Bord!«, rief sie erneut und zeigte in die Richtung, wo der Mann koppheister über die Reling gegangen war. Zweimal hatte sie ihn zwischen den Wellenbergen noch gesehen. Aber sie vermutete, dass kein Manöver der Welt diesen Mann noch retten konnte. Und sie wusste auch gar nicht, ob sie das wollte.

Indessen warf ein Matrose einen Rettungsring in die von ihr angezeigte Richtung, und dann spürte sie, dass der Dampfer langsamer wurde. Der Ruf: »Mann über Bord« hallte über das ganze Schiff.

Bald füllten sich alle Decks mit Passagieren und Mannschaft, während der Kapitän die Rettungsmanöver einleitete.

Da fühlte Elsa am Oberarm der Schwester einen feuchten Fleck. »Du hast doch eine Schnittwunde, lass uns zu Heinrich gehen.«

Der tauchte in Begleitung von Cord just in diesem Augenblick auf und zeigte sich entsetzt über Elsas kurzen Bericht. Er riss den Ärmel an Emilies Schulter ein Stück weiter auf. »Es ist nur eine kleine Schnittwunde«, beruhigte er sie, »aber du hast riesiges Glück gehabt, das Messer muss unglaublich scharf gewesen sein.«

Daraufhin schien Emilie erneut einer Ohnmacht nahe, und Elsa bedachte ihren Ziehbruder mit bösen Blicken. »Bitte schick uns Marga, und du geh, damit der Kapitän informiert wird!«

Während sich das komplette Schiff in Aufruhr befand, nähte der Schiffsarzt den Schnitt mit einigen Stichen, desinfizierte und verband die Wunde. »Keine Sorge, junges Fräulein, das wird alles gut verheilen, Sie werden auch problemlos wieder Abendroben tragen können«, versuchte er Emilie zu trösten. »Und nun lassen Sie sich von Ihrer Schwester auf Ihre Kabine bringen.«

Schnell war beschlossen, das Dinner im engsten Kreis der von Elßtorffschen Reisegesellschaft im eigenen Salon einzunehmen.

Recht bald war Emilie dank eines leichten Beruhigungsmittels eingeschlafen. Um sich abzulenken, ergriff Elsa ihr Reisenotizbuch und begann zu sortieren. »Wir müssen den Tatsachen ins Auge sehen«, murmelte sie dabei leise.

Tödlicher Mordanschlag auf La Palma, wahrscheinlich mit Hutnadel – galt er mir, oder war es eine Verwechslung?

Missglückter Mordanschlag auf der Amazonas, mit Messer, galt Emilie, möglicherweise auch mir. Gezielt oder ein Zufall?

Täter: identisch oder zwei unterschiedliche?

Auf La Palma möglicherweise Verwandte von Tante Hannas Ehegatten, die das Erbe wollen.

Auf dem Schiff … Ein Verrückter?!

Elsa legte das Büchlein beiseite und legte sich aufs Bett. Die Aufregungen ließen auch sie in einen unruhigen Schlaf fallen.

Zum Dinner versammelten sich alle im kleinen Privatsalon.

»Hat man den Mann retten können?«, lautete Elsas erste Frage.

Heinrich schüttelte den Kopf. »Man hat es mehrere Stunden versucht, aber vergeblich. Der Kapitän ist untröstlich über deine Verletzung und lässt seine besten Genesungswünsche ausrichten, Emilie. Wir sollten beim Aperitif zusammentragen, was wir wissen.«

Cord beugte sich vor. »Der Kapitän stellte als Erstes fest, wer von den Passagieren oder der Besatzung fehlt. Bei dem Mann, der über Bord ging, handelt es sich um Jens Hinrichsen aus Hamburg.«

»Also habe ich mich nicht getäuscht«, entfuhr es Elsa.

»Die Befragungen des Kapitäns ergaben, dass Zeugen sowohl Heinrich, Bert und mich sowie eine mysteriöse verschleierte Dame im Gespräch mit Jens gesehen haben.«

»Eine verschleierte Frau?«, echote Marga. »Das ist ja eigenartig.«

»An Gepäck hatte er nur ein Bündel dabei, in welchem sich erstaunlicherweise ein Goldstück in einem Pfeifenkopf verborgen befand.« Sichtlich stolz fügte Cord hinzu: »Das fiel mir auf, als wir in der Kabine des Ersten Offiziers alles genauestens untersucht haben.«

»Du bist wirklich pfiffig, Cord«, lobte Elsa, was das tief besorgte Gesicht des Lehrersohns kurzfristig aufzuhellen vermochte. »Der Kapitän äußerte übrigens die Bitte, die Angelegenheit so diskret wie möglich zu behandeln. Was haltet ihr davon?«

»Das finde ich richtig«, entgegnete Elsa, »sonst machen wir hier das ganze Schiff verrückt, ohne dass wir etwas beweisen können. Das hätte ich auch nie gedacht, dass ich mal Detektivarbeit für Mordanschläge in eigener Sache anstellen muss. Gefallen tut mir das gar nicht.« Sie seufzte.

»Mordanschläge … Wieso sprichst du im Plural?«, fragte Isidora irritiert.

Marga brummelte: »Ich wusste doch, dass hier etwas faul ist!«

Nachdem Elsa in knappen Worten die Fakten bei der Fiesta aufgezählt hatte, blickten alle einander besorgt an.

»Wir haben mehr Fragen als Fakten. Dass der Bursche über Bord gegangen ist, ist auch deshalb schade, weil es dadurch keinerlei Aussagen von ihm geben wird«, nahm Heinrich den Faden wieder auf.

Es wurde ein recht einsilbiges Dinner, bei dem mehr in den Speisen herumgestochert als mit Appetit gegessen wurde.

»Auf das Goldstück kann man sich alle möglichen Reime machen, aber es ergeben sich keine wirklichen Hinweise. Vielleicht hat ihn jemand für den Mordanschlag gedungen, dann wären es aber sicherlich mehr Goldstücke gewesen. Möglicherweise delirierte er in einem Malariafieberschub.«

»So kommen wir wirklich nicht weiter«, fasste Marga resigniert den Eindruck aller zusammen.

»Messer, Hutnadel, Verwechselungen – das werden mir zu viele Zufälle«, sagte Cord. »Wir werden die Zwillinge regelrecht eskortieren und bewachen müssen, bis wir in Hamburg sind.«

»Einverstanden, ihr geht nur noch in Begleitung aus der Kabine.« Isidora fixierte alle nachdrücklich.

»Und die Tür werden wir nachts verrammeln, und ich schlafe vor der Verbindung zu eurer Kabine«, verkündete Marga. Und so wurde es gemacht.

Am nächsten Morgen herrschte beim Frühstück eine bedrückte Stimmung. In der Tischrunde fehlte jedoch Bert von Rohr, der sich mit einer Unpässlichkeit hatte entschuldigen lassen. Diese schien ernsthafterer Natur zu sein, denn er ließ sich zwei Tage nicht blicken und schien, als er endlich wieder zum Vorschein kam, in schlechtem Zustand. Mit Ringen unter den Augen und trübem Blick erinnerte nichts an den lebhaften Bert zu Beginn der Reise.

Irmingunde von Jagow zeigte sich rührend besorgt um Emilie, bemühte sich zugleich, das Ganze als unglücklichen Zufall herunterzuspielen. »Es nutzt nichts, zu grübeln, liebe Freundinnen. Wie schon Hebbel schrieb: ›Der Zufall ist ein Rätsel, welches das Schicksal den Menschen aufgibt.‹« Was ihr einen bewundernden Blick des Amerikaners eintrug.

Es war Elsa nicht entgangen, dass Gundel inzwischen dem Amerikaner John Adams gegenüber, den sie die ganze Zeit mühelos in dem schmalen Fahrwasser zwischen Er- und Entmutigung gehalten hatte, nun offenbar mehr das Ufer der Ermutigung ansteuerte. Der Texaner schien nicht nur in Öl zu schwimmen, was seinen Reiz für die unverheiratete Damenwelt deutlich erhöhte. Er jedoch hatte offensichtlich ein Auge auf »my darling Gundel« geworfen, deren offenbar adelige Herkunft ihn zusätzlich zu ihrer Schönheit augenscheinlich faszinierte. Dies bemerkte, nachdem er wieder aufgetaucht war, auch Bert, in dessen Miene sich kurz etwas wie Zorn zeigte, was aber schnell von Resignation abgelöst wurde.

Zum Dinner nach dem Ablegen von Lissabon mit Kurs auf Porto erschienen weder Irmingunde von Jagow noch Robert von Rohr am gemeinsamen Tisch. Der Chefsteward näherte sich und nahm Heinrich beiseite. »Wissen Sie etwas über den Verbleib von Fräulein von Jagow und Herrn von Rohr?«

»Wieso Verbleib? Die fahren doch wie wir bis Hamburg.«

»Nun, Fräulein von Jagow scheint in letzter Sekunde ohne jegliche Ankündigung von Bord gegangen zu sein. Sie befand sich in Begleitung von Mr. Adams. Beider Kabinen sind komplett leer, Fräulein von Jagows Gepäck muss unauffällig von Bord geschafft worden sein. Dies scheint zufällig Herr von Rohr mitbekommen zu haben, der daraufhin auch noch kurz vor dem Ablegen vom Schiff stürmte und sich nicht zurückhalten ließ. Wir haben über eine Stunde vergeblich gewartet, dann blieb uns nichts anderes übrig, als abzulegen.«

»Das heißt, in seiner Kabine befinden sich noch sein Gepäck und persönliche Gegenstände?«

»So ist es – und ich wollte Sie dies nach den jüngsten Vorfällen wissen lassen. Der Kapitän wusste die Unterstützung, Findigkeit und nicht zuletzt die Diskretion von Ihnen und Herrn Breuer sehr zu schätzen. Er meinte, dass wir morgen, natürlich inoffiziell, uns gemeinsam in Herrn von Rohrs Kabine umsehen sollten, Sie waren ja schließlich Reisegefährten. Danach werden dessen Dinge zusammengepackt und von Hamburg aus an seine Heimatadresse expediert.«

»Wir werden Sie gern unterstützen. Allerdings denke ich, dass meine Ziehschwester, Fräulein Martin, unbedingt dabei sein wollen wird.«

»Kein Problem, Herr von Elßtorff, eine kluge Frau sieht noch andere Dinge als wir Männer.«

Befriedigt nickte Heinrich und dachte nicht zum ersten Mal, dass der überlegte Rat seines Vaters, am Anfang einer Reiseetappe sehr großzügige Trinkgelder zu geben, sich mal wieder bewährt hatte.

Mit gesenkter Stimme informierte Heinrich seine Reisegefährten, die nicht schlecht staunten. Allerlei Spekulationen über diese unerwartete Wendung der Dinge wurden angestellt.

Ihre Erwartungen wurden jedoch nicht erfüllt: Im Reisegepäck von Robert von Rohr befand sich nichts Auffälliges. Teure Hemden und Taschentücher, alles ebenso mit seinen Initialen R v R versehen wie das luxuriöse Reisegepäck aus Juchtenleder, einige Reiseführer – nichts, was im Geringsten verdächtig war.

Der Rest der Reise verlief bar jedweder außergewöhnlichen Ereignisse, worüber niemand im Geringsten böse war.

Zurück in Deutschland

Als die Amazonas am Kai in Hamburg anlegte, standen schon zwei große Droschken bereit, um die Reisenden und ihr Gepäck zum Bahnhof zu befördern.

Eskortiert von Cord und Heinrich standen die Zwillinge, Marga und Isidora an der Reling und erspähten bald Sophie und Maximilian von Elßtorff, Wilhelm Jacob, das Ehepaar Breuer und Theobald von Lensing.

»Das ist ja ein großer Empfang«, meinte Emilie gerührt.

Cord war völlig überrascht und erfreut, dass seine Eltern da waren, und schob dies sofort der Initiative von Wilhelm Jacob zu. Beim Anblick von Theobald von Lensing lächelte Isidora glücklich. »Er will dich immer noch, meine liebe Freundin!«, bemerkte Elsa, woraufhin Isidora kräftig errötete.

Kaum an Land nahmen die Umarmungen und Ausrufe der Freude kein Ende. Wilhelm Jacob drückte die Zwillinge fest an sich, er konnte seine Tränen nicht unterdrücken. »Ab sofort nennt ihr mich Großvater Wilhelm – ihr glaubt gar nicht, wie froh ich bin, dass ich euch jetzt als meine Enkelinnen gesund und munter in die Arme schließen kann.« Die Blicke von Elsa und Heinrich kreuzten sich – man hatte beschlossen, die Angriffe auf die Schwestern erst zu Hause zu berichten.

Auch Sophie zeigte sich überglücklich. »Dass ihr wirklich die Töchter meiner liebsten Freundin Ernestine seid, das ist wie eine Fügung.«

Theobald von Lensing, dessen Erscheinen sowohl mit den Eltern Kaulbach als auch mit Maximilian abgestimmt worden war, begrüßte Isidora mit einem formvollendeten Handkuss, obwohl er sie am liebsten in seine Arme gerissen hätte. »Die besten Grüße darf ich dir von deinen Eltern ausrichten, die sich auf deine Rückkehr sehr freuen. Dein Vater hat übrigens das Porträt von mir vollendet, ich bin gespannt, was du dazu sagst. Vor allem aber bin ich ebenfalls sehr froh, dass du wieder da bist«, murmelte er.

»Ich auch, Theobald!«

»Dann können wir unsere Verlobung offiziell machen?«

»Sehr gern, Theo!«

Da wagte er es doch, sie in die Arme zu nehmen und strahlend vor der versammelten Runde zu sagen: »Unsere offizielle Verlobung wird demnächst bekanntgegeben.«

Gratulationen und Umarmungen folgten, inzwischen wurde das Gepäck in die Kutschen geladen, und die Gesellschaft fuhr zum Bahnhof, um in den reservierten Abteilen die Heimfahrt anzutreten.

In Hannover angekommen, betrachtete Elsa stolz den Bahnhofsplatz mit dem Denkmal von Ernst-August hoch zu Ross und die umliegenden, meist von Baumeister Hase im neugotischen Stil errichteten Hotels: den Rheinischen Hof, das Hotel de Russie und das Grandhotel Hartmann.

Leise sagte sie zu Heinrich: »So schnell, wie ich mich auf La Palma heimisch gefühlt habe, meine Wurzeln sind doch hier in unserem schönen Hannover.« Ihr Blick umfing noch einmal liebevoll den Platz, wanderte zum Ostflügel des Bahnhofs, wo der Kaiser bei seinen Besuchen in den prächtig ausstaffierten Räumen gern abstieg. Dann entdeckte sie den getreuen Diener Franz, der die von Elßtorffs in der Kutsche nach Hause brachte.

Zum Dinner bei den von Elßtorffs war Wilhelm Jacob gebeten worden, um Familienrat zu halten. Die Köchin hatte in Absprache mit Sophie die Lieblingsspeisen von Elsa, Emilie und Heinrich zubereitet.

»Was ist mit dir, Elsa? Du stocherst ja mit wenig Appetit im Essen herum«, bemerkte Sophie.

Heinrich räusperte sich: »Wir müssen euch leider noch einige unangenehme Mitteilungen machen. Auf La Palma ist bei einem Fest eine blonde junge Frau von hinten wahrscheinlich mit einer Hutnadel erstochen worden. Sie trug ein abgelegtes Kleid von Elsa.«

Sophie, Maximilian und Wilhelm Jacob sahen sich fassungslos an.

»Das ist leider noch nicht alles. Auf dem Schiff hat ein Mann, möglicherweise in geistiger Umnachtung durch eine Malariaattacke, versucht, Emilie zu erstechen und über Bord zu werfen. Dabei ist er selbst über Bord gegangen, so dass die Motive für diese Tat im Dunkeln bleiben werden.«

Wilhelm Jacob war bestürzt. »Das muss ich erst mal verdauen.«

Sophie klingelte nach dem Mädchen. »Bring uns bitte Cognac und Magenbitter.«

Allen war zunächst der Appetit vergangen.

»Wir sind auch nicht weit gekommen mit unseren Überlegungen«, fuhr Heinrich fort. »So sehr wir uns auch den Kopf zerbrochen haben – Zufall, Verwechslung, auf La Palma möglicherweise Verwandte von dem Mann der Patentante, die auf das Erbe der Zwillinge aus sind.«

Nachdenklich trank Wilhelm Jacob einen Schluck Cognac. »Wenn es denn Absicht war – kann es nicht auch mit eurer gräflichen Abkunft zu tun haben?«

Maximilian nickte. »Ausschließen können wir zunächst gar nichts. Als das Telegramm von Heinrich kam, haben Wilhelm Jacob und ich diskret Erkundigungen eingezogen. Die Mutter von Friedrich von und zu Hohenstein lebt noch in München-Bogenhausen. Der nächste Schritt muss sein, die Gräfin zu unterrichten. Ihr solltet nach München fahren und persönlich mit ihr sprechen.«

»Der Brief muss gut überlegt werden.« Elsa blickte in die Runde. »Sollen wir gleich mit der Tür ins Haus fallen?«

»Das würde ich nicht tun.« Sophie sprach sehr bestimmt. »Ihr bittet sie um ein Treffen in einer sehr persönlichen Angelegenheit, die auch ihren verstorbenen Sohn Friedrich betrifft. Ich werde ein entsprechendes Empfehlungsschreiben verfassen, um auch mit meinem adeligen Mädchen-Namen von Gyldenberg für mehr Nachdruck zu sorgen. Das machen wir morgen früh als Erstes.«

Bald kam ein sehr förmliches Schreiben in der Königstraße an, in welchem Alexandrine Gräfin von und zu Hohenstein sich bereit erklärte, Fräulein Martin und Fräulein Sartorius zu empfangen und ihnen Zeit für ein kurzes Gespräch zu gewähren.

»Wie immer sie sich verhalten wird, so habt ihr sie dann wenigstens mal gesehen«, meinte Sophie zufrieden.

Einige Tage später bestiegen die völlig aufgeregten Zwillinge in Begleitung von Heinrich und ihrem Großvater den Zug nach München.

Finale mit Paukenschlägen

Alexandrine Gräfin von und zu Hohenstein klopfte mit ihrem sorgfältig manikürten Zeigefinger auf die Platte ihres Schreibsekretärs. Für die wunderbaren Intarsienarbeiten aus Elfenbein und Ebenholz dieses hundert Jahre alten Zeugnisses exquisiter französischer Tischlerkunst hatte sie nicht den geringsten Blick.

Ungeduldig erwartete sie ihre Gesellschafterin Amalie, die sie vor fünfzehn Jahren keineswegs aus reiner Menschengüte aufgenommen hatte, wie sie damals aller Welt weismachte. Denn wer nimmt schließlich eine Frau in den eigenen Haushalt auf – und sei es als Gesellschafterin –, die ihr Gedächtnis verloren hat? Und deren Benehmen zwar für eine gewisse Ausbildung spricht, ebenso wie ihr Klavierspiel und ihre guten französischen Sprachkenntnisse, deren Identität und Herkunft aber völlig im Ungewissen liegt?

Mittlerweile allerdings war ihr Amalie ans Herz gewachsen. Hätte ihr jemand damals diese Entwicklung prophezeit, hätte sie dies energisch in den Bereich schwachsinniger Sentimentalität verwiesen.

Aber sie musste den Dingen ins Auge sehen. Inzwischen schätzte sie sich glücklich, Amalie mit ihrer liebevollen und unangestrengten Fürsorglichkeit um sich zu haben. Weder eine Tochter noch eine Schwiegertochter gab es in ihrem Leben. Und auch dazu hatte sie leider selbst beigetragen. Schließlich hatte ihr Sohn Friedrich, bevor er wie sein Vater in Frankreich sein Leben für das Vaterland ließ, heiraten wollen – wenn auch völlig unstandesgemäß. Was natürlich überhaupt nicht in Betracht kam und von ihr empört abgelehnt worden war. Der Zwillingsbruder von Friedrich, scheinbar ein Liebling der Götter, gutaussehend, vielseitig begabt, von bestrickender Liebenswürdigkeit, ein Liebling der Frauen, starb wenig später mit 26 Jahren im Duell. Ein gehörnter Ehemann hatte seine Ehre, die durch die glühende Liebe seiner Gattin zu dem jungen Grafen befleckt worden war, so wiederhergestellt.

Alixandrine von und zu Hohenstein erhob sich seufzend.

Zwei Söhne waren eben nicht genug gewesen. Sie hätte damals selbstverständlich ihrer Pflicht genügt und weitere Kinder zur Welt gebracht. Aber nach der Geburt der Zwillinge war sie so schwach, dass weitere Kinder, wie der Arzt unmissverständlich feststellte, ihren Tod bedeutet hätten.

Sie seufzte erneut. Ihr Gatte hatte daraufhin nie wieder das Bett mit ihr geteilt. Wahrscheinlich hatte er sich eine Geliebte genommen – es berührte sie nicht weiter. Die ehelichen Pflichten hatte sie sowieso nur über sich ergehen lassen und keineswegs vermisst. Und da ihr Mann sie nach wie vor mit großer Hochachtung und Freundlichkeit behandelte, hatte sie keinen Grund zur Klage gesehen.

Nun gab es nur noch ihren entfernten Neffen, einen Tunichtgut und Geldverschwender. Und ihren kinderlosen Schwager, der ihr in den ersten Jahren als Witwe in einigen zu regelnden Angelegenheiten beigestanden hatte. Dessen Art und Weise, Dinge mit Arroganz und Menschenverachtung nach Fürstenart zu regeln, hatte ihr jedoch derartig widerstrebt, dass sie sich fortan auf ihren eigenen gesunden Menschenverstand verließ.

Ihr Blick fiel auf die Pendule, und sie schüttelte unwillig den Kopf. Wo bleibt Amalie? Keineswegs möchte ich die für vier Uhr angekündigte Visite dieser beiden jungen Fräulein allein entgegen nehmen. Hätte diese geborene von Gyldenberg, verheiratete von Elßtorff nicht so eindringlich die Wichtigkeit dieses Treffens in ihrem Brief beschworen, hätte ich mich nie und nimmer darauf eingelassen. Ein Fräulein Sartorius und ein Fräulein Martin können für mich wohl kaum von Wichtigkeit sein, dachte sie in ihrer immer noch etwas herrischen Art, die früher stets von hohem Standesbewusstsein geprägt gewesen war.

In diesem Moment trat nach kurzem Klopfen Amalie ein. Sie eilte auf die Gräfin zu, deutete einen entschuldigenden Knicks an und sagte: »Es tut mir leid, Gräfin, wieder ein Migräneanfall, ich musste ein Pulver nehmen.«

Bevor diese reagieren konnte, klopfte es erneut, und der Butler, ein breitschultriger Mann von Gardemaß, stand in der Tür. Er überreichte auf einem silbernen Tablett zwei Visitenkarten und verkündete: »Die beiden Fräulein sind eingetroffen. Möchten Sie sie empfangen?«

Amalie blickte fragend zur Fürstin.

»Angeblich etwas Wichtiges, was mit einem meiner verstorbenen Söhne zu tun hat. Ich konnte dich durch deine Unpässlichkeit nicht vorher informieren – immerhin kannst du mir ja jetzt Unterstützung sein!«

Amalie, die nur allzu genau wusste, was die Gräfin, die mit absoluter, geradezu preußischer Disziplin durchs Leben schritt, von Migräne hielt, nickte ergeben. Aber ihre Kopfschmerzen hingen mit der schweren

Gehirnerschütterung zusammen, die ihr das Gedächtnis geraubt hatte – und dem war mit Disziplin allein nicht beizukommen.

»Ich lasse bitten«, nickte die Gräfin dem Butler zu.

Während Amalie noch einen prüfenden Blick auf den Teetisch warf, ob auch die hauchfeinen Gurkensandwiches und das englische Gebäck perfekt gerichtet waren – Noblesse oblige – meldete das Mädchen die Besucherinnen.

»Fräulein Elsa Martin, Fräulein Emilie Sartorius.«

Die Gräfin holte tief Luft: Die beiden blonden jungen Fräulein sind doch offensichtlich Zwillinge – wieso haben sie dann unterschiedliche Nachnamen? Und wie ungewöhnlich die geraden, schwarzen Augenbrauen zu den hellen Haaren sind. Das erinnert mich doch …

Weiter kam sie nicht in ihren Gedanken. Denn es schien alles gleichzeitig zu passieren. Die beiden jungen Frauen stürzten mit erschrockenen Gesichtern vorwärts, während neben ihr Amalie einen tiefen, gurgelnden Schrei ausstieß. Aus dem Augenwinkel sah Alixandrine, dass Amalie offensichtlich vor Schreck in Ohnmacht fiel. Niemand war schnell genug, die Unglückliche rechtzeitig aufzufangen, so dass sie heftig mit der Stirn auf eine Stuhllehne prallte und zum Glück um Haaresbreite die scharfe Kante des Marmorkamins verfehlte.

Als Erste fand Alixandrine ihre Fassung wieder und läutete energisch nach dem Mädchen.

»Schick sofort den Kutscher zu Dr. Rautenkranz. Er muss umgehend kommen, egal, was in seiner Praxis los ist. Lass das stärkste Riechsalz, Eiswürfel und feuchte Tücher bringen!«

Inzwischen nahm der Butler Amalie scheinbar mühelos hoch und bedeutete den jungen Damen, die völlig perplex dastanden, ihm zu helfen, die Ohnmächtige vorsichtig auf eine Recamiere zu betten.

»Amalie ist schon länger als Gesellschafterin in meinen Diensten. Sie hat vor etwa fünfzehn Jahren durch einen Unfall völlig ihr Gedächtnis verloren. Seitdem ist sie bei mir«, konstatierte die Gräfin erklärend.

Emilie sank leichenblass neben der Ohnmächtigen nieder, rieb ihr die Hände. Inzwischen war Elsa ans Kopfende getreten und inspizierte mit äußerster Vorsicht Amalies Kopf.

»Rein äußerlich hat sie nur diese Schramme an der Stirn.« Sie sah das Dienstmädchen mit einer Schale und Tüchern eintreten. Vorsichtig tupfte sie die Stirnwunde der Ohnmächtigen ab, bis nur noch eine kleinere Platzwunde zu sehen war. Dann wrang sie ein sauberes Tuch in Eiswasser aus und legte es Amalie auf die Stirn, während Emilie ihr das Riechsalz unter die Nase hielt.

Diese öffnete die Augen und starrte Emilie völlig fassungslos an, griff plötzlich hinter deren Ohr und erfühlte das kleine Muttermal über dem Ohrläppchen.

Sie schluckte, flüsterte etwas Unverständliches vor sich hin. Indessen hatte sich Elsa neben ihre Schwester gekniet, und als das zweite Gesicht vor ihr auftauchte, griff sie ebenfalls hinter Elsas Ohr. Mit einem Aufschrei fiel sie in Ohnmacht. Emilie hielt ihr erneut das Riechsalz unter die Nase und tätschelte ihre Wangen. Langsam kehrte etwas Farbe in Amalies Gesicht zurück, und sie schlug die Augen auf. Ihr Blick glitt lange zwischen den Zwillingen hin und her. Dann richtete sie sich etwas auf.

»Elsa, Emilie, meine Kinder«, rief sie mit rauer, aber lauter Stimme, und Tränen liefen in Strömen über ihre Wangen.

Die beiden jungen Frauen erstarrten. Ungläubig sahen sie sich an, dann zu Amalie.

»Mutter?«, stammelte Emilie.

»Bist du denn Ernestine Jacob?«, fragte Elsa.

In diesem Moment sank Alixandrine Gräfin von und zu Hohenstein mit einem Aufschrei in einen Sessel und fiel völlig in sich zusammen.

Der Arzt, der in diesem Moment eintrat, blickte verwirrt von der Gräfin zur Gesellschafterin und fragte sich offensichtlich, wer von beiden seiner Hilfe mehr bedurfte.

Er hielt Alixandrine das Riechsalz unter die Nase, bedeutete dem Dienstmädchen, ihre Herrin im Auge zu behalten und wandte sich Amalie zu.

»Fräulein Joachim«, er tätschelte ihre Wange, »was ist geschehen?«

Diese riss sich merklich zusammen und antwortete dann mit noch schwacher, aber klarer Stimme: »Ich heiße nicht Joachim, ich bin Ernestine-Amalie Jacob aus Hannover, Dr. Rautenkranz. Und diese beiden jungen Damen sind meine Töchter.«

»Ihre Töchter?«, echote der Arzt verblüfft.

»Ja, so ist es. Möge der Himmel wissen, auf welch verschlungenen Wegen sie von La Palma hierhergekommen sind.«

Alixandrine gab einen klagenden Laut von sich, den Ernestine ihr nie zugetraut hätte.

»Manchmal gibt es doch noch eine gnädige Fügung«, sagte sie mit zitternder Stimme. »Ich hoffe, ich kann noch einige Jahre gutmachen, was mein Dünkel damals verhindert hat.«

Emilie und Elsa tauschten einen langen, gedankenvollen Blick. Die Gräfin schien in irgendeiner Form ihre Rolle als Großmutter anzusprechen.

In Ernestines Zügen zeichnete sich völlige Verwirrung ab. »Aber wie bin ich in dieses Haus gekommen? Und wieso hatte ich mein Gedächtnis verloren?«

»Das ist eine längere Geschichte. Wir werden gleich Tee trinken, das wird uns allen guttun, und ich werde alles erzählen, was ich darüber weiß.« Die Gräfin blickte blass, aber gefasst in die Runde.

Der Arzt verstand diese Ankündigung zu Recht als Verabschiedung, ließ noch einige Beruhigungstropfen da und ging. Tee wurde eingeschenkt, Ernestine nahm auf einem Sofa Platz, eng flankiert von den Zwillingen, die immer noch nicht wirklich begreifen konnten, nun auch ihre Mutter gefunden zu haben.

»Mein Mann und mein Sohn Friedrich fielen im Deutsch-Französischen Krieg. Kurz nach dem Tod meines Sohnes Friedrich bat mich eine junge Frau um eine Unterredung. Sie erschien in Trauer und tiefverschleiert und begann anzudeuten, sie sei von meinem Sohn Friedrich schwanger. Da beendete ich den Besuch. Kurz darauf fiel der Zwillingsbruder von Friedrich im Duell. Außer einem entfernten Neffen und meinem kinderlosen Schwager hatte ich nun keine Familie mehr. Mein Neffe entwickelte sich immer mehr zum Lebemann, der sich darauf verließ, einst mein beträchtliches Erbe zu bekommen. Das verbitterte mich so, dass ich beschloss, einen Detektiv Namens Huber zu engagieren und auf die Spur von Ernestine Jacob zu setzen. Das Unternehmen, welches ihn auf die Kanarischen Inseln führte, ging gründlich schief. Der Detektiv kam von dort zurück und brachte eine junge Frau mit, die er auf La Palma intensiv nach Ernestine befragt hatte. Die junge Frau wollte weglaufen, stürzte, fiel auf den Hinterkopf und verlor das Gedächtnis. Der Detektiv geriet in Panik. Da es Zeugen des Vorfalls gab, konnte er die Frau nicht einfach auf der Insel ihrem Schicksal überlassen. So blieb ihm nichts anderes übrig, als sie mit nach Deutschland zu nehmen, wo er sie mir übergab.

An Papieren fand sich nur ein verwischter Briefumschlag, auf dem noch Amalie und ein J zu entziffern gewesen war. So nahm ich sie als Amalie Joachim in meinen Haushalt auf. Nie und nimmer hätte ich gedacht, die ganzen Jahre hier Ernestine Jacob zur Gesellschafterin zu haben.«

Für einen Moment herrschte Stille.

»Unsere Mutter lebt, das ist erst mal die Hauptsache. Also täuschte sich Josefina nicht!«, bemerkte Elsa leise.

Die Gräfin sah die Schwestern an und fragte: »Wieso die unterschiedlichen Nachnamen?«

Emilie gab eine kurze Erläuterung ab.

»Glück und Beharrlichkeit führten zum Ziel«, meinte die Gräfin. »Ihr habt ja einiges auf euch genommen, um mehr über eure Eltern zu erfahren.«

»Wir wollen unserem Schöpfer danken, dass wir uns gefunden haben«, fügte Ernestine hinzu, »so gibt es doch wieder einen familiären Zusammenhalt.«

Mühsam unterdrückte Elsa einen Schrei. »Unten in der Kutsche warten mein Ziehbruder Heinrich von Elßtorff und außerdem Wilhelm Jacob!«

»Mein Vater ist hier?« Ernestine wurde rot und blass.

Die Gräfin indessen fing sich schnell und läutete nach dem Buttler. »Unten in einer Kutsche warten zwei Herren, bitten Sie diese umgehend hinauf.«

Wenige Augenblicke später betraten die beiden mit gespannten Mienen den Salon. Die Gräfin betrachtete überrascht den distinguierten, gut gekleideten älteren Herrn – so hatte sie sich einen Möbelfabrikanten nicht vorgestellt. Dieser hatte jedoch nur Augen für Ernestine, die sich leicht schwankend erhob und auf ihn zuging. Dann lagen sich beide weinend in den Armen. Inzwischen stellte sich Heinrich formvollendet vor, um danach zu den Zwillingen zu eilen, die sich durch die ganzen Aufregungen in einem recht aufgelösten Zustand befanden. Schließlich beruhigten sich vorerst alle soweit, dass man wieder Platz nehmen konnte.

Heinrich ließ seine Blicke durch den luxuriösen Salon schweifen. Dann sprang er so plötzlich auf, dass seine kostbare chinesische Teetasse auf dem Boden zerschellte, und ergriff ein Foto im Silberrahmen, welches neben anderen auf einem Tischchen stand. »Wer ist das?«, fragte er aufgeregt die Gräfin.

»Das ist mein Neffe, Reginald von Richnow in jüngeren Jahren.« Erstaunt starrte sie Heinrich an. »Kennen Sie ihn?«

Heinrich zeigte das Foto den Zwillingen, die unisono aufschrien: »Robert von Rohr, wie er leibt und lebt!«

»Wieso Robert von Rohr?« Die Gräfin blickte verwirrt.

»Unter diesem Namen war er unser Reisegefährte nach La Palma und zurück.« Heinrich sah die Gräfin aufmerksam an und holte sichtbar tief Luft. »Den Hintergrund meiner ungewöhnlichen Frage werde ich Ihnen sofort erläutern – hat dieser Reginald von Richnow von Ihnen ein Erbe zu erwarten?«

Entgeistert beäugten ihn die Zwillinge, Wilhelm Jacob und Ernestine sahen sich fragend an.

Schließlich antwortete die Gräfin: »Reginald ist der einzig verbliebene Nachkomme in meiner Verwandtschaft.«

»Um dieses Erbe scheint er zu fürchten«, entgegnete Heinrich und begann zu erklären. Als er geendet hatte, schlug Wilhelm Jacob eine geballte Faust aufs Knie.

»Ich befürchte, bei dem Mord auf La Palma handelte es sich keineswegs um eine Verwechselung. Es scheint, als habe Reginald von Richnow, nachdem er wusste, dass die Zwillinge Abkömmlinge von Friedrich Graf von und zu Hohenstein sind, beschlossen, kein Risiko bezüglich seines Erbes einzugehen und sie umzubringen. Wahrscheinlich bezahlte er diesen verzweifelten Mann aus Hamburg, damit er sich auf dem Schiff nicht selbst die Hände schmutzig machen musste.«

Elsas Gedanken überschlugen sich. »Diesem Reginald sind wir doch schon auf Norderney begegnet, samt seiner auffallenden Begleiterin, der Schauspielerin Ira Jaffé. Da trug er allerdings einen Vollbart und sah dadurch ziemlich anders aus als Bert von Rohr. Sah anders aus … natürlich, mit meinem detektivischen Scharfsinn ist es doch nicht so weit her … auf der Rückfahrt von Teneriffa, die so brillant zitierende Irmingunde von Jagow war niemand anders als Ira Jaffé, die Schauspielerin. Die sind ja beide rechte Verwandlungskünstler, sowohl von Richnow als die Jaffé. Doch irgendetwas habe ich noch übersehen«, murmelte sie. Da schlug sie sich so heftig an die Stirn, dass Emilie neben ihr zusammenzuckte. »Natürlich, der Eisläufer damals im Winter auf den Maschwiesen in Hannover, der mir bekannt vorkam und der mich gar nicht wahrnahm. Das war auch Reginald von Richnow! Und es gab den ungeklärten Tod eines Münchener Detektivs, der am nächsten Tag in der Zeitung stand! Es fügt sich alles zusammen …«

Elsa rutschte aufgeregt auf ihrem Stuhl hin und her. Emilie zuckte zusammen: Ihre Schwester allein beim Eislaufen – die hatte sich doch bestimmt wieder heimlich davongeschlichen!

»Den Detektiv hatte ich doch noch einmal beauftragt, um die Spur von Wilhelm Jacob aufzunehmen …« Die Gräfin brach völlig fassungslos ab. »Als ich von seinem Tod erfuhr, gab ich das Ganze resigniert auf.«

»Existierte über diesen Auftrag etwas Schriftliches, was Reginald möglicherweise hätte sehen können?« Elsa befand sich ganz in ihrem Element.

»Wenn er geschnüffelt hätte, ja durchaus …«

Die Rolle der Schauspielerin ließ Emilie keine Ruhe: »Natürlich, Ira Jaffé, jetzt, wo du es sagst! Dass uns das nicht aufgefallen ist!«

»Ich glaube, eine solche Verknüpfung ist so ungewöhnlich, dass man nicht darauf kommt, einen Zusammenhang zu sehen.« Heinrich schüttelte den Kopf. »Immerhin hat sie die Lage prompt erfasst und sich mit dem amerikanischen Millionär schnell getröstet. Was ja offenbar für Bert alias Reginald ein harter Schlag war, sonst wäre er ihr nicht kopflos hinterhergestürzt.«

»Es scheint die Rede von der äußerst kostspieligen Geliebten meines Neffen zu sein«, warf die Gräfin trocken ein. »Das immerhin war ein Leichtes für den Detektiv herauszubekommen – und Reginald scheint dieser Frau geradezu hörig gewesen zu sein.«

»Wann haben Sie Ihren Neffen das letzte Mal gesehen, Gräfin?«, fragte Heinrich.

»Schon seit dem Frühjahr nicht mehr. Wie ich ihn kenne, ist er inzwischen völlig abgebrannt. Denn wenn nun auch die Kosten für Fräulein Jaffé wegfallen – seine Spielleidenschaft hat ihn gewiss weiter im Griff.«

»Wollen Sie den Fall der Polizei übergeben? Wie gedenken Sie sich zu verhalten, wenn er hier auftaucht? Das könnte doch jederzeit geschehen. Es wäre gut, gnädige Frau, darauf vorbereitet zu sein.« Wilhelm Jacob blickte besorgt auf die sichtlich schockierte Gräfin.

»Sie haben völlig recht, Herr Jacob. Was würden Sie mir anempfehlen? Ich bin doch momentan etwas ratlos …«

»Eine grundsätzliche Überlegung ist, ob die Polizei eingeschaltet werden soll.«

»Aber unbedingt, Großvater. Der Mann gehört doch hinter Schloss und Riegel!« Emilie war empört.

»Das wäre mir auch am liebsten, aber wenn wir alles zusammentragen, bleiben für eine Beweiskette der Polizei zu wenige Fakten übrig. Wie willst du ihm seine Schuld beweisen?«, fragte Elsa.

»Ich befürchte, Elsa hat mal wieder recht.« Heinrich strich sich eine Haarsträhne aus dem Gesicht. »Wer weiß, ob er es nicht noch mal versucht?«

»Das müssen wir verhindern. Am besten wäre, ihn zu überrumpeln und ihm ein Geständnis abzupressen.«

»Dieser Vorschlag gefällt mir, Herr Jacob. Die Schmach eines Prozesses möchte ich unserem guten alten Namen keinesfalls antun.« Die Gräfin überlegte kurz und meinte. »Es gibt noch sehr viel zu besprechen. Und wir brauchen auch Zeit, uns ein wenig kennenzulernen.

Ich möchte alle einladen, bei mir zu logieren. Platz gibt es in diesem Hause mehr als genug.«

»Das ist außerordentlich freundlich, Gräfin, wir wollten eigentlich im Bayerischen Hof absteigen.« Wilhelm Jacob blickte fragend die Zwillinge und Heinrich an. Da küsste Ernestine der Gräfin die Hand: »Es wäre doch wunderbar, wenn wir alle zusammen den Abend verbringen könnten und auch morgen noch Zeit miteinander hätten. Ich möchte keineswegs weder meinen Vater noch meine Töchter jetzt in ein Hotel ziehen lassen. Ich kann mich an euch ja gar nicht sattsehen. Und es gibt so unendlich viel zu erzählen – fünfzehn Lebensjahre sind ja kein Pappenstil.«

Wilhelm Jacob deutete der Gräfin gegenüber eine Verbeugung an: »Wir nehmen Ihre Einladung mit Freuden an.«

Man traf sich zum Aperitif im Salon, und Wilhelm Jacob nutzte die Gelegenheit, um der Gräfin seine inzwischen gereiften Überlegungen bezüglich Reginald von Richnows zu unterbreiten. »Vielleicht könnte man ihn zu einem schriftlichen Geständnis zwingen und ihm vorschlagen, außer Landes zu gehen und nie wiederzukommen. Südamerika vielleicht. Oder in unsere Kolonien.«

»Ja, Herr Jacob, in diese Richtung gingen meine Gedanken auch. Die Sicherheit der Zwillinge wäre es mir durchaus wert, dies mit einer einmaligen größeren Summe abzusichern. Wir werden uns nach dem Dinner weitere Einzelheiten überlegen, damit ich vorbereitet bin, wenn er hier auftaucht.«

Das Dinner fand in einem großen Speisezimmer in opulentem Rahmen statt.

Die Gräfin hob ihr Glas. »Nach all diesen Irrungen und Wirrungen danke ich dem Schicksal, dass es uns doch so gnädig war, uns heute hier zusammenzubringen.« Sie blickte zu Ernestine. »Dir habe ich für meine Hochmut damals besondere Abbitte zu leisten. Und für die Tollpatschigkeit des Detektives damals ebenfalls. Aber dadurch, dass ich deine wahre Identität nicht kannte, habe ich dich in diesen fünfzehn Jahren ohne Vorurteile kennen- und sehr schätzen gelernt. Und das wird mir offenbar mit diesen Zwillingen, mit denen mich nicht nur die ähnlichen dunklen Augenbrauen verbinden, auch so gehen. Deren zu Rat und Tat bereiten Großvater schließe ich ausdrücklich mit ein.«

Man stieß miteinander an. Heinrich freute sich darüber, wie sich hier eine Annäherung vollzog.

Ernestine gab sich einen Ruck. »Ich schulde Ihnen Dank, Gräfin, für die Jahre, die ich hier in Sicherheit verbringen konnte. Und ich möchte mit allen auf das Wohl von Friedrich trinken. Welche Frau, die innig liebt und fühlt, verweigert sich ihrem Liebsten, der in den Krieg zieht? Sie weiß doch nicht, ob sie ihn je wiedersehen wird. Kriege haben schon immer Leid und Tod gebracht. Und eben auch uneheliche, vaterlose Kinder.«

»Auf Friedrich.«

Wilhelm Jacob, der den Eindruck hatte, dass die Wiedererlangung ihres Gedächtnisses und die ganzen turbulenten Ereignisse seine Tochter viel Kraft kosteten, meinte: »Wir werden noch viel über Vergangenes sprechen, aber vergessen wir darüber die Gegenwart nicht. Da wird es darum gehen, Möglichkeiten auszuloten, Pläne zu schmieden und Entschlüsse zu fassen. Und wir sollten es auch einfach genießen, miteinander zu sein.« Genau so wurde es an diesem denkwürdigen Abend denn auch gehalten.

Am nächsten Morgen versammelten sich alle um neun Uhr am Frühstückstisch. Während man sich stärkte, meldete der Butler: »Frau Gräfin, Ihr Neffe Reginald von Richnow wünscht seine Aufwartung zu machen.«

»Herr Jacob«, flüsterte die Gräfin, »Sie haben den siebten Sinn. Wie gut, dass wir alles vorbereitet haben.«

Da stürmte auch schon Reginald das Zimmer, zischte dem Butler zu: »Seit wann so förmlich«, und bremste auf den Hacken ab, als er erfasste, wer sich hier versammelt hatte.

»Man sieht sich im Leben immer zwei Mal, Robert von Rohr«, zischte Elsa, »und in diesem Fall ist es durchaus keine Freude.«

»Einen verschwendungssüchtigen Spieler und Lebemann zum Neffen zu haben war schon nicht leicht«, die Gräfin durchbohrte Reginald mit Blicken, »aber einen Neffen, der, um sein Erbe zu sichern, Morde begeht, das ist völlig unerträglich! Setz dich!«, herrschte sie ihn an. »Ich möchte deinen Anblick mir und dieser Runde nicht lange zumuten. Ich habe ein Geständnis vorbereitet, außerdem deinen Verzicht auf das Hohensteinsche Vermögen und die Versicherung, nie wieder deutschen Boden zu betreten. Wenn du bereit bist, das vor uns als Zeugen zu unterschreiben, gebe ich dir zweihunderttausend Mark in Gold mit auf den Weg. Diese Summe bekommst du auf dem Schiff ausgezahlt, mit dem du Deutschland innerhalb einer Woche verlässt.«

Alle außer Wilhelm Jacob hörten der Gräfin völlig überrascht zu. Reginald guckte wie ein in die Enge getriebener Fuchs Wilhelm Jacob an, den er als Einzigen nicht einordnen konnte.

»Vierhunderttausend müssten es schon sein, Tante.«

Da schaltete sich Wilhelm Jacob ein. »An Ihrer Stelle würde ich diese äußerst großmütige Lösung akzeptieren. Der Butler ist beauftragt, sonst sofort die Polizei zu rufen. Im Untersuchungsgefängnis, zumal, wenn man völlig mittellos ist, können die Monate lang werden. Da würde ich es in Ihrer Situation vorziehen, stattdessen in Begleitung des Butlers noch heute gen Hamburg zu reisen und mit einem stattlichen Vermögen in die neue Welt zu gehen.«

»Wer sind Sie?«

»Wilhelm Jacob, der Großvater der Zwillinge.«

Reginald besann sich kurz, ergriff die ihm hingehaltene Feder, unterschrieb die vorbereiteten Papiere, ohne sie zu lesen.

Die Gräfin klingelte nach dem Butler, der mit einer Reisetasche erschien.

Der verbeugte sich tief. »Gnädige Frau, nachdem ich Ihren Auftrag ausgeführt habe, komme ich so schnell wie möglich zurück.«

Nachdem die beiden Männer den Raum verlassen hatten, herrschte zunächst Schweigen.

»Mein Butler huldigt einem Sport, den ich doch recht vulgär finde, er ist ein sehr guter Ringer. Aber in manchen Situationen kann dies jedoch nützlich sein.« Niemand in der Runde vermochte ein Schmunzeln zu unterdrücken.

Elsa blickte von einem zum anderen und sagte dann zu ihrer Schwester gewandt: »Mir schwant, dass wir einen sehr klugen Großvater und eine sehr energische Großmutter gefunden haben. Das war perfekte Überrumpelung!«

»Das sehe ich genau so.«

Die Gräfin lächelte fein, wobei die müden Schatten unter ihren Augen die Anstrengung der letzten Stunden verrieten. »Ich möchte einen Vorschlag unterbreiten, der das Notwendige mit dem Nützlichen und Angenehmen verbindet. Wir bleiben hier zusammen, bis mein Butler zurückkehrt. Bis dahin überlegen wir uns, wie es weitergehen kann und soll.«

Der Gräfin schoss durch den Kopf, welche Unsummen die Spielleidenschaft und der aufwändige Lebensstil Reginalds pro Jahr verschlungen hatten. Schon allein davon könnte ich für diese drei Frauen, denen das Schicksal so verschlungene Wege auferlegt hat, eine mehr als auskömmliche Apanage zur Verfügung stellen. Es wird mich noch viele Gedanken und auch Gespräche mit meinem Anwalt kosten, bis ich für diese ganzen Verwicklungen Lösungen gefunden habe. Die umfangreichen Stiftungen, die ich veranlasste, um damit Reginald auszuschließen, werde ich auch umwandeln.

»Ja, doch gut Ding will Weile haben«, unterbrach Wilhelm Jacob ihre Gedanken. »Mir persönlich gefällt die Idee, noch hier zu bleiben. Danach möchte ich allerdings mit meiner Tochter und meinen Enkelinnen möglichst schnell nach Hannover zurückkehren, wo auch meine Geschäfte rufen. Es wäre uns sicherlich allen, auch dem Ehepaar von Elßtorff eine Ehre, wenn wir in absehbarer Zeit mit Ihrem Gegenbesuch, liebe verehrte Frau Gräfin, rechnen könnten.«

Diese lächelte. »So wollen wir es halten!«

Das was geschehen ist, kränkt mich nicht so tief,
Allein das kränkt mich, was es mir bedeutet.
Goethe

Epilog
Im Café Kröpcke

Nur allzu gut erinnerte sich Elsa, wie sie vor ungefähr einem Jahr hier mit Isidora gesessen hatte. Die Freundin hatte gerade die Möglichkeit einer Verbindung mit dem feschen Rechtsanwalt Victor Rehnhoff abgeklopft, als dieser prompt erschienen war.

Unwillkürlich seufzte Elsa. So viel war unterdessen geschehen: Inzwischen ist Isidora, der das Schicksal einer alten Jungfer bestimmt schien, glücklich verlobt. Und ich werde wahrscheinlich als unverheiratetes Fräulein enden.

Da unterbrach der herannahende Victor Rehnhoff ihre Gedanken.

»Gnädiges Fräulein, welche Freude, Sie wiederzusehen. Darf ich mich einen Moment zu Ihnen gesellen?«

Widerwillig stellte Elsa fest, dass ihr Herz schneller schlug. Dabei war sie innerlich durchaus auf eine solche Begegnung vorbereitet, denn ihre Gedanken beschäftigten sich mit Victor öfter, als ihr lieb war.

»Aber gern, Herr Rehnhoff«, wählte sie bewusst, genau wie er, die förmliche Anrede, »Ich warte auf meine Zwillingsschwester.«

»Gewiss werden Sie von dieser Reise viel zu erzählen haben. Aber das Wichtigste ist doch, dass Sie offenbar wohlbehalten, gesund und munter zurückgekehrt sind.«

»Ja, da stimme ich Ihnen zu. Nachdem meine Schwester und ich zwei feigen Mordversuchen entronnen sind, haben wir allen Grund, dankbar zu sein.«

Victor brauchte einen kurzen Moment, um den Sinn ihrer Worte wirklich zu verstehen. Dann ergriff er spontan ihre Hand, »Du liebe Güte, Elsa, wie schrecklich, ich wage gar nicht, mir vorzustellen, dass Sie …« Ihm fehlten weitere Worte – hätte er damals doch aufgrund der vagen Vermutungen von Wredens die Familie von Elßtorff aufsuchen müssen? Aber wer würde denn auch gleich an Mord denken? Er drückte erneut ihre Hand, die er aber rasch losließ, als er bemerkte, dass sie von den Nachbartischen beobachtet wurden. Genau dies erfasste auch Elsa, die sich nicht zum ersten Mal über seine peinlich genaue Einhaltung der Konvention ärgerte.

»Nun, wir leben ja noch«, antwortete sie schnippischer, als ihr zumute war. »Und bei allen schrecklichen Erlebnissen lässt sich durchaus eine positive Bilanz ziehen. Noch vor einem Jahr war ich eine Waise ohne jegliche Familie, und wie durch ein Wunder fand sich meine Zwillingsschwester. Inzwischen haben wir auch unsere leibliche Mutter und unsere Großmutter in München gefunden und haben die Gewissheit, dass wir einen besonders liebenswerten Menschen hier in Hannover zum Großvater haben. Jetzt bilden wir so etwas wie eine eigene Familie. Manchmal kann ich es noch gar nicht fassen.«

Victor Rehnhoff starrte sie an. »Ihre leibliche Mutter? Großeltern? Und wer ist Ihr Vater?« Seine Gedanken überschlugen sich, als er an die Unterredung mit seinem Kompagnon Werner von Wreden im Winter letzten Jahres dachte. Dieser unter merkwürdigen Umständen zu Tode gekommene Privatdetektiv hatte doch für hohe adelige Kreise ermittelt.

»Unser Vater ist der Sohn unserer adeligen Münchener Großmutter, übrigens eine Gräfin.« Elsa holte innerlich tief Luft, bevor sie zum entscheidenden Schlag ansetzte. »Sie können allerdings Ihrer offenbar weitblickenden Frau Mutter berichten, dass sie mit ihren Abwägungen über unsere Herkunft ebenso richtig lag wie die unsägliche Tante Edelgarde. Unsere Eltern verheimlichten ihre nicht standesgemäße Liebe, und es war ihnen nicht mehr vergönnt, zu heiraten, bevor unser Vater im Jahr 1891 in Frankreich fiel.«

»Aber es hieß doch, Ihre verstorbene Frau Mutter sei auf La Palma mit einem spanischen Biologen verheiratet gewesen.« Victor Rehnhoff fühlte sich vollends verwirrt. Und Elsa fragte sich grimmig, woher er diese Informationen hatte. Von mir nicht, konstatierte sie. Also hat er Erkundigungen eingeholt oder Heinrich ausgehorcht.

»Ja, diese List, die sich unsere Mama und ihre Patentante ausdachten, um uns zu einer ehelichen Geburt zu verhelfen, sollte uns schützen. Dafür gab es ja durchaus gute Gründe. Denn illegitime Sprösslinge adeliger Liaisons gehören nicht unbedingt zu beliebten Heiratskandidatinnen – nicht wahr, Herr Rehnhoff?«

»Nun, bei einer Heirat sollte doch auch das Herz mitsprechen.«

»Das Herz hat manchmal Gründe, die der Verstand nicht kennt. Der Verstand hingegen ist ebenso wenig immer ein guter Ratgeber wie die eigene Mutter.«

Rehnhoff dachte nur: Touché – sie hat mich mal wieder voll erwischt.

In diesem Moment trat Emilie zu ihnen, die besorgt ihre Schwester ansah, deren Erregung sie sofort verspürte. Die Gelegenheit nutzte Rehnhoff, sprang auf und verabschiedete sich hastig, indem er etwas von einem Mandantentermin murmelte.

Spontan nahm Emilie ihre zitternde Schwester in die Arme. »Was hat dieser Mann dir nun wieder angetan?«

Sie spürte, wie Elsa tief Luft holte, sich noch einmal in ihre Arme schmiegte und sich dann aufrichtete. »Wir brauchen erst mal eine starke Schokolade für unsere Nerven!«

Nachdem die dampfenden Tassen vor ihnen standen, erklärte sie: »Ich habe ihm bewusst in groben Zügen unsere Familienkonstellation geschildert. Als unehelich Geborene bin ich wahrscheinlich für ihn und für seine Mutter endgültig als Ehekandidatin abgeschrieben. Allerdings habe ich nicht erwähnt, dass wir von unserem lieben Großvater eine ansehnliche Mitgift erhalten. Sei es wie es sei – mittlerweile bin ich mir gar nicht mehr so sicher, ob ich ihn überhaupt noch will.« Nachdenklich sahen die Schwestern Victor hinterher, der die Georgstraße entlang dem Aegidienthorplatz zustrebte und bald nur noch schemenhaft zu erkennen war.

Keiner kommt von einer Reise so zurück,
wie er weggefahren ist.
Graham Greene

Historisches und Erdachtes

Hinweise für alle Schauplätze sind hoch willkommen, denn wer weiß, wohin es die Protagonisten (erneut) führen wird …

Norderney

Eine große Hilfe für die Norderney-Kapitel war mir der kenntnisreiche damalige Stadtarchivar von Norderney, Manfred Bätje, der zahlreiche Veröffentlichungen über die Insel herausgebracht hat. Trotz knapper Zeit traf er für meinen Besuch im Archiv eine hervorragende Vorauswahl, so ›Woerl's Reisehandbuch für Norderney‹, welches 1891 erschien.

Den wunderbaren Beschreibungen des Badelebens auf Norderney von Theodor Berthold (1885) verdanke ich viele Beschreibungen des Zeitgeistes und Anregungen, auch für Dialoge. Dies gilt auch für die Norderney-Beschreibung von Helene Pichler.

Die beschrieben Schiffstaufe fand bereits 1885 statt.

Das Gedicht über den Niedergang vom Norderneyer Fischfang stammt von Privatlehrer Oentrich und wurde kurz nach der Jahrhundertwende geschrieben.

La Palma

Hilfreich waren die Aufsätze und Bilder in dem Sammelband zum hundertjährigen Bestehen von Los Llanos ›Razones de un centenario‹ von 1999. Die Telefonlinie wurde übrigens erst 1894 gelegt – auf die kleine Anekdote mit der Brille mochte ich aber nicht verzichten …

Außerdem eines meiner Lieblingsbücher über die Insel, sozusagen der zweisprachige Klassiker: ›La Palma, Die Canarische Insel‹ aus dem Konkursbuch Verlag.

Mit englischem Humor beschrieb John Whitford 1890 die Kanarischen Inseln.

Die Schiffe, mit denen die von Elßtorffsche Reisegesellschaft fuhr, gab es wirklich, auch den Gouverneur von Ostafrika, Julius Freiherr von Soden. Die weiteren Beschreibungen und Dialoge sind erdacht.

Danke!

Margo Ott-Siedentopf und Angelika Behrens lasen wie bereits bei meinem Erstling – und zwar die Anfangskapitel und dann noch einmal das komplette Manuskript.

Beiden verdanke ich wichtige Anregungen und Korrekturen, was auch für Christa Hofmann gilt, mit der ich schon ein wenig den Faden des dritten Bandes weiterspann. Allen dreien gilt mein herzlicher Dank für die sorgfältige Durchsicht und die interessanten Rückmeldungen. Außerdem danke ich ihnen dafür, dass sie sich die Zeit genommen haben.

Dr. Karin Ehrich, Büro für Geschichte und Biografie, verdanke ich erneut Unterstützung bei der Recherche und viele Tipps.

Direktion und Team des Hotel Sol La Palma, Puerto Naos gaben wieder freundliche Unterstützung und Gelegenheit für mehrere Lesungen des ersten Romans ›Vergiftete Liebe‹.

Mein Freundeskreis stärkte mir weiter den Rücken, besonders danke ich Günter Tyrakowski, der mir häufig Wege abnahm.

Wenn einer so viel Gutes widerfährt, kann sie getrost dem dritten Roman entgegensehen. Auch deshalb, weil Yasmin Ehlers und Renée Repotente vom Schardt Verlag wieder ein gutes Lektorat erstellten und mich verständnisvoll und unterstützend begleiten.

Für die Neuauflage beim ELVEA Verlag bedanke ich mich sehr herzlich für die schnelle und tatkräftige Unterstützung bei Barbara Bär und Uwe Köhl.

Handelnde Personen

Sophie von Elßtorff heiratet Anfang 1870 in München und zieht dann zu ihrem Mann nach Hannover
Maximilian von Elßtorff, ihr Mann, Architekt, Mitglied einer der Frei-maurer-Logen
Heinrich von Elßtorff, der einzige Sohn, Student der Medizin
Elsa Martin lebt seit ihrem vierten Lebensjahr als Waise bei der Familie von Elßtorff
Marga Lheiß aus Linden, Witwe, Haushälterin bei den von Elßtorffs
Ernestine, verschollene Pensionatsfreundin von Sophie von Elßtorff
Franz, Kammerdiener, Kutscher und Bursche für alles
Edelgarde, Gräfin von Potocki, eine entfernte Cousine von Sophie
Emilie Sartorius, Tochter von Paul Sartorius, Kaufmann in Königsberg, Freimaurer und seiner Frau Henriette
Isidora Kaulbach, Tochter des Malers Friedrich Kaulbach, befreundet mit Elsa Martin wie
Cord Breuer, Gymnasiast
Roberta Stein, Schauspielerin am Königlichen Schauspielhaus, derzeit in Amerika
Reginald von Richnow, ein Spieler und Lebemann
Dr. Victor Rehnhoff, Jurist, Rechtsanwalt und Strafverteidiger
Wilhelm Jacob, Möbelfabrikant in Linden bei Hannover
Hanna Martín-Sander, die Patentante von Ernestine, heiratete 1867 einen Deutsch-Spanier und übersiedelte nach La Palma
Josefina Wangüemert, Lehrerin in Los Llanos, Freundin von Hanna Martín-Sander
Bert von Rohr, eine Reisebekanntschaft

Weitere Bücher von Barbara Schlüter

Vergiftete Liebe
ISBN 978-3-946751-82-3
VLP 14,80 Euro

Die eigensinnige Elsa Martin ist fasziniert von Detektivgeschichten à la Sherlock Holmes. Der mysteriöse Tod eines Ensemblemitglieds am Königlichen Schauspielhaus versetzt nicht nur sie, sondern ganz Hannover in Aufruhr. Zugleich bietet er aber eine Ablenkung von den beherrschenden sozialen Themen der Zeit, der Arbeiterbewegung und den Forderungen der Frauen nach mehr Rechten. Mit Scharfsinn, Beharrlichkeit und einigen Tricks kommt die junge Frau dem Täter auf die Spur.

Gerächter Zorn
ISBN 978-3-946751-80-9
VLP 14,80 Euro

›Lindener Blut ist keine Buttermilch!‹ Die Verhältnisse in Linden sind katastrophal – arm, dreckig und im Wohnraum völlig beengt. Es prallen Welten aufeinander, als die Zwillinge Elsa und Emilie aus dem behüteten Hause der von Elßtorffs beschließen, die Arbeit der Diakonisse zu unterstützen. Medizinstudent Heinrich und der ›rote Fuchs‹ Cord sind ebenfalls entsetzt über die gesundheitsgefährdenden Bedingungen in den Fabriken. Was können die jungen Leute tun, die die Menschen nicht einfach ihrem Schicksal überlassen wollen?

Ausgerechnet zum Feiertag
ISBN 978-3-946751-83-0
VLP 14,80 Euro

In Hannover und der weiten Welt ist man um 1900 nicht sicher vor ungewöhnlichen Mord(s)geschichten. Brenzlige Situationen häufen sich ausgerechnet zu den Feiertagen. Es trifft Ehepaare, Maler, Sucher nach einer heiligen Quelle, eine uneheliche Welfentochter - gerät selbst Kaiser Wilhelm II. in Gefahr? Schauplätze sind Berlin, Braunschweig, Gmunden in Österreich, Hannover, Konstantinopel, Kuba, La Palma, Linden, Norderney und St. Blasien. Barbara Schlüter, Schriftstellerin und Historikerin, recherchierte wie stets akribisch in unterschiedlichen Milieus und förderte so manch Überraschendes zutage ... Mit vielen historischen Aspekten und Beschreibungen zu Ortschaften und Gegenständen lässt sie das späte 19. und frühe 20. Jahrhundert lebendig werden.

Verschaukelte Liebe
ISBN 978-3-946751-02-1
VLP 14,80 Euro

Hannover im Herbst 1891.
Die eigensinnige Elsa Martin, Ziehtochter in der Architektenfamilie von Elßtorff, ist verliebt.
Allerdings stehen dem Glück der Zwanzigjährigen zahlreiche Hindernisse im Weg.
Dass auch andere junge Frauen große Probleme bewältigen müssen, erfährt sie hautnah durch Kontakte zum Magdalenium, dem Asyl für gefallene Mädchen.
Eine exklusive, ausgedehnte Lustreise zur See in den Orient im Januar 1892 verspricht erholsame und abwechslungsreiche Wochen. Familie von Elßtorff ist mit von der Partie, aber Schmuckdiebstähle, gefährliche Unfälle bei einem Mitglied ihrer Reisegruppe, vor allem aber Elsas ureigene heikle Situation, lässt die Familie nicht zur Ruhe kommen.